James Patterson

JUSTICE

Thriller

Deutsch von Leo Strohm

blanvalet

Die Originalausgabe erschien 2015
unter dem Titel »Cross Justice« bei Little,
Brown and Company, New York.

FSC www.fsc.org
MIX
Papier aus verantwortungsvollen Quellen
FSC® C014496

Verlagsgruppe Random House FSC® N001967

1. Auflage

Redaktion: Gerhard Seidl, text in form
Umschlaggestaltung: © Johannes Wiebel | punchdesign,
unter Verwendung von Motiven von Shutterstock.com
(© David Dea, © conrado)
AF · Herstellung: sam
Satz: Uhl + Massopust, Aalen
Druck und Bindung: GGP Media GmbH, Pößneck
Printed in Germany
ISBN 978-3-7341-0536-4

www.blanvalet.de

Prolog

I FEEL PRETTY …

1

Coco ließ den Leichnam in der gefüllten Badewanne liegen und betrat den riesigen begehbaren Kleiderschrank mit nichts am Leib außer einem schwarzen Seidenhöschen und schwarzen, bis zu den Ellbogen reichenden Handschuhen. Zuerst mal befand sich hier nur Freizeitkleidung, alles sehr gute Qualität, keine Frage, aber nicht das, wonach Coco im Moment der Sinn stand.

Handgeschneiderte Roben. Schicke Abendkleider. Die verführerische Dramatik einer eleganten Garderobe, das war es, was Coco magnetisch anzog. Professionelle Blicke und geübte, behandschuhte Finger glitten zunächst über ein mausgraues, schulterfreies Kleid von Christian Dior und anschließend eine weiße Gucci-Robe mit einem tiefen Rückenausschnitt.

Die Schnitte waren nach Cocos Ansicht großartig, aber die handwerkliche Arbeit war nicht ganz so exakt, die Ausführung nicht ganz so überzeugend, wie man es bei Kleidungsstücken, für die zehntausend Dollar und mehr verlangt wurden, eigentlich erwarten würde. Selbst auf dem Gipfel des Luxussegments war die Kunst des Kleiderschneiderns heutzutage nicht mehr das, was sie einmal gewesen war, gerieten die alten Fertigkeiten mehr und mehr in Vergessenheit. Ein Jammer. Eine Schande. Ein Frevel, wie Cocos längst verstorbene Mutter es ausgedrückt hätte.

Trotzdem wanderten die beiden Stücke in einen Kleidersack, zur späteren Verwendung.

Coco schob noch ein paar Kleider mehr zur Seite und suchte nach dem einen, das herausstach, das große Emotionen hervorrief, nach dem einen, das einen sagen ließ: »Ooooh ja. Das ist mein Traum. Meine Fantasie. Die ist es, die ich heute Abend sein möchte.«

Bei einem Cocktailkleid von Elie Saab war die Suche schließlich zu Ende. Größe 36. Perfekt. Tiefdunkle blaue Seide, ärmellos, mit einem tiefen Dekolleté und einem rautenförmigen Rückenausschnitt – auf spektakuläre Weise retro, späte Fünfziger, frühe Sechziger, wie aus dem Garderobenfundus der Fernsehserie *Mad Men*.

Mr. Draper zur Besprechung, bitte. Sabbern ausdrücklich gestattet.

Coco kicherte, aber an diesem Kleid war nichts Lächerliches. Es war ein durch und durch atemberaubendes Stück, ein Kleidungsstück, das sämtliche Gespräche in einem Drei-Sterne-Restaurant oder einem Ballsaal voll mit den Reichen, Mächtigen und Prominenten dieses Planeten zum Erliegen bringen konnte. Es war eines jener seltenen Kleider, das über ein eigenes Gravitationsfeld verfügte und die Lust aller Männer sowie den Neid aller Frauen in einem Umkreis von hundert Metern auf sich zog.

Coco ergriff es, trat vor den hohen Spiegel am hinteren Ende des begehbaren Kleiderschranks und blieb eine Weile davor stehen, um sich zu bewundern. Groß gewachsen und schlank, mit einem Gesicht wie gemalt für die Titelblätter der großen Zeitschriften und der Körperhaltung einer Tänzerin, dazu ovale haselnussbraune Augen und eine makellose Haut. Die kaum angedeuteten Brüste und die schlanken, jungenhaften Hüften vervollständigten das Bild, und wäre die Welt nicht so schrecklich grausam gewesen, dann hätte ein sinnliches Geschöpf wie dieses auf den Laufstegen von Paris bis Mailand endlose Triumphe gefeiert.

Zutiefst frustriert starrte Coco jetzt auf das einzige Ding, das einem Traumleben als glamouröses Supermodel immer noch im Weg stand. Denn trotz des Klebebands unter dem schwarzen Höschen konnte es wenig Zweifel geben, dass Coco ein Mann war.

2

Vorsichtig, um das Make-up nicht zu verschmieren, streifte Coco die Elie-Saab-Robe über seinen glatten kahlen Schädel und seine femininen Schultern, hoffte inständig, dass die fließenden Linien des Kleids jeden Hinweis auf seine Männlichkeit verbargen.

Seine Gebete wurden erhört. Als Coco sich den Stoff über den Hüften und den Oberschenkeln glatt strich, da war er fraglos und trotz der Glatze eine atemberaubend schöne Frau.

Dann entdeckte er hauchzarte schwarze, bis zu den Oberschenkeln reichende Seidenstrümpfe und schlüpfte sehr behutsam hinein, bevor er sich vor das Schuhregal neben den Spiegeln stellte. Er zählte, aber bei zweihundert Paaren hörte er auf.

Was war Lisa gewesen? Eine Reinkarnation von Imelda Marcos?

Er lachte und entschied sich für ein Paar schwarze Stilettos von Sergio Rossi. Sie drückten zwar vorn an den Zehen ein wenig, aber wenn es um Mode ging, dann musste eine Frau tun, was eine Frau eben tun musste.

Nachdem er die Riemen festgezogen und das Gleichgewicht gefunden hatte, verließ er den begehbaren Kleiderschrank und betrat die riesengroße Suite. Ohne der exklusiven Einrichtung Beachtung zu schenken, stellte er sich vor das Schminktischchen mit der großen Schmuckschatulle.

Nach etlichen eher uninteressanten Stücken entdeckte er ein Paar tahitianischer Perlenohrringe und die dazugehörige Halskette von Cartier, die das Kleid ergänzten, aber keinesfalls übertönten. Wie hatte seine Mutter immer gesagt? *Zuerst das Herzstück, dann die Accessoires.*

Er legte den Perlenschmuck an und griff nach der Fendi-Einkaufstasche, die er schon vorher neben dem Schminktischchen abgestellt hatte. Er kramte zwischen den Papiertüchern in der Tasche herum, ohne das zusammengefaltete Polohemd, die Jeans und die Bootsschuhe zu beachten, und zog schließlich eine ovale Schachtel hervor.

Coco nahm den Deckel ab und brachte eine Perücke zum Vorschein. Sie war über fünfzig Jahre alt, aber immer noch in einem makellosen Zustand. Sie bestand aus üppigem, vollem Naturhaar, dunkelblond, nicht gefärbt. Jede einzelne Strähne hatte ihren natürlichen Glanz, ihre Spannkraft und ihre Struktur perfekt behalten.

Er setzte sich an das Schminktischchen, steckte die Hand noch einmal in die Einkaufstasche und holte ein kleines Stück doppelseitiges Teppichklebeband heraus. Mit einer Schere aus der Schublade des Schminktischchens schnitt er das Klebeband in vier gleich große, je rund zweieinhalb Zentimeter lange Teile. Anschließend zog er mit den Zähnen einen der langen schwarzen Handschuhe von den Fingern.

Er löste die Schutzfolie von der Rückseite der Klebestreifen und ließ den Abfall in die Fendi-Tasche fallen. Dann befestigte er die vier Stücke auf seiner Kopfhaut – eines auf dem Scheitelpunkt, das zweite rund siebeneinhalb Zentimeter weiter vorn, und dann noch je eines über den Ohren.

Nachdem er den Handschuh wieder angezogen hatte, nahm Coco die Perücke aus der Schatulle, stülpte sie sich behutsam auf den Kopf, schaute dabei in den Spiegel und rückte sie ganz vorsichtig zurecht. Er seufzte vor Wohlgefühl.

In Cocos Augen sah die Perücke noch immer ganz genau so spektakulär aus wie damals, vor vielen Jahren, als er sie das erste Mal wahrgenommen hatte. Sie war von einem Meister in Paris hergestellt worden. Der hatte das Haar in der Mitte gescheitelt, die Haare im Nacken relativ kurz geschnitten und an den Schläfen gleichmäßig länger werden lassen. Das brachte die langen Schläfenlocken besonders gut zur Geltung, sodass die Haare jetzt einen tropfenförmigen Rahmen für Cocos Gesicht bildeten, der kurz unter dem Kinn und knapp über der Perlenkette seinen Abschluss fand.

Hochzufrieden mit seiner gesamten Erscheinung legte Coco eine frische Schicht Lippenstift auf und bedachte die Frau, die ihn aus dem Spiegel ansah, mit einem verführerischen Lächeln.

»Du bist wunderschön heute Abend, meine Liebe«, sagte er erfreut. »Ein wahres Kunstwerk.«

Dann zwinkerte er seinem Spiegelbild zu, stand auf und begann zu singen: »I feel pretty, oh so pretty. I feel pretty and witty and …«

Während er sang, betrachtete er mit kundigem Blick die Schmuckschatulle und holte etliche vielversprechende Stücke mit großen Smaragden heraus. Er steckte sie ebenfalls in die Fendi-Tasche und ging dann noch einmal zurück in den Schrank. Dort rückte er ein Regal voller gestärkter Männerhemden beiseite und brachte einen Tresor mit einer Tastatur zum Vorschein.

Coco hatte den Code im Kopf, tippte ihn ein und holte hocherfreut zehn jeweils zehn Zentimeter dicke Päckchen mit Fünfzigdollarnoten heraus. Auch sie landeten in der Fendi-Tasche, dann machte er den Tresor wieder zu, steckte die Tasche samt Inhalt in den Kleidersack, zog den Reißverschluss zu und legte ihn sich über die Schulter.

Vor dem Verlassen des Schrankzimmers schnappte er sich noch einen Schlüsselbund. Dabei fiel sein Blick auf eine ungewöhnlich geformte, fünfeckige, schwarz-goldene Badgley-Mischka-Alba-Handtasche. Er holte sie aus dem Regal. *Was für ein Glück!*

Er ließ die Schlüssel hineinfallen.

In der Suite zögerte er noch einmal und ging kurz ins Badezimmer, das allein so groß war wie ein kleines Häuschen. Dabei rief er: »Lisa, Schätzchen, ich fürchte, ich muss jetzt los.«

Coco drehte den Kopf nach links und betrachtete die brünette Frau in der Badewanne mit einer Mischung aus Interesse und Traurigkeit. Lisas tote türkisfarbene Augen waren weit aus den Höhlen hervorgetreten und ihre Collagenlippen verzerrt, als ob durch den Kurzschluss, den das ins Wasser gefallene, eingesteckte Radio verursacht hatte, sämtliche Sicherungen in ihrem aufgerissenen Mund durchgebrannt waren. Verblüffend eigentlich, angesichts des technologischen Fortschritts und der Entwicklung von Schutzschaltern, dass ein bisschen Strom und eine Badewanne voller Wasser immer noch genügten, um ein schlagendes Herz ins Stocken zu bringen.

»Ich muss zugeben, meine Liebe, du hast sehr viel mehr Geschmack gehabt, als ich dir je zugetraut hätte«, sagte Coco zu der Toten. »Nach einer kurzen Inspektion deines Kleiderschranks ist mir Folgendes klar geworden: Du hattest das Geld, und du hast es sinnvoll verwendet. Und, ganz ehrlich? Selbst im Tod bist du noch wunderschön. Brava, meine Liebe. Brava.«

Er hauchte ihr ein Küsschen zu, drehte sich um und ging weg.

Mit entschlossenen Schritten durchquerte Coco die Villa und gelangte über die Wendeltreppe ins Foyer hinab. Es war später Nachmittag, und bald würde die Dämmerung einsetzen. Die untergehende Sonne Floridas schien zu den Fenstern herein und warf ihre goldenen Strahlen auf ein Ölgemälde an der hinteren Wand.

Coco fand, dass der Künstler Lisa in all ihrer Schönheit getroffen hatte, auf dem Höhepunkt ihrer weiblichen Ausstrahlung, Eleganz und Reife. Niemand konnte das je rückgängig machen. Von heute an würde Lisa nur noch die Frau auf diesem Bild sein und nicht die leblose Hülle im ersten Stock.

Er trat durch die Haustür und gelangte auf eine kreisförmige Einfahrt. Es war Ende Juni und im Landesinneren unerträglich heiß. Aber hier, so dicht am Meer, wehte eine sanfte, angenehme Brise.

Coco ging die Einfahrt entlang, vorbei an Lisas perfekt gepflegtem Garten mit seinen üppigen tropischen Farben und den blühenden Orchideen. Wilde Papageien hockten hoch oben in den Palmen und krächzten laut, als er auf eine Taste drückte und das Tor aufschwingen ließ.

Er ging einen Block weiter, vorbei an gepflegten Rasenflächen und hübschen Häusern, und genoss das Klicken seiner Absätze auf dem Bürgersteig und das Gefühl, wie das Seidenkleid seine seidenumhüllten Oberschenkel streichelte.

Etwas weiter vorn am Straßenrand parkte ein ungewöhnlicher, alter Sportwagen – ein dunkelgrüner Aston Martin DB5, in der Cabrio-Version. Der Aston hatte schon bessere Tage gesehen und benötigte dringend die eine oder andere Reparatur, aber Coco liebte den Wagen noch immer heiß und innig, wie ein unsicheres Kind sich an seine Lieblingsdecke klammerte, so lange bis sie irgendwann einfach zu Staub zerfiel.

Er stieg ein, legte den Kleidersack auf den Beifahrersitz und steckte den Zündschlüssel ins Schloss. Röhrend erwachte der Motor zum Leben. Nachdem er das Verdeck aufgeklappt hatte, legte er den ersten Gang ein und lenkte den Aston in den spärlichen Abendverkehr.

Heute Abend bin ich wunderschön, dachte Coco. *Und es ist ein spektakulärer Abend hier in Palm Beach, in meinem Paradies. Romanzen ohne Zahl und Gelegenheiten in Hülle und Fülle warten auf mich. Ich spüre schon, wie sie auf mich zukommen.*

Wie meine Mutter immer gesagt hat: Eine Frau braucht im Leben nichts weiter als Mode, Liebe und die eine oder andere Gelegenheit.

ERSTER TEIL

STARKSVILLE

1

Als ich die Hinweistafel mit der Aufschrift »Starksville, North Carolina, 10 Meilen« sah, wurde mein Atem flacher. Mein Puls beschleunigte sich, und ich wurde von einer irrationalen, düsteren Niedergeschlagenheit erfasst.

Meine Frau Bree saß neben mir auf dem Beifahrersitz unseres Ford Explorer. Sie musste es bemerkt haben. »Alles in Ordnung, Alex?«, erkundigte sie sich.

Ich versuchte, die seltsamen Gefühle, die mich so plötzlich angefallen hatten, abzuschütteln und sagte: »Ein großer Schriftsteller aus North Carolina, Thomas Wolfe, hat einmal geschrieben, dass man nie wieder nach Hause zurückkehren kann. Ich frage mich gerade, ob er vielleicht recht hat.«

»Wieso können wir nicht mehr nach Hause, Dad?«, wollte mein fast sieben Jahre alter Sohn Ali wissen, der auf der Rückbank saß.

»Das ist bloß eine Redewendung«, sagte ich. »Wenn man in einem kleinen Ort aufwächst und dann wegzieht, in eine große Stadt, dann kommt einem alles ganz anders vor, wenn man zurückkehrt. So ist das gemeint.«

»Ach so«, meinte Ali und starrte wieder auf sein iPad.

Meine fünfzehnjährige Tochter Jannie hatte seit unserer Abfahrt aus Washington, D.C., die meiste Zeit geschmollt. Jetzt sagte sie: »Du warst nie wieder hier, Dad? Nicht ein einziges Mal?«

»Nein«, antwortete ich und sah sie im Rückspiegel an. »Seit … wie lange ist das her, Nana?«

»Fünfunddreißig Jahre«, gab meine winzige, über neunzig Jahre alte Großmutter, Regina Cross, zur Antwort. Sie saß zwischen den beiden Kindern auf der Rückbank und musste sich große Mühe geben, um überhaupt aus dem Fenster sehen zu können. »Wir haben mit der Familie zwar immer Kontakt gehalten, aber mal hier runterzufahren hat sich einfach nie ergeben.«

»Bis jetzt«, ergänzte Bree, und ich spürte, dass sie mich ansah.

Meine Frau und ich arbeiten beide als Detectives bei der Metropolitan Police in Washington, D.C. Ich wusste also, dass ich unter professioneller Beobachtung stand.

Und da ich keinerlei Interesse verspürte, die »Diskussion« der vergangenen Tage wieder aufleben zu lassen, sagte ich bestimmt: »Mein Chef hat angeordnet, dass wir für ein paar Tage wegfahren sollen, und Blut ist nun mal dicker als Wasser.«

»Wir hätten auch einen Strandurlaub machen können …« Bree seufzte. »In Jamaika noch mal, zum Beispiel.«

»Ich mag Jamaika«, sagte Ali.

»Aber dafür fahren wir in die Berge«, sagte ich.

Jannie ächzte. »Und wie lange müssen wir da bleiben?«

»So lange der Prozess gegen meinen Cousin dauert«, erwiderte ich.

»Aber das kann sich ja, was weiß ich, einen ganzen Monat hinziehen!«, jammerte sie los.

»Wahrscheinlich nicht«, sagte ich. »Aber ausschließen kann man es nicht.«

»Oh Gott, Dad, wie soll ich denn für die Herbstsaison meine Form halten?«

Meine Tochter ist eine begnadete Läuferin, und seit sie am Anfang des Sommers ein bedeutendes Rennen gewonnen hatte, hatte sie nur noch das Training im Kopf.

»Du trainierst zweimal pro Woche mit einem Team aus

Raleigh, das die AAU-Zulassung hat«, erwiderte ich. »Die kommen auf die Sportanlage der Highschool, weil sie in der Höhe trainieren wollen. Dein Trainer hat doch sogar gesagt, dass du auch vom Höhentraining profitieren kannst. Ich will kein Wort zum Thema Training mehr hören. Das ist alles organisiert.«

»Da gibt es Höhlen in Starksville? Was denn für Höhlen?«, krähte Ali dazwischen.

»Höhe«, verbesserte ihn Nana Mama, die ehemalige Englischlehrerin und stellvertretende Schuldirektorin. »Damit ist die Höhe über dem Meeresspiegel gemeint.«

»Starksville liegt mindestens siebenhundert Meter über dem Meer«, sagte ich und zeigte nach vorn. In der Ferne waren bereits schemenhaft die Silhouetten der Berge zu erkennen. »Da oben, noch über diesem Gebirgszug.«

Jannie schwieg für einen Moment, dann sagte sie: »Ist Stefan unschuldig?«

Ich überlegte. Stefan Tate war Sportlehrer und wurde beschuldigt, einen dreizehn Jahre alten Jungen namens Rashawn Turnbull gequält und ermordet zu haben. Außerdem war er der Sohn der Schwester meiner verstorbenen Mutter und…

»Dad?«, meldete sich Ali zu Wort. »Ist er unschuldig?«

»Scootchie ist überzeugt davon«, erwiderte ich.

»Ich mag Scootchie«, sagte Jannie.

»Ich auch«, gab ich mit einem Seitenblick auf Bree zurück. »Und wenn sie mich um etwas bittet, dann erfülle ich ihr diesen Wunsch.«

Naomi »Scootchie« Cross ist die Tochter meines verstorbenen Bruders Aaron. Vor Jahren, während ihres Jurastudiums an der Duke University, war sie von einem sadistischen Mörder, der sich Casanova nannte, entführt worden. Ich habe sie damals glücklicherweise rechtzeitig entdeckt und ihr damit das Leben gerettet. Diese grauenhafte Erfahrung hatte uns sehr eng zusammengeschweißt.

Zu unserer Rechten huschte jetzt ein schmales, dicht bewachsenes Maisfeld vorbei, zu unserer Linken eine Kiefernplantage.

Genau diese Bilder waren in den Tiefen meiner Erinnerung abgespeichert, und ich bekam ein mulmiges Gefühl. Am hinteren Ende des Maisfelds, das wusste ich, stand ein Schild, das mich in einem Städtchen willkommen hieß, das mir das Herz herausgerissen hatte, einem Ort, den ich mein Leben lang zu vergessen versucht hatte.

2

In meiner Erinnerung war das Holzschild, das die Grenzen meiner schwierigen Kindheit markierte, ziemlich verblasst und von grünem Efeu überwuchert. Tatsächlich aber war es aus Metall, relativ neu und ohne jeden Bewuchs.

WILLKOMMEN IN STARKSVILLE, NC
21.010 EINWOHNER

Nachdem wir das Schild passiert hatten, kamen wir an zwei längst stillgelegten Fabrikgebäuden vorbei. Die fensterlosen Backsteinmauern waren bereits stark verfallen. An dem Maschendrahtzaun, der die Ruinen umgab, hing deutlich sichtbar die amtliche Räumungsanordnung. In den Tiefen meines Gehirns regte sich etwas. Soweit ich mich erinnern konnte, waren in der ersten Fabrik Schuhe und in der zweiten Bettwäsche hergestellt worden. Das wusste ich, weil meine Mutter in der Bettwäschefabrik gearbeitet hatte, damals, als ich noch ein kleiner Junge war, und bevor sie an Zigaretten, Schnaps, Drogen und letztendlich dann an Lungenkrebs zugrunde gegangen war.

Ich blickte in den Rückspiegel, sah das verkniffene Gesicht meiner Großmutter und wusste, dass auch sie den Erinnerungen an meine Mutter nicht entkommen konnte. Wahrscheinlich dachte sie auch an ihren Sohn, meinen verstorbenen Vater. Wir fuhren an einem schäbigen Einkaufszentrum vorbei, an das ich mich nicht erinnern konnte, und dann an einem leer stehenden Piggly-Wiggly-Supermarkt, an den ich mich noch ganz genau erinnern konnte.

»Manchmal hat meine Mom mir fünf Cent gegeben, und dann habe ich mir dort Süßigkeiten oder eine Dose Mr. Pibb geholt«, sagte ich und deutete auf den Laden.

»Fünf Cent?«, meldete sich Ali zu Wort. »Du hast für fünf Cent Süßigkeiten gekriegt?«

»Zu meiner Zeit hat es sogar nur einen Cent gekostet, junger Mann«, sagte Nana Mama.

»Was ist ein Mr. Pibb?«, wollte Bree wissen. Sie war in Chicago aufgewachsen.

»Limonade«, antwortete ich. »Ich glaube, Pflaumensaft mit Kohlensäure.«

»Das klingt ja eklig«, meinte Jannie.

»Nein, das schmeckt gar nicht schlecht«, sagte ich. »So ähnlich wie Dr. Pepper. Meine Mom hat das immer gern getrunken, und mein Dad auch. Weißt du noch, Nana?«

Meine Großmutter seufzte. »Wie könnte ich das je vergessen…«

»Ist euch eigentlich schon mal aufgefallen, dass ihr nie ihre richtigen Namen aussprecht?«, warf Bree dazwischen.

»Christina und Jason«, sagte Nana Mama leise.

Ich blickte erneut in den Rückspiegel. Mit einem Mal sah sie sehr traurig aus.

»Erzähl doch mal was von ihnen«, sagte Ali, ohne den Blick von seinem iPad zu nehmen.

Zum ersten Mal nach Jahrzehnten empfand ich wieder Trauer und Schmerz, weil ich meine Mom und meinen Dad verloren hatte. Ich sagte kein Wort.

Dafür sprach meine Großmutter: »Es waren zwei wundervolle Menschen, die große Probleme hatten, Ali.«

»Achtung, da vorn kommt ein Bahnübergang, Alex«, sagte Bree.

Ich löste den Blick vom Rückspiegel und registrierte die

blinkende Ampel und die herabsinkenden Schranken. Wir blieben hinter zwei Pkws und einem Lastwagen stehen und sahen zu, wie ein Güterzug träge an uns vorbeirumpelte.

Bilder gingen mir durch den Kopf, wie ich als Acht-, Neunjähriger an diesen Bahngleisen, die durch ein Waldstück dicht bei unserem Haus führten, entlangrannte. Es war eine regnerische Nacht gewesen, und aus irgendeinem Grund hatte ich schreckliche Angst gehabt. *Wieso?*

»Schaut mal, da sind Leute auf dem Zug!« Ali riss mich aus meinen Gedanken.

Tatsächlich sah ich zwei Gestalten auf einem der Güterwaggons sitzen, einen Schwarzen und einen Weißen. Sie mussten etwa zwanzig Jahre alt sein und ließen sich gerade an der vorderen Kante des Waggons nieder, sodass die Beine über den Rand nach unten baumelten. Es schien, als würden sie sich auf eine längere Reise einstellen.

»Solche Männer haben wir früher Landstreicher genannt«, sagte Nana Mama.

»Aber die Klamotten sind eigentlich zu gut für Landstreicher«, sagte Bree.

Als der Waggon mit den beiden jungen Männern die Straße überquerte, wurde mir klar, was Bree meinte. Die beiden trugen Baseballmützen, Schild nach hinten gedreht, dazu Sonnenbrillen, Kopfhörer, viel zu weite Shorts, schwarze T-Shirts und glänzende, knöchelhohe Turnschuhe. Sie schienen jemanden in dem Auto direkt vor uns zu kennen, jedenfalls grüßten sie mit drei erhobenen Fingern. Der Fahrer des Wagens streckte daraufhin den linken Arm zum Seitenfenster heraus und grüßte mit derselben Geste zurück.

Und dann waren sie schon an uns vorbei, dicht gefolgt vom letzten Waggon mit der roten Laterne, unterwegs nach Norden. Die Schranke öffnete sich. Die Ampel hörte auf zu blinken. Wir überquerten die Gleise. Die beiden Pkws fuhren nach rechts weiter, aber ich musste hinter dem Lastwagen warten, weil er nach links abbiegen wollte. Ein Wegweiser verriet uns, dass es dort zur CAINE DÜNGEMITTEL COMPANY ging.

»Iii-gitt!«, sagte Ali. »Was stinkt denn da so grässlich?«

Ich roch es ebenfalls. »Harnstoff.«

»Du meinst, wie in Pipi?« Jannies Stimme klang angewidert.

»Tierpipi«, sagte ich. »Und wahrscheinlich auch Tierkacka.«

Sie stöhnte auf. »Oh Gott, was sollen wir hier bloß?«

»Wo übernachten wir eigentlich?«, wollte Ali wissen.

»Hat Naomi alles organisiert«, erwiderte Bree. »Ich kann bloß hoffen, dass es da eine Klimaanlage gibt. Draußen hat es mindestens dreiunddreißig Grad, und wenn der Wind dann noch diesen Gestank …«

»Es hat siebenundzwanzig Grad«, sagte ich nach einem Blick auf das Thermometer am Armaturenbrett. »Wir sind ja schon ziemlich hoch.«

Ich fuhr weiter, folgte meinem Instinkt, ohne einen einzigen Straßennamen zu kennen. Trotzdem schien ich den Weg in die Innenstadt von Starksville genau zu kennen, als sei mein letzter Besuch erst einen Tag her und keine dreieinhalb Jahrzehnte.

Die Stadt war Anfang des 19. Jahrhunderts gegründet worden, und zwar rund um einen rechteckigen Platz, auf dem jetzt eine Statue von Colonel Francis Stark zu sehen war. Er hatte im Bürgerkrieg aufseiten der Konföderierten gekämpft und Heldenstatus erlangt. Außerdem war er der Sohn des Gründers und Namensgebers der Stadt. Starksville hätte durchaus ein malerisches Städtchen sein können. Viele

Häuser waren schon älter, manche stammten sogar noch aus der Zeit vor dem Krieg, andere hatten Backsteinfassaden, so wie die Fabriken am Stadtrand.

Doch die Wirtschaftskrise hatte Starksville schwer getroffen. Auf jedes Geschäft, das an diesem Donnerstag geöffnet hatte – ein Bekleidungskaufhaus, eine Buchhandlung, ein Pfandleiher, ein Waffengeschäft und zwei Schnapsläden – kamen zwei leer stehende mit zugekleisterten Schaufenstern. Überall hingen Schilder: »Zu verkaufen«.

»Ich weiß noch, dass Starksville gar kein schlechter Ort zum Leben war. Und das *trotz* der Jim-Crow-Gesetze«, sagte Nana Mama schwermütig.

»Was sind denn Crow-Gesetze?«, wollte Ali mit gerümpfter Nase wissen.

»Das waren Gesetze gegen Menschen wie uns«, erwiderte sie und richtete ihren knochigen Zeigefinger auf eine geschlossene Apotheke. »Genau da hingen immer die Schilder mit der Aufschrift ›Zutritt für Farbige nicht gestattet‹.«

»Hat Dr. King die abgemacht?«, wollte mein Kleiner wissen.

»Letztendlich hat er den Anstoß dafür gegeben«, sagte ich. »Aber meines Wissens war er nie selber in …«

»Oh, da ist ja Scootchie!«, fiel Jannie mir ins Wort.

3

Meine Nichte stand auf dem Bürgersteig vor dem Bezirksgericht und diskutierte mit einem gesetzt wirkenden Afroamerikaner in einem gut geschnittenen grauen Anzug. Naomi trug einen marineblauen Rock mit dazu passendem Blazer und drückte eine braune DIN-A4-Dokumentenmappe an die Brust. Sie schüttelte nachdrücklich den Kopf.

Ich stellte den Wagen am Straßenrand ab und sagte: »Sieht aus, als hätte sie noch zu tun. Am besten bleibt ihr erst mal sitzen, und ich frage sie schnell, wo wir übernachten sollen.«

Ich stieg aus und trat mitten hinein in einen – nach Washingtoner Maßstäben – herrlichen Sommertag. Die Luftfeuchtigkeit war erstaunlich gering, und eine sanfte Brise wehte die Stimme meiner Nichte zu mir herüber.

»Sag mal, Matt, willst du eigentlich jedem meiner Anträge widersprechen?«, sagte sie gerade.

»Selbstverständlich«, erwiderte der Mann. »Das ist schließlich mein Job, oder war dir das nicht klar?«

»Dein Job ist es, die Wahrheit ans Licht zu bringen«, gab sie empört zurück.

»Ich glaube, dass wir die Wahrheit schon längst kennen«, erwiderte er. Dann sah er mich über ihre Schulter hinweg an.

»Naomi?«, rief ich.

Sie drehte sich um, sah mich und entspannte sich sofort. »Alex!«

Mit einem breiten Grinsen im Gesicht kam sie auf mich zu, fiel mir um den Hals und sagte leise: »Gott sei Dank. Diese Stadt treibt mich noch in den Wahnsinn.«

»Ich bin gekommen, so schnell ich konnte«, sagte ich. »Wo ist Stefan?«

»Sitzt immer noch im Gefängnis. Der Richter weigert sich, eine Kaution festzusetzen.«

Inzwischen beobachtete Matt uns – besser gesagt: mich – mit durchdringenden Blicken.

»Ist das der Staatsanwalt?«, wollte ich leise wissen.

»Komm, ich stelle euch vor«, sagte sie. »Damit er ein bisschen nervös wird.«

»Nur zu«, sagte ich. »Ein bisschen Nervosität kann nichts schaden.«

Naomi brachte mich zu ihm und sagte: »Darf ich vorstellen, Matthew Brady, stellvertretender Bezirksstaatsanwalt. Das hier ist mein Onkel und Stefans Cousin. Dr. Alex Cross, ehemaliger Angehöriger der Verhaltensforschungsabteilung des FBI und aktuell Sonderermittler bei der Metropolitan Police in Washington, D. C.«

Falls Brady beeindruckt war, dann ließ er sich nichts anmerken. Er reichte mir wenig begeistert die Hand. »Und warum genau sind Sie hier?«

»Meine Familie und ich haben ein paar sehr anstrengende Monate hinter uns. Darum haben wir uns zu einem kleinen Urlaub entschlossen, zurück zu den Wurzeln sozusagen. Und außerdem möchte ich meinem Cousin ein bisschen moralischen Beistand leisten«, erwiderte ich.

»Tja, dann.« Er schniefte und sah Naomi an. »Wenn Sie Mr. Tate wirklich helfen wollen, dann sollten Sie meiner Meinung nach ernsthaft über ein Schuldeingeständnis nachdenken.«

Naomi lächelte. »Steck dir die Idee gefälligst dahin, wo die Sonne niemals scheint.«

Brady grinste freundlich und hob die geöffneten Hände.

»Ist deine Entscheidung, Naomi, aber meine Einschätzung ist, dass er sich entweder vor Prozessbeginn schuldig bekennt und dann hinter Gittern weiterleben kann, oder aber es kommt zur Verhandlung. Und dann hat er nichts anderes als die Todesstrafe zu erwarten.«

»Auf Wiedersehen«, sagte sie liebenswürdig und hängte sich bei mir ein. »Wir müssen jetzt los.«

»Sehr erfreut, Sie kennengelernt zu haben«, sagte ich.

»Ebenfalls, Dr. Cross«, erwiderte er und drehte sich um.

»Ganz schön steif, der Gute«, sagte ich, als er außer Hörweite war und wir zu meinem Auto gingen.

»Das ist seit dem Studium immer schlimmer geworden«, sagte Naomi.

»Dann kennt ihr euch schon länger?«

»Wir waren zusammen auf der Uni.« Und dann stieß sie einen spitzen Schrei aus, weil nämlich Jannie aus dem Explorer gestiegen war.

Wenige Augenblicke später standen alle auf dem Bürgersteig und umarmten Naomi, die einfach nicht darüber hinwegkam, wie groß und kräftig Jannie geworden war. Als meine Großmutter ihr einen Kuss gab, schossen ihr die Tränen in die Augen.

»Du hast dich ja überhaupt nicht verändert, Nana«, sagte Naomi. »Hängt vielleicht in irgendeiner Dachkammer ein Gemälde von dir, das an deiner Stelle älter wird?«

»Das Bildnis der Regina Cross …« Nana Mama kicherte.

»Wie gut es tut, euch alle zu sehen«, sagte Naomi, doch dann verfinsterte sich ihre Miene. »Ich wünschte nur, dass die Umstände nicht so traurig wären.«

Meine Frau meinte: »Wir finden schon raus, wie das alles wirklich war, und dann kommt Stefan frei, und wir genießen unseren Urlaub.«

Naomis Gesichtsausdruck wurde noch eine Spur düsterer. »Das ist leichter gesagt als getan, Bree. Aber ich weiß, dass die Tanten auf uns warten. Am besten fahrt ihr mir einfach hinterher.«

»Kann ich bei dir mitfahren, Scootchie?«, fragte Jannie.

»Na klar«, erwiderte Naomi und zeigte quer über die Straße. »Der kleine rote Chevy da, das ist meiner.«

Wir verließen die Innenstadt und fuhren durch eine Wohngegend mit auffallend schroffen Gegensätzen. Die Häuser waren entweder sehr heruntergekommen oder frisch renoviert. Die Autos waren entweder nagelneu oder praktisch schrottreif. Und die Menschen auf der Straße waren entweder schäbig gekleidet oder trugen hippes Großstadt-Outfit.

Anschließend überquerten wir die alte Bogenbrücke, die sich über den Stark River spannte. Fast zwanzig Meter unter uns schoss der Fluss durch eine tiefe Schlucht aus hohen Granitwänden, brauste tosend und schäumend über riesige Felsen hinweg ins Tal. Ali entdeckte ein paar Kajaks in den Schaumkronen.

»Kann ich das auch mal machen?«, schrie er.

»Nie im Leben«, entgegnete Nana Mama bestimmt.

»Wieso denn nicht?«

»Weil die Schlucht schon viele Todesopfer gefordert hat«, lautete ihre Antwort. »Es gibt da alle möglichen Unterströmungen und Kanten oder Baumstämme, wo man sich einklemmen kann und nicht wieder rauskommt. In meiner Jugend sind mindestens fünf Kinder da unten ums Leben gekommen, und einer davon war mein kleiner Bruder. Man hat die Leichen nie gefunden.«

»Echt?«, fragte Ali.

»Echt«, antwortete Nana Mama.

Naomi fuhr geradewegs über die Brücke, dann ging es

noch einmal über einen Bahnübergang, und schließlich landeten wir in Birney, einer besonders schäbigen Gegend. Fast jeder der kleinen Bungalows am Straßenrand sehnte sich nach ein wenig liebevoller Zuwendung. Kinder spielten in den lehmigen Vorgärten. Hunde kläfften uns an. Hühner und Ziegen stoben von der Straße. Und die Erwachsenen auf den Eingangstreppen musterten uns misstrauisch, als würden sie jeden kennen, der in dieses Viertel gehörte, und wissen, dass wir Fremde waren.

Das bedrückende Gefühl, das mich beim Anblick des Ortsschilds überkommen hatte, kehrte wieder zurück. Und als Naomi in die Loupe Street einbog, wurde es beinahe unerträglich. Die rissige, mit Schlaglöchern übersäte Straße war eine Sackgasse, und die drei Häuser am hinteren Ende schienen die einzigen im ganzen Viertel zu sein, die gut erhalten waren. Es handelte sich um drei identische und offensichtlich frisch gestrichene Bungalows. Jeder wurde von einem niedrigen Gartenzaun und einem gut gewässerten Rasen umschlossen. Die Eingangsveranden besaßen ein Fliegengitter, und davor waren Blumenbeete angelegt worden.

Ich stellte meinen Wagen hinter Naomis ab und blieb erst einmal sitzen, während meine Frau und mein Sohn bereits ausgestiegen waren. Nana Mama hatte es auch nicht besonders eilig, und so konnte ich mir ihre verbissene Miene im Rückspiegel ausgiebig betrachten.

»Alex?« Bree steckte den Kopf zur offenen Beifahrertür herein.

»Ich komme«, sagte ich, stieg aus und half meiner Großmutter nach draußen.

Langsam gingen wir um das Auto herum, blieben stehen und musterten den am nächsten stehenden der drei Bungalows, als würden dort Geister hausen. Und genau so empfanden wir es auch.

»Warst du hier schon mal, Dad?«, wollte Ali wissen.

Ich stieß langsam den Atem aus, nickte und sagte: »Das ist das Haus, in dem dein Daddy aufgewachsen ist, mein Junge.«

4

»Du meine Güte, seid ihr etwa schon da, Tante Regina?«, ertönte eine Frauenstimme, noch bevor Ali oder jemand anderes aus meiner Familie etwas sagen konnte.

Ich nahm den Blick vom Haus meiner Kindheit und sah, wie eine altehrwürdige Dampfwalze von Frau in einem roten, hawaiianischen Gewand mit Blumenmuster und grellgrünen Strandlatschen von nebenan auf uns zugestürmt kam. Sie strahlte über das ganze Gesicht und fuchtelte mit den Händen, als sei sie gerade dem Auferstandenen begegnet.

»Connie Lou?«, rief Nana Mama. »Junge Dame, mir scheint, du hast abgenommen seit deinem Besuch vor zwei Jahren.«

Connie Lou Parks war die Witwe des Bruders meiner Mutter, also meine Tante. Und sie hatte *tatsächlich* abgenommen, seit wir sie das letzte Mal gesehen hatten. Trotzdem hatte sie immer noch eine Statur wie ein Footballprofi. Aber als sie die anerkennenden Worte meiner Großmutter hörte, da bebte sie am ganzen üppigen Körper, zog Nana Mama in ihre mächtigen Arme und gab ihr einen lauten Schmatz auf die Wange.

»Mein Gott, Connie«, sagte Nana Mama. »Du brauchst mich ja nicht gleich abzuschlecken.«

Meine Tante fand das überaus köstlich und küsste sie gleich noch einmal.

Dann stellte meine Großmutter ihr die Frage, die der Küsserei sofort ein Ende bereitete: »Wie hast du denn so abgenommen?«

»Ich hab eine Steinzeitdiät gemacht und angefangen, jeden

Tag zu gehen«, verkündete Tante Connie stolz. Dann lachte sie wieder. »Über zwanzig Kilo hab ich so verloren, und meine Blutzuckerwerte sind auch besser geworden. Alex Cross, komm auf der Stelle zu mir! Ich will dich knuddeln!«

Sie legte die Arme um mich und drückte zu. Dann blickte sie mich mit feuchten Augen an. »Danke, dass du Stefan helfen willst. Ich kann dir gar nicht sagen, wie viel uns das bedeutet.«

»Das ist doch selbstverständlich. Ich habe keine Sekunde gezögert«, erwiderte ich.

»Hast du wohl, und das ist auch nachvollziehbar«, stellte sie sachlich fest. Dann wandte sie sich Bree und den Kindern zu, umarmte sie und überschüttete sie mit einem Schwall herzlicher Worte. Nana Mama sagt immer, dass meine Tante Connie jeden Menschen, dem sie begegnet, wie einen guten, alten Freund behandelt. Und sie hatte recht. In meiner Erinnerung hatte ich jedenfalls nur Bilder von ihrem freundlichen Gesicht und ihrem ansteckenden Lachen abgespeichert.

Als die Begrüßungsrunde abgeschlossen war, sah Tante Connie mich an und wies dann mit einer Kopfbewegung auf den Bungalow. »Seid ihr einverstanden, wenn wir euch dort unterbringen? Das Haus ist komplett renoviert. Nichts sieht mehr so aus wie früher.«

Ich war mir nicht sicher. »Wohnt denn da niemand?«

»Meine Karen mit ihrer Familie, aber sie sind über den Sommer unten an der Golfküste. Sie müssen sich um Petes Mutter kümmern. Der geht es sehr schlecht. Ich habe mit ihnen gesprochen. Sie würden euch das Haus sehr gerne überlassen, wenn ihr euch dort wohlfühlt.«

Ich schaute zu Bree hinüber und sah ihr an, dass sie die Kosten eines wochenlangen Hotelaufenthalts gegen eine freie Unterkunft abwog. »Ich hätte nichts dagegen«, sagte ich.

Tante Connie lächelte und umarmte mich schon wieder. »Gut, dann richtet ihr euch nach dem Essen dort ein. Wer hat Hunger?«

»Ich«, sagte Ali.

»Hattie hat uns alle zu sich eingeladen«, fuhr Connie Lou fort. »Dann wollen wir mal sehen, dass ihr euch irgendwo frisch machen könnt, und dann müsst ihr uns unbedingt erzählen, was es Neues gibt.«

Meine Tante war eine solche Naturgewalt, dass Ali, Jannie und Naomi ihr ohne zu zögern folgten, als sie davonstürmte. Bree streckte Nana Mama die Hand entgegen und sah mich erwartungsvoll an.

»Ich komme gleich nach«, sagte ich. »Aber ich glaube, ich muss da zuerst mal alleine rein.«

Ich spürte, dass meine Frau das nicht wirklich nachvollziehen konnte. Ich hatte mit ihr noch kaum über meine Kindheit geredet, weil mein Leben im Grunde genommen erst wirklich begonnen hatte, nachdem Nana Mama mich und meine Brüder bei sich aufgenommen hatte.

»Tu, was du tun musst«, sagte Bree.

Meine Großmutter blickte mir direkt ins Gesicht. »Du hast überhaupt keine Schuld an dem, was geschehen ist. Hast du verstanden? Das alles lag nicht in deiner Macht, Alex Cross.«

Während der ersten Jahre hatte Nana Mama pausenlos solche Dinge zu mir gesagt. So hatte sie mir geholfen, selbstzerstörerischen Tendenzen zu widerstehen, hatte mir einen besseren Weg in die Zukunft gezeigt.

»Ich weiß, Nana«, sagte ich und stieß das Gartentor auf.

Aber als ich mich der Eingangsveranda mit dem Fliegengitter näherte, kam ich mir so seltsam und entwurzelt vor wie noch nie im Leben. Als wäre ich zwei völlig verschiedene Personen: zum einen ein tüchtiger Detective, liebender Ehemann und hingebungsvoller Vater auf dem Weg zu einem kleinen, friedlichen Häuschen im Süden, zum anderen ein unsicherer, verängstigter achtjähriger Junge, der seinem Zuhause entgegentrottete, in dem er vielleicht von Musik, Liebe und Freude, vielleicht aber auch von Gebrüll, Chaos und Wahnsinn empfangen wurde.

5

Tante Connie hatte recht gehabt. Ich erkannte das Haus tatsächlich nicht wieder.

Irgendwann im Lauf der letzten Jahrzehnte musste es komplett entkernt worden sein, jedenfalls hatte es einen völlig neuen Grundriss erhalten. Die Eingangsveranda war der einzige Teil, der mir noch bekannt vorkam. Aber den Windfang, in dem wir immer unsere Schuhe abgestellt hatten, gab es nicht mehr, genauso wenig wie die halbe Wand, die die Küche vom Wohnzimmer abgetrennt hatte, dort, wo ich mit meinen Brüdern Charlie, Blake und Aaron gespielt und ferngesehen hatte – zumindest dann, wenn wir auch einen funktionierenden Fernseher gehabt hatten.

Die neuen Möbel waren hübsch und der Flachbildfernseher groß. In der Küche gab es neue Schränke, einen neuen Herd, einen neuen Kühlschrank und eine Geschirrspülmaschine, außerdem auch ein paar neue Fenster. Aus dem düsteren Raum mit dem trostlosen Resopaltisch, an dem wir unsere Mahlzeiten eingenommen hatten, war ein lichtdurchflutetes freundliches Zimmer mit Essecke geworden.

Ich stand einfach nur da und konnte fast meine Mutter vor mir sehen, an einem ihrer besseren Tage. Sie trug ihren fadenscheinigen Morgenmantel, strahlte aber wie eine Schönheitskönigin, rauchte eine Kent mit Filter und kochte für uns Waffeln mit Spiegelei. Im Radio lief WAAA 980 AM aus Winston-Salem. Sie spielten einen Song von Sam Cooke, und meine Mutter sang leise mit.

… been a long time coming, but I know a change gonna come …

Das war ihr Lieblingslied, und sie hatte eine fantastische raue Stimme, die in der Baptistenkirche ihres Vaters ausgiebig geschult worden war. So stand ich also in der Küche, in der sie früher für uns gesungen hatte, und hatte ihre Stimme klar und deutlich im Ohr. Ich musste schlucken, und dann brach ich weinend zusammen.

Damit hatte ich nicht gerechnet.

Vermutlich habe ich meine Mutter schon so lange in irgendeiner Kiste in den Tiefen meiner Erinnerung aufbewahrt, dass ich dachte, ich sei über die Tragödie ihres Lebens endgültig hinweg. Aber offensichtlich war ich das nicht. Sie war klug, einfühlsam und sehr witzig gewesen. Begabt im Umgang mit Worten und Tönen. Sie konnte spontan anfangen zu rappen, und bei den wenigen Gelegenheiten, wo ich sie in der Kirche hatte singen hören, war es mir jedes Mal, als hätte ein Engel von ihr Besitz ergriffen.

Aber es hatte auch andere Zeiten gegeben, viel zu viele davon. Dann war sie wie von Dämonen besessen gewesen. Im Alter von zwölf Jahren hatte sie den Selbstmord ihres eigenen Vaters mit angesehen, und das hatte sie für ihr ganzes kurzes Leben zum seelischen Krüppel gemacht. Im Wodka und im Heroin fand sie Erleichterung, sodass ich sie in ihren letzten Lebensjahren fast nie mehr nüchtern erlebt habe.

Ich habe gesagt, dass Dämonen sie im Griff gehabt haben, aber in Wirklichkeit waren es die Erinnerungen, die ihren von Drogen und Alkohol umnebelten Geist verpesteten. Sie waren verantwortlich dafür, dass sie sich manchmal in ein schreckliches Monster verwandelte. Dann lagen wir in unseren Betten und hörten, wie sie weinend nach ihrem toten Vater rief oder ihn anbrüllte. In diesen Nächten wurde sie dann irgendwann gewalttätig, zerschlug alle möglichen Sachen und verfluchte Gott und uns alle gleich mit.

In einer Familie mit einem suchtkranken Elternteil spielt jedes Kind seine eigene Rolle und findet eigene Wege, um mit der Situation fertigzuwerden. Meine Brüder zogen sich, wenn meine Mutter unter Drogeneinfluss stand und zu einer Gefahr für uns wurde, immer mehr in sich selbst zurück. Meine Aufgabe hingegen war es, dafür zu sorgen, dass sie sich nicht selbst verletzte. Später musste ich sie dann vom Boden hochheben und ins Bett bringen. Um es in der Sprache der suchttherapeutischen Fachliteratur auszudrücken: Ich bin in die Rolle des Helden und fürsorglichen Retters geschlüpft.

Wie ich so da stand und mir all die Abende wieder einfielen, die ich versucht hatte zu vergessen, da wurde mir überdeutlich, dass ich nicht nur rein körperlich das Geschöpf meiner Mutter war. Von Kindesbeinen an hatte ich mich im Chaos und unter chaotischen Menschen zurechtfinden müssen, und um das zu überleben, hatte ich keine andere Wahl gehabt, als meine Ängste hinunterzuschlucken und mich zu zwingen, den Wahnsinn zu begreifen und irgendwie damit umzugehen. Und diese mühsam erworbene Fähigkeit hatte mich unweigerlich zu meiner wahren Berufung geführt: dem Studium an der Johns Hopkins University mit einem Doktortitel in Psychologie und dann zur Polizeiarbeit. Und genau aus diesen und noch weiteren Gründen wurde mir klar, dass ich meiner Mutter, trotz all des Wahnsinns und all der Enttäuschungen, dankbar war. Dass es ein Segen war, ihr Sohn zu sein.

Ich wischte mir die Tränen aus den Augen, ließ die Küche hinter mir und betrat den Flur, der zu den Schlafzimmern führte. Damals hatten wir überhaupt nur zwei Zimmer gehabt, und dazu ein einziges Badezimmer, das die Bezeichnung beim besten Willen nicht verdient hatte. Aber inzwischen war ein weiteres Badezimmer hinzugekommen, und aus dem großen Zimmer, in dem ich mit meinen Brüdern gehaust hatte, waren zwei geworden. In jedem stand ein Doppelstockbett.

Ich starrte irgendwo in die Ferne, nahm nichts um mich herum wahr und musste an meinen Vater denken, an einen seiner besseren Abende. Nüchtern und witzig war er gewesen, und er hatte mir und meinen Brüdern versprochen, dass er uns zu einem Ausflug nach New Orleans mitnehmen wolle, in die Bourbon Street, wo es wunderbaren Jazz zu hören gab.

Man muss träumen, Jungs, hatte er jedes Mal gesagt, bevor er das Licht ausgemacht hatte. *Man muss träumen, und ihr müsst…*

»Keine Bewegung!«, unterbrach eine Männerstimme meine Gedanken. »Hände hoch, und zwar so, dass wir sie sehen können!«

Erschrocken hob ich die Hände und blickte vorsichtig über die Schulter zurück und den Flur entlang bis in die Küche. Zwei Männer in Zivilkleidung hatten ihre Pistolen auf mich gerichtet. Beide hatten ein Schlüsselband mit einer Polizeidienstmarke um den Hals hängen.

6

»Auf die Knie«, bellte der größere und jüngere der beiden, ein schlanker, drahtiger Afroamerikaner Anfang dreißig.

Der andere Zivilpolizist war weiß, Mitte fünfzig, blass und pockennarbig. Eine braun gefärbte Haarsträhne hing ihm über das freudlose Gesicht.

»Was ist denn los?«, fragte ich und rührte mich nicht von der Stelle. »Detectives?«

»Sie sind unbefugt in das Haus eines guten Bekannten von mir eingedrungen«, sagte der Afroamerikaner.

»Dieses Haus gehört Connie Lou Parks, meiner Tante. Sie hat mich ins Haus gelassen. Eigentlich ist es vermietet, an meine Cousine Karen und ihren Mann Pete, der vermutlich Ihr Bekannter ist«, sagte ich. »Ich habe als Kind hier gewohnt, und außerdem bin ich auch Polizist.«

»Na klar«, sagte der ältere der beiden.

»Kann ich Ihnen meine Ausweise zeigen?«

»Aber vorsichtig«, erwiderte er.

Ich schob mein Jackett ein Stück zur Seite, sodass das Schulterholster sichtbar wurde.

»Schusswaffe!«, rief der afroamerikanische Beamte, und schon hatten er und sein Partner sich tief geduckt.

Ich war mir sicher, dass sie mich erschießen würden, wenn ich versuchte, meinen Ausweis zu ziehen, darum nahm ich die Hand wieder weg und sagte: »Natürlich habe ich eine Waffe. Ich bin Detective bei der Mordkommission in Washington, D.C. Um genau zu sein, es sind sogar zwei. Abgesehen von der Glock 40 trage ich noch eine kleine Neun-Millimeter Ruger LC9 am rechten Unterschenkel.«

»Name?«, wollte der Ältere wissen.

»Alex Cross. Und Sie?«

»Detective Frost und Detective Carmichael. Ich bin Frost«, sagte er, während er und sein Partner langsam wieder in die Senkrechte kamen. »Also, Alex Cross, Sie machen jetzt Folgendes. Ziehen Sie ihr Jackett aus, und zwar den rechten Ärmel zuerst. Dann werfen Sie es zu mir.«

Es hätte keinen Sinn gehabt, sich zu weigern, darum tat ich, was er verlangte, und warf mein leichtes Sportsakko in den Flur.

»Gib mir Deckung, Carmichael«, sagte der Ältere und ging in die Hocke, sodass sein Partner mich genau im Visier behalten konnte.

Sie gingen genau nach Vorschrift vor. Sie kannten mich nicht und machten darum genau das, was jeder altgediente Polizeibeamte in Washington auch gemacht hätte. Mich eingeschlossen.

Als Frost mein Jackett in der Hand hielt, sagte ich: »Linke Brusttasche.«

Er wich mit zusammengekniffenen Augen ein paar Schritte zurück, immer noch in der Hocke, und holte die Brieftasche mit meiner Dienstmarke und dem Ausweis heraus.

»Du kannst die Waffe runternehmen, Lou«, sagte Frost. »Die Angaben stimmen. Dr. Alex Cross, Mordkommission Washington, D. C.«

Carmichael zögerte zunächst, dann ließ er seine Pistole ein wenig sinken und sagte: »Besitzen Sie eine Genehmigung zum Tragen einer versteckten Waffe in North Carolina, Herr Dr. Cross?«

»Ich habe sogar eine landesweit gültige Genehmigung«, erwiderte ich. »Sie steckt auch da drin, hinter dem Ausweis. Ich war früher mal für das FBI tätig.«

Frost zog die Genehmigung heraus und nickte seinem Partner zu.

Carmichael wirkte verärgert, steckte seine Waffe aber wieder ein. Frost machte es ihm nach, dann hob er mein Jackett auf, klopfte den Staub ab und gab es mir wieder, zusammen mit meinen Dokumenten.

»Würden Sie uns vielleicht erzählen, weshalb Sie hier sind?«, erkundigte sich Carmichael.

»Ich möchte den Prozess gegen Stefan Tate begleiten. Er ist mein Cousin.«

Carmichael versteinerte. Frost sah so aus, als sei ihm plötzlich ein bitterer Geschmack die Kehle emporgekrochen. Er sagte: »Starksville ist vielleicht nicht gerade eine Großstadt, Detective Cross, aber wir sind alle gut ausgebildete Profis. Ihr Cousin, Stefan Tate? Dieses Dreckschwein ist so schuldig, wie man nur schuldig sein kann.«

7

Ich überquerte das hintere Ende der Loupe Street, um zu dem dritten Bungalow zu gelangen. Während der zivile Streifenwagen hinter mir losfuhr, fragte ich mich, wie die Chancen für meinen jungen Cousin wohl stehen mochten. Ich musste Naomi um die Akten bitten und …

Tante Connies lebhafte Stimme tönte durch die Fliegengittertür, gefolgt von gackernden Frauen und prustenden Männern. Sie hatte wohl etwas ziemlich Witziges gesagt. Der Wind drehte sich und trug geheimnisvolle, herrliche Düfte aus der Küche meiner Tante, Hattie Parks Tate, zu mir herüber. Sie war die jüngere Schwester meiner Mutter. Seit fünfunddreißig Jahren hatte ich so etwas nicht mehr gerochen, und doch lockten sie sofort Kindheitserinnerungen ans Tageslicht: an genau diese Eingangstreppe und diese Düfte, wie ich genau diese Fliegengittertür geöffnet hatte und es kaum erwarten konnte, nach drinnen zu kommen.

Dieses Haus war damals einer meiner Zufluchtsorte gewesen. Ich weiß noch, wie friedlich und geordnet es dort im Vergleich zu dem ständigen Chaos auf der anderen Straßenseite zugegangen war. Und daran hatte sich auch nichts geändert, wie ich mit einem Blick durch die Fliegengittertür feststellen konnte. Meine Familie saß jedenfalls in Hatties blitzsauberem Wohnzimmer, auf ihren Tellern türmte sich wunderbares Essen, und auf ihren Gesichtern lag tiefe Zufriedenheit.

»Klopf, klopf«, sagte ich und trat ein.

»Dad!«, rief Ali von seinem Platz auf einem Weidensofa aus und winkte mir mit einem Knochen zu. »Du musst unbedingt was von Tante Hatties Hasenbraten probieren!«

»Und von ihrem Kartoffelsalat«, ergänzte Jannie und verdrehte genüsslich die Augen.

Hattie Tate kam aus ihrer Küche gestürzt, wischte sich die Hände an ihrer Schürze ab und strahlte über das ganze Gesicht. »Du meine Güte, Alex, wieso hat das denn so lange gedauert?«

Ich hatte die Schwester meiner Mutter fast zehn Jahre lang nicht gesehen, aber sie schien keinen Tag älter geworden zu sein. Sie war jetzt Anfang sechzig und immer noch schlank und groß. Aus ihrem wunderschönen, ovalen Gesicht sahen mich zwei große mandelförmige Augen an. Ich hatte vergessen, wie sehr sie meiner Mutter ähnlich sah. Längst begrabene Trauer flackerte in mir auf.

»Tut mir leid, Tante Hattie«, sagte ich. »Ich…«

»Ist ja auch egal«, unterbrach sie mich mit Tränen in den Augen. Sie kam zu mir und nahm mich in ihre Arme. »Dass du hier bist, reicht schon, damit ich wieder Hoffnung schöpfen kann.«

»Wir werden für Stefan tun, was wir können«, versprach ich ihr.

Sie strahlte mich mit tränenüberströmten Wangen an. »Ich wusste, dass du kommen würdest. Stefan auch.«

»Wie geht es ihm?«

Noch bevor meine Tante antworten konnte, kam ein Mann mit Gehstock ins Zimmer geschlurft. Er war wohl Mitte siebzig und trug Hausschuhe, eine braune Jogginghose und ein weites weißes T-Shirt. Verwirrt blickte er sich um, dann packte ihn die Aufregung.

»Hattie!«, rief er. »Da sind Fremde im Haus!«

Blitzartig war Hattie bei ihm und redete beruhigend auf ihn ein. »Alles in Ordnung, Cliff. Das sind Verwandte. Alex mit seiner Familie.«

»Alex?«, wiederholte er.

»Ich bin's, Onkel Cliff«, sagte ich und ging auf ihn zu. »Alex Cross.«

Mein Onkel starrte mich ratlos an, während Hattie ihn am Ellbogen stützte, ihm über den Rücken streichelte und sagte: »Alex, der Junge von Christina und Jason. Du weißt doch noch, oder?«

Onkel Cliff blinzelte, als hätte sich irgendwo in den Tiefen seines versagenden Geistes gerade etwas geregt. »Ach, was«, sagte er dann. »Der Alex ist doch so ein ängstlicher Kleiner.«

Ich lächelte ihn schwach an und sagte: »Der Kleine ist groß geworden.«

Onkel Cliff leckte sich die Lippen und musterte mich noch etwas länger. »Du bist so groß wie sie, aber du hast sein Gesicht. Was macht er denn jetzt, dein Daddy?«

Hattie verzog schmerzlich das Gesicht. »Jason ist doch schon lange tot, Cliff.«

»Ach ja?« Seine Augen wurden feucht.

Hattie lehnte sich mit dem Kopf an seinen Arm und sagte: »Cliff hat deinen Vater sehr geliebt, Alex. Dein Vater war sein bester Freund, stimmt's, Cliff?«

»Wann ist er gestorben? Jason?«

»Vor fünfunddreißig Jahren«, erwiderte ich.

Mein Onkel legte die Stirn in Falten. »Nein, das ist … oh … Christina liegt gleich neben Brock, aber Jason, der liegt …«

Meine Tante legte den Kopf schief. »Cliff?«

Ihr Mann drehte sich verwirrt zu ihr um. »Mann, Jason … er hat den Blues geliebt.«

»Und den Jazz«, sagte Nana Mama.

»Aber den Blues noch mehr«, beharrte Cliff. »Soll ich's dir zeigen?«

Hatties Züge wurden weicher. »Soll ich dir die Gitarre holen, Liebling?«

»Die sechssaitige«, sagte er und schlurfte zu einem Stuhl. Er benahm sich, als sei außer ihm niemand hier.

Tante Hattie verschwand und kam gleich darauf mit einer sechssaitigen Steel Guitar wieder. Sie kam mir irgendwie bekannt vor. Mein Onkel nahm die Gitarre, verschmolz mit ihr und spielte eine alte Bluesmelodie, so voller Inbrunst, dass ich das Gefühl hatte, in die Vergangenheit katapultiert zu werden. Ich sah mich als Fünf- oder Sechsjährigen auf dem Schoß meines Vaters sitzen, während Clifford genau dieses Stück spielte.

Meine Mutter kam in dieser Erinnerung auch vor. Sie hatte ein Glas in der Hand und saß neben meinen Brüdern, juchzte und feuerte Clifford an. So lebendig war diese Erinnerung, dass ich für einen Moment hätte schwören können, dass ich meine Eltern tatsächlich gerochen habe.

Mein Onkel spielte den ganzen Song und endete mit einem kleinen Schnörkel, der uns allen deutlich machte, wie gut er früher gewesen war. Alle klatschten, und er fing an zu strahlen und sagte: »Wenn es euch gefallen hat, dann kommt heute Abend zum Konzert, okay?«

»Was denn für ein Konzert?«, wollte Ali wissen.

»Cliff and the Midnights«, sagte mein Onkel in einem Tonfall, als hätte Ali das eigentlich wissen müssen. »Wir spielen drunten im …«

Seine Stimme versagte, und der verwirrte Gesichtsausdruck war wieder da. Er sah sich nach seiner Frau um. »Hattie? Wo ist der Auftritt heute Abend? Ich darf auf keinen Fall zu spät kommen.«

»Keine Sorge«, sagte sie und nahm ihm die Gitarre ab. »Ich pass schon auf.«

Mein Onkel schien kurz darüber nachzudenken, dann sagte er: »Alles einsteigen, Hattie.«

»Alles einsteigen, Cliff«, erwiderte sie und stellte die Gitarre weg. »Das Mittagessen wird im Speisewagen serviert. Hast du Hunger?«

»Ist meine Schicht schon zu Ende?« Er klang überrascht.

Meine Tante warf mir einen schnellen Blick zu und erwiderte: »Du hast bald Pause, Schatz. Ich bring dir einen Teller in den Speisewagen. Connie? Kannst du ihn begleiten?«

»Wo ist denn Pinkie?«, wollte Cliff wissen, während Connie Lou auf ihn zutrat.

»Drunten in Florida, das weißt du doch«, sagte sie. »Nun komm schon. Und nimm deinen Stock. Im Zug zu stürzen, ist immer besonders unangenehm.«

»Pffff«, machte Cliff beim Aufstehen. »Seit fünfundzwanzig Jahren arbeite ich in diesem Zug, und ich bin noch kein einziges Mal hingefallen.«

»Trotzdem«, sagte Tante Connie und folgte ihm den Flur entlang.

Hattie drehte sich zu uns um. »Ihr müsst entschuldigen.«

»Da gibt es doch nichts zu entschuldigen«, erwiderte Nana Mama.

Tante Hattie rang die Hände und nickte bewegt, dann drehte sie sich um und ging zurück in die Küche. Ich hatte ein schlechtes Gewissen, weil ich sie nicht schon früher einmal besucht hatte, als es meinem Onkel noch nicht so schlecht gegangen war.

»Alex, besorg dir mal was zu essen, damit Ali und ich uns endlich einen Nachschlag genehmigen können«, sagte Bree.

»Und lass mir was übrig«, rief Jannie.

Ich ging zu Tante Hattie in die Küche. Sie stand an der

Spüle, hatte die Hand vor den Mund geschlagen und machte den Eindruck, als müsste sie alle Kraft aufbieten, um nicht an Ort und Stelle zusammenzubrechen.

Aber als sie mich sah, lächelte sie tapfer. »Bedien dich, Alex.«

Ich nahm mir einen Teller vom Küchentisch, schaufelte mir Hasenbraten, Kartoffelsalat und grüne Bohnen mit Pilzen darauf und nahm mir ein paar dicke Scheiben selbst gebackenes Brot. Das war einer der wunderbaren Düfte, die mich vorhin empfangen hatten.

»Seit wann weißt du es?«, wollte ich wissen.

»Dass Cliff an Demenz leidet? Die Diagnose haben wir seit fünf Jahren, aber angefangen hat es schon vor neun Jahren.«

»Bist du die Einzige, die sich um ihm kümmert?«

»Connie Lou hilft mir«, sagte sie. »Und Stefan auch, seit er wieder zu Hause war.«

»Wie kommt ihr finanziell zurecht?«

»Cliffs Eisenbahner-Pension und Sozialhilfe.«

»Reicht das?«

»Wir kriegen es irgendwie hin.«

»Aber es ist schwer…«

»Sehr«, sagte sie und strich sich ein paar Haarsträhnen aus der Stirn. »Und jetzt diese Geschichte mit Stefan…« Hattie hielt inne, warf die Hände in die Luft und sagte mit erstickter Stimme: »Er ist doch mein Wunderbaby. Wie könnte denn mein Wunderbaby…«

Nana Mama hatte mir erzählt, dass die Ärzte Cliff und Hattie keinerlei Hoffnung auf ein eigenes Kind gemacht hatten. Aber dann war sie mit Mitte dreißig doch schwanger geworden und hatte Stefan zur Welt gebracht.

Ich stellte meinen Teller ab und wollte sie gerade tröstend in den Arm nehmen, da kam Ali hereingestürmt und rief: »Dad! Da draußen, da sind eine Zillion Glühwürmchen, ganz ehrlich, ich schwöre!«

8

Als ich auf die Eingangsveranda trat, war es schon längst dunkel geworden. Draußen vor dem Fliegengitter schwebten Glühwürmchen durch die Luft. Es mussten Tausende sein. Das hatte ich seit meiner Kindheit nicht mehr erlebt. Ich musste daran denken, wie Onkel Clifford mir und meinen Brüdern beigebracht hatte, sie mit Gläsern einzufangen, und wie verblüfft ich war, dass zwei oder drei dieser winzigen Geschöpfe so viel Licht abgeben konnten.

Tante Hattie schien meine Gedanken gelesen zu haben. »Soll ich ihm ein Glas holen, Alex?«

»Das wäre sehr nett.«

»Ich hab noch ein großes Erdnussbutterglas unter der Spüle.« Sie ging nach drinnen, um es zu holen.

Dann stellten wir uns alle gemeinsam in Tante Hatties Garten und beobachteten die Glühwürmchen, wie sie durch die Luft tanzten und blinkten wie unzählige, weit entfernte Sterne. Mir wurde warm ums Herz, als ich sah, wie Ali langsam lernte, sie einzufangen. Ein längst verloren geglaubtes Gefühl ergriff mich und hielt mich fest.

Bree hängte sich bei mir ein. »Du lächelst ja. Wieso denn das?«

»Schöne Erinnerungen«, erwiderte ich und deutete auf die Glühwürmchen. »Die waren jeden Sommer hier. Das ist … ich weiß auch nicht.«

»Tröstlich?«, schlug Nana Mama vor.

»Eher so was wie ewig«, meinte ich.

Bevor meine Frau etwas sagen konnte, ertönte auf der Straße lautes Gebrüll.

»Ihr wollt uns verarschen? Das habt ihr jetzt davon!«

Ich drehte mich um und erstarrte.

Ein ganzes Stück entfernt, am anderen Ende des Blocks, taumelten zwei afroamerikanische Teenager mit gefesselten Händen über die Straße. Ihre Fesseln waren mit einem Seil verknüpft, das zu drei älteren Jungen in Hip-Hop-Klamotten führte. Allen dreien schien es sadistisches Vergnügen zu bereiten, die beiden Jüngeren durch die Gegend zu zerren, sie zu verhöhnen und sie immer wieder anzubrüllen, dass sie sich gefälligst bewegen sollten, wenn ihnen ihr Leben lieb war. Das Ganze sah verdächtig nach Sklaventreiberei aus, und das ärgerte mich maßlos.

Ich blickte Bree an, die genauso wütend aussah wie ich.

»Lass dich da bloß nicht reinziehen, Alex«, warnte mich Tante Connie. »Das ist ein Hornissennest und nichts anderes. Frag Stefan.«

Mein Instinkt sagte mir, diese Warnung zu ignorieren, die Straße entlangzulaufen und dieser Barbarei ein schnelles Ende zu bereiten.

»Sie hat recht«, meinte jetzt auch Tante Hattie. »Das ist eine Straßengang hier aus der Gegend, und das, was sie da machen, ist das Aufnahmeritual für die Jüngeren.«

Mittlerweile war das Grüppchen nach links in die Dogwood Road abgebogen und nicht mehr zu sehen.

»Aber die haben die beiden anderen Jungen gefesselt, Dad«, beschwerte sich Jannie. »Das ist doch verboten, oder nicht?«

Genau so sah ich das auch. Diese Jugendlichen waren garantiert noch nicht alt genug, um so etwas mit einem angeblichen gegenseitigen Einverständnis zu rechtfertigen. Aber ich schluckte die bittere Galle hinunter und zwang mich, im Vorgarten meiner Tante stehen zu bleiben, umgeben von Glühwürmchen und den nächtlichen Lauten North

Carolinas – Baumfrösche, Zikaden und Eulen. Es klang alles seltsam vertraut und bedrohlich zugleich.

»Wie hast du das denn gemeint, dass Alex sich bei Stefan nach dieser Straßengang erkundigen soll«, wandte Bree sich an Connie.

Tante Connie warf Tante Hattie einen Blick zu, und diese sagte: »Ich kenne die Einzelheiten nicht, aber ich glaube, er hatte an der Schule ein paar Schwierigkeiten mit denen. Genau wie Patty auch.«

»Wer ist Patty?«, erkundigte sich Bree.

»Stefans Verlobte«, erwiderte Tante Hattie. »Sie ist auch Sportlehrerin.«

»Was hatte Stefan denn für Schwierigkeiten?«, fragte ich Naomi.

Meine Nichte gähnte. »Das soll er dir am besten selbst erzählen. Gleich morgen früh.«

Jetzt fing auch Ali an zu gähnen. Und Nana Mama wirkte ebenfalls bettreif.

»Also gut, dann gehen wir jetzt schlafen«, sagte ich.

Ich umarmte Tante Connie und anschließend Tante Hattie. Sie war ziemlich nervös und raunte mir leise zu: »Sei bloß vorsichtig, Alex.«

Ich erwiderte lächelnd: »Ich bin schon groß. Ich hab sogar eine Dienstmarke und eine Kanone.«

»Ich weiß«, erwiderte sie. »Aber du warst sehr lange weg. Vielleicht hast du ja versucht, das alles zu vergessen, aber diese Stadt kann sehr grausam sein.«

Ich spürte, wie alte Gefühle sich in mir regten, aufkochten wie Lava in einem lange erloschenen Vulkan.

»Ich hab's nicht vergessen«, sagte ich und küsste sie auf die Wange. »Wie auch?«

Tante Connie und Naomi blieben noch, um Tante Hattie

beim Aufräumen zu helfen. Ich begleitete meine Familie quer über den Wendekreis zu unserem Bungalow. Zu dem Ort, wo der Schmerz wohnte.

»Die sind ja alle sehr nett«, sagte Bree. »Und lieb.«

»Das stimmt«, pflichtete Nana Mama ihr bei. »Und ist es nicht herrlich kühl hier oben?«

Wir waren uns einig, dass das Wetter in Starksville nicht mit dem Sommer in Washington zu vergleichen war.

»Aber das mit deinem Onkel ist ganz schön traurig«, sagte Jannie. »Ich glaube, ich kenne bisher niemanden, der, na ja … der nicht so ist wie Nana.«

»Nicht so wie ich?«, hakte meine Großmutter nach.

»Auf Zack, Nana«, antwortete Jannie. »Du weißt schon.«

»Im Vollbesitz meiner geistigen Kräfte?«, erwiderte Nana Mama. »Das ist Fluch und Segen zugleich.«

»Wieso denn Fluch?«, wollte Ali wissen, als wir beim Wagen waren.

»Im Lauf eines langen Lebens gibt es das eine oder andere, was man lieber beiseitelegen würde, junger Mann, vor allem nachts«, sagte sie leise. »Aber jetzt braucht eure sehr, sehr alte Großmutter ein Bett und sonst gar nichts.«

Jannie begleitete sie ins Haus, und ich holte das Gepäck aus dem Wagen. Dann kam Jannie wieder nach draußen, um mir zu helfen, während Bree Ali ins Bett brachte.

»Dad, woran liegt es eigentlich, dass manche Menschen im Alter so werden und andere nicht?«, wollte sie wissen.

»Das hat verschiedene Ursachen. Die genetischen Voraussetzungen. Die Ernährung. Und ob man körperlich und geistig aktiv geblieben ist.«

»Nana auf jeden Fall«, meinte Jannie. »Sie ist ja ständig beschäftigt, liest oder hilft irgendwo aus. Und sie geht viel spazieren.«

»Darum wird sie wahrscheinlich auch hundert Jahre alt werden«, sagte ich.

»Meinst du?«

»Jede Wette.« Dann holte ich den letzten schweren Koffer aus dem Kofferraum.

»Dann werde ich auch so alt«, sagte Jannie und betrat hinter mir die Veranda. »Dad?«

»Ja?« Ich drehte mich zu ihr um.

»Tut mir leid, dass ich während der Fahrt so zickig war«, sagte sie.

»Ach was. Du warst doch nicht zickig. Ein bisschen gereizt vielleicht.«

Sie lachte. »Das hast du aber nett gesagt.«

»Ich gebe mir Mühe.«

»Wie fühlt sich das denn an? Nach so langer Zeit mal wieder hier zu sein, meine ich.«

Ich stellte den Koffer ab und blickte durch das Fliegengitter nach draußen auf die Glühwürmchen und die erleuchteten Fenster in den Häusern meiner Tanten. Ein angenehm süßlicher Duft lag in der Luft.

»In gewisser Weise kommt es mir vor, als hätte sich gar nichts verändert. Als wäre ich gestern erst weggegangen. Aber andererseits fühlt es sich so an, als wäre das hier ein völlig anderes Leben gewesen, als würden meine Erinnerungen gar nicht mir gehören, sondern irgendeinem anderen.«

9

Der Deckenventilator über unserem Bett brummte laut, aber der Grund, warum ich praktisch jede Stunde einmal aufwachte, waren die Güterzüge, die durch Starksville rumpelten. Kurz nach Beginn der Dämmerung war ich dann endgültig wach, weil die Blauhäher draußen im Garten lauthals die Kiefern beschimpften.

Ich lag neben Bree, lauschte dem schrillen Geschrei und hatte plötzlich ein Bild vor Augen, wie ich als kleiner Junge im Alter von vier, fünf Jahren im Bett gelegen hatte. Ich hatte mir die Decke über den Kopf gezogen, war aber hellwach, während meine Brüder schliefen. Auch damals hatte ich durch das geöffnete Fenster Vogelgezwitscher gehört, und es hatte mir Angst gemacht. Oder hatte ich mich überhaupt nur wegen dieses Gezeters unter die Decke verkrochen?

Ich hing dieser Erinnerung immer noch nach, als Bree sich zu mir umdrehte, mir den Arm auf die Brust legte und ächzte: »Wie spät ist es?«

»Kurz vor sieben.«

»Wir müssen uns Ohrstöpsel besorgen.«

»Auf jeden Fall. Immer noch enttäuscht, dass wir nicht in Jamaika sind?«

»Sehr«, erwiderte sie mit geschlossenen Augen. »Aber ich finde deine Tanten nett, und dich finde ich noch viel, viel netter. Und außerdem glaube ich, dass es Jannie und Ali ganz guttun wird, mal für eine Weile am Kleinstadtleben zu schnuppern.«

»Damon bekommt das ja sozusagen an seiner Schule«, ergänzte ich.

Sie nickte. »Genau.«

Mein ältester Sohn, Damon, hatte einen Job als Nachwuchstrainer im Sommer-Basketball-Camp seiner Schule angenommen, der Kraft School in den Berkshires. Genau über so ein Camp war er damals auch an die Schule gekommen und hatte sogar ein Stipendium ergattert. Dass er auf diese Weise der Schule etwas zurückgeben konnte, war für ihn Grund genug, auf die Reise zu verzichten, aber ich hatte die Hoffnung, dass er uns wenigstens einmal am Wochenende besuchen kam.

»Ich gehe mal duschen«, sagte ich und warf die Decke zurück.

»Moment mal, Freundchen«, sagte Bree.

»Freundchen?«

»Keine Ahnung, ist mir eben so eingefallen.« Sie lächelte.

»Was hattest du dir denn vorgestellt?« Ich kuschelte mich dicht an sie.

»Das jedenfalls nicht«, wehrte sie gutmütig ab.

»Freundchen ist sehr traurig.«

Bree lachte und kitzelte mich. »Ach, komm schon, ich will bloß, dass du mir ein paar Zusammenhänge erklärst.«

»Was denn genau?«

»Eure Familiengeschichte. Zum Beispiel, ob Nana Mama eigentlich aus Starksville stammt.«

Ich nickte. »Sie ist hier aufgewachsen. Und die Hopes, also ihre Familie, sind seit vielen Generationen hier ansässig. Nana Mamas Großmutter war Sklavin irgendwo in der Gegend.«

»Okay. Und dann hat sie ihren Mann auch hier kennengelernt?«

»Reggie Cross. Mein Großvater war bei der Handelsmarine. Sie haben jung geheiratet, und dann kam mein Dad auf die Welt. Was die Einzelheiten angeht, musst du Nana selber fragen, aber ich glaube, es war keine besonders glückliche Ehe. Reggie war einfach sehr oft weg, immer auf See. Als mein Dad sieben oder acht war, hat sie sich scheiden lassen und hat ihn mit nach Washington genommen. Sie hat hart gearbeitet, um das Studium an der Howard durchzustehen und Lehrerin zu werden, aber das Verhältnis zu ihrem Sohn hat darunter gelitten. Als er fünfzehn war, hat er heftig rebelliert und ist nach Starksville zurückgekehrt, um bei seinem Vater zu leben.«

»Bei Reggie.«

»Genau.« Ich starrte den kreisenden Deckenventilator an. »Ich kann mir nicht vorstellen, dass der sich wirklich um ihn gekümmert hat, und so konnte mein Dad sich in alle möglichen Exzesse stürzen. Ich glaube, Nana Mama hat es bis heute nicht verwunden, dass sie anschließend nie wieder ein gutes Verhältnis zu ihrem Sohn gehabt hat. Wahrscheinlich wollte sie das nach seinem Tod irgendwie wiedergutmachen. Darum hat sie mich und meine Brüder bei sich aufgenommen.«

»Das hat sie gut hingekriegt«, sagte Bree.

»Finde ich auch. Gibt es noch mehr Stammbaummysterien, die ich aufklären kann?«

»Nur eines. Wer ist Pinkie?«

Ich lächelte. »Pinkie Parks. Der einzige Sohn von Tante Connie. Er lebt in Florida und arbeitet auf einer Bohrinsel. Anscheinend verdient er dort sehr gutes Geld.«

»Und Pinkie ist tatsächlich sein richtiger Name?«

»Nein, Brock. Brock junior«, antwortete ich. »Pinkie, also kleiner Finger, ist bloß sein Spitzname.«

»Warum Pinkie?«

»Weil er als Kind den kleinen Finger der rechten Hand verloren hat, und zwar durch eine Autotür.«

Bree stützte sich auf einen Ellbogen und starrte mich an. »Und deswegen nennen ihn alle Pinkie?«

Ich lachte. »Ich wusste, dass du das sagen würdest. Aber das ist auf dem Land ganz normal. Ich weiß noch, dass mein Dad einen Freund hatte, Barry. Der ist bei irgendeinem wichtigen Footballspiel mal in die falsche Richtung gelaufen, und seither nennen ihn alle Blödmann.«

»Barry Blödmann?« Sie schnaubte.

»Schrecklich, stimmt's?«

»Und wie wurdest du genannt?«

»Alex.«

»Du warst also so ein grässlicher Langweiler, dass sie dir nicht mal einen Spitznamen verpasst haben?«

»So bin ich eben«, sagte ich und stand auf. »Alex Cross, der Langweiler.«

»Wer's glaubt …«

An der Badezimmertür hielt ich kurz inne und sagte: »Tja, also … danke, schätze ich mal.«

»Ich habe eben meine ganz spezielle Art, ›Ich liebe dich‹ zu sagen.«

»Das weiß ich doch, meine wunderschöne Bree.« Ich warf ihr ein Luftküsschen zu.

»Besser als Bree Blödmann«, erwiderte sie lachend und schickte mir das Küsschen umgehend zurück.

Es tat gut, wieder einmal zu lachen und uns gegenseitig ein bisschen zu necken. Wir hatten im Frühjahr eine schwere Zeit durchgemacht, und es hatte eine ganze Weile gedauert, bis wir die fröhlichen Seiten des Lebens wieder wahrnehmen konnten.

Frisch geduscht und rasiert, so begegnete ich diesem ersten Morgen in Starksville, und ich empfand dabei eine große Zuversicht. Das Leben der Familie Cross würde sich zum

Besseren wenden. Ist es nicht seltsam, dass ein einfacher Ortswechsel auch eine Veränderung der Perspektive mit sich bringt? Die letzten Monate in Washington waren sehr klaustrophobisch gewesen, aber hier in der Loupe Street hatte ich das Gefühl, vor einer großen weiten Landschaft zu stehen, vertraut, aber unerforscht.

Dann dachte ich an Stefan Tate, meinen Cousin, und an die Vorwürfe gegen ihn. Und schlagartig senkte sich wieder ein düsterer Schatten über das Land.

10

Eine Stunde später ließ ich Bree und Nana Mama im Bungalow zurück, damit meine Großmutter meine Frau mit der Vergangenheit unserer Familie vertraut machen konnte, und fuhr mit Naomi ins Gefängnis zu Stefan Tate. Während der Fahrt ging ich die wichtigsten Punkte der Anklageschrift gegen meinen Cousin noch einmal durch.

Stefan Tate hatte etwa anderthalb Jahre vor seiner Festnahme mit seiner Tätigkeit als Sportlehrer an der Middle School und der Highschool des Schulbezirks von Starksville begonnen. Bei seiner Bewerbung hatte er jedoch die Drogen- und Alkoholprobleme aus seiner Vergangenheit verschwiegen. Einer seiner Schüler an der Middle School war Rashawn Turnbull, und schon nach kurzer Zeit war Stefan für ihn eine Art Mentor gewesen. Allerdings führte mein Cousin ein geheimes Doppelleben als Drogendealer und hatte mutmaßlich auch die beiden Schüler mit Heroin beliefert, die letztes Jahr kurz vor Weihnachten an einer Überdosis gestorben waren.

Stefans Drogenkonsum geriet völlig außer Kontrolle. Er hatte eine Schülerin vergewaltigt und gedroht, sie umzubringen, falls sie jemandem davon erzählte. Dann wollte er sich an Rashawn Turnbull heranmachen, wurde jedoch zurückgewiesen. Daraufhin hatte mein Cousin den Jungen vergewaltigt, misshandelt und schließlich getötet.

So lautete zumindest die Version der Anklage. Es kostete mich eine gewaltige Anstrengung, mir vor Augen zu führen, dass eine Anklageschrift keine Verurteilung war. Es war lediglich die Sichtweise der Staatsanwaltschaft, nur eine Seite der Medaille.

Aber trotzdem, als ich mit der Lektüre fertig war, blickte ich Naomi an und sagte: »Die haben hier wirklich stichhaltige Beweise zusammengetragen.«

»Ich weiß«, erwiderte meine Nichte.

»Hat Stefan es getan?«

»Er schwört Stein und Bein, dass er es nicht war. Und ich glaube ihm. Da will ihm irgendjemand etwas anhängen.«

»Und wer?«

»Da bin ich im Moment noch offen für Vorschläge.« Sie fuhr auf einen öffentlichen Parkplatz neben dem Rathaus, dem Bezirksgericht und dem Gefängnis. Die Backsteinfassaden der drei Gebäude waren dringend renovierungsbedürftig.

Dagegen machten die Wachen der Polizei und der Feuerwehr auf der gegenüberliegenden Straßenseite einen sehr viel neueren Eindruck. Ich äußerte beim Aussteigen eine entsprechende Bemerkung.

»Die sind erst vor ein paar Jahren gebaut worden, mit bundesstaatlichen Mitteln«, sagte Naomi. »Und die Caines haben die Grundstücke gespendet.«

»Die Caines? Die Besitzer der Kunstdüngerfabrik?«

»Genau. Caine ist übrigens auch der Mädchenname der Mutter des ermordeten Jungen – Cece Caine Turnbull.«

Wir näherten uns dem Gefängnis. »Ist sie glaubwürdig? Die Mutter?«

»Sie ist ein ziemliches Biest«, erwiderte meine Nichte. »In ihrer Strafakte hat sich in den letzten zehn Jahren allerhand angesammelt. Sie war ein Wildfang und ganz eindeutig das schwarze Schaf der Familie Caine. Aber hier kommt sie mir durch und durch glaubwürdig vor. Der Mord an ihrem Sohn hat sie in eine fürchterliche Verzweiflung gestürzt, das lässt sich nicht leugnen.«

»Was ist mit dem Vater?«

»Ist mal mehr, mal weniger präsent. In letzter Zeit eher weniger«, sagte Naomi. »Und er hat das beste Alibi, das man haben kann.«

»Er war im Gefängnis?«

»Genau, drunten in Biloxi. Da hat er acht Wochen eingesessen, wegen Körperverletzung.«

»Dann war er für den Jungen also nicht gerade ein ideales Vorbild?«

»Nein. Die Aufgabe war eigentlich für Stefan vorgesehen gewesen.«

Wir betraten das Gefängnisgebäude. Ein Deputy blickte uns durch eine kugelsichere Glasscheibe an.

»Rechtsanwältin Naomi Cross und Alex Cross. Wir wollen zu Stefan Tate, bitte«, sagte meine Nichte und durchwühlte ihre Handtasche nach ihrem Ausweis. Ich hatte meinen bereits in der Hand.

»Heute nicht, fürchte ich«, sagte der Deputy.

»Was soll das denn heißen, heute nicht?«, erwiderte Naomi aufgebracht.

»Das heißt, dass Ihr Mandant, nach allem, was ich gehört habe, sich sehr unkooperativ benommen hat… wobei, gewalttätig trifft es wohl eher. Darum hat man ihm für die Dauer von achtundvierzig Stunden alle Besuchsrechte gestrichen.«

»Achtundvierzig Stunden?«, rief meine Nichte. »In drei Tagen ist die Verhandlung! Da *muss* ich doch mit meinem Mandanten sprechen!«

»Tut mir leid, Frau Rechtsanwältin, aber ich habe die Regeln nicht gemacht. Ich befolge sie nur.«

»Wer hat das veranlasst?«, schaltete ich mich ein. »Der Polizeichef oder die Bezirksstaatsanwaltschaft?«

»Weder, noch. Die Entscheidung kommt von Richter Varney.«

11

Wie saßen zwei Stunden lang im ersten Stock des Gerichts von Starksville auf einer Bank vor dem Amtszimmer von Richter Erasmus P. Varney. Erst dann teilte sein Amtsdiener uns mit, dass er nun bereit sei, uns zu empfangen.

Mehrere Aktenstapel türmten sich auf Richter Varneys Schreibtisch. Er hob den Blick und sah uns über das dunkle Gestell seiner Lesebrille hinweg an. Das stahlgraue, füllige Haar hatte er zurückgekämmt und den ebenfalls stahlgrauen Bart gestutzt. Er trug eine gestreifte Krawatte und dünne lederne Hosenträger über einem gestärkten weißen Hemd und musterte uns mit scharfem, intelligentem Blick.

»Richter Varney, darf ich vorstellen: Alex Cross, mein Onkel und Stefan Tates Cousin«, sagte Naomi und versuchte, ihren Zorn so gut wie möglich im Zaum zu halten. »Er unterstützt mich bei der Arbeit an diesem Fall.«

»Eine richtige Familienangelegenheit«, bemerkte Varney, bevor er die Lesebrille abnahm und mich mit festem Händedruck begrüßte. »Sehr erfreut, Sie kennenzulernen, Dr. Cross. Ihr Ruf eilt Ihnen voraus. Ich habe in der *Washington Post* einen Bericht über diese furchtbare Entführungsgeschichte gelesen, die Sie und Ihre Familie durchzustehen hatten. Marcus Sunday, so hieß dieser Irre, nicht wahr? Ein Wunder, dass Sie alle mit dem Leben davongekommen sind.«

»Das stimmt, Sir«, erwiderte ich. »Und ich danke Gott jeden Tag aufs Neue für dieses Wunder.«

»Das kann ich mir vorstellen.« Der Richter hielt meinem Blick stand. Dann wandte er sich an Naomi. »Und was kann ich für Sie tun, Frau Rechtsanwältin?«

»Geben Sie mir die Erlaubnis, mit meinem Mandanten zu sprechen, Sir.«

»Ich fürchte, das kann ich nicht machen.«

»Bei allem gebotenen Respekt, Sir«, fuhr Naomi fort, »aber jetzt sind es nicht einmal mehr zweiundsiebzig Stunden bis zum Beginn der Verhandlung. Und eine so drastische Beschränkung meiner Vorbereitungszeit gefährdet das Recht meines Mandanten auf die bestmögliche Verteidigung.«

Hinter uns ging die Tür auf. Ich drehte mich um und sah vier Personen eintreten: einen stämmigen hellhäutigen Mann um die sechzig in der blauen Uniform des Starksville Police Department, einen ebenfalls um die sechzig Jahre alten, schlaksigen Kerl, der die kakifarbene Uniform des Sheriffbüros von Stark County trug, eine groß gewachsene, gertenschlanke Frau in einem grauen Büroanzug und schließlich Matt Brady, den stellvertretenden Bezirksstaatsanwalt, den Naomi mir gestern schon vorgestellt hatte.

»Meine Männer haben auch Rechte, Richter Varney«, sagte der Mann in der Kakiuniform.

»Das ist Sheriff Nathan Bean«, flüsterte Naomi mir zu.

»Und Mr. Tate hat diese Rechte missachtet«, fuhr die Frau fort. Das war die Bezirksstaatsanwältin Delilah Strong. »Ein tätlicher Angriff auf zwei Gefängniswärter ist nichts, was wir noch zusätzlich belohnen wollen.«

»Seit wann ist ein rechtsstaatliches Verfahren eine Belohnung?«, fuhr Naomi dazwischen. »Es ist ein Recht, das jedem Bürger garantiert wird, auf Grundlage des vierten, fünften und vierzehnten Zusatzartikels zur Verfassung.«

Der Mann in der blauen Uniform – Polizeichef Randy Sherman, wie ich von Naomi erfuhr – sagte: »Ihr Mandant hat zwei Deputys so stark verletzt, dass sie in der Notaufnahme behandelt werden mussten.«

»Dann legen Sie ihm Handschellen an«, sagte ich. »Stecken Sie ihn meinetwegen in eine Einzelzelle, aber Sie sind verpflichtet, dafür zu sorgen, dass er mit seinem Rechtsbeistand sprechen kann.«

»Wir wissen, wer Sie sind, Dr. Cross«, sagte Strong. »Aber hier sind Sie nicht zuständig.«

»Das stimmt«, entgegnete ich. »Ich bin als Privatperson hier, um meine Familie zu unterstützen. Aber seit meinem ersten Tag als Polizeibeamter und während meiner ganzen Zeit in der Verhaltensforschungsabteilung des FBI war mir immer bewusst, dass niemandem das Recht auf einen fairen Prozess verwehrt werden darf. Wenn Sie diese Strategie weiterfahren, dann können Sie die Angelegenheit auch gleich an die Berufungsinstanz weiterleiten. Also legen Sie ihn in Ketten oder ziehen Sie ihm eine Zwangsjacke an, aber lassen Sie uns zu ihm. Wenn nicht, dann rufe ich als besorgter Bürger ein paar Bekannte beim FBI an, die sich mit der Verletzung von Bürgerrechten befassen.«

Sheriff Bean sah aus, als würde er jeden Moment aus der Haut fahren. Er fing an zu stottern, doch Varney unterbrach ihn.

»Tun Sie das«, sagte er.

»Euer Ehren«, wandte der Sheriff ein. »Das wäre ein falsches Signal …«

»Es ist das richtige Signal«, erwiderte der Richter. »Auch wenn ich das zuerst nicht gesehen habe, aber Dr. Cross und seine Nichte haben recht. Mr. Tates Recht auf einen fairen Prozess ist höher einzustufen als Ihr Recht auf ein friedliches Gefängnis. Legen Sie ihm Fesseln an, wenn Sie das für notwendig halten, aber ich will, dass er innerhalb einer Stunde seine Anwältin sprechen kann.«

»Was dieser Hurensohn diesem Jungen angetan hat?«,

zischte Chief Sherman mir beim Verlassen des Büros zu. »So, wie ich das sehe, hat Ihr Cousin an diesem Abend verdammt noch mal alle seine Rechte verloren.«

12

Das niedliche vierjährige Mädchen mit den goldenen Locken trug ein pinkfarbenes Prinzessinnenkostüm und kniete an der Schmalseite eines niedrigen Tischchens. Sie nahm eine Kanne in die Hand.

»Möchtest du einen Schluck Tee zu deinem Keks haben?«, fragte sie den älteren Mann, der ihr gegenüber im Schneidersitz auf dem Fußboden saß.

»Wie könnte ich zu so einem netten Angebot von einer süßen jungen Dame Nein sagen?«, erwiderte er und lächelte.

Er wusste, wie lächerlich er mit der Krone aussah, die sie ihm aufgesetzt hatte. Aber das kleine Mädchen hatte ihn so sehr bezaubert, dass es ihm egal war. Ihre Haut war hell wie frische Sahne, und ihre Augen leuchteten wie polierte Saphire. Er sah zu, wie sie Tee in seine Tasse goss, so anmutig, dass er am liebsten losgeweint hätte.

»Zucker?«, fragte sie ihn, während sie die Kanne abstellte.

»Zwei Stück.«

Sie ließ zwei Zuckerwürfel in seine Tasse fallen.

»Milch?«

»Heute nicht, Lizzie«, sagte er und nahm seine Tasse.

Lizzie griff nach einem pinkfarbenen Zauberstab und berührte damit seine Hand. »Warte. Ich muss erst noch sicher sein, dass keine bösen Geister in der Nähe sind.«

Er legte die Stirn in Falten und zog die Hand zurück. Das kleine Mädchen machte die Augen zu, lächelte und schwenkte den Zauberstab durch die Luft. Er schmolz innerlich dahin – nur eine Vierjährige konnte sich so voller Inbrunst ihrer eigenen Fantasie hingeben.

Lizzie machte den Mund auf. Mit Sicherheit würde sie gleich eine Zauberformel sprechen.

Doch bevor sie dazu kam, klopfte es hinter ihm an der Tür.

Verärgert drehte der Mann sich um, und dass ihm dabei die Krone vom Kopf fiel, vergrößerte seinen Ärger nur. Ein weißer, kahlköpfiger Muskelprotz um die dreißig stand in der Tür und bemühte sich nach Kräften, seine Belustigung zu verbergen.

»Hat das nicht Zeit, Meeks?«, fragte der Mann. »Lizzie und ich trinken gerade Tee.«

»Das sehe ich, Boss, aber da ist ein Anruf für Sie«, entgegnete Meeks. »Es ist dringend.«

»Großvater, du hast ja deinen Tee noch gar nicht getrunken und deinen Keks nicht gegessen«, protestierte das kleine Mädchen.

»Es dauert nicht lange. Großvater ist gleich wieder da«, sagte er und kam ächzend auf die Füße.

»Und wann?« Sie verschränkte die Arme und verzog den Mund zu einer Schnute.

»So schnell es geht«, versprach er ihr.

Großvater ging zu Meeks, der immer noch grinste, und sagte: »Du bist mein Ersatzmann.«

Das Grinsen erlosch. »Was?«

»Du setzt dich da hin, trinkst eine Tasse Tee und isst Kekse mit meiner Enkelin. Aber die Krone fasst du nicht an.«

»Das soll doch ein Witz sein, oder?«

»Sehe ich aus, als würde ich Witze machen?«

Meeks machte ein Gesicht, als würde er sich lieber einen Angelhaken durch den Daumen bohren, aber er nickte und setzte sich an den Tisch. Lizzie begrüßte ihn mit einem strahlenden Lächeln.

»Setzen Sie sich, Mr. Meeks«, sagte sie liebenswürdig. »Trinken Sie eine Tasse Tee, während wir auf Großvater warten.«

Das Grinsen auf dem Gesicht von Lizzies Großvater hatte verschiedene Gründe. Er ging einen langen Flur entlang und gelangte in ein reichhaltig möbliertes Büro. Die vielen Bücher in den Regalen erweckten fast den Eindruck einer Bibliothek. Ihm selbst waren Bücher gleichgültig – das war die Idee seiner Frau gewesen. Er hatte nicht einmal ein Zehntel davon gelesen, aber auf Gäste machten sie immer einen guten Eindruck.

Er griff nach einem billigen Handy auf seinem Schreibtisch und sagte: »Was gibt's?«

»Probleme«, erwiderte eine tiefe, raue Männerstimme.

»Konkret?«

»Sie ist unvernünftig«, sagte er. »Sie redet.«

Lizzies Großvater kniff die Augen zusammen und überlegte. »Bist du sicher?«

»Ja.«

»Und was schlägst du vor?«

»Wir kümmern uns darum.«

Das verblüffte ihn. »Bist du sicher? Wir könnten uns auch an andere wenden.«

»Wir haben den Schlamassel angerichtet. Also bringen wir ihn auch in Ordnung.«

Großvater akzeptierte diese Entscheidung. Dann fragte er: »Gibt es noch andere Probleme?«

»Naomi Cross hat eine Wildcard gezogen. Sie hat ihren Onkel geholt. Alex Cross. Google ihn mal. Ehemaliger FBI-Profiler und jetzt Detective bei der Mordkommission in Washington.«

»Reputation?«

»Ausgezeichnet?«

Großvater bezog das in seine Überlegungen mit ein. »Ansonsten ist alles im grünen Bereich?«

»Bis jetzt ja.«

»Dann haben wir keine andere Wahl. Du tust, was du für richtig hältst.«

Es dauerte einen kurzen Augenblick, dann sagte der Mann am anderen Ende der Leitung: »Einverstanden.«

»Melde dich, wenn alles erledigt ist.«

Großvater legte auf und zerstörte das Handy. Dann verließ er das Büro und ging durch den Flur zurück zu der kleinen Lizzie. Er freute sich schon mächtig auf seinen Tee.

ZWEITER TEIL

EIN MODISCHES BEKENNTNIS

13

Palm Beach, Florida

»I feel pretty, oh so pretty«, sang Coco leise und blickte dabei in den Spiegel. Er wusste zwar, dass an dem Kronleuchter in seinem Rücken eine tote Frau im schwarzen Negligé baumelte, aber sein Interesse galt in erster Linie seinem neuen Outfit.

Der orangerote Leinenrock schmiegte sich vortrefflich um seine Hüften. Die dazugehörige Kostümjacke war zwar an den Schultern ein wenig eng, aber das ließ sich aushalten. In den hochhackigen Dries-van-Noten-Pumps mit den Fersenriemen wurden seine Zehen ein wenig eingequetscht. Die Seidentaftbluse von Carolina Herrera war einfach nur wundervoll. Und die Perlenohrringe mitsamt dem Halsband? Genau die richtige Portion Raffinesse.

Jetzt brauchte er nur noch die passende Frisur.

Coco holte eine üppige Perücke mit schulterlangen, leuchtend bernsteinfarbenen Haaren aus der Schachtel. Sie war alt, Anfang der Siebzigerjahre, wenn er sich richtig erinnerte. Seine Mutter hätte natürlich das genaue Herstellungsdatum gewusst, aber das war nicht entscheidend. Sobald sie Kontakt zu dem doppelseitigen Klebeband aufgenommen hatte, sobald die letzten Strähnen an Ort und Stelle saßen, sah Coco aus wie ein vollkommen anderer Mensch.

Geheimnisvoll. Sexy. Verführerisch. Unerreichbar.

»Ich taufe dich auf den Namen Mandarinentraum, Königin der Gartenparty«, gurrte Coco die Frau an, die ihn aus dem Spiegel anstarrte. »Ein Bild wie …«

Er drehte sich um und blickte zu der zierlichen Frau, die

an einer Vorhangschnur vom Kerzenleuchter hing. »Ruth? Was würdest du sagen? Ich denke da an eine Mischung aus Julianne Moore in *Boogie Nights* und Ginger Grant in *Gilligans Insel*. Jedenfalls was die Frisur angeht. Hab ich recht oder bin ich bloß ein dummes kleines Mädchen?«

Coco kicherte leise und griff nach der Prada-Einkaufstasche und den anderen hübschen Dingen, die er aus Ruths Beständen zusammengetragen hatte. Er wollte das Wohnzimmer verlassen, blieb aber noch einmal stehen und lauschte. Auch wenn er wusste, dass das Personal heute den ganzen Tag freibekommen hatte und dass Ruths Ehemann, Dr. Stanley Abrams alias »der Tittenkönig von West Palm«, im Moment auf einem medizinischen Kongress in Zürich weilte, aber trotzdem war Vorsicht die Mutter der Porzellankiste.

Nachdem er sich sicher war, ging Coco einen Flur voller Kunstwerke entlang. Das einzige Stück, vor dem er kurz verweilte, war ein Ölgemälde der Verstorbenen. *Da bist du ja*, dachte er und betrachtete versonnen Ruths Schönheit. *Im Augenblick deiner vollkommenen Blüte, meine Liebe – ein Geschenk an das Universum.*

Ruth und Stanley bewohnten ein riesiges Haus, das viel zu modern war für Cocos Geschmack. Aber was wollte man von einem Haus erwarten, das auf falschen Titten aufgebaut war? Er hielt jedenfalls viel, sehr viel von klassischem Understatement.

Wie seine Mutter immer zu sagen pflegte: *Wenn es um deine Kunst geht, Coco, und Mode ist Kunst, dann reize dein Motiv bis an die Grenze aus. Und dann nimmst du das Ganze ein winziges Stückchen zurück.*

Coco durchquerte eine Küche, in der man bequem eine ganze Kochshow hätte inszenieren können, und ging den

Flur entlang, bis er vor einer Stahltür stand. Er überprüfte die Alarmanlage, holte ein weißes Staubtuch aus seiner Tasche und legte es sich über die Hand. Erst dann gab er den Code ein. Fünf Sekunden später machte er die Garagentür wieder zu und wartete auf die elektronische Stimme, die ihm mitteilte, dass das System jetzt aktiviert war.

Die Garage verfügte über vier Stellplätze. Der erste war leer, auf dem zweiten stand Ruths Mercedes, auf dem dritten der Maserati ihres Mannes. Cocos geliebter Aston Martin hatte den vierten Stellplatz bekommen. Bevor Coco sich hinter das Steuer setzte, holte er die Fernbedienung für das Garagentor aus dem Mercedes.

Er lenkte den Aston auf eine farbige Betonfläche, stieg aus, drückte eine Taste auf der Fernbedienung und wischte sie ab. Das Garagentor begann, sich zu senken, und er warf die Fernbedienung hinein. Zufrieden stellte er fest, dass sie nicht weit von dem Mercedes entfernt liegen blieb.

Eine Frau, die sich vorgenommen hatte, Selbstmord zu begehen, würde das Ding doch niemals aufheben, oder?

Coco hatte keinerlei Zweifel. Er fuhr durch die gesicherten Tore des mächtigen Meeresblickanwesens von Ruth und Stanley Abrams. In diesem Augenblick wurde ihm bewusst, dass die Damenwelt von Palm Beach sich bestimmt schon zu einer ersten Runde Cocktails zusammengefunden hatte. Vielleicht würde er noch bei Oli's Fashion Cuisine vorbeischauen.

Ob ihn dort wohl jemand erkennen würde? Seine Kühnheit, die Lust am Risiko, sie ließen seinen Puls in die Höhe schnellen.

Nichts wie los, Süße. Bringen wir den Laden zum Beben.

Zehn Minuten später stellte Coco den Aston Martin einige Häuserblocks von seinem Zielgebiet entfernt ab. Der Old-timer-Sportwagen war ein Risiko, das war ihm bewusst. Aber er liebte den Wagen einfach und nahm in Kauf, dass er ihn gelegentlich zu blitzartigen Reaktionen zwang und seine Aufmerksamkeit verlangte, wo der Lexus sich absolut gutmütig verhalten hätte.

Das nächste Mal bleibst du zu Hause, dachte Coco und setzte eine ovale Retro-Sonnenbrille mit weißer Fassung auf. Dann ging er den Bürgersteig entlang, genau so, wie seine Mutter es ihn gelehrt hatte – die Schultern zurück, den Kopf hoch erhoben und mit pendelnden Hüften.

Der erste Mann, dem er begegnete, war ein Jogger Mitte fünfzig. Coco spürte regelrecht, wie seine primitiven Blicke über den Mandarinentraum hinwegstrichen. Der zweite Mann, ein Europäer in Segelklamotten, ließ seine Sonnenbrille fallen und starrte ihn mit offenem Mund an.

Genau so soll es sein, Süße, dachte Coco und legte noch ein klein wenig mehr Schwung in seine Hüften, nur für den Europäer, der diesem Traum garantiert hinterherstarrte. Weiter vorn waren die gelben Tische vor dem Oli's bereits mit der aufgetakelten Happy-Hour-Kundschaft besetzt.

Er holte noch einmal tief Luft und dachte: *Also dann: Geheimnisvoll. Sexy. Verführerisch. Unerreichbar.*

Das ist es, Coco. Das alles bist du.

Jetzt musst du es nur noch zeigen.

Er setzte seine Schritte noch ein wenig provokativer, ließ die Hüften noch einen Hauch weiter schwingen.

Als er an dem Restaurant vorbeiging, hob Coco das Kinn ein Stückchen in die Höhe. Er ignorierte das ganze Ensemble, war sich aber sehr wohl bewusst, dass sich etliche Gäste umdrehten und ihm nachstarrten. Fast hätte er laut gelacht. So viel fehlgeleitete Lust und Eifersucht, und alles wegen ihm.

14

Starksville, North Carolina

Obwohl alle die Anweisung des Richters klar und deutlich verstanden hatten, dauerte es bis zum Nachmittag, bevor zwei Deputys meinen Cousin in ein Verhörzimmer brachten. Er trug Fußfesseln und Handschellen, die an einem Ledergürtel um seine Hüften festgeschnallt waren. Trotz der blauen Flecken und der Schwellungen konnte ich sehen, dass Stefan Tate nach der mütterlichen Linie unserer Familie kam. Er war Anfang dreißig, groß und mit schweren Knochen, so wie ich und Damon auch. Und wir hatten alle das gleiche Kinn.

Mit einem Mal zuckte ein Bild vor meinem geistigen Auge auf, wie er bei einem von Tante Hatties seltenen Besuchen in Washington als kleiner Junge durch Nana Mamas Garten gerannt war. Er hatte ein ansteckendes Lachen gehabt, und alles schien für ihn voller Geheimnisse und Abenteuer zu sein.

»Alex«, sagte Stefan und setzte sich. Seine Stimme klang belegt. »Ich bin froh, dass du gekommen bist.«

Ich nickte, ohne etwas zu sagen.

»Die Handschellen können Sie ihm lassen, aber machen Sie sie vom Gürtel los«, sagte Naomi. »Es kann sein, dass er seine Hände braucht. Und schalten Sie alle Kameras und Mikrofone ab.«

»Das mit den Kameras und Mikros ist bereits erledigt«, sagte einer der Beamten. »Aber das mit den Händen können Sie vergessen.«

Ohne Naomis Proteste zu beachten, ketteten sie Stefans Beine und den Gürtel an einem massiven Ring im Betonboden fest. Dann verließen sie den Raum.

Stefan beugte sich zu uns und sagte leise: »Ich würde an eurer Stelle nach Wanzen suchen.«

War das sein Ernst oder hatte er nur einen Sinn für Melodramatik? Naomi schien seine Sorge immerhin so weit zu teilen, dass sie ihr iPhone nahm und eine App startete, die weißes Rauschen abspielte.

»Das müsste reichen«, sagte Stefan. »Und noch einmal vielen Dank, Alex, dass du hergekommen bist. Ich kann dir gar nicht sagen, wie viel es mir bedeutet, dass du auf meiner Seite stehst. Dass du nicht glaubst, dass ich so etwas Scheußliches getan habe.«

»Ich glaube weder das eine noch das andere«, erwiderte ich sachlich und beobachtete ihn aufmerksam. Deutete vielleicht irgendetwas darauf hin, dass die Vorwürfe berechtigt waren?

»Da will mir jemand was anhängen«, sagte er.

»Hör gut zu«, erwiderte ich. »Ich bin dein Cousin, aber ich stehe nicht auf deiner Seite. Letztendlich stehe ich auf der Seite von Rashawn Turnbull. Wenn ich beweisen kann, dass du diesen Jungen ermordet hast, dann bekommt die Anklage von mir jede Unterstützung, damit du auf dem elektrischen Stuhl landest, oder was eben sonst hier üblich ist.«

»Eine Giftspritze«, sagte Stefan. »Ich sage die Wahrheit. Ich habe Rashawn nicht umgebracht.«

»Warum hast du die Wärter angegriffen?«, erkundigte sich Naomi.

»Es war genau andersrum, Frau Rechtsanwältin. Sie haben mich angegriffen.«

»Darauf kommen wir später noch mal zurück«, sagte ich. »Hast du die Anklageschrift gelesen?«

»Unzählige Male. Hör zu, ich sag es noch einmal: Das

alles … Die Beweise … Die Indizien … Das ist alles gefälscht, Alex.«

»Dann entspricht also kein Satz in der Anklageschrift der Wahrheit?«

»Manches stimmt«, gab er zu. »Aber ich habe nichts Verbotenes gemacht. Die haben alles Mögliche verdreht und die Dinge aus dem Zusammenhang gerissen.«

»Naomi hast du überzeugt. Ich möchte, dass du auch mich überzeugst«, sagte ich und verschränkte die Arme vor der Brust. »Fang am Anfang an.«

»›A very good place to start‹«, fing Stefan an zu singen. Das war eine Zeile aus dem Musical *Meine Lieder – meine Träume*, und mein Cousin versuchte sogar, ein wenig zu lächeln.

In der Anklageschrift wurde beschrieben, dass Rashawn Turnbull vor zwei Monaten tot aufgefunden worden war, und zwar in einem aufgegebenen Steinbruch, für den die Stadtverwaltung von Starksville bereits ein Enteignungsverfahren eingeleitet hatte. Der Junge war unter Drogen gesetzt und vergewaltigt worden. Außerdem hatte man ihm mit einer Säge den Hals durchtrennt. Am Tatort waren Sperma und andere Spuren gefunden worden, die auf Stefan Tate, Rashawns Sportlehrer, als Täter hindeuteten. Aber das war noch nicht alles. Stefan wurde auch von einer Schülerin der Starksville High School, der siebzehnjährigen Sharon Lawrence, beschuldigt, dass er sie unter Drogen gesetzt und vergewaltigt hatte. Etliche DNA-Spuren erhärteten diese Beschuldigung, und Sharon war bereit, vor Gericht gegen ihn auszusagen.

Darum lächelte ich nicht, als mein Cousin diese Musicalmelodie anstimmte.

Stattdessen hörte ich ihm im Verlauf der folgenden ein-

einhalb Stunden aufmerksam zu, während er mir seine Sicht der Dinge schilderte. Ich unterbrach ihn nur, wenn es um verifizierbare Fakten, Namen und Zeiten ging. Ansonsten hielt ich mich an den Grundsatz, dass man, wenn man wirklich etwas über jemanden erfahren will, die Klappe halten und zuhören sollte.

15

»Einen Tag, nachdem man Rashawn gefunden hat, haben sie mich festgenommen, Alex«, sagte mein Cousin, als er mit seiner Schilderung der Ereignisse fertig war. »Und seitdem sitze ich hier fest. Keine Kaution. Reduzierte Besuchsrechte, sogar für Patty und Naomi. Alex, ich sag dir: Das ist eine Verschwörung.«

Ich erwiderte nichts, sondern versuchte, seine Geschichte im Licht der Informationen, die ich der Anklageschrift entnommen hatte, zu verarbeiten.

Er beugte sich vor. »Du glaubst mir doch, oder etwa nicht?«

»Da gibt es noch eine Menge Angaben, die ich erst überprüfen muss.«

»Tu das, aber ich schwöre bei der Bibel meiner Mutter, dass ich dir die Wahrheit gesagt habe.«

»Dann nehmen wir mal an, dass deine Version tatsächlich stimmt. Wer steckt denn deiner Meinung nach hinter dieser Verschwörung?«

Stefan zögerte erst, dann sagte er: »Ich weiß es nicht. Ich hatte gehofft, dass du das rausfinden kannst.«

»Aber du hast einen Verdacht?«

»Ja, schon, aber den würde ich lieber für mich behalten.«

»Stefan, es geht um Leben und Tod«, sagte Naomi. »Wir sind auf jede Information angewiesen.«

»Aber was ihr nicht brauchen könnt, sind Spekulationen«, erwiderte Stefan. »Stimmt's?«

»Stimmt schon, ja, aber …«

Er zeigte mit seinen gefesselten Händen auf mich. »Es

ist mir lieber, wenn Alex die Sache völlig unbefangen angeht. Er soll sich nur von den Tatsachen, die ich ihm erzählt habe, leiten lassen. Und wenn er dann irgendwann zu dem Schluss kommt, dass er mir glaubt, dann weiß ich, dass es stimmt.«

»Einverstanden«, sagte ich und warf einen Blick auf meine Armbanduhr. Es war schon nach 18.00 Uhr.

Naomi ging zur Tür und klopfte zweimal. Die Wärter kamen, um Stefan abzuholen.

Er sagte: »Richtet Patty, meiner Mom und meinem Dad aus, dass ich sie liebe und dass ich unschuldig bin.«

»Natürlich«, erwiderte Naomi.

»Wann sehen wir uns wieder?«, wollte er wissen, als die Wärter ihn auf die Füße zogen und losketteten.

»Morgen«, erwiderte meine Nichte.

»Sobald ich etwas mit dir zu besprechen habe«, sagte ich.

»Gut«, antwortete mein Cousin. Dann brachten sie ihn weg.

Erst als wir das Gefängnisgebäude verlassen hatten und auf dem Weg zu Naomis Wagen waren, sagte sie: »Was glaubst du ihm denn nicht?«

»Ich glaube ihm jedes Wort, solange nicht das Gegenteil bewiesen ist«, sagte ich.

»Aber während des Gesprächs warst du sehr skeptisch.«

»Wenn es um Vergewaltigung, Folter und Mord an einem unschuldigen Kind geht, dann bin ich ganz grundsätzlich skeptisch«, erwiderte ich sachlich.

Das schien sie zu verärgern.

»Oder siehst du das anders?«, hakte ich nach.

»Nein. Es ist bloß… für Stefan ist es wichtig, dass er Leute hat, die auf seiner Seite stehen«, meinte Naomi. »Und für mich auch.«

»Das weiß ich, aber wie gesagt: Letztendlich stehe ich nur auf Rashawn Turnbulls Seite. Etwas anderes kommt nicht infrage.«

16

Es dämmerte schon, als wir unseren Wagen in der Dogwood Road in Birney, nur drei Straßen östlich der Loupe Street, abstellten. Wir gingen zu einem zweistöckigen Doppelhaus, das renovierungsbedürftig war und zumindest einen neuen Anstrich benötigte. Der Rasen allerdings war frisch gemäht, und es duftete nach Gras.

Eine der Lampen auf der Eingangsveranda flackerte. Jetzt kam eine blond gefärbte weiße Frau im mittleren Alter zur rechten Eingangstür heraus. Sie trug eine kurze Laufhose und ein T-Shirt mit dem Emblem der Charlotte Bobcats. Während wir die Stufen zur Veranda hinaufgingen, musterte sie uns von oben bis unten und sagte: »Freund oder Feind?«

»Freunde«, erwiderte Naomi. »Ich bin Stefans Rechtsanwältin.«

»Sydney Fox.« Sie gab Naomi die Hand. »Nachbarin und Vermieterin.«

Ich stellte mich ebenfalls vor und sagte ihr, dass ich Stefans Cousin war.

»Mein Gott, ist das alles nicht grässlich?«, sagte Sydney leise und mit trauriger Miene. »Ich finde ihn so wunderbar. Ganz ehrlich. Stefan hat so viel Mitgefühl und Leidenschaft, verstehen Sie? Ich hoffe inständig, dass die Vorwürfe falsch sind. Alles andere würde mir das Herz brechen, und ich weiß gar nicht, was dann mit Patty passieren würde. Aber jetzt drehe ich erst mal meine Runde. Ich laufe lieber erst, wenn es ein bisschen kühler ist, so wie jetzt. Hat mich gefreut. Falls ich Ihnen irgendwie helfen kann, rufen Sie mich einfach an. Patty hat meine Nummer.«

Die flackernde Lampe erlosch, sodass ihre Seite der Veranda jetzt im Dunkeln lag.

»Scheiße«, sagte Sydney, und es dauerte eine Weile, bis sie den Schlüssel ins Türschloss bekam. »Ich schätze, das mit dem Laufen muss ich noch ein paar Minuten verschieben.«

Meine Nichte klingelte an der zweiten Tür. Kurze Zeit später wurde der Vorhang zurückgezogen.

»Ich bin's, Patty, mit meinem Onkel.«

Die Tür ging auf, und wir betraten ein einfaches, sauberes Wohnzimmer mit einem Futon als Couch, einem Schrankkoffer als Couchtisch und einem Flachbildfernseher an der Wand. Die Tür klappte ins Schloss, und vor uns stand eine sportliche, attraktive, blonde weiße Frau Ende zwanzig. Sie sah erschöpft aus.

Nachdem sie mich ein paar Sekunden lang gemustert hatte, streckte sie mir die rechte Hand entgegen. »Patty Converse. Ich habe schon viel von Ihnen gehört, Dr. Cross.«

Ich registrierte ihren Verlobungsring mit dem kleinen Diamanten und erwiderte: »Und ich habe bis jetzt fast nur das gehört, was Stefan mir über Sie erzählt hat.«

Sie hob die Augenbrauen, und ihre Stimme bekam einen sehnsüchtigen Klang. »Sie haben mit Stefan gesprochen? Ich darf ihn seit Tagen nicht mehr besuchen. Wie geht es ihm?«

»Sein Gesicht ist geschwollen, und er hat ein paar blaue Flecken, aber sonst gut so weit«, erwiderte Naomi. »Zuerst haben ihn die anderen Häftlinge angegriffen, und dann sind die Wärter über ihn hergefallen, obwohl er nichts gemacht hat.«

Pattys Besorgnis wurde zu Wut: »Da muss es doch Aufnahmen aus den Überwachungskameras geben.«

»Ich kümmere mich drum«, versprach Naomi.

Ich nahm mir vor zu überprüfen, ob die Tatsache, dass

Patty und Stefan ein gemischtrassiges Paar waren, etwas mit der Sache zu tun hatte. Patty bot uns eine Tasse Kaffee an. Naomi lehnte dankend ab, ich nahm dankend an. Dann standen wir in ihrer kleinen Einbauküche, und ich stellte ihr ein paar Fragen, während sie in einer Kanne Kaffee aufbrühte.

»Stefan hat erzählt, dass Sie sich am ersten Schultag kennengelernt haben. Dass Sie genauso neu an der Schule waren wie er.«

»So war es«, sagte sie und löffelte das Kaffeepulver aus einer Dose in die Kanne.

»Liebe auf den ersten Blick?«

Patty errötete. »Also, bei mir schon. Und Stefan müssen Sie selber fragen.«

»Bei ihm auch«, ergänzte Naomi.

Pattys Augen wurden feucht, und sie schlug eine zitternde Hand vor den Mund. »Er hat das nicht getan. Er hat Rashawn sehr gerngehabt. Wir haben ihn beide sehr gerngehabt.«

»Ich weiß«, sagte meine Nichte.

»Wieso haben Sie ausgerechnet in Starksville eine Stelle angetreten?«, wollte ich wissen.

Patty erzählte, dass sie in einer Kleinstadt in Kansas aufgewachsen war und dann ein Softball-Stipendium an der Oklahoma State University bekommen hatte. Sie hatte Sportwissenschaften im Hauptfach und Pädagogik im Nebenfach studiert. Nach dem Examen hatte sie dann beschlossen, sich in der Gegend von Raleigh, wo ihre ältere Schwester lebte, nach einem Job umzusehen.

»Und das hier lag am nächsten«, fuhr sie fort. »Sie haben zwei Stellen für Sportlehrer an der Middle School und der Highschool ausgeschrieben.«

»Man könnte ja fast meinen, dass das Schicksal Sie beide füreinander bestimmt hat«, sagte ich.

Schon wieder schossen ihr Tränen in die Augen, und sie wimmerte: »Daran glaube ich, mit allem, was ich habe!«

17

Ich wartete ab, bis sie sich wieder beruhigt hatte, dann bat ich Sie, mir von Rashawn Turnbull und Stefan zu erzählen.

»Sie waren von Anfang an auf einer Wellenlänge«, sagte sie und schenkte mir einen Kaffee ein. »Und ich gebe zu, dass mich das nicht kaltgelassen hat. Immerhin war unsere Beziehung auch gerade erst am Anfang, und Stefan hat mit Rashawn und einigen anderen Schülern genauso viel Zeit verbracht wie mit mir.«

Am dritten oder vierten Tag nach Beginn des Schuljahrs, so sagte Patty, hatte Stefan Rashawn im Umkleideraum vorgefunden. Er hatte einfach nur dagesessen und wollte sich nicht umziehen. Der Junge war relativ schmächtig für sein Alter und wirkte verschlossen. Sowohl die weißen als auch die schwarzen Schüler hackten auf ihm herum, weil seine weiße Mutter eine lange Suchtkarriere hinter sich hatte und sein afroamerikanischer Vater sich als Ganove durchs Leben schlug.

»Rashawn hat sich einsam gefühlt, als würde er eben nirgends dazugehören«, erzählte sie mir. »Und Stefan konnte das gut nachempfinden, weil es ihm als Heranwachsender ganz ähnlich gegangen war, verstehen Sie?«

»Natürlich«, sagte ich. »Hat Stefan in Ihrer Gegenwart jemals Drogen konsumiert?«

»Niemals. Er hat genau gewusst, dass ich das nicht dulden würde.«

»Aber Sie kennen seine Vergangenheit?«

Sie nickte. »Aber er hätte niemals mit Drogen gedealt. Ihm ist vollkommen bewusst, was er durch seinen Drogenkonsum alles verloren hat, darum ist er absolut dagegen. Er wollte nicht, dass andere Jugendliche dieselben Erfahrungen machen müssen, wie er sie gemacht hat.«

»Haben Sie jemals Drogen bei ihm oder in seiner Wohnung gesehen?«

»Nie.«

»Ist Stefan manchmal für mehrere Stunden verschwunden, ohne dass Sie wussten, wo er war?«

Sie warf einen Blick in ihren Schoß, dann sagte sie: »Wir lieben einander, aber wir kleben nicht pausenlos aneinander.«

»Das ist keine Antwort auf meine Frage.«

»Ich weiß nicht.« Sie wirkte unruhig. »Ja. Manchmal ist er weggegangen und hat nur gesagt, dass er was erledigen muss.«

»Und hat er Ihnen anschließend erzählt, wo er war?«

Sie dachte nach. »Normalerweise war er Laufen oder Klettern. Es gibt da einen Weg neben den Bahngleisen, auf dem ist er gerne gelaufen. Mir war es da immer zu laut. Manchmal ist er auch in die Stadt gegangen, um seine Schüler zu beobachten.«

»Wieso denn das?«

Patty berichtete, dass es gegen Ende des letzten Schuljahrs an der Starksville High School mehrere Vorfälle mit Heroin und Meth gegeben hatte, darunter auch die beiden Todesfälle, die in der Anklageschrift erwähnt wurden.

»Die Schulleitung und der Aufsichtsrat haben sehr viel Druck gemacht und wollten unbedingt klären, woher die Schüler die Drogen hatten«, fuhr sie fort. »Ich glaube, Stefan hat sich das von allen im Kollegium am meisten zu Herzen genommen. Er war fast besessen von der Idee herauszufinden, woher das Zeug stammte.«

»Er behauptet, dass er an dem Abend, als Rashawn ermordet wurde, unterwegs war, um nach ihm zu suchen.«

Patty nickte. »Rashawns Mutter, Cece, hat gegen acht hier angerufen, weil er noch nicht zu Hause war. Sie wollte wissen, ob er bei uns ist.«

Naomi fuhr fort: »Stefan hat gesagt, dass er an diesem Abend aus verschiedenen Gründen wahnsinnig aufgewühlt war, und dass er zum ersten Mal seit Jahren wieder zur Flasche gegriffen hat. Er sei runter zu den Bahngleisen gegangen, habe die Flasche ausgetrunken und sei anschließend bewusstlos geworden.«

Die Verlobte meines Cousins nickte und sagte: »Er hat gesagt, dass er total frustriert war, weil er bei seiner Suche einfach nicht weitergekommen ist, und außerdem völlig durcheinander, weil Rashawn ihm tagsüber gesagt hatte, dass er nicht mehr mit ihm befreundet sein will. Darum hat er sich betrunken.«

»Wieso hat Rashawn Stefan die Freundschaft aufgekündigt?«, erkundigte ich mich.

»Rashawn wollte nicht darüber sprechen, und Stefan war …«

Da hörten wir, wie draußen irgendwo eine Tür zugeknallt wurde. Anschließend ertönte eine männliche Stimme: »Killerhure! Niggernutte! In der Hölle verrotten sollst du!«

Dann zerfetzten zwei Gewehrschüsse die nächtliche Stille.

Ich war schon beim ersten Schuss aufgesprungen und hatte die Glock gezogen. Doch dann folgten noch drei weitere Schüsse. Die Wohnzimmerbeleuchtung erlosch, und ich wurde von einem Glasscherbenschauer überschüttet.

Reifen quietschten. Ich riss die Tür auf und huschte geduckt auf die Eingangsveranda. Die Scheinwerfer waren ausgeschaltet, aber ich konnte erkennen, dass es sich um einen alten, ziemlich verbeulten Chevrolet Impala handelte, weiß und mit kaputtem Auspuff. Eine Gestalt mit einer schwarzen Kapuze, Jacke und Handschuhen beugte sich zum Seitenfenster heraus, richtete ein Jagdgewehr mit Zielfernrohr auf mich und drückte ab.

Die sechste Kugel schlug einen knappen Meter neben mir in die Holzschindelverkleidung des Hauses ein. Ich wollte noch zurückschießen, aber da war der Wagen bereits verschwunden.

Ich keuchte unter dem Ansturm des Adrenalins in meinen Adern und richtete mich langsam auf. Da sah ich am Fuß der Eingangstreppe eine blonde Gestalt in Laufkleidung liegen. Sie blutete aus einer Kopfwunde. Es war überflüssig, ihr den Puls zu fühlen. Ich hatte nicht den geringsten Zweifel, dass …

»Sydney!«, hörte ich Patty hinter mir loskreischen. »Nein! Nein!«

Sie brach zusammen. Ich drehte mich um und schloss sie in meine Arme.

»Warum?«, schluchzte Patty an meiner Brust. »Warum Sydney?«

Ich brachte es in diesem Augenblick nicht übers Herz, ihr zu sagen, dass es sich vermutlich um eine Verwechslung handelte.

18

Eine Viertelstunde später waren die Dogwood Road mit Hütchen und das Doppelhaus mit gelbem Band abgesperrt. Kriminaltechniker machten Fotos von Sydney Fox' Leichnam. Schaulustige hatten sich versammelt. Ein Zivilfahrzeug rollte bis an die Absperrung, und die Detectives Frost und Carmichael stiegen aus.

»Na toll«, knurrte Naomi.

»Kennst du die beiden?«

»Frost und Carmichael«, sagte sie. »Die haben auch den Mord an Rashawn Turnbull untersucht.«

»Gute Polizisten?«, wollte ich wissen und schob meine Eindrücke aus der ersten Begegnung mit den beiden bewusst beiseite.

»Sie sind nicht dumm und bestimmt nicht schlecht als Kleinstadt-Detectives«, meinte sie. »Angeblich halten sie sich peinlich genau an die Vorschriften, aber ich habe den Verdacht, dass sie die Tatsachen auch gerne mal so hinbiegen, wie es ihnen in den Kram passt. Und sie ziehen öfter voreilige Schlüsse.«

»Das werde ich mir merken«, sagte ich und wartete, während die beiden Kriminalbeamten die Tote betrachteten.

Frost kratzte sich an seiner aknenarbigen Nase und nickte Naomi zu. »Frau Rechtsanwältin.«

»Detective Frost«, gab Naomi zurück. »Das ist Alex Cross, mein Onkel.«

»Wir hatten bereits das Vergnügen«, sagte er ohne hörbare Begeisterung und wandte sich an mich. »Das ist mein Fall.«

»Ich habe Urlaub«, erwiderte ich.

»Ich will lediglich klarstellen, dass Sie mit diesem Mord ausschließlich als Zeuge etwas zu tun haben«, beharrte der Detective. »Sind wir uns da einig?«

»Ihre Stadt, Ihr Revier, Detective Frost.«

Jetzt meldete sich Carmichael zu Wort: »Was ist denn eigentlich passiert?«

Naomi, Patty und ich schilderten den Verlauf des Abends, einschließlich der erloschenen Glühbirne auf der Veranda und der rassistischen Beschimpfungen, die wir unmittelbar vor den Schüssen gehört hatten.

Frost verzog das Gesicht und fragte: »Hatte Sydney auch eine Beziehung mit einem Schwarzen?«

Patty runzelte die Stirn. »Nicht dass ich wüsste.«

»Dann wollten die eigentlich Sie erschießen und haben Sydney nur verwechselt«, sagte Carmichael und erlöste mich damit von der Last, es ihr selbst sagen zu müssen. »Weil Sie beide blond sind und so…«

Der Schock war Stefans Verlobter deutlich anzusehen. Fast schien es, als müsste sie sich übergeben. »Oh Gott. Wäre ich doch bloß nie hierhergezogen.«

»Bitte kommen Sie morgen früh zur Wache, um eine Aussage zu machen«, sagte Frost. »Aber bis dahin dürfen Sie den Tatort nicht betreten. Die Kriminaltechniker haben noch eine Weile zu tun.«

Patty sagte: »Kann ich nicht hierbleiben? In meinen eigenen vier Wänden?«

Der ältere Detective meinte: »Da werden Sie aber nicht viel Schlaf kriegen.«

»Sie können mit zu meiner Tante Connie kommen«, sagte ich. »Dort sind noch zwei Zimmer frei.«

Stefans Verlobte war zu erschöpft, um sich zu wehren. »Ich will nur schnell ein paar Sachen holen.«

»Können Sie das Haus meiner Tante vielleicht bewachen lassen?«, fragte ich die beiden Detectives, nachdem Patty und Naomi ins Haus gegangen waren.

Frost erwiderte: »Ich kann einen Antrag stellen, aber das heißt nicht, dass er auch genehmigt wird.«

»Etatkürzungen«, fügte Carmichael erklärend hinzu.

Also würden Bree und ich abwechselnd Wache halten müssen. Nachdem Patty ein paar Sachen in eine kleine Tasche gestopft hatte, gingen wir um die tote Sydney Fox herum. Ein Gerichtsmediziner hatte einen starken Scheinwerfer auf sie gerichtet. Erst jetzt wurde mir klar, dass sie zweimal in die Stirn getroffen worden war. Die beiden Löcher lagen rund sieben Zentimeter auseinander.

Ich konnte mich noch gut erinnern, wie schnell die Schüsse aufeinandergefolgt waren.

Da ertönte eine Männerstimme: »Dr. Cross?«

Ich verlangsamte meine Schritte und sah einen breitschultrigen, sportlichen Mann in Jeans und einem schwarzen Kapuzenpullover aus einem grauen Dodge-Pick-up steigen. Seine Dienstmarke baumelte an einer Kette um seinen Hals, und er kam auf uns zu.

»Detective Guy Pedelini«, sagte er und streckte mir lächelnd die Hand entgegen. »Sheriffbüro Stark County. Ist mir eine Ehre, Sir.«

»Danke, gleichfalls, Detective Pedelini«, erwiderte ich und gab ihm die Hand.

»Hier sind Sie aber eigentlich gar nicht zuständig, oder, Guy?«, bemerkte Naomi cool.

Pedelini hörte auf zu lächeln. »Ich will doch bloß Ihrem berühmten Onkel die Hand geben, Frau Rechtsanwältin. Aber wo ich schon mal hier bin… Was ist denn eigentlich passiert?«

»Ein ausgezeichneter Schütze in einem alten weißen Impala hat die falsche Frau ermordet«, sagte ich, und dann erzählte ich ihm, was wir kurz vor den Schüssen gehört hatten.

Der Detective des Sheriffbüros sah mich ernst und hoch konzentriert an.

»Und wie kommen Sie darauf, dass er ein ausgezeichneter Schütze war?«

»Er hatte eine Repetierbüchse – keine Halbautomatik und auch keine Pumpgun – und hat Ms. Fox kurz nacheinander zwei Kugeln in den Kopf gejagt«, lautete meine Antwort.

»Also ein Jäger«, meinte Pedelini.

»Oder jemand mit einer militärischen Ausbildung«, sagte ich. »Kennen Sie zufällig einen Rassisten mit einem verbeulten Impala, auf den die Beschreibung passen würde?«

Der Detective überlegte, dann schüttelte er den Kopf. »Es gibt hier bestimmt ein paar überzeugte Rassisten, die verbeulte alte Autos fahren, und auch den einen oder anderen guten Jäger oder Exmilitär, aber keinen, der zu so etwas in der Lage wäre. Ich meine, dazu müsste er ja ein ausgebildeter Scharfschütze sein, oder nicht?«

»Das sehe ich auch so«, sagte ich.

»Wieso wollen Sie das eigentlich so genau wissen, Guy?«, hakte Naomi nach.

»Wenn jemand versucht, eine wichtige Zeugin in einem aufsehenerregenden Mordfall zu erschießen, der sich in meinem Zuständigkeitsbereich abgespielt hat, dann, Frau Rechtsanwältin, interessiert mich das«, gab Pedelini zurück.

»Wieso interessiert es Sie, ob ich erschossen werde?«, meldet sich Patty Converse zu Wort. »Ich werde für die Verteidigung aussagen. Aber Sie halten Stefan doch für schuldig.«

»Das stimmt«, pflichtete Pedelini ihr bei. »Hundertprozentig. Aber deswegen kann ich doch nicht tatenlos zusehen, wie andere zu Schaden kommen. Nur, damit Sie mich richtig verstehen, Ms. Converse: Ich will, dass der Richter und die Geschworenen beide Seiten in vollem Umfang zu hören bekommen. Und dann sollen sie Ihren Verlobten verurteilen und ihn ins Zentralgefängnis nach Raleigh überführen lassen, wo ihm dann irgendwann die Giftspritze verpasst wird.«

19

Es war schon nach elf, als Naomi ihren Wagen vor Tante Connies Bungalow abstellte. Ich stieg aus und wollte mich auf den Weg in mein ehemaliges Elternhaus zu meiner Familie machen. Aber dort war alles dunkel. Dann sah ich Bree in Tante Connies geöffneter Haustür stehen.

Ich hatte sie schon wenige Minuten nach den Schüssen auf Sydney Fox angerufen, aber wir waren uns schnell einig gewesen, dass sie am besten zu Hause bleiben sollte, solange ich noch mit der Polizei zu tun hatte.

Bree nahm mich in den Arm, gab mir einen Kuss und sagte: »Deine Tante meint, dass du bestimmt einen Mordshunger hast, darum hat sie die ganze Zeit am Herd gestanden und gekocht. Und gleichzeitig getröstet.«

»Wen hat sie denn getröstet?«

»Ethel Fox. Das ist Sydneys Mutter. Sie und Connie sind befreundet.«

»Und wie verkraftet sie es?«

»Sie will es nicht wahrhaben. Ist am Boden zerstört. Steht unter Schock. Sydney war ihre einzige Tochter. Ihr Mann ist vor zehn Jahren verstorben, und ihr Sohn lebt in Kalifornien. Keine Ahnung, was sie ohne deine Tanten jetzt anfangen würde.«

Ich legte ihr den Arm um die Schultern, und wir betraten hinter Naomi und Patty das Haus. Tante Connie achtet sehr auf Sauberkeit, aber das bedeutet nicht, dass eine kühle oder gar sterile Atmosphäre geherrscht hätte. Im Gegenteil. Die Möbel waren gemütlich, und überall hingen Fotos von ihr, ihren Bekannten und ihren Kindern Pinkie und Karen.

Und auf jedem dieser Fotos strahlte meine Tante oder nahm irgendjemanden in den Arm.

Wie gesagt, sie behandelt jeden Menschen wie einen guten alten Freund.

Tante Connie stand in der Küche. Sie trug pinkfarbene Häschenslipper, einen dazu passenden pinkfarbenen Bademantel und machte Rührei in einer Stahlschüssel. Es roch nach Speck, Knoblauch, Zwiebeln und Kaffee. Mit einem Mal packte mich ein rasender Hunger und gleichzeitig eine heftige Müdigkeit. Ich wollte nur noch essen, nach nebenan gehen und schlafen.

Patty, Naomi, Bree und ich betraten die Küche. Tante Hattie war auch da. Sie saß am Tisch und hielt einer älteren weißen Dame mit dünnen grauen Haaren die Hand. Auf ihren Wangen waren getrocknete Tränenspuren zu sehen, und sie schien ins Nichts zu starren, ohne uns überhaupt wahrzunehmen.

»Sydney war so ein süßes kleines Ding, Connie«, sagte Ethel Fox mit schwacher Stimme. »So ein niedliches kleines Mädchen.«

»Daran kann ich mich noch gut erinnern«, sagte Tante Connie und nickte uns zu.

»Sie war gerade dabei, sich nach der Scheidung wieder zu fangen«, fuhr Ethel Fox fort. »So glücklich und optimistisch.«

»Das stimmt«, warf Tante Hattie dazwischen. »Sie hat große Fortschritte gemacht. Sie war eine Tochter, auf die man stolz sein kann.«

Patty schluckte trocken und sagte: »Es tut mir schrecklich leid, Mrs. Fox. Mein tiefes Beileid. Sydney war ein ganz besonderer Mensch …«

Die Mutter der Toten schien aus ihrer Trance zu erwachen. Langsam drehte sie den Kopf und blickte Stefans Verlobte an, die mit den Tränen kämpfte.

»Die Polizei hat gesagt, dass sie Ihretwegen erschossen worden ist«, sagte Ethel Fox mit lebloser, trauernder Stimme.

Patty schlug die Hand vor den Mund und presste mühsam hervor: »Ich wünschte wirklich, die Schüsse hätten mich getroffen. Ich schwöre Ihnen, ich hätte niemals… ich habe Ihre Tochter wahnsinnig gerngehabt. Sie war meine beste Freundin hier. Meine einzige Freundin.«

Ethel Fox erhob sich langsam und starrte Patty durchdringend an. Für einen Moment dachte ich, sie würde gleich zuschlagen. Doch dann breitete sie die Arme aus und drückte Stefans schluchzende Verlobte an ihre Schulter.

»Das weiß ich doch«, sagte Ethel Fox und streichelte Pattys Rücken. »Das weiß ich doch.«

»Und Sie sind mir nicht böse? Oder Stefan?«

Die alte Frau machte sich los und schüttelte den Kopf. »Sydney war, genau wie Sie, von seiner Unschuld überzeugt. Wir haben erst kürzlich darüber gesprochen. Sie hat gesagt, dass Stefan einfach nicht das Herz hatte, um einem anderen Menschen so etwas Finsteres anzutun, schon gar nicht einem Jungen, der ihm so viel bedeutet hat.«

Tante Hattie war dem Zusammenbruch nahe.

Tante Connie wischte sich mit dem Unterarm über die Augen und sagte. »Ethel, jetzt hör mal gut zu. Unser Neffe Alex wird Sydneys Mörder ausfindig machen und Rashawns Mörder auch. Und das kann ich dir sagen: Er wird dafür sorgen, dass sie zur Rechenschaft gezogen werden. Hab ich nicht recht, Alex?«

Alle Augen waren auf mich gerichtet. In der kurzen Zeit, die ich jetzt in Starksville zugebracht hatte, hatte das Städtchen einige ausgesprochen rätselhafte Dimensionen offenbart, sehr viel rätselhafter jedenfalls, als ich es in Erinnerung hatte. Tief im Inneren war ich mir mehr als unsicher, ob ich dieser Aufgabe gewachsen war. Aber sie sahen mich alle so voller Hoffnung an, dass ich sagte: »Ich verspreche euch, dass die Schuldigen zur Rechenschaft gezogen werden.«

Tante Connie ließ wieder ihr breites Lächeln sehen, dann kippte sie die gequirlten Eier unter lautem Zischen in eine schwarze Pfanne. »Und jetzt setz dich hin, ich bin gleich so weit.«

»Es stimmt, was Sydney gesagt hat«, sagte Tante Hattie. »Wer immer diesen Jungen umgebracht hat, hat ein finsteres Herz, und das hat mein Stefan nicht.«

Diese Bemerkung hatte mir gegolten. Hatte Naomi ihr erzählt, was ich im Lauf des Tages gesagt hatte? Dass ich mich allein den Opfern verpflichtet fühlte?

Noch bevor ich eine feinfühlige Antwort parat hatte, sagte Ethel Fox: »Wenn ihr mich fragt, dann gibt es in der ganzen Gegend nur ein Herz, das finster genug ist, um so etwas zu tun. Wenn ihr mich fragt, dann ist dieser Marvin Bell irgendwie in die Sache verwickelt.«

Der Name kam mir irgendwie bekannt vor, aber ich wusste nicht, woher.

Meine Tanten hingegen wussten das offenbar sehr genau.

Hattie wandte sich mit betretener Miene ab.

Connie schlug ein paarmal mit dem Kochlöffel auf den Rand der Pfanne, blickte mich an, registrierte meine Verwunderung und sagte dann mit leiser Stimme: »Ethel, du weißt genau, dass man Marvin Bell nicht beschuldigen sollte, es sei denn, man hat fünfzig gottesfürchtige Christenmenschen hinter sich, die beschwören, dass sie es auch gesehen haben, und zwar bei Tageslicht und mit beiden Augen.«

»Wer ist Marvin Bell?«, wollte Bree wissen.

Meine Tanten blieben stumm.

»Er ist wie ein glitschiger Aal, hält sich immer im Schatten, zeigt sich nie«, sagte Ethel Fox. Dann richtete sie ihren knochigen Zeigefinger auf mich. »Und wissen Sie, wieso Ihre Tanten nichts gegen ihn sagen wollen?«

Meine Tanten sahen mich immer noch nicht an. Ich schüttelte den Kopf.

»Marvin Bell?«, fuhr Ethel Fox fort. »Früher, bevor er anständig geworden ist, da hat Ihr Daddy ihm gehört. Ihr Daddy war sein Nigger.«

20

Das Wort ließ alle anderen Geräusche im Raum verstummen. Brees Miene verhärtete sich, genau wie Pattys und Naomis.

Auf den Straßen von Washington hört man dieses Wort ständig, und zwar aus dem Mund von Farbigen, die damit andere Farbige meinen. Aber aus dem Mund einer alten weißen Südstaatlerin, die damit meinen Vater meinte… Ich hatte das Gefühl, als hätte sie mich mit etwas Unaussprechlichem mitten ins Gesicht geschlagen.

Ihre Tochter war tot. Sie war vom Kummer überwältigt. Sie meinte es nicht so. Das war meine unmittelbare Reaktion darauf. Bis ich sah, dass meine Tanten nicht annähernd so schockiert waren wie wir anderen.

»Tante Hattie?«, sagte ich.

Tante Hattie erwiderte, ohne mich anzusehen: »Ethel wollte damit bestimmt nicht den Namen deines Vaters oder deinen beschmutzen, Alex. Sie hat einfach nur gesagt, wie es war.«

Mit schmerzlich verzerrter Miene fügte Tante Connie hinzu: »Damals war dein Vater tatsächlich Marvin Bells Sklave. Sein Besitz, genau wie deine Mutter. Sie haben alles gemacht, was er von ihnen verlangt hat, ganz egal, was.«

»Wegen der Drogen«, fügte Ethel Fox hinzu.

Ich hatte plötzlich schrecklichen Hunger, so sehr, dass mir ganz schwindlig war.

»Weißt du denn gar nicht mehr, dass Bell manchmal zu euch nach Hause gekommen ist, als du noch ein kleiner Junge warst? Dass er deinen Eltern etwas gebracht hat?«, fragte Tante Connie und schöpfte eine Portion Rührei auf einen Teller. »Ein großer Weißer, scharfe Gesichtszüge, glitschig, so wie Ethel gesagt hat?«

Hattie fügte hinzu: »In einem Augenblick überfreundlich, im nächsten schon ein tollwütiger Hund?«

Eine verschwommene, irgendwie beunruhigende Erinnerung aus längst vergangenen Tagen huschte durch meinen Geist, aber ich sagte: »Nein, daran kann ich mich nicht erinnern.«

»Und was ist mit…«, fing Tante Hattie an, doch dann unterbrach sie sich.

Tante Connie hatte Teller voller Kartoffelpfannkuchen, knusprigem Ahornspeck und einen ganzen Berg Toastbrot aus dem warmen Ofen geholt und stellte sie zusammen mit dem frischen Rührei auf den Tisch. Naomi und ich fielen über das Essen her. Stefans Verlobte stocherte in ihren Eiern herum, schob den Speck von links nach rechts und wieder zurück und knabberte an einer Toastbrotscheibe.

Ich aß, ohne zu reden, aber Bree stellte alle möglichen Fragen über Marvin Bell, und als ich schließlich die Gabel auf meinen Teller legte, satt und fast ohne Schwindelgefühle und Schmerzen, da hatte ich eine grobe Vorstellung von der Biografie dieses Mannes. Sie beruhte auf einigen wenigen Fakten und jeder Menge Meinungen, Gerüchte, Mutmaßungen und Spekulationen.

Glitschig, das war die perfekte Beschreibung für Bell.

Niemand an unserem Tisch konnte genau sagen, wann Marvin Bell das Leben meiner Eltern in die Hand genommen hatte. Er hatte sich wohl so etwa um den zwanzigsten Geburtstag meiner Mom wie ein stummes Krebsgeschwür in Starksville ausgebreitet. Im Gepäck hatte er Heroin und Kokain, und er verteilte Gratisproben, bis schließlich meine Mutter und ein Dutzend anderer junger Frauen verzweifelt an der Nadel hingen. Meinen Vater bekam er auch in seine Fänge, und das nicht nur über die Sucht.

»Euer Vater hat doch Geld gebraucht, für euch Jungs«, sagte Tante Connie.

»Und deswegen hat er für Bell den Dealer und den Transporteur gespielt. Es war genau so, wie Ethel gesagt hat: Bell hat jede ihrer Bewegungen kontrolliert. Sie waren praktisch seine Sklaven.«

Ethel Fox ergänzte: »Einmal hat Bell deinen Daddy aus dem Haus gejagt, ihn mit einem Seil an der hinteren Stoßstange seines Wagens festgebunden und ihn die Straße entlanggeschleift. Und niemand hat etwas dagegen unternommen.«

Ich hatte das Bild vom gestrigen Abend vor Augen, wie diese Teenagerjungen an einem Seil durch die Straße gezerrt worden waren, und starrte sie entsetzt an.

»Weißt du das denn gar nicht mehr, Alex?«, wandte Tante Hattie sich mit leiser Stimme an mich. »Du warst damals ja auch dabei.«

»Nein«, erwiderte ich spontan und ohne jeden Zweifel in der Stimme. »Daran kann ich mich nicht erinnern. Das wüsste ich doch … bestimmt noch.«

Allein die Vorstellung ließ mein Herz schneller schlagen. Am liebsten wäre ich einfach aufgestanden und hätte mich zum Schlafen an einem dunklen Ort verkrochen. Meine Tanten und Sydney Fox' Mutter blickten mich betroffen an.

»Was denn?«, fragte ich. »Ich weiß es eben nicht mehr.«

Tante Connie meinte traurig: »Alex, es ist so schlimm geworden, dass deine Mom und dein Dad gar keinen anderen Ausweg hatten als den Tod.«

Ich hatte einen langen Tag hinter mir, und als ich diese Worte hörte, wurde ich traurig und ließ den Kopf sinken.

Bree strich mir mit der flachen Hand über den Rücken und den Nacken und sagte: »Ist Bell immer noch im Drogengeschäft?«

Die Meinungen darüber gingen auseinander. Tante Hattie sagte, dass Bell kurz nach dem Tod meines Vaters seinen Gewinn eingesackt und sich dreißig Kilometer weiter nördlich, am Pleasant Lake, ein großes Haus gebaut hatte. Er hatte ein paar einheimische Geschäfte übernommen und erweckte nach außen hin den Eindruck, als würde sein Leben in ganz geregelten Bahnen verlaufen.

»Das glaube ich nicht eine Sekunde«, zischte Ethel Fox empört dazwischen. »So einfach ändert man sich nicht, schon gar nicht, wenn man bisher so leichtes Geld verdient hat. Wenn ihr mich fragt, dann zieht er die Unterweltstrippen nicht nur in dieser Stadt, sondern auch in der ganzen Umgebung. Vielleicht sogar in Raleigh.«

Ich hob den Kopf. »Und es hat nie Ermittlungen gegen ihn gegeben?«

»Oh, sicher hat es Ermittlungen gegeben«, meinte Connie.

»Aber soweit ich weiß, ist Marvin Bell noch kein einziges Mal festgenommen worden«, fuhr Hattie fort. »Gelegentlich sieht man ihn in Starksville, aber dann ist es, als würde er direkt durch einen durchschauen.«

»Wie meinst du das?«

Hattie rutschte auf ihrem Stuhl hin und her. »Man fühlt sich sofort unwohl, auch wenn er bloß in der Nähe ist. Er strahlt immer eine Bedrohung aus, auch wenn er dich anlächelt.«

»Dann weiß er also, wer du bist? Was du gesehen hast?«, fragte Bree weiter.

»Oh, davon gehe ich aus«, erwiderte Connie. »Es ist ihm aber egal. In Bells Reich bedeuten wir gar nichts. So wie Alex' Eltern ihm gar nichts bedeutet haben.«

»Gibt es vielleicht irgendwelche Indizien, die eine Verbindung zwischen Bell und Rashawn Turnbull nahelegen?«, wollte Bree wissen.

Naomi schüttelte den Kopf.

Patty Converse wirkte gedankenverloren.

Ich fragte sie: »Hat Stefan diesen Bell jemals erwähnt?«

Als sie merkte, dass ich mit ihr gesprochen hatte, zuckte die Verlobte meines Cousins zusammen. Dann sagte sie: »Ganz ehrlich, den Namen Marvin Bell höre ich heute zum ersten Mal.«

21

Als ich am nächsten Morgen aufwachte, stand meine Tochter Jannie neben meinem Bett und rüttelte mich an der Schulter. Sie trug ihren blauen Jogginganzug und hatte eine Sporttasche in der Hand.

»Es ist sechs Uhr«, flüsterte sie mir zu. »Wir müssen los.«

Ich nickte benommen und kroch behutsam aus dem Bett, um Bree nicht zu wecken. Dann schnappte ich mir Shorts, Laufschuhe, ein T-Shirt mit dem Emblem der Georgetown Hoyas und einen Kapuzenpulli mit dem Wappen der Johns Hopkins University und ging ins Badezimmer.

Ich spritzte mir ein bisschen kaltes Wasser ins Gesicht und zog mich an. Dabei zwang ich mich mit aller Macht, nicht an den gestrigen Tag zu denken, an Marvin Bell und was meine Tanten über ihn und meine Eltern erzählt hatten. Ob Nana Mama darüber Bescheid wusste? Ich schob nicht nur diese Frage beiseite. Wenigstens für ein paar Stunden wollte ich voll und ganz für meine Tochter und ihre Träume da sein.

Nana Mama war bereits aufgestanden. »Zichorienkaffee«, sagte sie, während sie mir einen Thermosbecher und eine kleine Kühltasche reichte. »Da sind Bananen, Wasser und ihre Protein-Shakes drin. Und ein paar von den Mohn-Muffins, die du so gerne magst.«

»Willst du mich mästen?«

»Damit du ein bisschen Fleisch auf deine dürren Knochen bekommst«, erwiderte sie und lachte laut.

Ich lachte auch. »Daran kann ich mich erinnern.«

Als ich ungefähr in Jannies Alter gewesen war, da hatte ich

zwar schon meine jetzige Größe gehabt, aber nur gut siebzig Kilogramm gewogen. Und ich hatte von College-Football und -Basketball geträumt. Darum hatte Nana Mama mir zwei Jahre lang doppelte Portionen vorgesetzt, damit ich ein bisschen Fleisch auf meine dürren Knochen bekam. Und beim Abschluss der Highschool hatte ich tatsächlich bei knapp neunzig Kilo gelegen.

»Dad!«, drängelte Jannie.

»Kannst du Bree ausrichten, dass wir vor zehn wieder zurück sind?«, sagte ich und hastete zusammen mit meiner Tochter zum Haus hinaus.

Auf der Fahrt zur Starksville High war Jannie schweigsam, und das wunderte mich nicht. Was das Laufen angeht, ist sie unglaublich ehrgeizig, und dann blendet sie alles andere aus. Gelegentlich, wenn ein besonders wichtiges Rennen bevorsteht, ist sie sogar ausgesprochen gereizt. Und dann kann sie wieder ganz still und zurückgezogen sein, so wie jetzt.

»Die Trainerin hat einen hervorragenden Ruf«, sagte ich.

Sie nickte. »Assistenztrainerin an der Duke.«

Ich konnte genau sehen, wie die Rädchen in ihrem Kopf ineinandergriffen. Eine Assistenztrainerin aus dem Sprintteam der Duke University betreute in diesem Sommer die AAU-Auswahl in Raleigh. Sie hatte garantiert etliche ihrer Schützlinge mitgebracht. Jannie hatte vor, bei ihnen allen einen tiefen Eindruck zu hinterlassen.

Ich fuhr auf einen fast leeren Parkplatz direkt neben der Highschool. Es war Samstagmorgen um Viertel nach sechs, darum parkte hier nur eine Handvoll Fahrzeuge, darunter auch zwei weiße Kleinbusse. Dahinter waren ein Maschendrahtzaun und eine Tribüne zu erkennen, und davor mehrere Läufer und Läuferinnen, die sich warm machten.

»Du bist doch hier, um zu trainieren, oder?«, sagte ich, während Jannie sich abschnallte.

Sie schüttelte den Kopf und lächelte sanft. »Nein, Daddy, ich bin hier, um zu laufen.«

Wir gingen durch ein Tor und unter der Tribüne hindurch zur Laufbahn. Dort hatten sich fünfzehn, vielleicht auch zwanzig Sportlerinnen und Sportler versammelt. Manche waren in der kühlen Morgenluft noch mit Dehnübungen beschäftigt, andere hatten bereits angefangen, ihre Aufwärmrunden zu drehen.

»Jannie Cross?« Ein Frau in Laufhose, Laufschuhen und einer leuchtend türkisfarbenen Windjacke kam zu uns gejoggt. Sie hielt ein Klemmbrett in der Hand und grinste über das ganze Gesicht, streckte mir die Hand entgegen und sagte: »Melanie Greene.«

»Sehr erfreut, Coach Greene«, sagte ich und erwiderte ihren Händedruck. Dabei spürte ich genau, dass ihre Überschwänglichkeit nicht gestellt war, sondern von Herzen kam.

»Das Vergnügen ist ganz meinerseits, Dr. Cross«, erwiderte die Trainerin.

Dann konzentrierte sie ihren Charme auf Jannie und sagte: »Und du, junge Dame, sorgst ja für eine ganze Menge Wirbel.«

Jannie lächelte und neigte ein wenig den Kopf. »Sie haben die Aufnahmen von dem Einladungsrennen gesehen?«

»Genau wie jeder andere Division-Eins-Trainer im ganzen Land«, sagte sie. »Und jetzt stehst du also hier, auf meiner Bahn.«

»Ja, Madam«, entgegnete Jannie.

»Und nur, damit es keine Missverständnisse gibt: Du kommst im Herbst tatsächlich erst in die zehnte Klasse?«

»Ja, Madam.«

Die Trainerin schüttelte ungläubig den Kopf. Dann drückte sie mir das Klemmbrett in die Hand und sagte: »Sie müssen ein paar Formulare unterschreiben. Darin steht, dass wir keinesfalls vorhaben, ihre Tochter abzuwerben. Es ist Sommer, und wir sind ausschließlich hier, um zu trainieren. Und ganz hinten ist noch ein Antrag auf Freistellung aus sportlichen Gründen, für die Schulbehörde.«

Ich überflog die Dokumente und fing an zu unterschreiben.

»Dreh doch schon mal eine Runde, zum Aufwärmen«, sagte Coach Greene zu Jannie. Jetzt war sie ganz Trainerin. »Wir arbeiten heute Vormittag an den zweihundert.«

»Ja, Coach«, erwiderte Jannie, legte mit konzentriertem Gesichtsausdruck ihre Tasche auf eine Tribünenbank und lief los.

Ich unterzeichnete das letzte Formular und gab der Trainerin das Klemmbrett zurück.

»Sind Sie jetzt länger hier?«

»Das steht noch nicht fest«, sagte ich. »Wir haben ein paar Familienangelegenheiten zu regeln.«

»Das tut mir leid und freut mich zugleich«, sagte sie, gab mir noch einmal die Hand und lief dann zurück zu ein paar jungen Frauen, auf deren Aufwärmjacken das Emblem der AAU oder der Duke University prangte.

Jetzt kamen noch andere Jungen und Mädchen dazu, die erkennbar jünger waren als die Studentinnen auf der Bahn. Manche hatten wohl ungefähr Jannies Alter. Drei von ihnen trugen Pullover des Starksville-Läuferteams. Ich setzte mich auf die Tribüne, nippte an meinem Kaffee und verdrückte die Mohn-Muffins, während Jannie ihr Aufwärmprogramm absolvierte: erst eine langsame Runde, dann ein paar Dehnübungen, die stetig intensiver wurden. Damit brachte sie ihre schnell Muskelfasern auf Betriebstemperatur.

Währenddessen wurde sie ununterbrochen von den anderen beobachtet, besonders von den Mädchen im Highschool-Alter, und ganz besonders von denen aus Starksville. Falls Jannie es bemerkte, dann ließ sie sich nichts anmerken. Sie hatte ihr Pokerface aufgesetzt.

Dann rief die Trainerin die Läufer zusammen und teilte sie in Trainingsgruppen ein. Jannie wurde den einheimischen Mädchen zugeteilt. Auch jetzt ließ sie sich keine Reaktion anmerken. Das Einzige, was zählte, war die Zeit.

22

Greene gab die Anweisung zu einem Sechzig-Prozent-Lauf. Die Männer fingen an, zogen durch die lang gestreckte Linkskurve der Zweihundert-Meter-Strecke und trabten dann auf der Bahn zurück zum Start. Greene schickte Gruppe um Gruppe los. Die sieben Studentinnen waren ernsthafte Läuferinnen, stark und schnell. Es sah so aus, als tänzelten sie über die Bahn, fast ohne sie zu berühren, untermalt vom kraftvollen Rhythmus ihrer Beine.

Jannie beobachtete sie sehr genau, zeigte aber keine Regung. Als ihre Gruppe mit den Mädchen aus der Highschool an der Reihe war, ging sie freiwillig nach außen und überließ den anderen die beliebteren inneren Bahnen. Greene sagte etwas zu ihr, was ich nicht verstand. Jannie nickte und nahm ihre Position ein.

Sie starteten ohne Startblocks und liefen einfach los, sobald Greenes Trillerpfeife ertönte. Ein paar der anderen Mädchen, vor allem die drei aus Starksville, gingen die Sache erstaunlich beherzt an und blieben auch beim Auslaufen vor Jannie. Aber man sah ihnen deutlich an, dass sie nicht die natürliche Eleganz und den Schritt meiner Tochter besaßen.

Als Greene dann nach zwei weiteren Runden die Anforderung auf achtzig Prozent erhöhte, wurde der Unterschied noch deutlicher. Kaum war die Pfeife ertönt, jagte Jannie mit schnellen, geschmeidigen Schritten los, die bald schon in die für Vierhundert-Meter-Läufer typischen, langen, explosiven Sätze übergingen. Schon zehn Meter vor dem Ziel ließ sie ihren Lauf austrudeln und gewann trotzdem mit drei Längen Vorsprung vor den anderen.

»He!«, rief eines der einheimischen Mädchen ihr wütend und ziemlich außer Atem zu. »Achtzig Prozent!«

Jannie grinste. »Das waren siebzig.«

Ihr Tonfall war sachlich, aber das andere Mädchen hielt Jannie wohl für eine Angeberin. Ihre Miene verhärtete sich, dann drehte sie sich um und ging zu ihren Freundinnen.

Coach Greene musste Jannies Bemerkung gehört haben, jedenfalls lief sie zu ihr und sprach kurz mit ihr. Jannie nickte und gesellte sich dann zu den älteren Mädchen.

»Jetzt nur noch Vierergruppen, meine Damen«, rief Greene ihnen zu.

Die Studentinnen begrüßten Jannie mit einem knappen Nicken, doch danach setzten sie alle ihre Pokermiene auf. Es waren erfahrene Läuferinnen, die bereits in der Division Eins an den Start gingen.

»Fünfundachtzig bis neunzig«, rief Greene, während die Mädchen sich aufstellten.

Meine Tochter war zwar erst fünfzehneinhalb, aber trotzdem größer als die meisten anderen Mädchen. Allerdings war sie bei Weitem nicht so kräftig gebaut, sondern wirkte im Vergleich eher zierlich.

Bis zur Hundertfünfzig-Meter-Marke lag Jannie gleichauf mit den beiden schnellsten Mädchen, dann setzte sich deren Konstitution und ihre größere Erfahrung durch. Sie zogen davon und überquerten einen Meter vor Jannie die Ziellinie.

»Neunzig«, rief Greene, und die Mädchen einschließlich Jannie nickten keuchend.

Sie absolvierten noch zwei solcher Läufe, und Jannie kam jedes Mal als Dritte ins Ziel. Dann ließ Greene die Mädchen auslaufen und Dehnübungen machen. Die beiden schnellsten College-Läuferinnen stellten sich zu Jannie und unterhielten sich mit ihr, die einheimischen versuchten, sie zu ignorieren.

Coach Greene kam zu mir an den Zaun und sprach mich an.

»Ist sie die zweihundert schon mal im Wettkampf gelaufen?«, wollte sie wissen.

»Nein. Nur die vierhundert. Wieso?«

»Die beiden, die schneller waren als sie, Layla und Nichole, sind reine Sprinterinnen. Die zweihundert sind ihre Spezialität. Layla war Zwölfte bei den nationalen College-Meisterschaften.«

Ich wusste nicht, was ich dazu sagen sollte. »Ich glaube, die vierhundert sind ihr lieber.«

»Ich weiß«, erwiderte Greene. »Sie ist noch ein ungeschliffener Diamant, aber ich bin jetzt schon tief beeindruckt, Dr. Cross.«

»Vielen Dank … oder?«

Die Trainerin fuhr fort: »Das ist ein Riesenkompliment. Ich …« Sie unterbrach sich. »Meinen Sie, Sie könnten mit ihr nächsten Samstag an die Duke University nach Durham kommen?«

»Weshalb?«

»Dort gibt es eine Vierhundert-Meter-Trainingsgruppe mit Läuferinnen aus Chapel Hill, Auburn und von der Duke. Und ich hätte gerne, dass meine Chefin aus meinem anderen Leben Jannie einmal laufen sieht.«

»Ich dachte, hier geht es nicht darum, sie abzuwerben?«

»Das war lediglich ein wohlwollender Vorschlag. Ich glaube, dass es Jannie hier schnell langweilig werden wird, während sie eine Autostunde entfernt angemessenere Trainingspartnerinnen zur Verfügung hätte.«

»Ich spreche auf jeden Fall mit ihr darüber«, sagte ich. »Aber es hängt auch davon ab, wie meine familiäre Situation sich entwickelt.«

»Die Tür steht ihr jedenfalls offen, nur damit Sie Bescheid wissen«, sagte die Trainerin und joggte davon.

Die drei Mädchen aus Starksville kamen ihr entgegen, und sie klatschte sie ab und sagte: »Dienstagnachmittag.«

Die Mädchen warfen mir im Vorbeigehen feindselige Blicke zu und plapperten dabei weiter. Ich sah zu, wie Jannie in ihre Gummisandalen schlüpfte und sich die Tasche über die Schulter warf. Jede ihrer Bewegungen war effizient und natürlich. Selbst beim Schlendern wirkten ihre Schritte sehr geschmeidig, waren ihre Schultern, Hüften, Knie und Fußgelenke vollkommen im Einklang.

Mir ist schon klar, dass ich hier mit meiner eigenen Tochter prahle, aber auch ohne Vaterstolz wusste ich immerhin so viel über Leichtathletik, dass mir klar war: Das, was Jannie hatte, konnte man nicht lernen. Es war eine genetische Disposition, ein Geschenk Gottes, ein körperlicher Bewusstheitszustand, den ich nicht einmal annähernd erfassen konnte. Darum hob ich den Blick zum Himmel und bat um Rat.

Jannie trat neben mich und legte ebenfalls den Kopf in den Nacken. »Was ist denn da oben?«

Ich legte ihr einen Arm um die Schultern und sagte: »Alles.«

23

Um zwanzig nach acht waren wir schon wieder zu Hause. Ali saß im Schlafanzug auf dem Sofa und sah sich eine Sendung über Tiefseefischen im Outdoor Channel an. Das war einer der wenigen Sender, die hier einigermaßen gut zu empfangen waren.

»Das ist echt cool, Dad«, sagte Ali. »Die fangen diese riesigen Marlins, und sie brauchen Stunden, bis sie sie endlich eingeholt haben, und dann machen sie ihnen einen Sender dran, damit man sie verfolgen kann.«

»Das ist wirklich cool«, sagte ich und warf einen Blick auf das türkisblaue Wasser. »Wo ist das denn?«

»Bei den Kanarischen Inseln. Wo sind die eigentlich?«

»Vor der afrikanischen Küste, glaube ich.«

Bree und Nana Mama bereiteten gerade das Frühstück zu.

»Warum hast du mich nicht aufgeweckt?«, lautete Brees Begrüßung, als ich eintrat. »Ich wollte doch auch mitkommen.«

»Tut mir leid. Ich dachte, ich lass dich noch ein bisschen schlafen.«

»Das kann ich, wenn wir in Jamaika sind«, erwiderte sie bestimmt.

Ich salutierte. »Detective Stone.«

»Rührt Euch«, sagte sie und musste leise lächeln. »Können wir nach dem Frühstück ein bisschen herumfahren? Eine kleine Rundfahrt vielleicht?«

»Damit du einen Eindruck von der Umgebung bekommst?«, fragte ich. »Na klar, finde ich gut.«

»Ich möchte auch mitkommen«, schaltete Nana Mama

sich ein. »Ich drehe sonst noch durch hier. Im Fernsehen gibt es nichts außer Angeln und Jagen. Und auch wenn Connie Lou noch so oft behauptet, dass Starksville sich total verändert hat – wenn ich die Augen zumache, dann sehe ich es genau so vor mir, wie es damals war.«

Mir ging es komischerweise nicht so. Den Bungalow, in dem wir schliefen, nahm ich seit unserer ersten Nacht nicht mehr als das Haus meiner Kindheit oder als mein Elternhaus wahr. Der Psychologe in mir fragte sich, woran das liegen konnte. Und was sollte ich davon halten, dass meine Tanten mir versichert hatten, ich hätte gesehen, wie mein Vater an einem Seil hinter einem Auto hergeschleift worden war? Hatte ich das verdrängt? Und wenn ja, weshalb?

»Alles in Ordnung, Alex?«, wollte Bree wissen und reichte mir einen Teller.

»Hmm?«

»Du grübelst doch über irgendetwas nach.«

»Heute ist Grübeltag, glaube ich.« Dann zuckte ich mit den Schultern, setzte mich hin und fing an zu essen.

Naomi kam herein und sagte: »Haben wir gestern Abend nicht genau an der Stelle aufgehört?«

»Zwei Frühstücke innerhalb von acht Stunden können nicht schaden«, bemerkte Nana Mama. »Möchtest du auch gerne was haben, Liebes?«

»Ich kann mich ja immer noch kaum bewegen nach der Cholesterinbombe gestern Abend.« Naomi sah mich an. »Willst du dir vielleicht die Stelle ansehen, wo man ihn gefunden hat? Rashawn?«

»Solange wir die Sehenswürdigkeiten entlang der Strecke nicht ganz unter den Tisch fallen lassen«, erwiderte ich.

Eine Stunde später näherten sich die Temperaturen langsam der Dreißig-Grad-Marke, und auch die Luftfeuchtigkeit nahm von Minute zu Minute zu. Ich schob den Regler an der Klimaanlage meines Explorers auf Arktis, Bree setzte sich auf den Beifahrersitz, und Nana Mama und Naomi nahmen auf der Rückbank Platz.

Langsam fuhren wir Richtung Norden, kurvten durch Birney, das immer noch weitgehend so aussah, wie ich es in Erinnerung hatte – am Rand der Verwahrlosung und überwiegend von Schwarzen bevölkert, mit ein paar wenigen verarmten weißen Nachbarn.

Am östlichen Ende des Viertels deutete Naomi auf ein ziemlich heruntergekommenes Doppelhaus: »Da hat Rashawn gewohnt. Das Haus gehört Cece Caine Turnbull.«

»Wann hat sie ihn das letzte Mal lebend gesehen?«, erkundigte sich Bree.

»Am Morgen seines Todestages, als er zur Schule gegangen ist«, sagte Naomi. »Nach der Schule war er immer noch zur Betreuung beim YMCA, darum hat sie sich keine großen Gedanken gemacht, als er um sechs immer noch nicht zu Hause war. Gegen sieben hat sie dann versucht, ihn auf dem Handy anzurufen, aber er ist nicht rangegangen. Seine Freunde hatten ihn nicht gesehen. Also hat Cece erst Stefan und dann die Polizei angerufen.«

»Und hat die Polizei nach ihm gesucht?«, wollte Bree wissen.

»Bestenfalls halbherzig. Sie haben gesagt, dass er wahrscheinlich mit einem Mädchen losgezogen sei oder irgendwo rumsitzt und kifft.«

»Mit dreizehn?« Das war wieder Bree.

»Das kommt vor hier in der Gegend«, erwiderte meine Nichte. »Manche fangen sogar noch früher an.«

Ich fuhr weiter nach Norden über die Bahngleise und die Rundbogenbrücke Richtung Innenstadt. Dabei kamen wir an einem Schnapsladen vorbei. Auf dem Schild stand: Bell Beverages. Ob das eines der angeblich legalen Unternehmen war, die Marvin Bell mit dem Gewinn aus seinen Drogengeschäften gekauft hatte?

Wir fuhren durch das Stadtzentrum und kamen in eine reichere Gegend. Nicht reich nach New Yorker oder Washingtoner Maßstäben, aber eindeutig Mittelschicht. Die Häuser waren größer als die Bungalows und Doppelhäuser in Birney, genau wie die Gärten, die insgesamt auch einen gepflegteren Eindruck machten.

»Als ich ein kleines Mädchen war, da war es schon genau so«, sagte Nana Mama. »Die armen Schwarzen haben in Birney gewohnt, und die Weißen hier im Norden, dort, wo die ganze Arbeit war.«

»Wer ist denn heute der wichtigste Arbeitgeber am Ort?«, wollte Bree wissen.

Naomi deutete durch die Windschutzscheibe nach draußen auf einen grasbewachsenen Hügel, umgeben von den eben angesprochenen Mittelschichtsvierteln und einer riesigen Backsteinmauer mit Gusseisenelementen. Die langgestreckte, hügelaufwärts führende Rasenfläche hinter der Mauer war kurz geschoren wie ein Golfplatz. Sie schien im Sonnenlicht zu pulsieren und reichte bis zu dem einzigen Bauwerk in ganz Starksville, das die Bezeichnung *Villa* wirklich verdient hatte. Die Architektur ließ sich am besten als neuzeitliche Interpretation eines Vorkriegsstils beschreiben – Backsteinfassade, zahlreiche weiße Rundbogenfenster und dazu ein Säulenvorbau. Die Villa nahm die gesamte Hügelspitze ein und wurde von niedrigen blühenden Büschen und Obstbäumen umgeben.

»Das ist der Stammsitz der Familie Caine«, sagte Naomi. »Den Besitzern der Kunstdüngerfabrik.«

»Rashawns Großeltern?«, hakte Bree nach.

»Harold und Virginia Caine«, bestätigte Naomi.

»Da ist Cece aber tief gesunken«, sagte ich. »Wenn man sich ansieht, wie sie jetzt wohnt.«

»Ihre Eltern sind der Meinung, dass sie wegen ihrer Drogen- und Alkoholprobleme nicht länger tragbar war«, meinte Naomi.

»Dann war Rashawn also schon vor seinem Tod ein unschuldiges Opfer«, warf Nana Mama verärgert dazwischen. »Ich habe es hier schon vor fünfzig Jahren nicht mehr ausgehalten, und so langsam habe ich das Gefühl, als hätte sich überhaupt nichts verändert. Darum bin ich ja nach der Scheidung von Reggie hier weggezogen. Und darum wollte ich, dass Jason auch weggeht.«

Ich blickte in den Rückspiegel und sah, wie meine Großmutter die Hände rang und zum Fenster hinausstarrte. *Reggie*. Sie nahm den Namen meines Großvaters nur höchst selten in den Mund. Überhaupt sprach sie kaum über ihre ersten Jahre, ihre gescheiterte Ehe, ja, auch nicht über meinen Vater. Ihr Leben schien eigentlich erst mit dem Umzug nach Washington und dem Studium an der Howard University begonnen zu haben. Und sie weigerte sich auch, über meinen Dad zu reden – als sei er eine Art Wundschorf, den man nicht abkratzen durfte.

»Hier rechts«, sagte Naomi.

Wir umrundeten den Hügel unterhalb der Caine-Villa und bogen dann nach Westen ab, wo die Besiedelung etwas dünner wurde. Die Straße führte an einer katholischen Kirche vorbei. Ein Gärtner war gerade dabei, den Rasen zu mähen.

»St. John's«, sagte Nana Mama mit einem warmen Unterton in der Stimme. »Hier habe ich meine erste Kommunion empfangen.«

Ich warf noch einmal einen Blick in den Rückspiegel und sah, dass sie sich ein wenig entspannt hatte. Offensichtlich verband sie auch ein paar angenehme Erinnerungen mit Starksville. Hinter der Kirche führte die kurvenreiche Straße mitten in den Wald.

»Da vorn, auf der linken Seite hinter dem Friedhof, gibt es einen Aussichtspunkt«, sagte Naomi. »Von da hat man einen guten Überblick.«

24

Wir fuhren am geöffneten Tor des Friedhofs von St. John's vorbei. Weiter oben konnte ich die Parkbucht mit dem Aussichtspunkt sehen.

»Das ist ein wunderschönes Fleckchen Erde«, sagte Nana Mama und ließ den Blick über den Friedhof schweifen. »Dein Onkel Brock liegt dort begraben. Er hätte auch in Arlington bestattet werden können, aber Connie Lou wollte, dass er hier bei seiner Familie bleibt.«

»Er ist im Golfkrieg gefallen, stimmt's?«, erkundigte sich Bree.

»Er war bei den Green Berets«, bestätigte Naomi. »Hat posthum den Silver Star für Tapferkeit während der Belagerung von Falludscha verliehen bekommen. Er steht auf dem Regal im Vorderzimmer.«

»Und Connie hat nie wieder geheiratet?«, fragte Bree.

»Sie hat nie eine Notwendigkeit gesehen«, sagte Nana Mama. »Brock war ihr Seelenverwandter. Er hat ihre anderen Freunde schlicht und einfach in den Schatten gestellt.«

»Andere Freunde?«, hakte ich nach.

»Geht dich nichts an.«

Ich wusste, dass es besser war, das Thema nicht weiter zu verfolgen. Stattdessen fuhr ich weiter bis zum Aussichtspunkt. Ungefähr dreihundert Meter davon entfernt ragten zerklüftete, blassweiße Felsen aus dem Erdboden. Dahinter reckten Ahorn- und Hickorybäume ihre Wipfel über die Felskante, aber davor waren sämtliche größeren Bäume abgeholzt worden. Himbeerbüsche und anderes Gestrüpp hatten die Stümpfe bereits wieder überwuchert.

Bree, Naomi und ich stiegen aus und traten hinaus in die bullige Hitze und das allgegenwärtige Summen der Insekten. Meine Großmutter ließ das Fenster herunter und blieb sitzen. »Ich bleibe lieber hier«, sagte sie. »Ich habe in meinem Leben zu viele dreizehnjährige Jungen unterrichtet und will gar nicht hören, was ihr euch alles zu sagen habt.«

»Wir sind bestimmt nicht lange weg«, versprach Naomi und sagte anschließend zu mir: »Wenn du ein Fernglas hast, dann nimm es ruhig mit.«

»Hab ich«, erwiderte ich und holte das Leupold, das ich mir schon während meiner Zeit beim FBI zugelegt hatte, aus einem Fach im Kofferraum.

Naomi brachte uns bis zu einem hohen Geländer. Wir blickten in einen breiten, tiefen, stillgelegten Kalksandsteinbruch. Sofort fing mein Herz an zu rasen. Und wieder hatte ich dieses Bild vor Augen, wie ich als Junge durch den nächtlichen Regen gerannt war. Aber wohin? Warum? Ich wusste es nicht oder konnte mich nicht daran erinnern.

Oder wollte ich nicht?

Jedenfalls riss ich mich zusammen, zwang mich zur Ruhe und betrachtete den Steinbruch aufmerksam, noch bevor Naomi etwas sagte. Er war fünfundzwanzig, vielleicht sogar an die dreißig Meter tief. An manchen Stellen war der Boden mit Gestrüpp überwuchert, an anderen lugte der blanke Stein hervor. Ein kleiner Bach floss mitten hindurch und verschwand zu unserer Linken in einer Spalte.

Gangster-Graffiti verunstalteten die unteren Teile der Kalksandsteinwände. Darüber waren immer wieder unregelmäßige Zacken und Kanten zu erkennen, wo die Arbeiter gewaltige Steinplatten herausgeschnitten hatten. Außerdem klafften etliche schartige Löcher in der Felswand. Das waren

Höhleneingänge. Wasser tropfte aus den Höhlen, rieselte die Wände hinab und sammelte sich im Bach.

Naomi machte uns auf ein sonnengebleichtes Geröllfeld auf dem Grund des Steinbruchs aufmerksam. Es erinnerte mich sofort an Bilder von griechischen Ruinen. Überall lagen Gesteinsbrocken herum. Die eckigeren Stücke waren in zufälliger Folge aufeinandergestapelt worden, während abgebrochene Trümmerstücke kreuz und quer durcheinanderlagen.

»Seht ihr den größten Stapel?«, sagte meine Nichte. »Ganz hinten, etwas nach rechts versetzt? Und wenn ihr dann weiter nach links Richtung Mitte geht, kommt doch dieser niedrige Stapel, etwas dichter bei uns.«

»Ich hab ihn«, sagte ich und richtete das Fernglas auf fünf aufeinanderliegende, rissige Steinplatten. Jede Platte hatte ungefähr die Größe einer Zimmertür. Von dort führte eine Art Trampelpfad zu dem Felsspalt zu unserer Linken.

»Dort hat man Rashawn gefunden«, sagte Naomi. »Ich zeige euch später noch die Tatortfotos, aber er hat mit dem Gesicht nach unten auf der obersten Steinplatte gelegen. Seine Jeans hing an seinem rechten Knöchel, und das linke Bein hat seitlich über die Kante heruntergebaumelt. Von hier aus kann man die Verfärbung auf dem Stein wahrscheinlich nicht erkennen, aber als Pedelini ihn gefunden hat, da hatte es kaum eine Stunde lang geregnet, und er war …«

»Moment mal«, sagte ich und ließ das Fernglas sinken. »Pedelini? Der Detective des Sheriffbüros?«

»Genau«, erwiderte Naomi. »Pedelini hat hier gestanden und den Leichnam gesehen. Er hat erzählt, dass Rashawn trotz des Regens von einem Schleier aus Blut umgeben war.«

»In der Anklage steht, dass ihm der Hals durchgetrennt wurde«, sagte ich.

Naomi nickte. »Du kannst den Obduktionsbericht gerne lesen.«

»Hat man die Waffe gefunden?«, wollte Bree wissen.

Meine Nichte räusperte sich. »Eine zusammenklappbare Bügelsäge. Sie lag im gemeinsam genutzten Keller des Doppelhauses von Stefan, Patty und Sydney Fox.«

»War das Stefans Bügelsäge?«

»Ja«, erwiderte Naomi. »Er sagt, dass er sie gekauft hat, weil er mit der Truthahnjagd anfangen wollte. Ein Lehrerkollege hatte ihm den Tipp gegeben, dass so eine Säge dabei ziemlich praktisch sei.«

»Sind seine Fingerabdrücke darauf?«, fragte Bree weiter.

»Und Rashawns DNA«, erwiderte Naomi.

Bree blickte uns skeptisch an. »Und welche Erklärung hat er dafür?«

»Gar keine«, lautete Naomis Antwort. »Stefan sagt, er hat die Säge gekauft, sie zu Hause ausgepackt und dann im Keller verstaut, zusammen mit dem anderen Zeug, das er sich für die Jagd zugelegt hatte.«

»Wie viele Zugänge hat der Keller?«

»Drei«, entgegnete Naomi. »Einen aus jeder Wohnung, und dann gibt es noch eine Luke auf der Rückseite des Hauses. Aber dort waren keinerlei Anzeichen für einen Einbruch festzustellen.«

Ich griff noch einmal nach dem Fernglas und richtete es auf den alten Steinbruch, auf den Steinstapel, auf dem ein dreizehnjähriger Junge qualvoll gestorben war.

»Ich möchte mir das aus der Nähe ansehen«, sagte ich.

»Die alte Straße, die von der Kirche aus in den Steinbruch führt, ist gesperrt. Und zu Fuß ist es ziemlich weit«, sagte Naomi. »Mindestens zwanzig Minuten von der Hauptstraße aus. Am besten besorgt ihr euch Insektenspray, lange Hosen und langärmlige Hemden, wegen der Sandflöhe. Und giftigen Efeu gibt es dort auch.«

»Wir können eine neunzig Jahre alte Frau bei dieser Hitze nicht so lange im Wagen lassen«, sagte Bree. »Wir bringen Nana Mama nach Hause, besorgen uns alles, was wir brauchen, und kommen wieder.«

Ich salutierte zum zweiten Mal an diesem Vormittag vor meiner Frau.

25

Fünfzehn Minuten später waren wir in der Loupe Street. Ali saß immer noch vor dem Fernseher und sah sich irgendeine abenteuerliche Jagddokumentation mit einem breitschultrigen, freundlichen Typen mit einem schwarzen Cowboyhut auf dem Kopf an.

»Hast du schon mal was von Jim Shockey gehört?«, wollte Ali wissen.

»Kann ich nicht behaupten.«

»Er fährt in lauter so unentdeckte Länder und dann jagt er da, also, zum Beispiel Steinböcke in der Türkei oder Schafe in der Äußeren Mongolei.«

»In der Äußeren Mongolei?« Ich schaute etwas genauer hin und sah eine lange Karawane schwer bepackter Menschen – wahrscheinlich Mongolen –, die zusammen mit Shockey, dem breitschultrigen Kerl mit dem schwarzen Cowboyhut, irgendeinen Berg hinaufstiegen.

»Ja, echt der Hammer«, sagte Ali, ohne den Blick vom Bildschirm zu nehmen. »Ich hab gar nicht gewusst, dass man so was überhaupt machen kann.«

»Du interessierst dich für die Äußere Mongolei?«

»Na klar. Warum denn nicht?«

»Stimmt eigentlich, warum nicht?« Ich ging nach oben, um mich umzuziehen. Naomi beschloss, nicht mitzukommen und sich stattdessen ihrem Eröffnungsplädoyer zu widmen. Als Bree und ich das Haus verließen, hatte Nana Mama gerade angefangen, für sich und Ali Sandwiches mit gegrilltem Käse und grünen Tomaten zuzubereiten.

Mit den Fotos vom Fundort der Leiche und den Ermittlungsakten im Gepäck trafen wir schließlich wieder bei der Kirche ein. Der Gärtner war fertig und lud seinen Rasenmäher gerade auf einen Anhänger. Ich hielt nach dem abgesperrten und überwucherten Weg Ausschau, den Naomi uns vorhin gezeigt hatte.

»Nana Mama hat recht«, sagte Bree. »Das ist wirklich ein wunderschöner Friedhof.«

Ich ließ den Blick den Hügel jenseits der Kirche hinauf und über die zahlreichen Grabmäler wandern, die dort aufgereiht standen. Dabei musste ich an einen Satz denken, den mein Onkel Clifford vorgestern Abend gesagt hatte, und an eine Bemerkung meiner Großmutter vom heutigen Vormittag.

Ich stellte den Explorer am Straßenrand ab. »Warte mal kurz.«

Dann ging ich zum Gärtner, nannte ihm meinen Namen und stellte ihm ein paar Fragen. Seine Antworten jagten mir eine Gänsehaut nach der anderen über den Rücken.

Wieder im Wagen sagte ich: »Wir machen noch einen kleinen Abstecher, bevor wir zum Steinbruch fahren.«

»Wohin denn?«

»Auf den Friedhof«, erwiderte ich, hielt meine aufkochenden Gefühle im Zaum und legte den Gang ein. »Ich glaube, dass meine Eltern dort beerdigt sind.«

Bree ließ sich meine Worte sorgfältig durch den Kopf gehen, dann sagte sie: »Du glaubst?«

»Neulich abends hat Hatties Mann doch gesagt: ›Christina liegt gleich neben Brock‹. Brock ist der Bruder meiner Mutter, Tante Connies verstorbener Ehemann. Und Nana Mama hat gesagt, dass er dort oben beerdigt worden ist. Meine Mom muss also neben ihrem Bruder liegen. Und der Gärtner hat gesagt, dass es da oben ein Familiengrab mit dem Namen Cross gibt.«

Ich fuhr also durch das Tor, den sanft geneigten Hügel hinauf und hielt Ausschau nach den Grabmälern, die der Gärtner mir beschrieben hatte.

»Alex«, sagte Bree leise. »Du warst noch nie am Grab deiner Eltern?«

Ich schüttelte den Kopf. »Bei der Beerdigung meiner Mutter fanden alle, dass ich noch zu jung dafür sei, und nachdem mein Vater tot war, sind wir ja gleich zu Nana Mama gekommen. Sie wollte uns, nach allem, was wir durchgemacht hatten, die Qual einer Beerdigung ersparen.«

Bree überlegte. »Dann sind deine Eltern also kurz nacheinander gestorben?«

»Ungefähr ein Jahr auseinander. Der Tod meiner Mutter hat meinem Vater das Herz gebrochen. Er hat dann noch mehr getrunken und auch andere Drogen genommen.«

»Das ist ja fürchterlich, Alex«, sagte sie und zog die Augenbrauen zusammen. »Wieso hast du mir das denn nie erzählt?«

Ich zuckte mit den Schultern. »Als wir uns kennengelernt haben, da war meine Vergangenheit eben … meine Vergangenheit.«

»Und wer hat sich in der ganzen Zeit um dich und deine Brüder gekümmert?«

Ich überlegte, während der Wagen langsam weiterrollte und ich ununterbrochen die Hügelflanke absuchte. »Weiß ich nicht mehr«, sagte ich schließlich. »Wahrscheinlich Tante Hattie. Zu ihr sind wir immer gegangen, wenn es bei uns …«

Der Grabstein aus grauem Granit stand am Ende einer langen Reihe mit fast identischen Grabmälern. Darauf war mit Großbuchstaben der Name CROSS geschrieben.

Ich hielt an, ließ wegen der Klimaanlage den Motor laufen und sah meiner Frau in die Augen. Aus ihrer Miene sprachen Schmerz und Mitgefühl.

»Geh du nur«, sagte sie leise. »Und wenn du mich brauchst, ich bin hier.«

Ich gab ihr einen Kuss und trat hinaus in die Hitze und die Insektenschwärme, ging um die Motorhaube des Explorers herum und die Gräberreihe entlang, den Blick unentwegt auf das eine mit der Aufschrift CROSS gerichtet.

Wie betäubt stand ich vor der stark vernachlässigten Grabstätte. Gras wucherte rings um den Grabstein. Ich musste in die Hocke gehen und die Halme teilen, um drei kleinere Granitsteine freizulegen. Jeder war mit Initialen versehen worden. Von links nach rechts lauteten sie:

A. C. G. C. R. C.

Ich suchte rechts neben R. C. nach einem vierten Stein, doch stieß ich nur auf Gras und Erde. Kein vierter Stein. Kein J. C.

Also stand ich auf und trat vor die Rückseite des Grabsteins, weil ich mehr über die Menschen erfahren wollte, die hier begraben lagen. Schon der erste ließ mich zusammenzucken.

ALEXANDER CROSS
HUFSCHMIED
GEBOREN 12. JANUAR 1890
GESTORBEN 8. SEPTEMBER 1947

Die zweite und die dritte Inschrift lauteten:

GLORIA CROSS
MUTTER UND EHEFRAU
GEBOREN 23. JUNI 1897
GESTORBEN 12. OKTOBER 1967

REGINALD CROSS
ANGEHÖRIGER DER HANDELSMARINE
GEBOREN 6. NOVEMBER 1919
GESTORBEN 12. MÄRZ 1993

Verwirrt setzte ich mich wieder ins Auto.

»Was ist denn los?«, wollte Bree wissen.

»Mein Vater liegt da nicht. Nur Nana Mamas Exmann, also mein Großvater, und seine Eltern. Ich muss nach meinem Urgroßvater Alexander benannt worden sein. Er war Hufschmied.«

»Das hast du bis jetzt gar nicht gewusst?«

Ich schüttelte den Kopf.

»Vielleicht gibt es ja irgendwo noch ein zweites Cross-Grab«, überlegte Bree.

»Vielleicht«, sagte ich und fuhr los.

Neun Reihen weiter sah ich einen blassweißen Grabstein mit einer eingravierten US-Flagge. Darunter stand der Name PARKS. Es war das vierte Grab von der Fahrstraße aus gesehen und machte einen gepflegten Eindruck. In einer Blumenvase stand ein frischer Blumenstrauß. Wie bei dem Cross-Familiengrab weiter unten gab es auch hier noch kleinere Grabsteine, zwei, um genau zu sein. Sie lagen rund einen Meter voneinander entfernt. Darauf standen die Initialen B. W. P. und C. P. C.

Brock William Parks und Christina Parks Cross.

Die Trauer hüllte mich ein wie kalter Nebel. Tiefes Bedauern und ein Gefühl des Verlusts packten mich. Tränen liefen mir über die Wangen, und ich flüsterte: »Es tut mir leid, dass ich noch nie hier war, Mom. Alles … alles tut mir leid.«

Ich stand da und versuchte, mich an die letzte Begegnung mit meiner Mutter zu erinnern. Wann hatte ich sie zuletzt gesehen? Ich wusste es nicht. Sie war im Haus gestorben, so viel wusste ich, weil meine Tanten sich regelmäßig um sie gekümmert hatten. Aber ich konnte mir einfach kein Bild von ihr vor Augen führen.

Das erschütterte mich zutiefst. Ich wischte mir die Tränen aus den Augen und sah mir die Inschriften auf der Rückseite des Grabsteins an.

BROCK WILLIAM PARKS
SOLDAT DER SPEZIALKRÄFTE DER US-ARMY
NATIONALHELD

CHRISTINA PARKS CROSS
LIEBENDE MUTTER

Ich wurde von Gefühlen und Erinnerungen an meine Mutter an ihren besten Tagen überschwemmt. Dann war sie immer so liebevoll, fürsorglich und ein Quell der Freude gewesen. Ich hätte schwören können, dass ich sie in diesem Augenblick singen hörte, und musste meine gesamte Kraft aufbieten, um zurück zum Auto zu gehen.

Bree sah mich mit tränenerfüllten Augen an. »Ist sie da?«

Ich nickte, und dann brach ich schluchzend zusammen. »Schon die ganze Zeit, Bree. Und ich … ich war noch nie … noch nie hier. Nicht ein einziges Mal. In all der Zeit habe ich mich nicht *ein Mal* gefragt, wo sie begraben wurde. Ich meine, großer Gott, wer macht denn so was? Was bin ich eigentlich für ein Sohn?«

26

Palm Beach, Florida

An diesem Samstagmittag wurden Peter Drummond und Richard S. Johnson, ihres Zeichens Detectives des Sheriffbüros von Palm Beach County, zu einer Villa am North Ocean Boulevard gerufen.

Detective Johnson war Anfang dreißig, groß und muskulös, ein ehemaliger Elitesoldat, der erst vor Kurzem aus Dade County nach Palm Beach versetzt worden war. Detective Sergeant Drummond war Mitte sechzig, ein kräftig gebauter Schwarzer mit einer fast regungslosen Miene. Das lag an einem beschädigten Gesichtsnerv im Zusammenhang mit der auffälligen Brandnarbe, die unterhalb seines rechten Auges begann und sich dann über seine Wange bis hinunter zum Unterkiefer zog.

Johnson wusste, dass er sich glücklich schätzen konnte, Drummond zum Partner zu haben. Der Sergeant war eine Legende im gesamten Police Department, weil er sich instinktiv in die Gedankenwelt von Kriminellen, und insbesondere von Mördern, hineinfühlen konnte.

Sergeant Drummond bog vom North Ocean Boulevard nach links ab und fuhr durch ein geöffnetes Tor in den Innenhof einer italienisch anmutenden Villa. Dort standen bereits zwei Streifenwagen, der Transporter der Gerichtsmedizin und ein mitternachtsblauer Rolls-Royce.

»Wer zum Teufel kann sich so was leisten?«, rutschte es Johnson heraus.

»Hier in der Gegend? Nicht wenige. Und Dr. Stanley Abrams gehört auf jeden Fall dazu. Er ist Besitzer einer großen Schönheitsklinik. Man nennt ihn auch den Tittenkönig.«

Sie stiegen aus dem Zivilfahrzeug in die Hitze hinaus, die trotz des nahe gelegenen Ozeans kaum zu ertragen war.

»Ich dachte, die meisten von diesen Superreichen hier am Ocean Boulevard zieht es im Sommer weiter nach Norden«, sagte der jüngere Detective.

»Die meisten ja«, gab der Sergeant zurück. »Aber Typen wie Abrams bleiben hier, egal wie heiß es ist.«

Einer der uniformierten Deputys führte sie ins Haus, das eigentlich viel eher ein Schloss war. Es gab jedenfalls so viele Flure und Zimmer, dass es nicht lange dauerte, bis Detective Johnson die Orientierung verloren hatte. Sie stiegen eine prachtvolle Treppe hinauf, kamen an einem Ölgemälde von einer hübschen Frau im Ballkleid vorbei und hörten jemanden schluchzen. Einen Mann.

Sie betraten eine große Suite und entdeckten in einem Flur, der vom Schlafzimmer abging, einen schmächtigen Mann, der mit gesenktem Kopf auf einer gepolsterten Bank saß.

»Herr Dr. Abrams?«, sagte Drummond.

Der Schönheitschirurg hob den Kopf, sodass sein glattes, ebenmäßiges Gesicht und sein voller Haarschopf gut zu sehen waren. Dieser Mann hatte etliche Operationen hinter sich, unter anderem auch eine Haarwurzeltransplantation, da war Johnson sich ganz sicher.

Drummond stellte sich vor und sprach Abrams sein herzliches Beileid aus.

»Ich verstehe das nicht«, sagte Abrams und riss sich zusammen. »Ruth war der glücklichste Mensch der Welt. Warum hätte sie so etwas tun sollen?«

»Gab es keinen Hinweis, dass sie vielleicht an Selbstmord gedacht hat?«, wollte Drummond wissen.

»Überhaupt keinen«, erwiderte der Doktor.

»Hat ihr in letzter Zeit vielleicht irgendetwas Kummer bereitet?«, erkundigte sich Johnson.

Der Schönheitschirurg wollte schon den Kopf schütteln, doch dann hielt er inne. »Na ja, Lisa Martins Tod letzte Woche. Die beiden waren eng befreundet, haben sich in denselben Kreisen bewegt.«

Die Detectives nickten. Sie hatten den Fall selbst behandelt. Aber der Tod von Lisa Martin, die ebenfalls am Ocean Boulevard residiert hatte, war offiziell als Unfall deklariert worden. Sie hatte ein Bad genommen und dabei versehentlich ein eingestecktes Radio in die Wanne geschubst.

»Ihre Frau war also traurig darüber, dass Mrs. Martin gestorben war?«, hakte Drummond nach.

»Ja, traurig und mitgenommen«, erwiderte Abrams. »Aber doch nicht so, dass sie… Ruth hatte ein erfülltes Leben, und sie hat das Leben geliebt. Mein Gott, sie ist der einzige Mensch in dieser Stadt, mich eingeschlossen, der noch nie Antidepressiva genommen hat!«

»Haben Sie sie gefunden, Sir?«, erkundigte sich Johnson.

Abrams nickte mit feuchten Augen. »Ruth hatte dem Personal übers Wochenende freigegeben. Ich war in Zürich.«

»Wir würden uns gerne ein bisschen umsehen«, sagte Drummond. »Haben Sie etwas angefasst?«

»Ich wollte das Seil durchschneiden«, sagte der Chirurg und blickte auf seine Hände. »Aber dann habe ich es gelassen. Ich habe nur… den Sheriff angerufen.«

Seine Stimme klang verloren und einsam.

Johnson fragte ihn: »Haben Sie Familie, Sir?«

Abrams nickte. »Meine Töchter. Sara ist in London und Judy in New York. Das wird sie…« Er seufzte und fing wieder an zu weinen.

Drummond ging zurück ins Schlafzimmer, gefolgt von Johnson. Der Detective Sergeant blieb stehen und betrachtete die Tote aufmerksam.

Ruth Abrams hing an einer Vorhangkordel, die an einem Kronleuchter über dem Bett festgeknotet war und sich eng um ihren Hals geschlungen hatte. Sie war eine zierliche Frau gewesen, hatte bestimmt nicht mehr als fünfzig Kilogramm gewogen, und trug ein schwarzes Negligé. Ihr Gesicht war geschwollen und mit lila Flecken übersät. Ihre Beine und Füße waren noch dunkler. Das lag an dem Blut, das sich darin gesammelt hatte.

»Können Sie mir sagen, wie lange sie ungefähr schon tot ist?«, fragte Drummond die Gerichtsmedizinerin, eine junge Asiatin, die gerade dabei war, sich Notizen zu machen.

»Seit achtzehn bis zwanzig Stunden. Weiter kann ich es im Augenblick noch nicht eingrenzen«, erwiderte die Ärztin. »Durch die Klimaanlage sind kleinere Abweichungen möglich, aber insgesamt sieht es für mich nach einer klaren Sache aus. Sie hat sich erhängt.«

Drummond nickte, ohne etwas zu sagen und ohne den Blick von der Toten zu nehmen. Er trat vors Bett und blieb ungefähr dreißig Zentimeter von der Bettkante entfernt stehen. Johnson machte es ihm auf der anderen Seite nach.

Für ihn sah es auch nach einer klaren Sache aus. Allem Anschein nach hatte sie einen Abfalleimer kopfüber auf das Bett gestellt, war darauf geklettert, hatte sich die Schlinge um den Hals gelegt und den Abfalleimer anschließend weggetreten. Jetzt lag er auf dem Läufer rechts neben dem Bett. Sie hatte sich erhängt. Punkt.

Aber der Sergeant hatte seine Lesebrille aufgesetzt und betrachtete jetzt die Bettdecke, die zusammengeknüllt auf der linken Betthälfte lag. Anschließend widmete er sich dem

Hals der Toten, wo die Kordel dunkelrote Abschürfungen hinterlassen hatte, und schließlich nahm er die Brille wieder ab und besah sich die Knoten, mit denen die Kordel am Kronleuchter befestigt war.

»Lass das Haus versiegeln, Johnson«, sagte Drummond endlich. »Das war kein Selbstmord.«

»Was?« Der junge Detective war verblüfft. »Woher willst du das wissen?«

Der Sergeant deutete auf die Bettdecke und dann rings um das Bett herum. »Das sieht mir nach einem Kampf aus.«

»Leute, die sich aufhängen, zappeln ja auch ganz schön hin und her.«

»Das stimmt, aber die Decke ist ganz nach links geschoben worden, und das heißt, dass man die Frau von rechts aufs Bett gezogen hat. Danach hat der Täter den Abfalleimer da hingelegt, damit es nach Selbstmord aussieht«, fuhr Drummond fort.

Johnson sah, worauf der Sergeant hinauswollte, aber noch war er nicht überzeugt.

Drummond deutete auf ihre Hände. »Die Fingernägel sind abgebrochen oder eingerissen«, setzte er seine Erläuterungen fort. »Und an der Kordel klebt Nagellack. Das deutet, zusammen mit den senkrechten Kratzern am oberen Teil des Halses, darauf hin, dass sie zu Beginn des Kampfs, der auf dem Fußboden stattgefunden hat, versucht hat, die Schlinge wieder loszuwerden. Und siehst du da die dunkelroten Zickzackstreifen oberhalb und unterhalb der Schlinge?«

Johnson runzelte die Stirn. »Ja.«

»Die dürften eigentlich nicht da sein. Wenn sie den Abfalleimer beiseitegetreten hätte, dann hätte die Kordel von einem Moment auf den anderen ihr gesamtes Gewicht getragen. Dann würde es nur einen einzigen Streifen dicht neben der Kordel geben, und dazu vielleicht ein paar Abschürfungen durch die sich zusammenziehende Schlinge. Aber die beiden deutlich sichtbaren Streifen signalisieren, dass der Mörder Mrs. Abrams die Kordel von hinten über den Kopf geworfen und sie damit erdrosselt hat. Sie hat sich gewehrt, hat mit den Fingern an der Schlinge gezerrt, hat den Täter vielleicht sogar getreten. Jedenfalls hat sie es geschafft, dass die Schlinge sich ein bisschen gelockert hat. Dadurch ist sie verrutscht, und der Täter musste sie noch einmal mit einem Ruck festziehen – hier. Sie war schon tot, bevor man sie an den Kronleuchter gehängt hat. Siehst du die Scharten im Kronleuchter, gleich neben der Kordel? Die sind entstanden, als der Mörder die Tote nach oben gezogen hat.«

Der junge Detective schüttelte bewundernd den Kopf. Drummond war tatsächlich eine Legende. Wenn man seinen Erklärungen gelauscht hatte, dann waren die Beweise klar und eindeutig zu erkennen.

»Soll ich vielleicht die Kriminaltechnik verständigen und ein Team anfordern?«, wollte Johnson wissen.

»Ich glaube, das wäre eine sehr gute Idee.«

27

Starksville, North Carolina

Der Wald, der gegenüber der Kirche anfing, war voller Mücken und Stechfliegen, die mich und Bree auf unserer Wanderung in den alten Steinbruch umschwärmten. Trotz der schwülen Hitze waren wir froh, dass wir Naomis Ratschlag befolgt und lange Hosen sowie langärmelige Shirts angezogen hatten. Außerdem hatten wir uns gründlich mit Insektenspray eingenebelt.

In unseren Rucksäcken transportierten wir mehrere Wasserflaschen, ein Maßband, eine Kamera, verschließbare Plastiktüten, die Akten mit den Fotos vom Tatort, Polizeiskizzen und Kopien der Notizen, welche die Detectives Frost und Carmichael angefertigt hatten, nachdem Rashawn Turnbulls Leichnam entdeckt worden war.

Der überwucherte Pfad wand sich zwischen Brennnesselfeldern und von Efeu überwuchertem Buschwerk hindurch. Es war absolut windstill. Die Luftfeuchtigkeit war nahezu unerträglich, und das Summen der Insekten hatte uns fast wahnsinnig gemacht, als wir endlich den Bach überquerten. Jetzt führte der Pfad an dem Wasserlauf entlang durch einen schattigen, künstlichen Durchbruch in der Kalksandsteinmauer. Er war vier, vielleicht auch fünf Meter breit und an die zwölf Meter hoch.

Der Bach trat auf seinem Weg durch die Öffnung über die Ufer, sodass der umgebende Boden nass und schlüpfrig war. Wir mussten einander stützen, bis wir den glühend heißen Steinbruch auf der anderen Seite erreicht hatten.

Bree warf einen Blick zurück. »Der Mörder hat Rashawn

vermutlich auf demselben Weg hierhergebracht. Aber ich kann mir nicht vorstellen, dass er ihn hier durch den Durchbruch geschleift hat.«

Ich nickte. »Er wäre gestürzt. Sie wären beide gestürzt.«

»Steht in den Akten etwas von abgerissenem Moos oder aufgewirbeltem Schlamm?«

»Nicht dass ich wüsste. Aber es hat in der Nacht auch geregnet, und zwar ziemlich heftig.«

»Trotzdem«, beharrte Bree. »Ich glaube nicht, dass Rashawn die ganze Strecke getragen oder geschleppt worden ist. Er ist freiwillig mitgegangen, und das bedeutet, dass er seinen Mörder gekannt hat.«

Die Polizei dachte genauso. Das hatte ich in der Anklage gelesen.

»Einverstanden«, sagte ich. »Was noch?«

Bree lächelte. »Ich sag dir Bescheid, sobald ich es weiß.«

Wir näherten uns den aufeinandergestapelten Steinplatten und blieben stehen, sobald wir eine gute Perspektive hatten. Ich holte die Fotos aus dem Rucksack, warf einen Hilfe suchenden Blick zum Himmel hinauf, und dann vergaß ich, dass ich Vater, Ehemann, menschliches Wesen war. Das ist die einzige Methode, wie ich mich vor manchen Dingen, die mein Beruf mit sich bringt, schützen kann, wie ich meine Arbeit überhaupt bewältigen kann.

Aber als ich das erste Foto sah, da zitterte ich am ganzen Körper. Der kleine, fast nackte Junge lag mit gespreizten Beinen auf der obersten Steinplatte, Gesicht nach unten, die Hände mit einem Leinengürtel auf den Rücken gefesselt. Die Arme sahen aus, als wären sie ausgekugelt. Seine Jeans hing als zusammengeknülltes Bündel um seinen rechten Knöchel, und aus der Haut des linken Unterschenkels ragte ein zersplitterter Knochen hervor. Der Kopf war so geschwollen und verunstaltet, dass er unmöglich als der eines Jungen zu erkennen war.

»Gott steh mir bei«, sagte Bree und wandte sich ab. »Wer tut einem armen kleinen Jungen so etwas an?«

»Jemand mit einer gewaltigen, aufgestauten Wut«, sagte ich und hielt den Blick starr auf den Steinstapel gerichtet.

»Was laut Staatsanwaltschaft Stefans Reaktion darauf war, dass Rashawn ihn zurückgewiesen hat«, meinte Bree.

»Das glaube ich nicht«, sagte ich. »Ein solches Maß an Grausamkeit deutet eher auf pathologischen Hass oder eine sadistische Störung hin als auf einen Anfall von Rachsucht.«

Wir standen knapp fünfzehn Meter von den Steinen entfernt und zwangen uns, die Fotos anzusehen, eines nach dem anderen. Sie umfassten die gesamte Bandbreite, angefangen von Nahaufnahmen einzelner Beweisstücke in der zeitlichen Reihenfolge ihrer Entdeckung bis hin zu einem Dutzend Aufnahmen von Rashawns misshandeltem Körper. Auch von seinem durchgesägten Hals.

Auf den Bildern hatte der Stein rings um Rashawn eine blasspinke Farbe – Blut, das vom Regen verwässert worden war. Es hatte sich zum Teil auch auf die unteren Steinplatten verteilt und war in vereinzelten Rinnsalen bis hinab auf den Steinboden geflossen. Zweieinhalb Meter von dem Stapel entfernt versickerte das Blut dann in einem Areal voller Kalksandsteinbrocken – manche mit dem Durchmesser eines Baseballs, andere sogar mit dem eines Fußballs. Dieses Steinbrockenfeld reichte bis zum Ufer des Bachs in genau 12,80 Metern Entfernung.

Rashawns Turnschuhe, sein zerfetztes Duke-Blue-Devils-T-Shirt und seine Unterwäsche waren in einem Radius von acht Metern rund um den Stapel aufgefunden worden, genau wie das wichtigste Beweisstück der Anklage. Auf dem

Foto war eine schlammverkrustete, weiße Plastikkarte zu erkennen, die genau 3,96 Meter östlich der Leiche zwischen ein paar Sandsteinbrocken gelegen hatte. Das nächste Foto zeigte die Rückseite der Karte. Es handelte sich um einen blutverschmierten Ausweis des Schulbezirks von Starksville, und das Bild darauf gehörte meinem Cousin Stefan Tate.

28

Bei unserem Gespräch am Vortag im Gefängnis hatte Stefan gesagt, dass er den Ausweis drei Tage vor dem Mord an Rashawn zum letzten Mal bewusst wahrgenommen hatte, während des Sportunterrichts bei einer zehnten Klasse im Freien. Stefan hatte den Ausweis in die Tasche seines Anoraks gesteckt und diesen anschließend auf der Tribüne abgelegt. Erst am nächsten Tag sei es ihm wieder eingefallen, aber als er dann nachgesehen hatte, sei der Ausweis verschwunden gewesen.

Seine Verlobte, Patty Converse, hatte zur gleichen Zeit ganz in der Nähe ebenfalls eine Klasse unterrichtet. Also hatten sich rund sechzig Schüler in der unmittelbaren Umgebung des Anoraks und des Ausweises aufgehalten. Trotzdem waren nur Stefans Fingerabdrücke darauf identifiziert worden, der den Diebstahl des Ausweises zu allem Überfluss nicht einmal gemeldet hatte.

Auch auf einer Sandwichverpackung, die ebenfalls im Steinbruch gefunden worden war – 5,18 Meter östlich des Ausweises, um genau zu sein –, hatte man die Fingerabdrücke meines Cousins entdeckt. Die Sandwichverpackung hatte zusammengerollt in einer größeren, verschließbaren Plastiktüte gesteckt, und zwar mit diversen Drogen in kleinen, zum Verkauf bestimmten Mengen, einzeln in Zellophantütchen abgepackt: sechs Gramm pechschwarzes Heroin, drei Gramm Kokain und neun Gramm zerstoßenes, kristallförmiges Metamphetamin.

Mein Cousin hatte keine Erklärung für die Fingerabdrücke auf der Verpackung. Er spekulierte, dass vielleicht jemand seinen Papierkorb in der Schule durchwühlt und die Verpackung mitgenommen hatte.

Das war absolut denkbar, aber es war eine mehr als ungenügende Verteidigung. Die Indizien, die darauf hindeuteten, dass Stefan an jenem Abend im Steinbruch gewesen war, waren einfach zu übermächtig.

»Lass uns ein bisschen dichter rangehen und noch einmal alles überprüfen«, sagte ich. »Die genaue Lage der Indizien, die Entfernungen, die Winkel, aus denen die Fotos gemacht wurden, alles, was uns einfällt.«

»In zwei Monaten kann sich aber vieles verändern, Alex«, meinte Bree zweifelnd, als wir uns dem Steinhaufen näherten, auf dem Rashawn Turnbull gequält und getötet worden war. »Hier gibt es ja überhaupt keine Blutspuren mehr. Ehrlich gesagt sieht es fast so aus, als sei hier sehr gründlich sauber gemacht worden.«

Ich sah, was sie meinte. Die Oberfläche der obersten Steinplatte sowie die Seiten des Stapels waren mit kreisförmigen Furchen und Rillen überzogen, als hätte jemand das Ganze mit einem Scheuermittel und einer Stahlbürste bearbeitet. Ich blickte mich um. Was war wohl noch alles gesäubert worden, nachdem die Polizei ihre Indiziensuche abgeschlossen hatte?

Zu allem Überfluss lagen jetzt auch noch überall zerbrochene Bier- und Whiskeyflaschen, Schrotpatronen und andere Munitionshülsen, Fast-Food-Verpackungen, zerbrochenes Plastikgeschirr und etliche leere Limonadendosen herum.

»Und das haben die Leute nach Rashawns Tod hier weggeworfen?«, fragte Bree.

Ich zuckte mit den Schultern. »Wir müssen die Fotos mit dem jetzigen Zustand vergleichen.«

»Aber sie haben doch bestimmt nicht jeden Quadratzentimeter außerhalb der Absperrung fotografiert, oder?«

»Sieht nicht danach aus«, erwiderte ich. »Wir müssen eben das Beste aus dem machen, was wir haben.«

Ich fing an, Streckenangaben nachzumessen und die Fotos mit dem aktuellen Zustand des Geländes zu vergleichen. Auf den Tatortskizzen war der Durchlass in der Wand genau 20,27 Meter von dem Steinstapel entfernt. Ich fand mit einem kleinen Lasermessgerät heraus, dass es eher an die einundzwanzig Meter waren. Das war zwar an sich nicht weiter wichtig, aber es nährte den Verdacht, dass die Kriminaltechniker womöglich auch an anderen Stellen nicht ganz so gewissenhaft gearbeitet hatten.

Erneut nahm ich das Lasergerät zu Hilfe, um zu überprüfen, wo der Ausweis und die Drogen entdeckt worden waren. Mithilfe der Fotos stellte ich fest, dass auch hier die Maßangaben um dreißig Zentimeter oder mehr daneben lagen. Außerdem waren viele Steine umgekippt oder verschoben worden und befanden sich nicht mehr genau dort, wo sie zum Zeitpunkt der Aufnahmen gelegen hatten.

Trotzdem führten der Steinplattenstapel, der Ausweis und die Drogen zu einer eindeutigen Schlussfolgerung, nämlich dass da jemand von den Steinen aus genau ostwärts zum Bachlauf gegangen war. Das passte zur Theorie der Ermittler, die annahmen, dass der Killer über das Geröllfeld geflüchtet war und den Steinbruch im Wasser watend verlassen hatte.

Ich folgte genau dieser Strecke und stellte anhand der Fotos fest, dass auf den acht Metern zwischen den Drogen und dem Wasser tatsächlich kein Stein auf dem anderen geblieben war. Nach den Angaben in der Akte hatte die Polizei hier keine weiteren Indizien mehr gefunden, aber ich ging trotzdem weiter bis zum Bach.

Auf den Felsblöcken am Grund des Wasserlaufs wuchsen Algen. Der Bach war höchstens zwanzig Zentimeter tief und vierzig breit. Träge floss er von links nach rechts und verschwand unter dem Dornengestrüpp, das ich heute Morgen vom Aussichtspunkt aus bereits bemerkt hatte.

Ich stellte mich ins Wasser und watete durch den von dichten Zweigen überwucherten Bach. Wenn sich in den vergangenen Monaten nicht etwas ganz Grundlegendes geändert hatte, dann hätte jeder Mann – und jede Frau – ab hier auf allen vieren weiterkrabbeln müssen.

Aber wozu? Wozu überhaupt durchs Wasser gehen? Es ist schließlich mitten in der Nacht. Warum nicht einfach auf dem gleichen Weg wieder raus, auf dem du auch reingekommen bist?

Man könnte natürlich argumentieren, dass Stefan das Wasser gesucht hatte, um keine Spuren zu hinterlassen. Aber es hatte damals ja stark geregnet. Und was hatte den flüchtenden Mörder veranlasst, den Ausweis und die Drogen fallen zu lassen? War bei dem Kampf vielleicht eine seiner Taschen gerissen?

Ich kniete mich hin, um zwischen den Zweigen und Ranken hindurchzuspähen, und sah, dass der Bach in zwölf, dreizehn Metern Entfernung wieder ins Freie kam, dicht neben der Öffnung in der Steinbruchmauer. Am Ufer hatte sich zwischen all den Wurzeln jede Menge Unrat gesammelt: Bierdosen, ein Milchkanister aus Plastik, der anscheinend mit einer Schrotflinte beschossen worden war, und eine ausgebleichte orangefarbene Schnur, die sich um die Wurzeln gewickelt hatte wie die Überreste eines Fadenspiels.

Weiter hinten lag etwas, was aussah wie ein verrosteter Fahrradlenker, und …

In meinem Rücken, direkt neben Bree, prallte eine Kugel

auf den Fels, nur einen Sekundenbruchteil, bevor ich in der Ferne das Mündungsfeuer eines Hochleistungsgewehrs wahrnahm.

29

Ich warf mich rückwärts in den Bachlauf, riss meine Pistole aus dem Unterschenkelholster und brüllte: »Bree!«

Dann hörte ich den Einschlag der zweiten Kugel in den Stein, danach den Schuss und dann ihre Stimme. »Alles in Ordnung, Alex! Der Schütze sitzt an der nordöstlichen Kante, links vom Aussichtspunkt!«

Mit meiner Reservepistole in der Hand hob ich vorsichtig den Kopf, suchte und fand die dicht bewaldete Nordostkante und sah zwischen den Bäumen etwas aufblitzen. Dann folgte der dritte Schuss. Er galt mir.

Die Kugel schleuderte einen kleinen Stein, der gut einen Meter vor mir lag, in die Luft. Noch bevor ich mich wegducken konnte, spritzten mir Splitter und Erde ins Gesicht.

Bree eröffnete das Feuer mit ihrer Neun-Millimeter, gab erst drei schnelle Schüsse ab und dann noch einmal zwei. Bei einer Entfernung von rund zweihundert Metern war die Chance auf einen Treffer natürlich minimal, aber der Gegenangriff schien den Schützen zumindest so weit zur Besinnung zu bringen, dass er das Feuer einstellte.

Fast eine Minute lang herrschte völlige Stille. Ich tauchte mein Gesicht ins Wasser und wusch mir die Augen aus. Dann hob ich den Kopf und lauschte. Ein Motor heulte auf, und durchdrehende Reifen kratzten über Schotter.

Ich stand auf, hob benommen den Kopf und sah etwas Weißes vorbeihuschen.

»War das ein Impala?«, brüllte ich.

»Hab nichts gesehen!«, rief Bree zurück. »Alles okay?«

»Hätte schlimmer kommen können«, erwiderte ich blinzelnd und rieb mir so lange die Augen, bis ich wieder einigermaßen klar sehen konnte.

Bree stand auf der anderen Seite des Steinplattenstapels und suchte mit Blicken die Felskante ab für den Fall, dass dort noch andere Heckenschützen auf der Lauer lagen.

»Wo haben die ersten beiden Kugeln eingeschlagen?«, fragte ich sie, als ich bei ihr war.

»Beim ersten Schuss hat er mich voll im Visier gehabt, den gesamten Oberkörper, und sein Schuss ist da gelandet.« Sie zeigte auf eine frische Kerbe im Kalksandstein, etwas über einen Meter zu ihrer Rechten, und dann auf eine zweite Kerbe in der obersten Steinplatte, knapp fünfzig Zentimeter vor ihr. »Beim zweiten Schuss war ich schon in Deckung.«

Ich legte schützend die Hand über die Augen und starrte zu der Stelle, wo sich die Sonne in einem Zielfernrohr gespiegelt hatte. »Das müssen an die zweihundertfünfzig Meter sein«, sagte ich. »Und es ist windstill.«

»Was willst du damit sagen?«

»Der Kerl, der Sydney Fox ermordet hat, ist ein ausgezeichneter Schütze, zumindest auf kurze Distanz. Mal angenommen, wir haben es hier mit demselben Täter zu tun, dann hat er eine militärische Ausbildung oder ist ein routinierter Jäger, und dann hätte er uns bei solchen Bedingungen eigentlich problemlos erwischen müssen.«

Bree meinte: »Vielleicht ist es ja ein Jäger hier aus der Gegend, schnell und mit den Bedingungen vertraut, der aber mit größeren Entfernungen nicht zurechtkommt.«

»Oder er hat sein Zielfernrohr nicht richtig kalibriert«, machte ich weiter. »Oder er hat uns absichtlich verfehlt.«

»Um uns Angst einzujagen?«

»Und um uns klarzumachen, dass wir beobachtet und wahrscheinlich auch verfolgt werden.«

Bree blickte sich um. »Ich komme mir vor wie auf dem Präsentierteller.«

Genauso ging es mir auch, und ich wurde dieses mulmige Gefühl einfach nicht mehr los. Wir beschlossen, uns aus dem Staub zu machen, das Sheriffbüro zu verständigen und dann die Stelle zu suchen, wo der Heckenschütze auf der Lauer gelegen hatte. Als ich durch die glitschige Öffnung in der Felswand ging, hatte ich das Gefühl, dass wir noch längst nicht alle Geheimnisse dieses Steinbruchs gelüftet hatten. Darum nahm ich mir fest vor, am nächsten Tag wiederzukommen.

Sobald ich ein Netz hatte, rief ich den Polizisten an, der seit unserer Ankunft in Starksville den besten Eindruck bei mir hinterlassen hatte. Detective Pedelini meldete sich beim zweiten Klingeln. Ich erzählte ihm, was passiert war. Pedelini meinte, er sei keine zwanzig Minuten entfernt. Wir könnten uns beim Aussichtspunkt treffen.

»Gehen Sie auf keinen Fall ohne mich in den Wald«, sagte er.

Wir gehorchten. Fünf Minuten nach uns kam er in einem zivilen weißen Jeep Cherokee angerollt. Wir schilderten ihm die Ereignisse, zeigten ihm, wo wir uns aufgehalten hatten, als die Schüsse gefallen waren, und wo wir den Standort des Heckenschützen vermuteten.

Pedelini nickte. »Bleiben Sie immer hinter mir.«

Der Detective holte eine Machete aus einer Kiste im Kofferraum seines Cherokee und schlug eine Bresche in den dichten Vorhang aus Schlingpflanzen. Als es zu unwegsam wurde, blieb Pedelini stehen. Wir mussten uns an den Bäumen festhalten, um nicht abzurutschen.

»Da haben wir Ihren Heckenschützen«, sagte er und deutete mit der Machete auf ein Paar Abdrücke. »Die stammen von seinem Zweibein.«

Ich trat einen Schritt näher, sah die beiden Löcher im Waldboden und zeigte Bree die Stelle mit den niedergetrampelten Farnkräutern. »Da hat er gesessen, die Füße gegen die Baumwurzeln gestützt. Sehr stabile Position.«

Pedelini lauschte unseren Mutmaßungen, wieso ein guter Schütze in einer stabilen Position uns verfehlt haben könnte, und sagte, dass jede Vermutung schlüssig, aber keine wirklich überzeugend klang. Wir suchten die Stelle ab, konnten aber keine Patronenhülsen entdecken. Der Schütze hatte sich also die Zeit genommen aufzuräumen, und das bedeutete, dass er nicht dumm war.

Pedelini führte uns aus dem Wald wieder ins Freie. Schweißüberströmt setzten wir uns in sein klimatisiertes Auto.

»Was haben Sie da unten eigentlich gesucht?«, erkundigte er sich.

»Das gehört zu meiner Berufsauffassung«, erwiderte ich. »Ich sehe mir einen Tatort wenn irgend möglich gerne persönlich an.«

»Haben Sie etwas gefunden?«

»Ein paar Entfernungsangaben in den Skizzen stimmen nicht«, sagte ich.

Der Detective machte ein missmutiges Gesicht. »Maßangaben. Das waren Frost und Carmichael. Sonst noch was?«

In seiner Stimme schwang nichts Feindseliges mit. Er schien nichts weiter zu wollen als ein paar Hinweise von erfahreneren Kollegen. Ohne Hintergedanken.

Bree sagte: »Es sieht so aus, als hätte jemand diesen Stapel aus Steinplatten mit Scheuermittel und Stahlbürste bearbeitet.«

Pedelini zog eine Grimasse. »Das war Cece Turnbull, ungefähr sechs Wochen nach Rashawns Tod. Sie hatte mitbekommen, dass der Ort, wo ihr Sohn vergewaltigt und ermordet worden ist, zu einem Treffpunkt für die Jugendlichen aus der Umgebung geworden war. So eine Art Kultstätte. Ist das zu glauben?«

Pedelinis Wange zuckte, und sein Kinn wanderte nach links, dann sagte er: »Jedenfalls hatte Cece wieder angefangen, zu trinken und andere Drogen zu nehmen, und dann ist sie ausgeflippt. Sie hat eine Flasche Jack Daniel's und ein bisschen Meth eingesteckt, und dann hat sie diese Steinplatte mit einer Grillbürste und Graffiti-Entferner bearbeitet. Am nächsten Morgen habe ich sie dort gefunden, sturzbetrunken und in Tränen aufgelöst.«

30

Pedelini bat uns, ihn ins Sheriffbüro zu begleiten und eine Aussage zu machen. Es war Samstagnachmittag, 15.00 Uhr, als wir dort eintrafen. Die uniformierten Beamten hatten gerade Schichtwechsel.

Der Detective brachte uns in den Bereitschaftsraum und zeigte auf zwei Stühle neben seinem Schreibtisch. Darauf stand ein Foto, das ihn in einem herausgeputzten Angelboot zeigte. Er grinste und hatte eine Angel in der Hand. Außer ihm waren noch zwei niedliche kleine Mädchen an Bord.

»Ihre Töchter?«, erkundigte sich Bree.

Der Detective lächelte: »Die Sterne, die mein Leben heller machen.«

»Sie sind wunderschön«, sagte ich. »Wann ist Ihre Frau denn gestorben?«

Meine Frau sah mich stirnrunzelnd an, aber Pedelini legte den Kopf schief und fragte: »Woher wissen Sie das?«

»Die Art und Weise, wie Sie gelegentlich Ihren Ringfinger reiben. Genau das habe ich nach dem Tod meiner ersten Frau auch manchmal gemacht.«

Pedelini warf einen Blick auf seine Hand. »Falls Sie mich je zu einer Pokerpartie einladen sollten, dann lehne ich jetzt schon dankend ab, Dr. Cross. Im September sind es genau sieben Jahre, dass meine Ellen gestorben ist. Komplikationen während der Geburt.«

»Das tut mir sehr leid, Detective«, erwiderte ich. »So etwas ist nicht leicht zu verkraften.«

»Danke«, sagte Pedelini. »Vielen Dank, wirklich. Aber die Mädchen und mein Job halten mich auf Trab. Kann ich

Ihnen etwas zu trinken besorgen? Kaffee? Tee? Cola? Eine Mr. Pibb?«

»Ich nehme einen Kaffee«, sagte Bree. »Mit Milch, ohne Zucker.«

»Eine Mr. Pibb«, sagte ich. »Habe ich seit Jahren nicht mehr probiert.«

»Die trinke ich auch gelegentlich«, meinte Pedelini und verschwand im Flur.

»Ich mag ihn«, sagte meine Frau.

»Ich auch. Er macht einen sehr zuverlässigen Eindruck.«

Eine Kollegin von Pedelini betrat, beladen mit einem Aktenstapel, den Raum und verteilte Post auf verschiedene Schreibtische. Bei uns angekommen, sagte sie: »Ist Guy auch da?«

»Er besorgt uns gerade was zu trinken«, sagte Bree.

Sie nickte, legte ein paar staubige Akten auf seinen Schreibtisch und sagte: »Die sind aus dem Archiv. Er hat darum gebeten. Richten Sie ihm das bitte aus?«

»Machen wir«, versprach ich, und die Mitarbeiterin ging weiter.

Plötzlich spürte ich einen Stich in meinem unteren Rücken und stand auf, um mich ein wenig zu strecken. Dabei fiel mein Blick auf die Akten, und ich las die bereits ziemlich verblassten Etiketten. Mein Kopf zuckte ein ganzes Stück zurück.

Auf dem Etikett der obersten Akte stand *Cross, Christina.*

Auf der darunter *Cross, Jason*.

Ich griff nach der Akte meiner Mutter und wollte sie gerade aufschlagen, da sagte Bree aufgeregt: »Alex, du kannst doch nicht einfach …«

»Oh Gott«, stieß Pedelini hervor.

Ich hob den Blick und sah den Detective mit einem Tablett, auf dem er eine Tasse Kaffee und zwei Dosen Mr. Pibb balancierte, in der Tür stehen. Er war sehr viel blasser als zuvor.

»Es tut mir furchtbar leid, Dr. Cross«, sagte er zerknirscht. »Ich… ich habe in unserer Datenbank nach Ihrem Namen gesucht, und dabei sind diese beiden Akten aufgetaucht. Ich… ich wollte sie mir ansehen.«

»Nach meinem Namen?«, fragte ich. »Was sind das denn für Akten?«

Pedelini schluckte, stellte das Tablett ab und sagte: »Alte Ermittlungsakten.«

»Was denn für Ermittlungen?« Bree stand auf, um einen Blick hineinzuwerfen.

Der Detective zögerte, dann sagte er: »Es geht um den Mord an Ihrer Mutter, Dr. Cross.«

Zuerst dachte ich, ich hätte mich verhört. Ich sah ihn mit zusammengekniffenen Augen an. »Sie meinen den Tod meiner Mutter.«

»Nein, ich fürchte nicht«, gab Pedelini zurück. »Die Akten waren bei den Mordfällen abgeheftet.«

»Meine Mutter ist an Krebs gestorben«, sagte ich.

Der Detective sah mich verwirrt an. »Nein, das stimmt nicht. In der Datenbank steht als Todesursache Tod durch Ersticken. Die Ermittlungen wurden nach dem Tod des Hauptverdächtigen eingestellt. Er wurde bei einem Fluchtversuch von der Polizei erschossen und ist in die Schlucht gestürzt.«

Ich war vollkommen erschüttert. »Wer war denn der Hauptverdächtige?«

»Ihr Vater, Dr. Cross. Wussten Sie das nicht?«

DRITTER TEIL

UNTERWELT

31

Drei Stunden später chauffierte Bree mich durch die Straßen von Birney. Der Schmerz, der mich beim Lesen dieser Akten überfallen hatte, loderte noch immer in meinem Inneren.

Bree legte eine Hand auf meine und sagte: »Ich kann mir beim besten Willen nicht vorstellen, was du gerade durchmachst, Alex. Aber ich bin für dich da, ganz egal wie. Ich bin für dich da.«

»Danke. Es ist bloß … dadurch verändert sich … alles. Verstehst du?«

»Ich weiß, mein Schatz«, erwiderte Bree und hielt vor dem Bungalow an, in dem mein Vater nach Aussage der Ermittlungsakten meine Mutter mit einem Kissen erstickt hatte.

Ich stieg aus und hatte das Gefühl, als sei ich nach einer gerade überstandenen, lebensbedrohlichen Erkrankung aus dem Krankenhaus entlassen worden, immer noch etwas wackelig und unsicher auf den Beinen. Ich näherte mich der Eingangsveranda. Dabei spielte meine Erinnerung mir einen Streich nach dem anderen. Ständig zuckten kurze, unzusammenhängende Bilder vor meinem geistigen Auge auf: mein Kindheits-Ich, das im Regen an den Bahngleisen entlangrannte; das sah, wie mein Vater an ein Seil gefesselt die Straße entlanggeschleift wurde; das meine tote Mutter anstarrte, wie sie zart und klein und leer in ihrem Bett lag.

An den Zusammenbruch kann ich mich konkret nicht mehr erinnern, nur an den Aufprall, der so hart war, dass ich keine Luft mehr bekam. Die ganze Umgebung drehte sich im Kreis.

»Alex?«, rief Bree und kam an meine Seite.

»Alles in Ordnung«, keuchte ich. »Ich bin wohl gestolpert oder … wo ist Nana?«

»Wahrscheinlich da drin«, sagte Bree.

»Ich muss mit ihr reden.«

»Das ist mir klar, aber …«

»Dad!«, rief Ali, stieß die Fliegengittertür auf und sprang von der Treppe.

»Alles in Ordnung, mein Kleiner«, sagte ich und rappelte mich auf. »Ich hab nur zu wenig gegessen.«

Erneut klapperte die Tür. Naomi stand mit besorgter Miene vor uns.

»Ihm ist ein bisschen schwindelig geworden«, erklärte Bree.

»Wo ist Nana?«, wollte ich wissen.

»Bei Tante Hattie«, erwiderte Naomi. »Sie machen das Abendessen.«

»Ich glaube, du musst dich erst mal hinlegen, Alex«, sagte Bree.

»Jetzt nicht«, erwiderte ich und starrte das Haus meiner Tante an wie einen Leuchtturm.

Während der ersten zögerlichen Schritte war ich immer noch verwirrt und suchte nichts als Trost bei meiner Großmutter. Aber als ich auf Hatties Eingangsveranda stand, da waren meine Schritte schneller und meine Verwirrung zu Wut geworden. Jetzt wollte ich Antworten von ihr haben.

Ich stürmte hinein. Tante Hattie, Tante Connie und Onkel Cliff standen und saßen in der Küche. Meine Tanten bestäubten gerade Tilapia-Filets mit Mehl, um sie anschließend anzubraten. »Wo ist Nana?«, sagte ich.

»Hier«, sagte sie.

Sie hatte sich in einen Sessel zu meiner Linken gekuschelt und las ein Buch.

Ich baute mich mit geballten Fäusten vor ihr auf und sagte: »Warum hast du mich angelogen?«

Nana Mama erwiderte: »Moment mal, junger Mann, nicht so stürmisch. Wann habe ich dich angelogen?«

»Meine Mutter!«, brüllte ich. »Mein Vater! Alles!«

Meine Großmutter drückte sich in den Sessel und hob abwehrend den Arm, als fürchtete sie, dass ich jeden Moment zuschlagen könnte. Und die Wahrheit ist: Viel hätte nicht gefehlt.

Ich kam wieder zur Besinnung, trat einen Schritt zurück und blickte mich um. Meine Tanten starrten mich ängstlich an. Bree und Jannie, Ali und Naomi, die nach mir das Haus betreten hatten, sahen mich an, als sei ich verrückt geworden.

»Das dulde ich nicht«, brüllte Onkel Cliff, stützte sich auf seine Gehhilfe, stand auf und drohte mir mit dem ausgestreckten Zeigefinger. »In meinem Zug werden keine alten Damen belästigt. Sie setzen sich jetzt schön wieder hin und zeigen mir Ihre Fahrkarte, sonst schmeiße ich Sie bei der nächsten Haltestelle hochkantig raus, verstanden?«

Onkel Cliff bebte vor Energie, und ich war plötzlich wieder ein schwaches, verunsichertes Kind. Ich setzte mich auf einen Stuhl und stützte den Kopf in die Hände.

»Alex, was ist denn passiert?«, wollte Nana Mama wissen.

»Sagt mir einfach nur, wieso ihr mich alle angelogen habt«, brachte ich stöhnend hervor. »Mehr will ich gar nicht wissen.«

32

»Ich habe davon nichts gewusst, bei allem, was mir heilig ist!«, schrie Nana Mama, nachdem Bree ihr erzählt hatte, was wir aus den Akten erfahren hatten. Sie blickte meine Tanten an. »Ist das wahr? Habt ihr das gewusst?«

Die Art und Weise, wie Tante Hattie und Tante Connie sich aneinanderklammerten, machte jedes Wort überflüssig.

»Warum?«, wollte Bree wissen.

»Weil …«, erwiderte Tante Hattie mit bebender Stimme, »… all diese schrecklichen Dinge, die damals passiert sind, für dich, Alex, so grauenhaft und entsetzlich waren, dass du alles verdrängt hast. Als hättest du nie mit angesehen, was deinem Vater widerfahren ist. Wir dachten, dass es so vielleicht das Beste ist, dass es dir hilft, wenn du auch weiterhin glaubst, dass deine Mutter am Krebs und dein Vater am Alkohol und den anderen Drogen zugrunde gegangen sind.«

»Aber warum habt ihr auch *mich* angelogen?« Meine Großmutter war genauso erschüttert wie ich.

»Du hattest schon so viel durchgemacht im Leben, Regina …«, sagte Tante Connie mit erstickter Stimme. »Wir wollten nicht, dass du mehr leiden musst als notwendig. Alkohol und Drogen, das war etwas, was du verstehen konntest. Jason hätte so oder so ein früher Tod bevorgestanden. Aber dass er Christina umgebracht hat und dann auch noch so in den Tod gestürzt ist … Wir haben es einfach nicht fertiggebracht, dir das zu erzählen. Wir dachten, es würde dir das Herz brechen. Aber du musstest doch stark sein, für Alex und seine Brüder.«

Nana Mamas Blick ging ins Leere. Ihre Unterlippe begann zu zittern, dann sah sie mich an und brach in Tränen aus.

Ich ging vor ihr auf die Knie und legte meinen Kopf in ihren winzigen Schoß. Ich spürte ihren Schmerz, als wäre es mein eigener, spürte, wie mir ihre Tränen auf die Wangen fielen, und sagte: »Es tut mir leid, dass ich dich eine Lügnerin genannt habe.«

»Mir tut alles leid, Alex«, erwiderte sie und streichelte meinen Kopf wie damals, als ich frisch bei ihr eingezogen war. »Alles, alles tut mir furchtbar leid.«

Als wir endlich beim Abendessen saßen, lag eine bleierne Schwere in der Luft. Es wurde kaum ein Wort gesprochen, oder kann ich mich einfach nur nicht daran erinnern? Nach dem Dessert ging ich zu meinen Tanten und verzieh ihnen. Wir umarmten uns, und sie fingen erneut an zu weinen.

Tante Connie sagte: »Wir wollten einfach nicht, dass das alles rauskommt.«

»Ich weiß«, erwiderte ich. »Ist schon in Ordnung.«

»Bist du sicher?«, wollte Tante Hattie wissen.

»Ihr wolltet mich beschützen«, sagte ich. »Das ist mir klar.«

Tante Connie fragte: »Aber du kannst dich immer noch an nichts erinnern?«

»Manchmal tauchen einzelne Bilder vor meinem geistigen Auge auf«, gestand ich. »Aber mehr eigentlich nicht.«

»Vielleicht ist es Gottes Wille, dass du dich an das andere nicht erinnerst«, meinte Tante Hattie.

Ich nickte, gab ihnen beiden einen Kuss und ging nach draußen. Jannie hüpfte bereits die Eingangstreppe unseres Bungalows hinauf, während Bree, Ali und Naomi ein Stück hinter ihr waren. Ali sah mich und rannte auf mich zu.

Ich legte meinem kleinen Jungen den Arm um die Schulter. »Siehst du die Glühwürmchen überall?«

»Ja«, sagte Ali abwesend.

»Hey«, sagte ich. »Was ist denn los?«

»Dad?«, antwortete er, ohne mich anzusehen. »Können wir nach Hause fahren?«

»Was? Nein.«

»Aber mir gefällt es hier nicht. Ich hab keine Freunde, und du bist immer bloß traurig. Und Nana ist auch traurig.«

Ich hob meinen Jüngsten hoch und drückte ihn fest an mich. »Mir gefällt es auch nicht, dass ich so traurig bin, mein Sohn. Aber ich habe versprochen, dass ich Stefan helfe. Und ein Versprechen muss man halten.«

33

Nach dem Gottesdienst am Sonntagvormittag setzten Nana Mama und ich Bree und die Kinder beim Bungalow ab. Anschließend fuhren wir zur Schlucht, und ich stellte den Wagen ab. Meine Großmutter hängte sich bei mir ein, und so gingen wir mit langsamen Schritten hinaus auf die Brücke.

Unter uns floss tosend der Stark River, schleuderte weiße Gischt empor, erzeugte düstere Wirbel und schlug flussabwärts gegen die Felswände, so weit das Auge reichte. Ich wusste noch, dass meine Eltern uns immer gewarnt hatten, auf gar keinen Fall in die Nähe der Brücke oder des Flusses zu gehen.

»Dad hat immer gesagt, dass es keinen schlimmeren Tod gibt als das Ertrinken«, erzählte ich Nana Mama. »Ich glaube, dass er richtig Angst vor der Schlucht gehabt hat.«

»Weil ich ihm Angst gemacht habe«, sagte meine Großmutter leise. »Mein kleiner Bruder Wayne ist da unten ums Leben gekommen. Er war sechs Jahre alt. Sein Leichnam wurde nie gefunden.«

Während der folgenden, zäh fließenden Augenblicke starrte sie stumm auf das wogende Wasser tief unter uns, so als ob schreckliche Geheimnisse darin verborgen lagen. Dann schüttelte sie den Kopf. »Wenn ich mir vorstelle, was dein Vater für eine furchtbare Angst gehabt haben muss, als er da hinuntergestürzt ist … nicht auszuhalten.«

»Wenn der Bericht in der Akte stimmt, dann war er vermutlich schon tot, bevor er ins Wasser gefallen ist.«

»Und du kannst dich wirklich an gar nichts erinnern?«, erkundigte sie sich.

»Heute Nacht hatte ich einen Albtraum. Es hat geregnet und geblitzt, und ich bin erst an den Bahngleisen entlanggerannt und dann zur Brücke. Erst habe ich Lichter gesehen und dann Schüsse gehört. Auf der Brücke haben Männer gestanden und über die Brüstung geschaut, so wie wir jetzt.«

»So eine Verschwendung«, sagte meine Großmutter. »Nichts als ein verschwendetes, tragisches Leben.«

Sie fing wieder an zu weinen, und ich nahm sie in den Arm, bis sie ein wenig ruhiger wurde.

Schließlich trocknete sie sich mit einem Taschentuch die Tränen ab. »Was meinst du? Ist das alles, was es an Material darüber gibt? Diese Akte?«

»Ich weiß nicht«, entgegnete ich. »Aber ich würde gerne mit ein paar Leuten darüber sprechen.«

»Sagst du mir Bescheid?«

»Falls ich etwas herausfinde, auf jeden Fall«, versprach ich ihr.

Auf dem Rückweg zum Bungalow fuhr ich durch den östlichen Teil von Birney, damit Nana Mama einen Blick auf das Haus werfen konnte, in dem sie gelebt hatte, als Wayne tödlich verunglückt war. Direkt neben dem verfallenen Häuschen hielt ich an. Es war nur zwei Querstraßen vom Fluss entfernt.

»Ich werde diesen Tag nie vergessen«, sagte sie und deutete auf das Haus. »Ich war acht und habe gerade mit meinen Freundinnen auf der Veranda gespielt. Da ist meine Mama rausgekommen und hat mich gefragt, wo Wayne sei. Ich habe gesagt, dass er zu seinem Freund Leon wollte, der ein Stück die Straße runter gewohnt hat. Sie ist dann zu Leon gegangen. Das war gleich da drüben an der Ecke South Street, direkt gegenüber der Schlucht«, fuhr sie fort. »Mama hat Wayne und Leon auf den Felsen hoch über dem Fluss entdeckt. Sie hat gesehen, wie er abgestürzt ist. Ich habe ihre Schreie bis hierher gehört. Sie ist nie darüber hinweggekommen. Und dass sein Leichnam nie gefunden worden ist, das hat sie fast wahnsinnig gemacht. Jedes Frühjahr hat sie meinen Dad gezwungen, mit ihr flussabwärts zu gehen, an die Stelle, wo der Fluss flacher wird. Sie wollte nachsehen, ob Waynes Leiche vielleicht doch irgendwo angespült worden war. Zwanzig Jahre lang ging das so.«

»So langsam fange ich an zu begreifen, wieso du hier wegwolltest«, sagte ich.

»Oh, dafür hat schon dein Großvater gesorgt«, sagte sie.

»Was war er denn für ein Mensch?«, wollte ich wissen. »Reggie.«

»Hmm«, machte Nana Mama, und ich hatte das Gefühl, als wollte sie am liebsten gar nicht über ihn reden. Aber dann tat sie es doch. »Er war anders als alle anderen, die ich bis dahin gekannt hatte. Sehr charmant, das muss man ihm lassen. Er konnte Süßholz raspeln wie kein Zweiter, und so wie er von seinen Abenteuern auf hoher See erzählt hat… man hätte ihm am liebsten ewig zugehört. Mit diesen Geschichten hat er schließlich auch mein Herz erobert. Außerdem war er hübsch, ein guter Tänzer und hat, zumindest für die Verhältnisse in Starksville, viel Geld verdient.«

»Aber…?«

Nana Mama seufzte. »Aber er war fünf, sechs Monate im Jahr unterwegs. Ich bin mir sicher, dass er mich betrogen hat, wenn er in fremden Häfen war, weil er sich nämlich auch zu Hause nicht zurückhalten konnte, was das anging. Irgendwann haben wir uns dann nur noch gestritten. Er fand auch nichts dabei, sich während unserer Auseinandersetzungen zu betrinken. Oder die Fäuste zu benutzen. Eines Tages habe ich – trotz des Ehegelübdes – beschlossen, dass das nicht das Leben war, das ich wollte. Und auch nicht das, was ich verdient hatte. Also habe ich mich von Reggie scheiden lassen und immerhin so viel Geld herausgeschlagen, dass ich nach Washington ziehen und noch einmal von vorn anfangen konnte. Alles in allem war das die beste Entscheidung meines ganzen Lebens.« Dann verstummte sie kurz. »Hast du Reggies Grab gesehen?«, fragte sie schließlich.

»Er liegt bei seinen Eltern.«

»Ich habe Alexander und Gloria immer gerngehabt. Sie waren sehr nett zu mir, und sie haben deinen Vater geliebt, ganz besonders Alexander.«

»Ich trage seinen Namen«, sagte ich.

»So ist es.«

»Er war Hufschmied.«

»Der beste in der ganzen Gegend. Hatte immer genug zu tun.« Sie seufzte noch einmal und sagte dann: »Ich muss mich jetzt hinlegen.«

»Das kann ich gut verstehen«, erwiderte ich und fuhr los.

Wir rollten mit heruntergelassenen Fenstern zurück in die Loupe Street. Unterwegs kamen wir bei Rashawn Turnbulls Haus vorbei. Vor der Tür stand ein glänzender cremefarbener Cadillac Escalade.

Auf der Veranda sah ich drei Personen. Ein großer Mann mit stahlgrauem Haar und einem blauen Anzug und eine blonde, sehr elegant gekleidete Frau Mitte fünfzig stritten sich heftig mit einer rotblonden, jüngeren Frau in einer abgeschnittenen Jeans und einem roten T-Shirt.

Die Stimme der jüngeren Frau klang schrill und angetrunken: »So ein Schwachsinn! Als er noch gelebt hat, da hat er euch einen Scheißdreck interessiert! Haut ab und lasst mich verdammt noch mal für alle Zeiten in Ruhe!«

34

Bree und ich ließen uns fast eine Stunde lang Zeit, aßen und warteten so lange, bis Nana Mama sich zu einem Nickerchen hingelegt hatte. Erst dann fuhren wir zu Rashawn Turnbulls Elternhaus.

»Und du bist dir wirklich sicher, dass das Cece war?«, fragte Bree, als ich dort parkte, wo vorhin der Escalade gestanden hatte.

»Die Beschreibung passt jedenfalls genau.«

Wir gingen die Eingangstreppe zur Veranda hinauf. Dort lag ein umgekippter Mülleimer, umgeben von zerbrochenen Bierflaschen und alten Pizzaschachteln. Im Haus lief ein Fernseher. Laut dröhnte die Filmmusik aus *Star Wars*, das Darth-Vader-Motiv.

Ich klopfte, doch ohne Reaktion. Ich klopfte noch einmal, lauter und kräftiger als zuvor.

»Haut ab, verfluchte Scheiße!«, ertönte eine schrille Frauenstimme. »Ich will euch nie wiedersehen!«

Ich rief: »Mrs. Turnbull? Könnten Sie vielleicht an die Tür kommen?«

Im Inneren hörte man Glas splittern, dann verstummte der Fernseher. Der schäbige gelbe Vorhang im nächstgelegenen Fenster wurde beiseitegezogen. Rashawns Mutter spähte mit trübem Blick nach draußen. Man konnte sofort sehen, dass sie einmal wunderschön gewesen war, aber jetzt sahen ihre Haare aus wie wirres Stroh, von ihren Zähnen waren nur noch gelbliche Stümpfe übrig, und ihre Haut war teigig und schlaff.

Mit unsicherem Blick aus tief liegenden, wässerigen Augen sah sie uns an. »Wer seid ihr denn, verfluchte Scheiße?«

»Ich heiße Alex Cross«, sagte ich, »und das ist meine Frau, Bree.«

Cece steckte sich ihre Zigarette zwischen die Lippen, zog voller Verachtung daran und sagte: »Diesen ganzen Jehova-Scheiß könnt ihr euch sonst wo hinstecken, also verpisst euch.«

Bree sagte: »Wir sind Polizeibeamte. Kriminalpolizei.«

Rashawn Turnbulls Mutter kniff die Augen zusammen. »Ich kenne alle Bullen in Starksville, und die in den anderen Städten in der Gegend auch. Aber euch beide hab ich noch nie gesehen.«

»Wir kommen aus Washington, D. C.«, sagte ich. »Wir arbeiten dort bei der Mordkommission. Früher war ich auch für das FBI tätig.«

»Und was wollt ihr dann hier?«

Ich zögerte, bevor ich zu ihr sagte: »Wir befassen uns mit dem Tod Ihres Sohnes.«

»Wieso?«

»Weil Stefan Tate mein Cousin ist.«

Es war, als hätte ich sie geschlagen. Ihr Kopf zuckte zurück, dann stürmte sie vorwärts und zischte wutentbrannt: »Dieser widerliche Hurensohn muss sterben für das, was er getan hat. Und ich will dabei sein, wenn es so weit ist. Und jetzt haut ab, bevor ich die Schrotflinte hole, die ich von meinem Großvater geerbt habe.«

Der Vorhang fiel zu.

»Mrs. Turnbull!«, rief ich. »Wir arbeiten nicht für Stefan. Wenn mein Cousin Ihren Jungen tatsächlich auf dem Gewissen hat, dann setze ich mich bei seiner Hinrichtung auf den Platz neben Ihnen! Und genau dasselbe habe ich auch zu Stefan gesagt. Wir arbeiten nur für einen einzigen Menschen: für Ihren Sohn.«

Keine Reaktion. Für einen Moment dachte ich, dass sie schon auf der Suche nach ihrer Schrotflinte war.

Dann mischte sich Bree ein. »Cece, bitte reden Sie mit uns. Ich verspreche Ihnen, dass wir nichts gegen Sie haben. Wir wollen wirklich nur helfen.«

Die Stille dauerte etliche Sekunden.

Dann erklang eine klägliche Stimme. »Es gibt keine Hilfe, nicht für mich, nicht für Rashawn, nicht für Stefan. Niemand kann irgendwas ändern.«

»Nein, was geschehen ist, können wir nicht mehr ändern«, sagte ich. »Aber wir können dafür sorgen, dass der wahre Schuldige für die Grausamkeiten, die Ihrem Sohn angetan wurden, zur Rechenschaft gezogen wird. Bitte! Ich verspreche Ihnen, dass wir Sie nicht lange in Anspruch nehmen werden.«

Wenige Augenblicke später wurde ein Riegel zur Seite geschoben, und die Tür ging knarrend auf.

35

Im Verlauf meiner Karriere habe ich schon viele trauernde Mütter aufgesucht, und dabei etliche Schreine zu Gesicht bekommen, die dem Andenken an ein verlorenes Kind gewidmet waren. Aber so etwas wie das hier hatte ich noch nie gesehen.

Zerbrochene Möbelstücke. Zerbrochene Schnapsflaschen. Zerbrochene Teller und Tassen. Das kleine Wohnzimmer war ein einziges Chaos, abgesehen von einem ovalen Couchtisch. Darauf standen eine grüne Marmorurne und diverse gerahmte Fotografien. Alle zeigten sie Rashawn, jeweils in verschiedenen Lebensphasen.

Die älteren Bilder sahen aus wie die alljährlichen Schulporträts. Auf jedem hatte Rashawn ein hinreißendes Grinsen aufgesetzt. Ganz im Ernst, man konnte sich vom Lächeln dieses Jungen einfach nicht losreißen.

An der Tischkante, einmal rund um den Tisch, lagen alle möglichen Spielzeuge – eine Softair-Pistole, Actionfiguren, Kuscheltiere und Matchboxautos. Sie waren wie Speichen eines Rads rund um die Bilder angeordnet. Nur die halb leere Wodkaflasche, die beiden schwärzlichen Glaspfeifen, der kleine Butanbrenner und das Beutelchen mit weißem Pulver, die stammten höchstwahrscheinlich nicht aus Rashawns Kinderzimmer.

An der Wand hing ein riesiger Flachbildschirm, der ein zweigeteiltes Bild zeigte. In der unteren Hälfte lief leise *Das Empire schlägt zurück,* in der oberen waren Videos von Rashawn als kleinem, vielleicht vier oder fünf Jahre altem Jungen zu sehen. Er trug einen Umhang, sprang hin und her und schwang dabei ein Spielzeug-Leuchtschwert durch die Luft.

»Er war ein großer Fan von *Star Wars*«, sagte Bree mitfühlend.

Cece rieb sich die Nase, schniefte und zog die Mundwinkel zu einer Art Lächeln nach oben. »Er hat sich die Filme wieder und wieder angeschaut, immer so, als wäre es das erste Mal. Manchmal habe ich mich dazugesetzt. Er kannte jede Textzeile, also wirklich jede. Wie schlau muss man sein, damit man so was kann?«

»Sehr schlau«, sagte ich.

»Und das war er auch«, sagte sie und drückte ihre Zigarette aus. Dann kratzte sie sich am Arm und bedachte die Pfeifen und die Drogen mit einem sehnsüchtigen Blick.

»Erzählen Sie uns etwas über Stefan Tate«, bat ich sie.

Ceces Gesichtszüge verhärteten sich. »Er ist ein Sadist und ein kaltblütiger Killer.«

»Haben Sie das auch schon vor Rashawns Tod gedacht?«

»Welcher Sadist posaunt das schon in der Gegend rum?«, erwiderte sie.

»Auch wieder wahr«, sagte ich. »Sie hatten also vorher keinerlei Verdacht?«

»Wenn ich einen Verdacht gehabt hätte, dann hätte der Kerl doch keine Sekunde mehr mit meinem Jungen verbracht«, erwiderte Cece, ging um das Sofa herum und hätte um ein Haar nach einer der Pfeifen gegriffen. Erst jetzt schien ihr klar zu werden, dass die Drogen offen herumlagen, und sie schob die Tüte unter einen Stoffbären.

Dann zündete sie sich die nächste Zigarette an. Wir stellten ihr Fragen über Rashawn und Stefan, und sie bestätigte, was mein Cousin auch schon gesagt hatte: dass sie sich in der Schule kennengelernt und einander sofort gerngehabt hatten, dass Stefan für den Jungen eine Art großer Bruder oder Vaterfigur geworden war, und dass in den Tagen vor Rashawns Tod etwas vorgefallen sein musste, was den Jungen veranlasst hatte, die Verbindung zu meinem Cousin abzubrechen.

»Stefan sagt, er weiß nicht, was dahintergesteckt hat«, sagte ich.

Cece nahm einen Zug, wies mit einer Kopfbewegung auf die Urne und sagte bitter: »Er hat Rashawn unsittlich belästigt, und Rashawn hat ihn abgewiesen.«

»Hat Rashawn Ihnen das erzählt?«, hakte ich nach.

»Das schließe ich aus seinem Verhalten, als ich ihn das letzte Mal gesehen habe.«

»Wie hat er sich denn verhalten?«, wollte Bree wissen.

»Als hätte er vor irgendwas Angst«, erwiderte Cece und starrte auf den Bildschirm, wo Luke Skywalker sich gerade zum Kampf mit seinem Vater bereit machte. »Ich habe mich seither x-mal gefragt, wieso ich Rashawn damals nicht gedrängt habe, dass er mir alles erzählen soll. Aber ich wollte zu einem Treffen der Anonymen Alkoholiker und war sowieso schon zu spät dran. Und ich wollte nüchtern bleiben. Alles richtig machen.«

Sie hielt inne, dann fing sie am ganzen Körper an zu zittern und brach in ersticktes Schluchzen aus. »Die letzte Erinnerung an meinen kleinen Jungen ist, wie er in seine Cornflakes-Schüssel starrt, als hätte er eine Erscheinung. Oh Gott!«

Cece griff nach der Pfeife, zog das Plastiktütchen hervor und versuchte mit zitternden Fingern, sie mit dem weißen Pulver, was immer das sein mochte, zu füllen. Bree trat zu ihr und legte ihr eine Hand auf den Arm. In beschwichtigendem Tonfall sagte sie: »Das wird nichts helfen.«

Rashawn Mutter riss sich los, drehte Bree den Rücken zu, um ihre Pfeife zu beschützen, und zischte: »Das ist das Einzige, was hilft.«

Ich sagte: »Wollen Sie morgen zur Verhandlung kommen?«

Cece griff nach dem kleinen Gasbrenner, zog sich auf die andere Seite des Tischchens zurück und starrte uns wütend an.

»Ihr fangt jetzt aber nicht auch noch damit an, oder? Das habe ich heute nämlich schon mal zu hören gekriegt.«

Sie zündete die Flamme, starrte gierig auf die Pfeife, nahm einen tiefen Zug und ließ die Flamme erlöschen. Dann hielt sie den Atem an, legte den Kopf in den Nacken und stieß den Rauch langsam wieder aus. Für einen kurzen Moment dachte ich, dass sie gleich ohnmächtig werden würde, aber sie zwinkerte uns nur ein paarmal verständnislos an und legte die Pfeife auf den Tisch zurück.

»Hat jemand mit Ihnen über die Verhandlung morgen gesprochen?«, erkundigte ich mich behutsam.

Alle Wut war von ihr abgefallen, und in ihrer Stimme lag reinste Bitterkeit.

»Harold und Virginia, meine geliebten Eltern«, sagte sie und ließ sich auf einen Stuhl mit gebrochener Sitzfläche plumpsen. Dann imitierte sie die Stimmen einer gewissenhaften Südstaatenhausfrau und eines Mannes. »›Reiß dich zusammen Cece. Du willst doch nicht, dass man dich vor Gericht so zu sehen bekommt.‹ – ›Es geht doch um das Andenken deines lieben Rashawn, Cynthia Claire.‹«

Sie beugte sich vor, schnappte sich die Wodkaflasche, rülpste laut und legte los. »Diese gottverdammten Heuchler. Tun so besorgt und lieb, jetzt, wo er tot ist. Aber als er noch gelebt hat, da haben sie sich einen Dreck um ihn gekümmert. Geschämt haben sie sich seinetwegen.«

Cece schlang die Arme um die Knie und schüttelte heftig den Kopf. »Und so ist es immer noch. Das Einzige, was die beiden interessiert, ist ihr Geld und ihr kostbares Image.«

Mit tiefer Stimme sagte sie: »›Cece hat schon genug Schaden angerichtet. Wir müssen alles in unserer Macht Stehende tun, um unsere Verbindung zu dem kleinen toten Mischling zu minimieren. Mit Gottes Hilfe werden unsere vornehmen Freunde drunten auf Hilton Head niemals etwas davon erfahren.‹«

Sie nahm noch einen Schluck Wodka und starrte brütend vor sich hin, als sei sie allein, eine ganze Minute lang. Dann senkte sie den Kopf und sagte leise: »Wenn ich morgen nicht zur Verhandlung gehe, dann ist es so, als würde *ich* mich schämen, stimmt's? Als würde ich mich schämen, seine Mutter zu sein.«

Bree sagte: »Wenn Sie nicht hingehen, dann sagen Sie damit, dass Sie ihn aufgegeben haben. Dass er Ihnen nichts mehr bedeutet.«

»Aber er bedeutet mir etwas…« Cece schluchzte. »Rashawn war mein Ein und Alles. Das einzig wirklich Gute und Richtige, was ich in meinem ganzen Leben zustande gekriegt habe. Und sehen Sie sich an, was mit ihm passiert ist! Mein Gott, sehen Sie sich an, was mit ihm passiert ist!«

Bree legte ihr einen Arm um die bebenden Schultern. »Ich weiß, das kommt Ihnen vollkommen unmöglich vor, aber Sie müssen jetzt stark sein.«

»Aber das bin ich nicht.« Cece stöhnte auf. »War ich noch nie. Mein ganzes Leben nicht.«

»Bis heute.« Bree streichelte ihr den Rücken. »Denn heute fangen Sie an, die Geschichte Ihres Lebens neu zu schreiben. Sie sind am Boden zerstört, aber aus den tiefsten Tiefen der Verzweiflung haben Sie um Hilfe gerufen. Und dann hat

Rashawns Seele Ihnen die Hand gereicht und Ihnen die Kraft gegeben, morgen früh mit klarem Kopf und nüchtern den Gerichtssaal zu betreten, weil es nämlich nur eine Person gibt, die in dieser Verhandlung seine Stelle einnehmen kann. Und das sind Sie. Nur seine Mutter kann dort für ihn aufstehen und dafür sorgen, dass die Gerechtigkeit siegt.«

Mit immer noch gesenktem Kopf, sodass die strohigen Haare wie ein Vorhang vor ihrem Gesicht hingen, verspannte sich Cece, als wollte sie widersprechen. Dann durchlief ein lang anhaltender Schauder ihren Körper. Und als er verebbte, schien etwas von der Mutter des toten Jungen abzufallen. Cece sank an Brees Schulter und schlief ein.

Bree warf mir einen Blick zu und flüsterte: »Ich bleibe bei ihr. Die ganze Nacht, wenn es sein muss.«

Ungefilterte Emotionen brachen in mir auf und bildeten einen dicken Kloß in meiner Kehle.

»Bist du einverstanden?«, fragte sie mich.

Ich lächelte und presste heiser hervor: »Mehr als das.«

»Und warum bist du dann traurig?«

»Bin ich gar nicht. Das, was du da gerade eben gemacht hast, war… es war einfach…«

»Was?«

»Nie war ich stolzer als jetzt, dass ich dich meine Frau nennen darf, Bree Stone.«

36

Palm Beach, Florida

Das Stadthaus im Stil einer Villa an der Amalfiküste war einst ein prachtvolles Anwesen gewesen. Aber jetzt sah man ihm das Alter deutlich an. Der Garten war längst nicht mehr gepflegt. Das Tor und die Haustür benötigten dringend einen neuen Anstrich. Das Mauerwerk musste verfugt werden. Und wann waren die Fenster eigentlich zum letzten Mal gründlich geputzt worden?

Coco wusste über die Mängel und Schwachstellen des Hauses genau Bescheid. Er musste sich ja nur in dem Schlafzimmer, in dem er sich gerade befand, umsehen, und schon fing er an, sich zu ärgern. Die vergilbten Säume der Seidentapete hatten sich an vielen Stellen aufgelöst und zurückgebogen. Fast jedes Möbelstück hatte Kratzer und Beulen. Und die orientalischen Teppiche sahen langsam richtig schmuddelig aus.

Doch mit alledem wollte Coco sich jetzt nicht weiter beschäftigen. Er beschloss, die Hilfsbedürftigkeit des Hauses ebenso zu ignorieren wie den Artikel über den Tod von Ruth Abrams aus der *Palm Beach Post.*

Stattdessen suchte er die passenden Accessoires für die drei Kleidungsstücke aus, die er auf einem übergroßen Doppelbett ausgebreitet hatte. Er liebte es, Accessoires auszusuchen. Es beruhigte ihn ebenso sehr wie das Tragen von Frauenkleidung.

Seitdem er vor einer Stunde gelesen hatte, dass die Polizei Ruths Tod zum Mord erklärt hatte, hatte Coco jedes Ensemble mithilfe diverser Stücke aus der großen Schatulle mit dem geerbten Schmuck verfeinert.

War es nicht faszinierend, wie die Wirkung sich durch teils winzig kleine Veränderungen radikal wandelte? *Mutter hat immer gesagt, dass das Bild im Detail entsteht, und sie hatte recht…*

Das Haustelefon klingelte.

Coco beachtete es nicht. Ständig riefen irgendwelche Leute hier an, belästigten ihn, wollten dies und wollten das. Aber er brauchte jetzt eine Pause von der Realität, und zwar noch ein wenig länger.

Ist das denn zu viel verlangt? Nein. Ganz und gar nicht.

Als Coco die Auswahl von drei auf zwei Ensembles reduziert hatte, ertönte die Türklingel.

Jetzt kommen sie sogar bis an meine Haustür?

Er zwang sich, seine Empörung hinunterzuschlucken. Nichts würde sein kleines Intermezzo jetzt stören. Nicht heute. Sollen sie doch alle warten. Eine Party ist keine Party, solange das Leben noch nicht da ist. *Hab ich recht, Mutter?*

Coco entschied sich für eine Kombination, bestehend aus einem schwarzen Seidentaftrock aus Argentinien, einer lavendelfarbenen Chiffonbluse mit einem gewagten Halsausschnitt, glatten schwarzen Nylonstrümpfen und schwarzen Pumps. Er trat vor eine Schranktür, fischte den Schlüssel vom oberen Holm des Türrahmens und ließ den Riegel zurückschnappen.

Dann öffnete er die Tür. Mehrere Bademäntel und Kimonos, die an Haken auf der Innenseite der Tür hingen, flatterten kurz und beruhigten sich dann wieder. Der riesige begehbare Kleiderschrank war mit den unterschiedlichsten Frauenkleidern bestückt, allesamt Haute Couture, allesamt in Plastik gehüllt. Vieles davon war schon etliche Jahrzehnte alt, und er musste noch ein ganzes Stück hinter den

Schminktisch mit dem großen Spiegel gehen, um ein Plätzchen für seine neuesten Eroberungen zu finden.

Das Mandarinentraum-Ensemble hängte er als Erstes auf, gefolgt von dem dunkelblauen Elie-Saab-Kleid. Beiden würde er zu einem späteren Zeitpunkt einen erneuten Auftritt gönnen. Er stellte die Riemchenstilettos und die orangefarbenen Pumps mit den Fersenriemen unter die Kleider auf den Boden und holte sich dann die Schmuckschatulle.

Coco stellte sie auf ein Regalbrett neben dem Schminktisch und machte sich an die Arbeit. Er klebte sein Geschlecht nach hinten, trug Lancôme-Grundierung auf und klebte die falschen Wimpern an. Schon war er ein wenig außer Atem, so wie immer, wenn die Verwandlung in vollem Gang war, und ließ das Make-up für einen Moment ruhen.

Er entdeckte ein gewagtes schwarzes Tangahöschen, das er von einer Parisreise vor etlichen Jahren mitgebracht hatte, und schlüpfte hinein. Anschließend legte er den Strumpfbandgürtel an und schlüpfte in die Strümpfe. Dieser dicke, schwarze Streifen auf der Rückseite, der hatte es ihm besonders angetan.

Wie ordinär!

Jetzt wusste Coco, wer er heute Abend sein würde, und ließ den Blick zu einem der oberen Regale mit alten Perückenschachteln wandern. Bei einer blauen blieb er hängen und holte sie herunter. Er würde die Perücke erst festkleben, wenn er fast vollständig angezogen war, aber die Versuchung war zu groß. Er nahm sie heraus und setzte sie sich auf den Kopf.

Das pechschwarze Haar war im Nacken zu einem strengen Knoten gebunden. Coco rückte die Perücke auf seinem glatten Schädel zurecht und schlüpfte behutsam in die schwarzen Pumps.

Dann stellte er sich vor den Spiegel und spitzte zufrieden die Lippen.

Heute Abend bist du die Schwarze Dahlie, dachte Coco. *Eine sinnliche Latina mit einem Hauch Domina …*

Im selben Augenblick hörte er, wie jemand die Luft anhielt. Sein perückenbedeckter Kopf zuckte nach links.

Eine stämmige Schwarze im mittleren Alter stand in der Schranktür und starrte ihn an. Sie trug eine Jeans, einen dunklen Kapuzenpullover und gelbe Gummihandschuhe.

»Oh gütiger Himmel, nein!«, flüsterte sie mit einem starken Akzent.

Dann drehte sie sich um und rannte davon.

37

Coco schleuderte die Pumps beiseite, riss sich die Perücke vom Kopf und stürmte ihr hinterher.

Die Frau war unsportlich und ungeübt, und er hatte sie noch vor der Schlafzimmertür eingeholt. Er packte sie an der Schulter, wirbelte sie herum und drückte sie an die Wand.

»Was zur Hölle hast du in meinem Haus zu suchen, Francie?«, herrschte er sie an.

»Ich … ich vergessen was Wichtiges, Mr. Mize«, sagte sie entsetzt. »Ich nix wisse Sie hier.«

»Offensichtlich«, entgegnete Mize. »Was kann so wichtig sein, dass du mit Gummihandschuhen in mein Haus eindringst, Francie?«

Sie fing an zu weinen. »Ich such mein … mein Bankkarte. Für Automat.«

»Du hast also erst drei Monate, nachdem ich dich gefeuert habe, gemerkt, dass deine Bankkarte weg ist?«

Francie nickte vehement. »Ja. Gestern. Ich such überall. Ich sagen, oh, muss sein in der Haus von Jeffrey Mize. Also ich kommen. Ich rufe draußen. Ich drücke Klingel.«

»Weil du sichergehen wolltest, dass ich nicht zu Hause bin«, sagte Mize.

»Nein! Sie nix aufmachen. Sie nix hören?«

»Ich war beschäftigt.«

Seine ehemalige Haushälterin ließ den Blick über sein schwarzes Höschen, den Strumpfbandgürtel und die Strümpfe gleiten, bevor sie erneut seine Wimpern und die Schminke anstarrte.

»Tut sehr leid«, stieß sie hervor. »Ich sehen das.«

»Mein geheimes Leben?«, sagte er. »Meinen Schrank?«

»Ich nix das wollen! Ich bloß suchen…«

»Du wolltest mich bestehlen, stimmt's?«

»Nein, Mr. Mize«, sagte die Haushälterin und bekreuzigte sich.

Mizes Geist nahm wieder Cocos einzigartige Perspektive ein, und er sagte: »Ich habe mich schon gewundert, wieso mir einige der weniger wertvollen Stücke aus der Schmucksammlung meiner Mutter abhandengekommen sind. Dich habe ich nie verdächtigt, Francie, aber das liegt wohl an meiner vertrauensseligen Art.«

Die Angst der Haushälterin wurde noch größer. »Nein, das nicht…«

»Aber natürlich ist es das. Du bist doch bettelarm, Francie. Darum stiehlst du. Ganz einfach. Würde ich an deiner Stelle ganz genauso machen.«

Sie biss auf die Zähne und wollte sich aus seinem Griff befreien, aber er drückte sie wieder an die Wand. »Bitte, Mr. Mize«, wimmerte sie. »Nix Polizei. Ich mach alles, aber nix Polizei!«

Mize überlegte und sagte schließlich: »Du kannst doch ein Geheimnis bewahren, Francie, oder?«

Zunächst schien sie gar nicht zu begreifen, was er meinte, aber dann wippte ihr Kopf eifrig auf und ab. »Natürlich, ich nix sagen niemand, dass Sie sein Ladyboy, Mr. Mize.«

Er lachte. »Ladyboy. Würde man mich in Haiti so nennen?«

Francies Blicke huschten hin und her, dann fing sie wieder an zu nicken. »Tut leid, Mr. Mize. Ist schlimm? Ladyboy?«

»Ich weiß nicht. Was meinst du?«

»Nein, Mr. Mize«, stieß sie hastig hervor. »Ihre Ladyboy-Geheimnis mir egal.«

»Dann ist es mir auch egal, dass du eine Diebin bist, Francie.«

Sie wusste nicht, was sie sagen sollte, sondern nickte nur resigniert. »*Merci*, Mr. Mize. Bitte, tut sehr leid.«

»Wie bist du eigentlich reingekommen?«, wollte Mize jetzt wissen.

Francie senkte den Blick.

»Wenn wir schon unsere Geheimnisse miteinander teilen, dann sollten wir doch wenigstens ehrlich zueinander sein, findest du nicht?«, fuhr Mize in freundlicherem Tonfall fort.

Mit tränenüberströmten Wangen nickte Francie. »Ich mach Schlüssel, letzte Jahr.«

»Kann ich ihn sehen?«

Die Haushälterin streifte einen ihrer Gummihandschuhe ab, steckte die Hand in die Gesäßtasche und brachte den Schlüssel zum Vorschein.

Er nahm ihn und sagte: »Der Code der Alarmanlage?«

Francie blinzelte: »Sie mir gebe, Mr. Mize. Sie nix mehr wissen?«

Stimmt ja. Wie blöd von mir.

»Jetzt fällt es mir wieder ein«, sagte er.

»Was ich für Sie mache?«, fragte sie dann. »Haus sauber mache? Seh aus nix sauber mache schon lange, Mr. Mize.«

»Vielleicht nehme ich dich sogar beim Wort.«

»Ja, ja«, sagte Francie eifrig. »Alles, Mr. Mize.«

»Wer weiß, dass du hierhergekommen bist, um etwas zu stehlen?«

»Niemand! Ich schwöre bei alle Geister.«

»Ist wahrscheinlich besser so, schätze ich mal.«

Sie nickte. »Niemand wissen, glaube ist besser.«

»Klingt schlüssig«, sagte Mize. »Was hast du mir bisher alles gestohlen?«

Francie senkte erneut den Blick. »Ein klein Silber aus Esszimmer und vielleicht Armband und Kette aus andere Zimmer.«

»Schmale Goldarmbänder? Dünne Armreifen?«

»Tut sehr leid.«

»Du warst verzweifelt«, sagte er. »Ich weiß, wie das ist.«

Francie griff nach seiner Hand und küsste sie. »Gott Sie segnen, Mr. Mize.«

Mize lächelte. »Tja, jetzt, wo ich deine Geheimnisse kenne … möchtest du auch meine kennenlernen?«

Die Haushälterin schien hin- und hergerissen zu sein.

»Na, komm schon, wir teilen jetzt unsere Geheimnisse. Wir sind Freundinnen«, sagte er. »Ich möchte dir den Schrank zeigen, mit all seinen Schönheiten.«

Francie leckte sich die Lippen und meinte achselzuckend: »Okay.«

»Echte Damen zuerst.« Mize deutete mit feierlicher Geste auf die geöffnete Schranktür.

Unsicher ging sie an ihm vorbei quer durch das Zimmer. Dann blieb sie in der Schranktür stehen, blickte sich um und riss die Augen weit auf.

»Wundervoll, nicht wahr?«, sagte Mize.

In Francies Stimme lag reinste Bewunderung. »Ich noch nie sehe so was. Vielleicht in Kino.«

»Meine Mutter hat die Sammlung begonnen«, sagte Mize, nahm einen weißen Kimono vom Haken an der Tür und schlüpfte hinein. »Sie hat ihre Kleider geliebt und hat mir beigebracht, sie ebenfalls zu lieben.«

Die Miene der Haushälterin straffte sich. »Ist gut. Ich glaube.«

»Es hat uns zusammengeschweißt«, fuhr er fort. »Siehst du die Schatulle da auf dem Schminktisch? Sie hat Mutter gehört. Sie war eine Verschwenderin mit einem exquisiten Geschmack für Schmuck. Schau dir die Stücke ruhig an. Sie würde es auch wollen.«

Francie sah ihn an, während er sich den Kimonogürtel um die Hüften schlang. Er blieb stehen und lächelte. »Nur zu.«

Sie trat zu dem Schminktisch. Die Lampen rund um den Spiegel brannten. Sie klappte den Deckel auf, und dann stand sie mit offenem Mund da.

»Das ist es, was du gesucht hast, nicht wahr?«, sagte Mize.

Er war hinter Francie getreten. Sie blickte in den Spiegel und sah nicht Mize, sondern Coco. Sein Lächeln war kalt geworden, seine Augen leer.

Noch bevor die Haushälterin etwas sagen, ja, noch bevor sie ihre Miene verändern konnte, hatte er ihr den Gürtel seines Kimonos über den Kopf geworfen.

Dann zog er ihn um ihren Hals zusammen, schön fest und äußerst brutal.

38

Starksville, North Carolina

Nach der Menschenmenge zu urteilen, die an diesem Sonntagabend zur Totenwache gekommen war, war Sydney Fox in Starksville sehr beliebt gewesen. Nana Mama und ich waren auch da, während Naomi ihrem Eröffnungsplädoyer den letzten Schliff verpasste und die Kinder betreute. Bree war zur Unterstützung bei Cece Turnbull geblieben, die mühsam versuchte, zumindest einen annähernd nüchternen Zustand zu erreichen.

»Fürchterlich, das alles«, sagte Nana Mama und klammerte sich an meinen Unterarm. »Eine Frau in der Blüte ihres Lebens, auf ihrer eigenen Veranda niedergeschossen. So schlimm die Zustände auch waren damals, in meiner Jugend, aber eine solche Gewalttätigkeit hat es zu der Zeit nicht gegeben.«

»Das will ich dir gerne glauben«, sagte ich. »Und, ja, du hast recht, das alles ist fürchterlich. Aber es passt zu der ganzen Atmosphäre in der Stadt, findest du nicht? Als würde eine ganz allgemeine Bedrohung in der Luft liegen. Spürst du das auch?«

»Seit wir hier sind. Ich bin froh, wenn wir wieder nach Hause fahren können.«

»Sehe ich ganz genauso«, sagte ich. »Und dabei sind wir erst seit Donnerstag hier.«

Wir folgten einem sichtlich erschütterten Paar in die Kapelle. Unter den vierzig, vielleicht auch fünfzig Menschen, die gekommen waren, um Sydney Fox die letzte Ehre zu erweisen, gab es nur wenige, die keine Tränen in den Augen hatten. Wir reihten uns in die Schlange ein, um Ethel Fox unser Beileid auszusprechen. Sie trug ein altes, aber gepflegtes schwarzes Kleid, das sie zur Beerdigung ihres Mannes gekauft hatte.

»Ich habe eigentlich gedacht, dass ich es erst wieder tragen muss, wenn ich selber tot bin«, sagte sie. »Und jetzt stehe ich hier, und meine Kleine liegt da drüben in dieser zugenagelten Kiste.«

Sie ließ den Kopf hängen und weinte leise. »Das ist einfach nicht gerecht.«

Nana Mama tätschelte ihr die Schulter und sagte: »Wenn du irgendwas brauchst, ruf einfach mich oder Hattie oder Connie an. Und dann sehen wir uns morgen in der Kirche.«

Ethel trocknete sich mit einem Taschentuch die Tränen ab und nickte. »Um zehn.«

Ich stützte meine Großmutter auf dem Weg in die Kapelle, wo Sydney Fox' Leichnam in einem geschlossenen, einfachen Sarg aufgebahrt war. Es gab nur noch Stehplätze, so viele Trauernde hatten sich hier versammelt, Menschen, die irgendwann in ihrem Leben von der Verstorbenen so angerührt worden waren, dass sie ihre Gefühle öffentlich zeigen wollten.

Nana Mama setzte sich auf einen Platz, den meine Tanten ihr frei gehalten hatten. Onkel Cliff klammerte sich an Tante Hatties Hand und wirkte irgendwie verängstigt. Ich stand knapp außerhalb des Türrahmens und sah, wie etliche Trauergäste zum Sarg gingen und Sydney einen letzten Gruß sandten. Dann ging ich zu einigen anderen in ein separates Zimmer, wo es Kaffee und Tante Hatties selbst gemachte Plätzchen und Brownies gab.

Ich unterhielt mich mit ein paar Trauergästen und erfuhr eine Menge über Sydney Fox. Dass sie in Starksville aufgewachsen war. Dass sie ihre Highschool-Liebe geheiratet hatte, der sich jedoch als kolossales Arschloch erwiesen hatte, nachdem feststand, dass sie keine Kinder bekommen konnte. Und dass sie jahrelang seine Misshandlungen ertragen hatte, während sie als über alles geschätzte und geliebte Grundschullehrerin tätig gewesen war. Viele der Menschen, mit denen ich sprach, hatten Kinder, die das große Glück gehabt hatten, ihre ersten Schuljahre in Sydneys Klasse zu verbringen.

Nach einer Weile spürte ich, wie Wut in mir hochkochte. Ich hatte nur wenige Worte mit Sydney Fox gewechselt, und dass es nicht mehr geworden waren, kam mir jetzt auch wie ein Verbrechen vor. Ich war mit Waffengewalt daran gehindert worden, sie besser kennenzulernen.

Ich schenkte mir eine Tasse Kaffee ein, aß mehr Erdnussbutterkekse, als gut für mich war, und ging zurück in die Kapelle, um nachzusehen, ob Nana Mama schon nach Hause wollte. Noch mehr Menschen strömten hinein. Ich musterte ihre Gesichter, suchte nach vertrauten Merkmalen. War ich mit einem von ihnen damals vielleicht befreundet gewesen? Würde ich jemanden erkennen, nach so vielen Jahren?

Die Antwort ließ auf sich warten. Erst als ich Nana Mama aus der Kapelle abholte, um ihr ein paar Kekse zu verabreichen, entdeckte ich auf der anderen Seite des Raumes einen beeindruckenden Afroamerikaner in einem dunklen Anzug. Er trank Kaffee und aß einen Brownie. Und er kam mir so bekannt vor, dass ich ihn längere Zeit anstarrte.

Groß und breitschultrig war er, so wie mein bester Freund, John Sampson. Größer als ich. Schwerer als ich. Zehn, vielleicht auch fünfzehn Jahre jünger. Der Anzug war teuer, aber der Körper, der darin steckte, sah nach harter Arbeit aus. Dann nahm er seine Kaffeetasse in die andere Hand, und ich wusste sofort, wer das war.

Ich versicherte mich, dass meine Großmutter versorgt war, ging zu ihm und sagte: »Wie geht's dir denn, Pinkie? Lange nicht gesehen.«

39

Die Miene des einzigen Sohnes meiner Tante Connie, Brock »Pinkie« Parks junior, verdüsterte sich kurz, als ich ihn mit seinem Spitznamen ansprach, doch dann wurde ihm klar, wer ich war, und er fing an, über beide Backen zu grinsen.

»Alex«, sagte er und schüttelte mir ausgiebig die Hand. »Als ich dich das letzte Mal gesehen habe, da hast du mich auf dem Bürgersteig vor Nana Mamas Haus huckepack genommen.«

Ich konnte mich nur sehr vage daran erinnern und sagte: »Seitdem ist viel passiert. Wenn wir das heute noch mal versuchen würden, würde ich mir wahrscheinlich das Rückgrat brechen. Wie ich höre, ist das Leben gut zu dir.«

»Zumindest bis ich von Sydneys Tod gehört habe«, erwiderte Pinkie mit Tränen in den Augen. »Willst du's genau wissen? Ich habe Sydney geliebt, seit ich ungefähr acht war und sie zehn. Sie hatte so was, wie soll ich sagen, so eine Anziehungskraft auf alles, was in ihrer Nähe war.«

»Hast du ihr das mal gesagt?«, wollte ich wissen.

»Ach was, wir waren ja bloß gut befreundet. Aber nach ihrer Hochzeit mit Finn Davis hatte sich das auch erledigt«, erwiderte er. »War ihm lieber so.«

»Ich habe gehört, dass Finn sie ziemlich mies behandelt hat«, sagte ich.

»Einmal habe ich ihm die Meinung gegeigt, aber was konnte ich schon machen? Ich arbeite auf einer Bohrinsel und das sehr gerne, also wie hätte ich sie beschützen können. Zumal ich eine Zeit lang den Eindruck hatte, als wollte sie sich nicht einmal selbst schützen.«

»Sie hat sich von ihm scheiden lassen.«

»Das hat sie mir erzählt.« In seiner Stimme schwang tiefes Bedauern mit. »Wir haben uns geschrieben, über Facebook und so, und ich wollte sie eigentlich besuchen kommen.«

»Das tut mir leid.«

»Mir auch. Gibt es schon einen Verdacht, wer das getan haben könnte?«

»Gut möglich, dass es sich um eine Verwechslung handelt.« Ich erzählte ihm von Stefans Verlobter, die ebenfalls blond war.

Pinkie blickte mich skeptisch an. »Und niemand ist auf die Idee gekommen, Finn Davis unter die Lupe zu nehmen?«

»Vor den Schüssen wurden rassistische Parolen gerufen, und die haben eindeutig Patty gegolten«, erwiderte ich.

»Trotzdem«, meinte Pinkie. »Finn Davis ist schlau genug, um sich so ein Ablenkungsmanöver auszudenken. Und er hatte den besten Ausbilder, den es gibt.«

»Und der wäre?«

»Ein alter Freund deines Vaters«, erwiderte Pinkie düster. »Marvin Bell.«

Noch bevor ich darauf etwas erwidern konnte, betrat Tante Hattie den Raum, zusammen mit Onkel Cliff, der heute im Rollstuhl saß. Sie strahlte, als sie uns sah, und kam zu uns, um ihren Neffen zu begrüßen. Anschließend bat sie uns, Cliff ein wenig im Auge zu behalten, und stellte sich zu Nana Mama und Tante Connie.

Pinkie ging neben unserem Onkel in die Knie. »Wie geht's dir denn, Onkel Cliff?«

»Der Urlaub hat mir gutgetan«, erwiderte dieser. »Nächste Woche muss ich wieder arbeiten. Bin die ganze Woche zwischen Chicago und New Orleans unterwegs. Und in New Orleans bin ich mit Jason verabredet, im Quartier Latin.

Dann hören wir uns ein paar Blues-Bands an und quatschen über die alten Zeiten.«

»Mein Dad ist tot, Cliff«, sagte ich.

Mein Onkel zog die Stirn kraus. Dann blickte er meinen Cousin an und wurde wütend. »Ist das wahr, Pinkie? Wann ist Jason gestorben? Wieso hat mir niemand Bescheid gesagt?«

»Das ist schon lange her, Cliff«, sagte ich. »Damals war ich noch ein Kind. Man hat auf ihn geschossen, und dann ist er von der Brücke in die Schlucht gestürzt.«

Clifford wurde noch aufgeregter. »Pinkie, das kann doch nicht sein. Jason ist tot?«

Mein Cousin leckte sich die Lippen, warf mir einen Blick zu, tätschelte Cliff den Arm und sagte: »Alex hat recht. Genau so war's. Du weißt das. Wir alle wissen …«

Plötzlich ertönten draußen laute Schreie. Es war die Stimme von Ethel Fox.

Pinkie und ich ließen Onkel Cliff sitzen und traten auf die Eingangsveranda des Bestattungsinstituts. Sydney Fox' zierliche Mutter hatte sich vor einem Mann aufgebaut, der gut dreißig Zentimeter größer war als sie. Sie stritten heftig miteinander. Der Mann war schlaksig und besaß ein hartes, wie aus Stein gemeißeltes Gesicht. Er war ungefähr in Sydneys Alter und trug einen dem Anlass entsprechenden dunkelgrauen Anzug.

»Nur über meine Leiche gehst du da rein«, sagte Ethel Fox.

Der Mann lächelte. »Aber wir waren jahrelang verheiratet, Ethel. Du kannst mir doch nicht verwehren, dass ich ihr die letzte Ehre erweise.«

»Du hast ihr in ihrem ganzen Leben keine Ehre erwiesen, Finn Davis!«, schrie Ethel Fox. »Warum also jetzt, wo sie tot ist?«

Davis beugte sich über seine einstige Schwiegermutter, legte ihr den Finger auf die Brust und sagte leise und drohend: »Weil man das macht, Ethel.«

Pinkie sprang mit einem Satz von der Veranda, und ich hinterher.

»Lass das, Finn«, bellte er. »Lass das, oder ich schlag dich zu Brei!«

Plötzlich tauchten aus den Schatten zwischen den parkenden Autos vier Männer auf. Jeder einzelne strahlte eine gnadenlose Brutalität aus.

»Pinkie Parks«, sagte Davis gedehnt und trat einen Schritt zurück. Ein amüsiertes Grinsen zeigte sich auf seinem Gesicht. »Hab mir schon gedacht, dass du dich auch hier sehen lässt. Darum hab ich ein paar Freunde mitgebracht, nur zur Vorsicht. Und wer ist dein Kumpel da?«

»Mein Cousin«, erwiderte Pinkie. »Polizist, ziemlich berühmt, arbeitet beim FBI.«

Falls Davis beeindruckt oder eingeschüchtert war, ließ er sich nichts anmerken. »Nach allem, was ich gehört habe, will er deinem beschissenen geisteskranken Cousin Stefan helfen, diesem Kinderschänder. Macht man das so bei euch da unten in der Loupe Street? Seid ihr eigentlich alle vom gleichen Schlag, ihr Inzuchtgesocks?«

»Machen Sie ruhig so weiter, dann bekommen Sie's am eigenen Leib zu spüren«, sagte ich leise und sachlich.

Davis' Lächeln erkaltete. »Wenn *ihr* so weitermacht, dann werdet ihr alle aus der Stadt gejagt.«

»Verschwinde«, sagte Pinkie. »Du hast kein Recht, hier zu sein, juristisch nicht und moralisch schon gar nicht. Also geh!«

Davis zögerte, dann trat er einen Schritt zurück, die Arme an den Seiten hängend, die Handflächen nach außen gedreht. »Ganz wie du willst, Ethel«, sagte er zu seiner ehemaligen Schwiegermutter. »Wein um deine liebe Sydney. Begrab deine liebe Sydney. Und nächste Woche gehe ich zum Friedhof, erweise ihr die letzte Ehre und pisse auf ihr Grab.«

40

Am nächsten Morgen um Punkt acht Uhr begann der Prozess gegen Stefan Tate. Die Geschworenenjury, bestehend aus acht Frauen und vier Männern, war in der vorangegangenen Woche zusammengestellt worden. Richter Erasmus P. Varney stand in dem Ruf, keine Zeit zu verlieren, und diesem Ruf wurde er von der ersten Minute an gerecht.

Die Eröffnungsplädoyers standen bevor, und jeder Platz im Gerichtssaal war belegt. Unsere Familie war zahlreich vertreten. Pinkie war mit seiner Mutter gekommen. Ich saß mit Tante Hattie und Patty Converse direkt hinter Naomi und Stefan. Er hatte beim Betreten des Gerichtssaals einen sehr aufgewühlten Eindruck gemacht.

Besonders die Leute im Rücken der Staatsanwaltschaft schienen ihn zu beunruhigen. Cece Turnbull, die Brees Hand nicht eine Sekunde lang losließ, wirkte ausgelaugt und schwach. Bree hatte die ganze Nacht bei ihr verbracht und dafür gesorgt, dass sie nüchtern blieb.

Auf der anderen Seite neben Cece saß der Polizeichef Randy Sherman. Er warf Bree immer wieder verwunderte Blicke zu, als fragte er sich, wie sie eigentlich in das ganze Bild passte. Hinter ihnen hatten etliche Reporter aus Raleigh und Winston-Salem und einer von Associated Press Platz genommen.

Harry und Virginia Caine – das vornehm gekleidete Paar, das ich am Tag zuvor auf Ceces Veranda gesehen hatte – hatten sich in die dritte Reihe gesetzt. Sie trugen Geschäftskleidung und schienen erleichtert zu sein, dass ihre Tochter sich in einer einigermaßen präsentablen Verfassung zeigte.

Als die Staatsanwaltschaft mit ihrem Eröffnungsplädoyer begann, betrat Guy Pedelini, Detective des Sheriffbüros von Stark County, den Saal. Er setzte sich in eine der hinteren Reihen, in die Nähe der Kriminalbeamten Joe Frost und Lou Carmichael.

Die Bezirksstaatsanwältin Delilah Strong vertrat die Anklage, unterstützt von Matt Brady. Strong zeichnete ein eindeutiges, schlüssiges und für meinen Cousin absolut niederschmetterndes Bild des Falls.

Sie schilderte Stefan Tate als schwierigen Charakter, der wegen Drogenmissbrauchs mehrfach gezwungen gewesen war, Schule und Job zu wechseln. Als Lügner, der seine Drogenvergangenheit bei seiner Bewerbung in Starksville bewusst verschwiegen hatte. Und schließlich als Lehrer, der rückfällig geworden war, seinen Schülern Drogen verkauft und eine Schülerin vergewaltigt hatte, bevor er Rashawn Turnbull sexuell missbraucht und grausam ermordet hatte, nachdem er von dem Jungen zurückgewiesen worden war.

Als Strong fertig war, bombardierten die Geschworenen meinen Cousin mit tödlichen Blicken. Cece Turnbull drehte durch und brüllte aus voller Kehle: »Stefan Tate, du sollst in der Hölle schmoren für das, was du meinem Jungen angetan hast!«

Es brauchte Bree und einen Gerichtsdiener, um sie aus dem Gerichtssaal zu schaffen. Vornübergebeugt und unter herzergreifendem Schluchzen wurde Cece an ihren Eltern vorbei nach draußen geschleppt. Harry und Virginia Caine wirkten gramgebeugt und irgendwie abwesend.

Naomi beantragte eine Sitzungsunterbrechung und bat den Richter, die Geschworenen anzuweisen, Ceces Gefühlsausbruch zu ignorieren. Der Richter gab ihrer Bitte statt, lehnte den Antrag jedoch ab und forderte sie auf, mit ihrem Plädoyer zu beginnen.

Meine Nichte kam ein wenig unsicher auf die Füße. »Die Bezirksstaatsanwaltschaft hat Stefan Tate als drogensüchtigen, wahnsinnigen Mörder dargestellt. Doch das entspricht nicht einmal annähernd der Wahrheit.«

Mit jedem Satz gewann Naomi ein wenig mehr Sicherheit. Sie zeichnete meinen jungen Cousin als einen Mann, der vom Weg abgekommen war, der den Kampf gegen seine Dämonen aufgenommen und die Umstände seiner Süchte für sich behalten hatte, weil das Gesetz ihm dieses Recht einräumte. Er war in seine Heimat Starksville zurückgekehrt und hatte im Lehrerberuf seine Leidenschaft gefunden. Seine Schüler bedeuteten ihm sehr viel. Sie sprach von den Schülern, die an einer Überdosis gestorben waren, und schilderte Stefans Bemühungen, die Identität der Drogendealer festzustellen und sie dingfest zu machen.

»Meine Damen und Herren Geschworenen, die Verteidigung ist fest überzeugt davon, dass Stefan Tate kurz davor war, einen riesigen Drogenring zu enttarnen, der in und um Starksville aktiv ist«, fuhr Naomi fort. »Deshalb hat man meinem Mandanten eine Falle gestellt. Deshalb muss er sich jetzt vor Gericht verantworten als angeblicher Drogendealer, Vergewaltiger und brutaler Mörder eines Jungen, den er geliebt hat wie seinen eigenen Sohn. – Wenn Sie die Indizien mit eigenen Augen gesehen, mit eigenen Ohren gehört haben, dann wird Ihnen klar werden, auf welch tönernen Füßen die Anklage steht, wie wahllos zusammengeschustert das alles wirkt. Und dann werden Sie erkennen, dass Stefan Tate kein Drogendealer, kein Vergewaltiger und schon gar kein Mörder ist.«

41

Um die Mittagszeit unterbrach Richter Varney die Sitzung.

Meine armen Tanten und Nana Mama waren völlig erschöpft, sodass Patty Converse sie nach Hause brachte. Bree setzte Cece Turnbull ebenfalls zu Hause ab und kam abschließend zu Pinkie und mir ins Bench, einem Grillrestaurant in der Nähe des Gerichtsgebäudes.

»Hast du dir noch mal ein paar Gedanken über Finn Davis gemacht?«, erkundigte sich Pinkie, nachdem wir eine Sitznische gefunden und bestellt hatten.

»Ein paar schon«, gestand ich.

»Was ist denn mit Finn Davis?«, wollte Bree wissen.

Pinkie erzählte ihr von Sydney Fox' Ex, so wie er mir gestern Abend von ihm erzählt hatte. Er war in Starksville zur Welt gekommen und aufgewachsen, hatte seine Eltern jedoch schon früh bei einem Verkehrsunfall verloren. Marvin Bell, der Mann, der meine Eltern in die Drogensucht gestürzt hatte, hatte Finn bei sich aufgenommen und ihn wie seinen eigenen Sohn behandelt.

»Marvin hat Finn verwöhnt, hat ihn an der Waffe ausgebildet und vermutlich hat er ihn auch misshandelt«, sagte Pinkie. »Wenn ihr mich fragt, Finn ist genau so geworden wie sein Adoptivvater. Sie besitzen alle beide ein Charisma, das sie beliebig an- und ausknipsen können. Und wenn es angeknipst ist, dann vergisst man leicht, was sie in Wirklichkeit sind.«

»Und was sind sie in Wirklichkeit?«, wollte Bree wissen.

Pinkie wollte gerade antworten, da hielt er inne und starrte über meine Schulter hinweg. »Wenn man vom Teufel spricht …«, murmelte er.

Marvin Bell, ein hagerer und ein wenig linkisch wirkender Mann, kam direkt auf uns zu. Er erinnerte mich ein wenig an den Schauspieler Bruce Dern. Mittellange stahlgraue Haare. Kantiges schmales Gesicht. Scharfe Nase. Und dunkelgrüne Augen, die einen von Kopf bis Fuß musterten.

Marvin Bell sah erst mich und dann Bree mit seinen seltsamen dunkelgrünen Augen an, ohne eine Regung zu zeigen. Dann richtete er den Blick auf Pinkie.

»Weißt du, wie ich das sehe, Parks?«, sagte er. »Bei einer Totenwache haben Groll und Missgunst nichts zu suchen. Mein Junge hat alles Recht, um Sydney zu trauern und ihr die letzte Ehre zu erweisen.«

»Es sei denn, dein Junge hat sie erschossen«, erwiderte mein Cousin. »Was, so wie ich das sehe, gut dazu passt, dass er auf ihr Grab pissen will.«

Bells Kiefermuskeln zuckten vor Anspannung, aber seine Stimme blieb ruhig. »Finn hat die Scheidung akzeptiert. Er hat noch einmal von vorn angefangen. Also, warum sollte er so etwas tun?«

»Ach, ich finde, dass zum Beispiel Besessenheit durchaus ein Grund sein könnte«, sagte Pinkie. »Aber ich persönlich glaube eher, dass Gehässigkeit dahintersteckt. Kränkungen habt ihr doch noch nie gut ertragen, du und dein Junge.«

Für einen kurzen Augenblick stand Bell nur da, und es schien, als müsste er all seine Energie aufbieten, um meinen Cousin nicht mitten ins Gesicht zu schlagen. »Finn ist kein Mörder.«

Dann setzte er sich in eine andere Nische.

»Ich glaube, ich stelle mich mal vor«, sagte ich.

»Ob das eine gute Idee ist?«, wandte Bree ein.

»Manchmal muss man den Baum schütteln, damit ein paar Früchte herunterfallen«, erwiderte ich und stand auf.

Die Kellnerin brachte Bell eine Tasse Kaffee und ging weiter. Ich glitt auf die Sitzbank ihm gegenüber. Falls ihn das irgendwie verunsicherte, ließ er sich nichts anmerken. Falls Pinkies Anschuldigungen an seinen Nerven zerrten, ließ er sich ebenfalls nichts anmerken.

»Wusste gar nicht, dass ich dich gebeten habe, dich zu setzen, Fremder«, sagte Bell, riss ein Zuckertütchen auf und schüttete den Inhalt in seinen Kaffee.

»Wir sind uns schon einmal begegnet, Mr. Bell«, sagte ich. »Vor langer Zeit.«

»Tatsächlich?« Er rührte den Zucker um und wandte mir seine seltsamen grünen Augen zu. »Ich kann mich nicht erinnern.«

»Ich heiße Alex Cross«, sagte ich. »Jason Cross war mein Vater.«

Bell legte den Kopf schief und blickte mich mit neu erwachtem Interesse an. Dann klopfte er den Löffel am Tassenrand ab und lächelte leise. »Ah, ja, jetzt sehe ich auch die Ähnlichkeit.«

»Ich bin Detective bei der Mordkommission in Washington, D. C.«

»Sie haben einen weiten Weg hinter sich, Detective Cross«, erwiderte er und legte den Löffel beiseite. »Komisch, dass ich mich gar nicht an eine Begegnung mit Ihnen erinnern kann.«

»Ich war noch sehr jung damals«, erwiderte ich. »Es muss ungefähr ein Jahr nach dem Tod meiner Mutter gewesen sein.«

»Sie meinen, nach ihrer Ermordung, oder?« Sein Tonfall war sachlich und ließ nicht die geringsten Rückschlüsse zu.

»Ich kann mich noch gut an den Abend erinnern«, sagte ich »Sie haben meinen Vater mit einem Seil an Ihrer Stoßstange festgebunden und ihn durch die Stadt geschleift.«

Bell nippte an seinem Kaffee und ließ mich keine Sekunde aus den Augen. »Das waren andere Zeiten damals. So etwas hat man eben mit einem Mann gemacht, der seine eigene Frau kaltblütig ermordet hat und das auch noch richtig fand.«

Damit hatte ich nicht gerechnet. Ich ließ ihn weiterreden.

»Ich habe Ihrem Vater einen Teil der Strafe verpasst, die er verdient hatte. Anschließend habe ich ihn der Polizei übergeben, so wie es sich gehört. Das, was dann passiert ist, ist zwar traurig, aber wahrscheinlich war es für alle das Beste. Sogar für Sie. Sogar für Ihre Brüder.«

Damit hatte ich auch nicht gerechnet, und es dauerte eine Weile, bis ich etwas erwidern konnte.

»Sie haben meine Mom und meinen Dad mit Drogen versorgt«, sagte ich schließlich. »Sie haben sie süchtig gemacht.«

Bell lächelte, ohne einmal zu blinzeln. Er drehte seine Tasse um neunzig Grad.

»Das stimmt nicht«, erwiderte er. »Ich habe niemals Drogen verkauft oder sonst in irgendeiner Weise mit Drogen zu tun gehabt. Ich habe vielmehr versucht, Ihren Vater und Ihre Mutter davon abzubringen. Und wer etwas anderes behauptet, ist ein Lügner.«

»Sie haben nie etwas mit Drogen zu tun gehabt?«

»Ich bin Geschäftsmann«, sagte Bell und nippte erneut an seinem Kaffee. »Ich leite mehrere erfolgreiche Unternehmen. Warum sollte ich mich auf so etwas Riskantes wie Drogengeschäfte einlassen?«

»Ich weiß nicht«, antwortete ich. »Aber jedes Mal, wenn irgendwo Ihr Name fällt, bekomme ich zu hören, dass ich Sie ein bisschen gründlicher unter die Lupe nehmen soll.«

Bell schien sich köstlich zu amüsieren. »Und was soll dabei zum Vorschein kommen?«

»Eine Art kriminelles Superhirn«, erwiderte ich.

Bell lachte und nahm sich noch ein Zuckerpäckchen. »Wir leben in einer kleinen Stadt mit vielen armen Menschen.«

»Was hat die Armut denn damit zu tun?«

»Alles«, meinte Bell. »Die meisten Armen glauben doch, dass beruflicher Erfolg auf legale Weise, nur durch Initiative und harte Arbeit, gar nicht möglich ist. Das passt einfach nicht in ihre Weltsicht. Also sitzen sie herum und denken sich irgendwelchen Blödsinn aus, mit dem sie sich erklären können, wieso es jemand anderes in dieser Welt zu etwas gebracht hat.«

»Dann ist an diesen Anschuldigungen also gar nichts dran?«

»Absolut nichts«, erwiderte Bell und hielt meinem Blick stand. »Und wieso sind Sie wieder in diese Stadt zurückgekommen, Detective Cross?«

Ich hatte das Gefühl, als wüsste er das bereits, aber ich spielte mit und erzählte ihm, dass Stefan Tate und ich Cousins waren.

»Dieser gewissenlose Schlächter«, sagte Bell, und seine Züge wurden härter. »Tut mir leid, dass sie mit ihm verwandt sind, aber nach allem, was ich gelesen habe, kann ich nur hoffen, dass dieser Kerl bald auf dem elektrischen Stuhl brutzelt.«

»Da sind Sie nicht der Einzige.«

»Na also.«

»Kennen Sie den Standpunkt der Verteidigung?«

»Kann ich nicht behaupten.« Bell fischte mit den Zeigefinger ein Kaffeekörnchen von seiner Zungenspitze.

»Stefan ist überzeugt, dass in Starksville eine große, weitverzweigte, kriminelle Organisation am Werk ist«, sagte ich.

»Falls das so sein sollte, habe ich noch nichts davon mitbekommen«, erwiderte Bell.

»Es geht dabei um Drogenhandel«, sagte ich. »Vielleicht auch um mehr.«

»Noch mehr?«, entgegnete Bell. »Also, für mich klingt das höchstens nach noch mehr Schwachsinn. Nach einem Hirngespinst, mit dem irgendjemand die Tatsachen verdrehen will, die, soweit ich weiß, absolut schlüssig sind und keinen vernünftigen Zweifel zulassen. Ihr Cousin hat diesen armen Jungen umgebracht, und dafür wird er bezahlen. Wenn es nach mir ginge? Dann würde ihn irgendjemand an einer Stoßstange festbinden und ihn zur Hinrichtung durch die halbe Stadt schleifen.«

»Falls Sie ein kriminelles Netzwerk unterhalten würden, dann kann ich mir sehr gut vorstellen, dass Sie dieser Jemand wären«, sagte ich.

Bell schnipste das Kaffeekörnchen weg und fixierte mich mit seinen grünen Augen. »Wenn ich Sie wäre, Detective Cross, dann würde ich keine unbegründeten Verleumdungen in die Gegend posaunen. Das macht keinen guten Eindruck. Es wirkt, als wären Sie verzweifelt. Wenn ich Sie wäre, dann würde ich den Tatsachen ins Auge sehen, meine Sachen packen und diesen dreckigen Hurensohn seinem Schicksal überlassen.«

»Bestimmt nicht«, erwiderte ich und stand auf. »Entschuldigen Sie, dass ich Ihre Zeit in Anspruch genommen habe.«

»Für den Sohn eines alten Freundes, jederzeit«, entgegnete Bell. »Aber richten Sie Ihrer Nichte aus, dass ich sie, falls sie bei diesem Prozess in irgendeiner Weise meinen Namen ins Spiel bringen will, mit so vielen Klagen überziehen werde, dass ihr Hören und Sehen vergeht.«

42

Als Richter Varney die Verhandlung an diesem Montagnachmittag gegen halb sechs beendete, musste ich an Bells Worte denken. Die Zeugenaussagen der vergangenen vier Stunden ließen meinen Cousin wie ein Monster erscheinen.

Zunächst hatte Detective Guy Pedelini den Zeugenstand betreten. Er hatte berichtet, wie er den Leichnam entdeckt und Beweise gesichert hatte, deren Zulassung der Bezirksstaatsanwalt beantragte. Besondere Bedeutung hatte dabei die Spermaprobe, die von Rashawn Turnbulls Leichnam stammte. Sie stimmte mit Stefans DNA überein. Außerdem legte die Anklage eine Blutprobe vor, die auf der Bügelsäge im Keller meines Cousins gefunden worden war. Es war Rashawns Blut.

Naomi tat, was in ihrer Macht stand, um den Detective zu der Aussage zu bewegen, dass all diese Indizien theoretisch auch manipuliert und meinem Cousin untergeschoben worden sein konnten. Aber er blieb, was das anging, außerordentlich skeptisch, und die Geschworenen nahmen das auch zur Kenntnis.

Ein noch härterer Schlag für Stefan war die Aussage von Sharon Lawrence. Ich erkannte sie sofort. Sie war eines der Mädchen aus Starksville, mit denen Jannie vorgestern trainiert hatte. Im Zeugenstand machte sie eine hübsche, eloquente und absolut vernichtende Figur.

Delilah Strong ließ Sharon Lawrence gleich zu Beginn ihrer Befragung gestehen, dass sie sich zwar schäme, hier zu sein, aber dass sie fest entschlossen sei, die Wahrheit zu sagen, »für Rashawn«.

Das Mitgefühl der Geschworenen war ihr sicher. Und meines auch.

Sharon Lawrence besuchte eine der zwölften Klassen, die bei Stefan Sportunterricht gehabt hatten. Sie sagte, dass von Anfang an ein besonderes Kribbeln zwischen ihr und Stefan zu spüren gewesen sei.

»Coach Tate hat mich ständig angeschaut«, sagte sie.

»Hat Ihnen das gefallen?«, hakte Strong nach.

Lawrence senkte den Blick und nickte.

»Hat Coach Tate irgendwelche Annäherungsversuche gemacht?«

Das Mädchen nickte erneut, lief rot an und rang die Hände. »Ich hab ja gewusst, dass es falsch war, aber er war so … ich weiß auch nicht.«

»Klug? Gut aussehend?«

»Ja. Und man hatte das Gefühl, als wären wir ihm alle wirklich wichtig.«

Stefan stierte während des gesamten Frage-Antwort-Spiels auf einen Schreibblock und kritzelte immer wieder kopfschüttelnd etwas darauf.

»Man hatte das Gefühl, als wären ihm alle wirklich wichtig«, wiederholte Strong.

»Ja.«

»Aber Sie besonders?«

Lawrence sagte: »Ich schätze schon. Ja.«

»Was ist dann passiert?«

»Eine ganze Zeit lang gar nichts. Nur so was wie ein bisschen flirten.«

»Und dann?«

»Ist mehr draus geworden«, sagte sie leise.

»Wann war das?«

»Na ja, also … ein paar Monate nachdem Billy Jameson

und Tyler Marin an einer Überdosis gestorben sind, und eine Woche bevor Stefan Rashawn umgebracht hat.«

»Einspruch!«, rief Naomi.

»Stattgegeben«, sagte Richter Varney. »Die Geschworenen ignorieren die letzte Bemerkung.«

»Erzählen Sie uns bitte, was passiert ist«, sagte Strong.

Man konnte Sharon Lawrence deutlich ansehen, dass dieser Gerichtssaal der letzte Ort auf der Welt war, an dem sie gerade sein wollte. Doch dann nahm sie all ihre Kraft zusammen und berichtete, dass mein Cousin nach diesen beiden Drogentoten regelrecht besessen von der Idee gewesen war, die Drogendealer zu entlarven.

»Er hat im Unterricht ständig davon geredet«, sagte sie. »Und er hat immer wieder gesagt, dass jeder, der etwas weiß, sich bei ihm melden soll.«

»Hat sich denn jemand gemeldet?«

»Ich weiß nicht. Aber das ist ja sowieso egal, weil das alles nur Lügen waren.«

»Einspruch«, sagte Naomi.

»Abgelehnt«, sagte Richter Varney.

Strong stellte die nächste Frage: »Können Sie uns sagen, wieso Sie glauben, dass das alles Lügen waren?«

»Weil Coach Tate selber der Drogendealer war«, antwortete Lawrence.

»Einspruch!«

»Euer Ehren, wenn das Gericht es gestattet, dann wird Miss Lawrence auch den Grund ihrer Anschuldigungen erläutern.«

»Machen Sie weiter, Frau Staatsanwältin, aber ich warne Sie: Übertreiben Sie's nicht.«

»Wie kommen Sie darauf, dass Coach Tate mit Drogen gehandelt hat?«

»Er hat es mir erzählt«, antwortete Sharon Lawrence. »Und er hat sie mir gezeigt.«

»Wo waren Sie da?«

»In seiner Wohnung.«

»Und wie sind Sie da hingekommen?«

»Er hat mich morgens in der Schule gebeten, am Nachmittag kurz vorbeizukommen. Er hat gesagt, dass Ms. Converse einen Arzttermin in Raleigh hat.«

Ich warf Patty Converse einen schnellen Blick zu. Sie war wie vom Donner gerührt.

Strong machte weiter: »Und Coach Tate hat Ihnen also Drogen gezeigt?«

»Ja.«

»Haben Sie mit ihm gemeinsam Drogen genommen?«

»Ja.«

»Was für Drogen?«, wollte Strong wissen.

Lawrence biss sich auf ihre zitternde Unterlippe. »Das weiß ich gar nicht so genau. Kokain auf jeden Fall. Vielleicht auch ein bisschen Meth. Er hat gesagt, das sei ein Speedball. Aber ich glaube, dass er mir auch was in meine Limo getan hat.«

»Wie kommen Sie darauf?«

»Weil ich ein paar Stunden später in seinem Bett aufgewacht bin.« Wieder senkte sie den Blick. »Ich weiß überhaupt nicht, wie ich da reingekommen bin. Aber ich war nackt und … wund.«

»Wo genau waren Sie wund?«

»Sie wissen schon …«, sagte sie. Und dann brach sie in Tränen aus.

Strong ging zum Zeugenstand und gab ihr ein Papiertaschentuch. »Sie machen das sehr gut.«

Lawrence nickte, blickte aber nicht auf.

»War der Angeklagte auch da, als Sie aufgewacht sind?«

»Er ist dann ins Zimmer gekommen.«

»Hat er zugegeben, dass er Sex mit Ihnen gehabt hat?«

»Irgendwie schon.«

»Könnten Sie das etwas präziser formulieren?«

»Er hat gesagt, dass wir jetzt ein gemeinsames Geheimnis haben. Und dass wir dieses Geheimnis bewahren müssen, weil es sonst sein könnte, dass ich genauso ende wie Billy und Tyler.«

»Ihre beiden Mitschüler, die an einer Überdosis gestorben sind?«

Lawrence nickte, bevor sie erneut zusammenbrach.

Nachdem Sharon sich wieder gefangen hatte, machte Strong weiter. »Fand der Sex im gegenseitigen Einvernehmen statt?«

»Nein«, entgegnete Sharon bestimmt.

»Aber Sie sind doch zu ihm nach Hause gekommen. Sie haben mit ihm zusammen Drogen genommen. Sie haben mit ihm geflirtet. Sie müssen doch damit gerechnet haben, dass es zu sexuellen Handlungen kommen könnte.«

»Vielleicht, ja. Aber ich hatte nie die Chance, Nein zu sagen.«

»Er hat Ihnen also die Drogen verabreicht?«

»Ja«, sagte Lawrence mit bebenden Schultern.

»Und er hat Sie vergewaltigt?«

»Ja.«

»Wie alt waren Sie, als das passiert ist?«

»Siebzehn.«

»Haben Sie den Vorfall gemeldet?«

Sie ließ den Kopf hängen. »Nein, zuerst nicht.«

»Wie lange haben Sie gewartet, bis Sie die Vergewaltigung angezeigt haben?«

»Bis … also, bis zu dem Tag nach Stefans Verhaftung?«

»Sieben Tage«, sagte Strong.

»Ich wünschte, ich hätte ihn gleich angezeigt«, sagte Lawrence und verströmte dabei nichts als Schmerz und Aufrichtigkeit. »Dann wäre Rashawn vielleicht noch am Leben, verstehen Sie? Aber ich habe ja gesehen, wie Coach Tate wirklich ist, und ich hatte schreckliche Angst um mein Leben.«

43

Beim Abendessen herrschte eine düstere, niedergeschlagene Stimmung. Wir waren alle da bis auf Naomi, die noch an ihrem Kreuzverhör feilte, und Patty Converse, die durch die Zeugenaussage so aufgewühlt war, dass sie lieber alleine nach Hause gegangen war.

Tante Hattie schien ebenfalls am Boden zerstört. Schweigend saß sie zwischen Onkel Cliff und Ethel Fox, die den ganzen Tag die Beerdigung ihrer Tochter vorbereitet hatte und entsprechend erschöpft war. Trotzdem hatte sie es sich nicht nehmen lassen hierherzukommen, um ihrer Freundin moralischen Beistand zu leisten.

Den hatte Tante Hattie auch dringend nötig. Die Radio- und Fernsehsender in Raleigh berichteten ausführlich über Sharon Lawrences Aussage gegen ihren Sohn und konzentrierten sich dabei auf zwei Schwerpunkte: zum einen auf Sharons Schilderungen, und zum anderen auf ihr Höschen vom Tag der angeblichen Vergewaltigung. Lawrence behauptete, sie habe es nicht gewaschen, weil sie sich immer noch unschlüssig gewesen sei, ob sie Stefan nun anzeigen sollte oder nicht.

Naomi hatte beantragt, das Höschen aus der Liste der Indizien zu streichen, hatte das Beweismittel als »bestenfalls unzulässig« bezeichnet, aber Varney lehnte ihren Antrag ab, nachdem Strong dem Gericht mitgeteilt hatte, dass ein staatlich anerkannter DNA-Experte bezeugen werde, dass das getrocknete Sperma und die Vaginalflüssigkeit auf der Unterwäsche meinem Cousin beziehungsweise Sharon Lawrence zuzuordnen waren.

Es sah ziemlich trostlos aus für die Heimmannschaft.

»Dad?«, fragte Ali, als ich ihn ins Bett brachte. »Können wir vielleicht mal angeln gehen, solange wir noch hier sind?«

»Angeln?« Ich hatte ein paar unscharfe Bilder von einem Angelausflug mit meinem Vater und Onkel Cliff vor Augen. Damals war ich noch sehr jung gewesen.

Ali nickte. »Ich hab so Sendungen im Outdoor Channel gesehen. Und heute habe ich einen anderen Jungen getroffen. Er heißt Tommy, und er hat erzählt, dass er immer mit seinem Vater zum Angeln an den Stark Lake geht. Er hat gesagt, dass das Spaß macht. Und dass es da viele Fische gibt.«

»Nun ja«, erwiderte ich. »Ich habe keine Ahnung vom Angeln, aber wenn du das gerne möchtest, dann werden wir das schon hinkriegen.«

Ali strahlte. »Morgen?«

»Morgen könnte schwierig werden«, musste ich gestehen. »Aber ich kümmere mich mal darum, was wir dazu alles brauchen und wo wir hinfahren würden.«

»Du könntest ja Tommys Vater fragen«, sagte er und gähnte.

»Mache ich bestimmt, falls ich ihn sehe«, versprach ich ihm und zog ihm die Bettdecke bis ans Kinn. »Hab dich lieb, Kumpel. Schlaf gut.«

»Hab dich auch lieb, Dad.« Er hatte die Augen bereits geschlossen.

Als ich wieder zu den anderen kam, sagte Tante Hattie: »Kannst du Cliff schon mal rüberbringen? Ich komme gleich nach.«

»Na klar«, sagte ich. »Bist du so weit, Onkel Cliff?«

Mein Onkel sagte gar nichts, sondern starrte nur ins Nichts. Bree hielt mir die Tür auf, und ich schob ihn über die kurze Rampe hinunter auf den Bürgersteig.

»Soll ich dir helfen?«, bot Bree mir an.

»Nicht nötig. Ich bin gleich wieder da.«

Bree warf mir ein Luftküsschen zu und ging wieder ins Haus. Ich schob Onkel Cliff die Straße entlang und sagte: »Gehst du eigentlich noch ab und zu angeln, Onkel Cliff?«

Es war, als hätte jemand eine Glühbirne angeknipst. Innerhalb von zwei Sekunden war mein geistig verwirrter Onkel hellwach. »Ich gehe wahnsinnig gerne angeln«, sagte er.

»Ich habe gehört, dass es oben am See gut gehen soll.«

»Frühmorgens.« Onkel Cliff nickte. »Am besten bei der Flussmündung am Westufer. Gar nicht weit von meiner Hütte entfernt. Weißt du noch, wo die liegt?«

»Ich kann mich ganz dunkel erinnern, glaube ich«, sagte ich. »Und mal abgesehen vom See, wo könnte man noch gut angeln?«

»In den großen Wasserbecken unterhalb der Schlucht. Da beißen die Forellen, entweder frühmorgens oder spätabends.«

»Welche Wasserbecken denn?«, wollte ich wissen.

»Du weißt schon. Dort, wo dein Vater geschwommen ist.«

Ich blieb stehen und trat vor den Rollstuhl. »Wie meinst du das? Wo ist mein Dad denn geschwommen?«

Mein Onkel sah mich mit neuerlicher Verwirrung an. »Na, in diesen Becken eben. Hat er als Kind ständig gemacht. Wo steckt er eigentlich? Jason?«

Tante Hattie und Pinkie holten uns ein. Mein Cousin hatte die Überreste eines Kuchens in der Hand, Hattie zwei Tüten mit Hühnerbeinen.

»Jason ist tot, Clifford«, sagte Hattie.

Mein Onkel verzog entsetzt das Gesicht. »Seit wann denn?«

»Das ist schon lange her«, erwiderte sie. »Er ist in die Schlucht gestürzt.«

Onkel Cliff brach in Tränen aus. »Er war wie ein Bruder für mich, Hattie.«

»Ich weiß, Cliff«, sagte Hattie und tätschelte ihm besänftigend den Arm. Dann sah sie mich und Pinkie an, den das alles ziemlich mitzunehmen schien. »Ich weiß nicht, was mit ihm los ist. Manchmal ist er einfach verwirrt und dann verliert er die Beherrschung. Tut mir wirklich leid.«

»Das muss dir nicht leidtun«, erwiderte ich.

Sie trat hinter den Rollstuhl und sagte: »Wahrscheinlich ist es das Beste, wenn ich ihn übernehme. Pinkie, bringst du die Reste mit?«

Mein Cousin nickte, und ich blieb so lange stehen, bis die beiden im Haus waren und das Licht eingeschaltet hatten.

Ein Spaziergang würde mir vielleicht helfen, wieder einen klaren Kopf zu bekommen und die Ereignisse des Tages zu verarbeiten. Ich schrieb eine SMS an Bree, damit sie Bescheid wusste. Während ich die Loupe Street entlangging, musste ich mir eingestehen, dass die Beweise, die gegen Stefan sprachen, überwältigend waren. Meine Nichte sah es vermutlich ähnlich. Sie war jedenfalls sofort nach Sitzungsende zu ihrem Mandanten gegangen, um sich mit ihm zu beraten. Wie würde sie die Spermaspuren erklären? Wie würde sie Sharon Lawrence im Kreuzverhör anpacken?

Hatte Marvin Bell recht? War Stefans Lage aussichtslos? Oder hatten meine Tanten und Ethel Fox recht? Waren Bell und sein Adoptivsohn Finn Davis in die ganze Sache verwickelt? Hatte einer von ihnen Sydney Fox getötet? Steckten sie hinter der kriminellen Organisation, die, wie Stefan vermutete, in Starksville aktiv war? Wie sollte ich auch nur eine dieser Fragen jemals beantworten?

Das Durcheinander in meinem Kopf hatte sich noch immer nicht gelichtet, als mir bewusst wurde, dass ich bis zu der dunklen Bogenbrücke gegangen war, die sich über den Stark River spannte. Ich hörte das Rauschen des Wassers unten in der Schlucht und musste wieder an meinen Traum denken: Wie ich in der Nacht, in der mein Vater gestorben war, als kleiner Junge durch den Regen an den Bahngleisen entlanggerannt war. Wie ich die Streifenwagen mit ihren blinkenden Lichtern gesehen hatte. Und dann das, was ich Nana Mama nicht erzählt hatte, was mir erst vor Kurzem wieder eingefallen war – mein Vater dort draußen auf dem Brückengeländer, dann der Schuss, und dann mein stürzender Vater.

Ich betrat die Brücke und ging bis ungefähr zu der Stelle, wo ich im Traum meinen Vater gesehen hatte. Ich blickte hinab in die Schwärze, hörte den tosenden Fluss auf dem Grund der Schlucht, konnte ihn aber nicht sehen.

Jetzt fuhr ein Auto auf die Brücke. Die Scheinwerfer huschten über mich hinweg. Ich beachtete sie gar nicht, starrte nur hinab ins Nichts und …

Der Wagen kam mit quietschenden Reifen hinter mir zum Stehen. Ich wirbelte herum und sah drei Männer aus einem alten weißen Impala steigen.

Sie trugen Kapuzen und waren mit mehreren Stemmeisen und einem Baseballschläger bewaffnet.

44

Mir blieb keine Zeit, nach meiner Reservepistole im Unterschenkelholster zu greifen. Sie waren schneller.

Worauf man in einer solchen Situation vor allem achten sollte, das sind die Lücken und die freien Räume, weniger die Angreifer oder deren Waffen. Je mehr Platz man hat oder sich verschaffen kann, desto größer sind die Chancen auf ein sicheres Entkommen.

Ich hatte das Brückengeländer im Rücken, während von vorn drei Männer auf mich zukamen, im Halbkreis verteilt, um mir möglichst wenig Raum zu geben. Ich lief nach rechts am Geländer entlang und hatte einen der Typen mit Stemmeisen schräg vor mir.

Er gab ein grunzendes Lachen von sich und holte mit der Eisenstange aus. Ich trat mit dem rechten Fuß vom Bürgersteig auf die Straße und schwang das linke Bein nach hinten, sodass das Stemmeisen jetzt nicht mehr auf meinen Oberkörper, sondern auf mein Gesicht zuflog.

Bevor es jedoch dort einschlagen konnte, riss ich die Arme nach oben, griff unter der Waffe hindurch und packte den Kerl am Handgelenk. Mit der linken Hand drehte ich die Hand mit dem Stemmeisen weg von mir. Und mit dem Ballen der rechten Hand traf ich ihn an der linken Kinnseite.

Er taumelte.

Ich schlug noch einmal zu, dieses Mal mit der Faust, genau auf den Adamsapfel. Ein knirschendes Geräusch ertönte, und er sank um Atem ringend zu Boden. Ich wand ihm das Stemmeisen aus der Hand und wich vier Schritte zurück, um mir wieder mehr Raum zu verschaffen.

Einer der beiden anderen, der mit dem Baseballschläger, begriff sofort, was ich vorhatte. Ich blickte mich um und sah einen vierten Mann am Steuer des Impala sitzen. Jetzt legte er den Gang ein. Reifen quietschten. Gleichzeitig sprang der Kerl mit dem Baseballschläger nach vorn, den Schläger wie eine Axt zum Schlag erhoben.

Der Impala würde mich überfahren. Ich sprang auf die Motorhaube des heranrasenden Wagens und versuchte, mich abzurollen. Der Fahrer bremste, ich knallte gegen die Windschutzscheibe und prallte ab.

Der Baseballschläger traf mich mit voller Wucht in den Rücken, und ich landete auf dem Asphalt. Ich bekam keine Luft mehr. Die Scheinwerfer blendeten mich.

Aber ich hatte immer noch das Stemmeisen in der Hand, während irgendein Urinstinkt mir befahl, nicht in die Scheinwerfer, sondern auf den Boden zu blicken.

»Arschloch«, knurrte eine Männerstimme. Ein Schatten huschte über den Asphalt, dann traf eine Stiefelspitze meinen Brustkorb.

Ich spürte, wie es knackte, gefolgt von einem atemberaubenden Schmerz.

»Schlag ihm den gottverdammten Schädel ein, dann haben wir Ruhe«, fauchte eine zweite Männerstimme hinter den Scheinwerfern.

Ich hielt den Kopf unten, verbannte alle Schmerzen, so gut es eben ging, aus meinem Bewusstsein und starrte weiter den Straßenbelag an. Als sich die Schatten erneut bewegten, riss ich die Hand, die das Stemmeisen hielt, rückwärts nach oben.

Ich spürte den Treffer, noch bevor ich die Umrisse des umknickenden Knies sah. Der Baseballschläger streifte meine Schläfe. Es war kein besonders fester Schlag, aber trotzdem wurde mir schwindelig, und ich wusste nicht mehr, wo oben und unten war.

Der Angreifer schrie auf und hielt sich mit beiden Händen das Knie, taumelte gegen die Motorhaube des Wagens.

Stöhnend vor Schmerz dachte ich: *Noch zwei. Einer mit Stemmeisen und der Fahrer.*

»Knall ihn ab!«

Ich drehte den Kopf und sah, wie der Fahrer ausstieg. Er hatte ein Jagdgewehr mit Zielfernrohr in der Hand. Als er auf mich anlegte, schleuderte ich das Stemmeisen in seine Richtung. Es wirbelte an ihm vorbei und schlug im Seitenfenster des Impala ein, auf der Fahrerseite, sodass der Mann von einem Regen aus Glassplittern getroffen wurde.

Ein Schuss löste sich, und die Kugel prallte gegen den Brückenstahl.

In der Ferne hörte ich Reifenquietschen. Und als ich unter dem Impala die Brücke entlangblickte, sah ich Scheinwerfer näher kommen.

»Los, abhauen!«, rief der Fahrer und hechtete ins Wageninnere.

Ich hatte Angst, dass er mich womöglich überfahren könnte, und krabbelte Richtung Bürgersteig. Der Kerl mit dem kaputten Knie hüpfte um das Auto herum und setzte sich auf den Beifahrersitz. Der mit dem zweiten Stemmeisen zog den Angreifer, den ich zuerst kampfunfähig gemacht hatte, auf die Rückbank. Ich hatte jetzt den Bürgersteig erreicht, verdrängte den Schmerz und griff nach der Ruger in meinem Unterschenkelholster.

Türen knallten. Reifen qualmten. Eine Pistole wurde zum Fenster herausgestreckt.

Ich zog meine eigene Waffe und drückte ab, immer und immer wieder. Risse breiteten sich wie ein Spinnennetz über das hintere Beifahrerfenster des Impala aus, während der Wagen beschleunigte. Der Kerl mit dem kaputten Knie drückte ab. Die Kugel prallte dicht neben meinem Kopf gegen einen Stahlträger.

»Verpiss dich aus unserer Stadt, Cross!«, brüllte noch einer, während sie davonjagten. »Oder du endest genau wie dein beschissener Cousin!«

45

Ein blauer Dodge-RAM-Pick-up mit Florida-Kennzeichen kam mit quietschenden Reifen neben mir zum Stehen.

»Alex!«, rief Pinkie und sprang aus der Fahrerkabine.

»Hilf mir auf«, keuchte ich, »und bring mich hier weg.«

»Ich hab Schüsse gehört!«, sagte er.

»Darum sollst du mich ja von hier wegbringen.« Ich konnte mich nur mit Mühe auf den Beinen halten. »Ich will nichts mit der Polizei zu tun haben.«

Kräftige Hände packten mich unter den Achseln. Mein Brustkorb tat höllisch weh, aber ich biss die Zähne zusammen und humpelte zur Beifahrertür. Pinkie hob mich hinein und fuhr los. Als ich die ersten Polizeisirenen hörte, hatten wir die Brücke schon hinter uns gelassen.

Mein Cousin schaltete die Scheinwerfer aus und bog in eine Straße ein, die parallel zur Schlucht verlief. Nach ungefähr vierhundert Metern sah ich in der Ferne blaue Blinklichter vorbeihuschen. Sie waren auf dem Weg zur Brücke.

»Wohin?«, fragte mich Pinkie.

»Irgendwohin, wo wir erst mal abwarten können«, sagte ich. »Dann fahren wir über die Eighth Street Bridge wieder zurück nach Birney.«

Mein Handy klingelte. Bree.

»Wo bist du?«, wollte sie wissen.

»Bei Pinkie im Auto.«

»Hast du die Schüsse gehört?«

Ich bejahte und erzählte ihr, was passiert war.

»Meinst du nicht, du solltest ins Krankenhaus gehen?«, sagte sie.

»Nein. Ich glaube, ich sollte so wenig wie möglich Aufhebens darum machen.«

»Wieso?«

»Erkläre ich dir, wenn ich zu Hause bin«, erwiderte ich. »Gib mir eine Dreiviertelstunde.«

»Bist du sicher, dass du nicht schlimmer verletzt bist?«

»Ganz sicher. Und ich liebe dich.«

»Ich liebe dich auch, Alex.«

Ich legte auf.

Wir hatten den Osten der Stadt jetzt hinter uns gelassen und fuhren auf einer kurvenreichen Landstraße sanft bergab, als Pinkie endlich die Scheinwerfer wieder einschaltete.

»Was zum Teufel hast du auf der Brücke da eigentlich gesucht?«, wollte er wissen.

Ich fing an, ihm von meinem Traum zu erzählen, bis mir klar wurde, dass das gar nicht der eigentliche Grund gewesen war.

»Weil Cliff etwas über meinen Vater gesagt hat.«

Pinkie warf mir einen Blick zu. »Was denn?«

»Er hat erzählt, dass es unterhalb der Schlucht mehrere tiefe Wasserbecken gibt, und als ich gesagt habe, dass ich die noch nie gesehen habe, meinte er, dass mein Dad dort früher immer geschwommen sei.«

»Aha ...«

»Ich weiß auch nicht, wieso, aber nach dem kurzen Gespräch hatte ich irgendwie das Bedürfnis, zur Brücke zu gehen und mir den Fluss anzuschauen, verstehst du?«

»Ich glaube schon«, erwiderte Pinkie.

Mittlerweile hatten wir das untere Ende des Hügels fast erreicht und fuhren durch dichten Wald.

»Weißt du, wo diese Becken sind?« fragte ich ihn, während ich zum Seitenfenster hinausschaute.

Ein fast voller Mond am Himmel tauchte den Wald in dunkelblaues Licht.

Pinkie war still. Dann fuhr er langsamer und sagte: »Na klar.«

Eine Minute später hielt er ganz an und deutete auf einen schlammigen Pfad, der von der Straße abzweigte. »Der führt direkt hin.«

»Schafft dein Wagen das?«

Pinkie zögerte kurz, dann bog er auf den Feldweg ab, der quer über eine bewaldete Fläche führte. An den Spurrillen war deutlich zu erkennen, dass der Weg viel genutzt wurde, aber der Wald kam von beiden Seiten bedrohlich nahe. Dornige Zweige und Äste streiften an unserem Wagen entlang.

Zehn Minuten später erreichten wir einen Wendekreis. Pinkie hielt an und schaltete den Motor und die Scheinwerfer aus. Hier, wo die Bäume nicht mehr ganz so dicht standen, schien der Mond umso heller.

»Wo sind denn jetzt die Wasserbecken?«, wollte ich wissen.

Mein Cousin zeigte auf einen schmalen Schotterpfad. »Ganz in der Nähe. Da gehen viele Leute schwimmen.«

»Hast du eine Taschenlampe dabei?«

»Was willst du eigentlich dort, Alex? Suchst du was Bestimmtes?«

»Nein. Ich weiß auch nicht. Ich will mir diese Becken nur mal anschauen.«

Pinkie hielt für einen Moment inne, dann fragte er mich: »Bist du sicher, dass du das schaffst?«

»Wenn du mich ab und zu stützt, wenn es zu uneben wird, dann bestimmt.«

Er seufzte. »Wie du willst.«

Mein Cousin kam auf die Beifahrerseite, machte die Tür

auf und half mir beim Aussteigen. Dann schnappte er sich einen Werkzeugkasten von der Ladefläche und holte eine Taschenlampe heraus. Er knipste sie an. Die Schatten wichen zurück.

Behutsam und möglichst rippenschonend folgte ich ihm den Schotterpfad entlang, bis wir auf eine Grasfläche am Ufer des Stark River gelangten. Im Schein des Mondes sah ich zwei große Wasserbecken vor mir liegen, annähernd geteilt durch eine Felsnase aus Granit, die aussah wie ein umgekippter Schachläufer.

Wir betraten den Felsen und Pinkie machte die Taschenlampe aus. An der Engstelle rund um die Felsnase herrschte eine starke Strömung. Aber in der Mitte der Wasserbecken war es ruhig, und auf der glatten Wasseroberfläche spiegelte sich der Mond. Vierhundert Meter flussaufwärts war die Klippe gerade noch zu sehen, und man hörte das Rauschen des Wassers, das aus der Schlucht gestürzt kam.

»Weißt du, ob mal jemand einen Sturz in die Schlucht überlebt hat?«, fragte ich Pinkie.

Pinkie schwieg lange, dann erwiderte er: »Heutzutage wimmelt es dort ja vor Kajaks.«

»Ich meine einen Schwimmer. Hat es je einen Menschen gegeben, der nach einem Sturz von der Brücke lebendig aus der Schlucht rausgekommen ist?«

Wieder gab Pinkie lange keine Antwort. Ich drehte mich um und sah ihn im Schein des Mondes an. Er starrte aufs Wasser hinaus.

»Nur einen, Alex«, sagte er schließlich leise. »Und das war dein Vater.«

46

Angesichts meines schmerzenden Brustkorbs und des Schlags, den mein Kopf vorhin abbekommen hatte, war ich sicher, dass ich mich verhört hatte.

»Hast du eben gesagt ›mein Vater‹?«

Pinkie sah mich immer noch nicht an, aber er nickte.

Mein Magen ballte sich krampfartig zusammen. Ich schmeckte Galle. Lichtpunkte flirrten vor meinen Augen, und ich hatte das Gefühl, als würde ich jeden Moment ohnmächtig werden. Dann ergriff eine irrationale Wut von mir Besitz. Ich packte meinen Cousin am Hemdkragen.

»Was zum Teufel redest du da?«

»Es tut mir leid, Alex«, sagte Pinkie, und ich hörte ihm das schlechte Gewissen an. »Onkel Cliff hat mich vor Jahren schwören lassen, dass ich es niemandem verrate.«

Ich starrte meinen Cousin ungläubig an. »Willst du etwa behaupten, dass mein Vater damals gar nicht ums Leben gekommen ist? Dass er den Sturz in die Schlucht überlebt hat?«

»Er muss irgendwo hier aus dem Wasser gekrochen sein«, sagte Pinkie. »Cliff hat ihn auf der Felsnase entdeckt, lange vor Sonnenaufgang und lange bevor die Polizei da war, um nach seiner Leiche zu suchen. Er war ziemlich schwer verletzt. Cliff hat ihn dann in seine Fischerhütte am See gebracht«, fuhr mein Cousin fort. »Und dort hat er ihn gesund gepflegt.«

»Und es niemandem gesagt?« Ich starrte Pinkie ungläubig an.

»Nur mir«, sagte er.

»Und warum dir?«

»Jahre später waren wir mal gemeinsam in seiner Hütte. Da war ich achtzehn oder so. Tante Hattie war nicht dabei, und Cliff hat sich den Bourbon schmecken lassen. Reichlich Bourbon. Dann ist er mit einem Mal traurig geworden. Er hat erst angefangen zu weinen und schließlich zu reden. Und als er einmal angefangen hatte, da war es wie ein Dammbruch. Er hat alles rausgelassen.«

Onkel Cliff hatte Pinkie berichtet, wie er meinen Dad gefunden und in die Hütte gebracht hatte. Dass mein Vater der Meinung war, es sei das Beste, wenn außer Cliff niemand erfuhr, dass er noch am Leben war. Weder Nana Mama noch ich und meine Brüder.

»Aber wieso?« Ich war immer noch verwirrt und wie vor den Kopf gestoßen. Meine Gefühle fuhren ununterbrochen Achterbahn.

»Ich schätze mal, weil er deine Mutter umgebracht hat«, erwiderte Pinkie. »Es war ein Gnadenakt, aber trotzdem, er hat sie getötet, erstickt. Ganz egal, aus welcher Warte man das Ganze betrachtet, aber damals, in einer ländlichen Gegend in North Carolina, wäre dein Vater auf jeden Fall wegen Mordes vor Gericht gestellt worden. Stattdessen hat er sich Richtung Süden davongemacht, sobald er wieder gesund war. Er wollte ein völlig neues Leben anfangen.«

»Und? Hat er?«, wollte ich wissen.

»Ja«, erwiderte Pinkie.

Mein Herz hämmerte wie wild. Mein Vater? Er lebte?

»Wo wollte er denn hin? Hat Onkel Cliff das gesagt?«

»Nach Florida.«

»Wohin in Florida?«

»Das wusste Cliff auch nicht mehr so genau, bloß, dass er irgendwo in der Nähe von Belle Glade untergekommen ist und in der Landwirtschaft gearbeitet hat. Und dass er sich einer Kirchengemeinde angeschlossen hat«, sagte Pinkie.

»Also, soll das heißen, dass er immer noch lebt?«, stieß ich hervor.

Pinkie schüttelte seufzend den Kopf. »Nein, leider nicht. Tut mir leid, Alex. Soweit ich es mitbekommen habe, hat er zwei Jahre nach dieser Sache Selbstmord begangen.«

Dieser Satz traf mich härter als der Fußtritt auf der Brücke vorhin. Gerade eben noch hatte ich mich der Fantasie überlassen, meinen Vater tatsächlich wiederzusehen, war eine eigentümliche Hoffnung in mir aufgekeimt, aber schon im nächsten Augenblick war ich wieder nur ein von Trauer gebeutelter kleiner Junge.

Selbstmord?

»Vor dreiunddreißig Jahren?« Ich war mir bewusst, wie viel Bitterkeit in meiner Stimme lag.

Pinkie nickte. »Onkel Cliff hat gesagt, dass sich eines Abends eine Frau bei ihm gemeldet hat, telefonisch. Sie hat gesagt, sie hätte seine Nummer bei den Sachen eines gewissen Paul Brown gefunden, der hinter ihrer Kirche Selbstmord begangen habe. Dann hat Onkel Cliff sie gefragt, von wo sie anruft, und sie hat gesagt Belle Glade.«

»Wie hieß die Frau?«, wollte ich wissen.

»Ich weiß nicht«, erwiderte Pinkie. »Ich weiß auch nicht, ob Onkel Cliff es je gewusst hat. Er war einfach nur völlig erschüttert, weil dein Dad sich, nach allem was er durchgemacht hatte, umgebracht hat.«

Mit einem Mal fühlte ich mich schwach und elend und musste mich an Pinkie festhalten. Er packte mich unter der Achsel. »Alles in Ordnung?«

»Eher nicht.«

»Du hast eine ganze Menge zu verkraften«, meinte Pinkie.

»Das stimmt.«

»Komm, lass uns nach Hause fahren. Dann können wir mal einen Blick auf deine Rippen werfen.«

»Ist bestimmt eine gute Idee.«

Doch als ich in seinem Schlepptau von der Felsnase humpelte, blieb ich immer wieder stehen und betrachtete das Licht des Mondes auf dem flussaufwärts liegenden Wasserbecken. Ich fühlte mich leer und hohl, als hätte man mir etwas geraubt, von dem ich nicht einmal gewusst hatte, dass ich es besaß.

47

»Bettgehzeit, Hase«, sagte er und wischte dem kleinen Mädchen ein paar Spritzer Schokoglasur aus den Mundwinkeln.

»Erzählst du mir eine Geschichte, Großvater?«, fragte sie ihn.

»Eine gute sogar, Lizzie«, versprach er ihr. »Aber jetzt gehst du erst mal zu Grandma und hüpfst in die Badewanne. Sobald du den Schlafanzug angezogen hast, bringt dein Grandpa dich ins Bett und erzählt dir die beste Geschichte, die du je gehört hast.«

»Mit Zauberprinzessinnen?« Sie strahlte und klatschte in die Hände. »Und Elfen?«

»Was sonst?«

Sie gab ihrem Großvater einen Kuss auf die Wange und hüpfte den Flur hinunter. Gab es überhaupt etwas Besseres als diese Augenblicke? Konnte es eine stärkere Bindung geben? Er glaubte nicht. Sie waren viel eher Vater und Tochter als Großvater und Enkelin. Es fühlte sich an, als seien sie emotional zusammengeschweißt, so fest, dass er manchmal beinahe selbst entsetzt darüber war.

In einer der Schubladen klingelte ein Telefon und riss ihn aus seinen Gedanken.

Er holte es heraus, drückte auf die grüne Taste und sagte: »Warte.«

Dann stellte er sich an die Tür und lauschte. Aus dem Badezimmer am Ende des Flurs hörte er Kichern und Wasserrauschen. Er machte seine Bürotür zu und fragte: »Was gibt's?«

»Sie hatten Cross schon absolut sicher, und dann haben sie ihn entwischen lassen.«

Lizzies Großvater rieb sich die Stirn. Am liebsten hätte er jetzt etwas zertrümmert.

»Idioten«, sagte er. »Das kann doch nicht so schwer sein.«

»Er ist ein harter Brocken.«

»Cross ist eine gottverdammte Gefahr für alles, was wir uns aufgebaut haben.«

»Das stimmt.«

Er überlegte kurz, dann sagte er: »Wir müssen das professionell erledigen.«

»Hast du schon jemanden im Auge?«

»Da ist doch diese Frau, mit der wir letztes Jahr schon mal zusammengearbeitet haben. Sie kriegt das hin.«

»Sie ist aber teuer.«

»Aus gutem Grund. Sag mir Bescheid.«

Lizzies Großvater zerbrach das Handy in mehrere Teile und warf es in den Mülleimer. Dann verließ er sein Büro und schlurfte Richtung Badezimmer. Und bei jedem Schritt dachte er an Zauberprinzessinnen und Elfen.

48

Belle Glade, Florida

Am nächsten Morgen saß Detective Sergeant Peter Drummond in aller Frühe am Steuer eines Zivilfahrzeugs auf dem Weg an den westlichen Rand des Bezirks, weit weg von den riesigen Villen und der tiefblauen See von Palm Beach.

Detective Richard S. Johnson blickte zum Fenster hinaus. Sie fuhren an einem ehemaligen Krankenhaus, einem ehemaligen Lebensmittelladen und einem ehemaligen, heute verbarrikadierten Kleidergeschäft vorbei. Auf manchen Straßenabschnitten gab es so viele verlassene, fensterlose Gebäude mit Einschusslöchern in der Fassade, dass er sich an seine Dienstzeit beim Marine Corps in Afghanistan erinnert fühlte.

Sie überquerten einen Kanal und nahmen die Torry Island Road, die südlich der Pelican Bay des Lake Okeechobee in die Felder führte. Hier wurde hauptsächlich Zuckerrohr angebaut, dazu ein bisschen Mais und Sellerie. Johnson sah etliche Erntearbeiter draußen in der infernalischen Hitze die Hacken schwingen.

Drummond bog nach links ab auf eine einspurige Straße. Auf dem Wendekreis am Ende der Straße stand ein Streifenwagen mit blinkenden Lichtern, dahinter der Transporter der Gerichtsmedizin. Der Sergeant stieg aus, und Johnson folgte ihm.

Deputy Gabrielle Holland kam aus ihrem Streifenwagen und sagte: »Ich habe alles abgesperrt, Sarge. Wir haben echt Glück gehabt, dass ich schneller war als die Alligatoren.«

»Haben Sie sie schon identifiziert?«, wollte Drummond wissen.

»Francine Letourneau. Sie lebt in Belle Glade, stammt aber aus Haiti. Kennen Sie sie?«

Drummond schüttelte den Kopf. »Ich kenne mich hier auch nicht mehr so gut aus wie früher.«

»War eine nette Frau, weitgehend zumindest. Hat drüben in Palm Beach gearbeitet und Paläste geputzt.«

»Haben Sie dienstlich schon einmal mit der Verstorbenen zu tun gehabt?«, wollte Johnson wissen.

»Wir haben sie wegen Trunkenheit und Erregung öffentlichen Ärgernisses schon ein paarmal auf der Wache gehabt, aber das war eigentlich immer harmlos. Sie hat ja nie was anderes gemacht, als ein bisschen Druck abzulassen.«

»Haben Sie vielleicht ihre Adresse?«, fragte Drummond.

»Die kann ich besorgen«, erwiderte Holland.

»Bitte, tun Sie das«, sagte der Sergeant. »Wir gehen solange mal runter und sehen sie uns an.«

»Sie sollten besser Stiefel anziehen«, bemerkte Deputy Holland und setzte sich in ihren Streifenwagen.

Drummond ging zum Kofferraum des Zivilfahrzeugs und holte ein Paar kniehohe grüne Gummistiefel heraus. Dann warf er einen Blick auf Johnsons schwarz glänzende Halbschuhe und sagte: »Im Westen des Bezirks brauchst du auf jeden Fall Gummistiefel.«

»Wo kriegt man die denn?«, wollte Johnson wissen.

»Am günstigsten sind sie bei Cabela's, das ist ein Katalogversand«, erwiderte der Sergeant, während er in seine Stiefel schlüpfte. »Aber in den Anglergeschäften in Dania Beach kriegst du die Dinger auch.«

Drummond ging um das Heck des Streifenwagens und den Transporter der Gerichtsmedizin herum und dann zur Uferböschung eines Wassergrabens. Holland hatte einen schlammigen Pfad abgesperrt, der direkt zum Wasser führte.

»Ich habe noch nie so schwarzen Schlamm gesehen«, sagte Johnson.

»Mit der nährstoffreichste Boden der Welt«, erläuterte Drummond und bahnte sich, immer dicht am Absperrband entlang, einen Weg durch das hüfthohe Sumpfgras.

Johnson folgte ihm. Nach drei Schritten sank er ein und verlor einen Schuh.

»Cabela's«, rief Drummond ihm über die Schulter hinweg zu.

Sein jüngerer Kollege fluchte, grub seinen Schuh wieder aus und wischte ihn am Gras ab. Dann ging er zu dem Sergeant hinunter ans Wasser. Francine Letourneaus Leichnam lag mit dem Gesicht nach oben im Schlamm, den Kopf dicht an der Wasserkante, die Füße bergauf gerichtet. Mit weit aufgerissenen, aus den Höhlen hervorquellenden Augen starrte sie in den Himmel. Ihr Gesicht war stark angeschwollen, und ihre nackten Füße waren schlammverkrustet.

»Todesursache? Todeszeitpunkt?«, rief Drummond dem Gerichtsmediziner zu, einem jungen Burschen namens Kraft, der ebenfalls grüne Gummistiefel trug und auf einer zusammengefalteten blauen Plastikplane neben der Toten stand.

Kraft schob seine Sonnenbrille auf die Stirn und sagte: »Sie ist erdrosselt worden. Das ist sechsunddreißig bis vierzig Stunden her. Relativ tiefe Würgemale, und es sieht so aus, als wären Fasern in der Wunde.«

»Hat sie die ganze Zeit hier in dieser Hitze gelegen?«, wollte Johnson wissen.

»Ich glaube nicht«, erwiderte Kraft. »Man hat sie irgendwo anders ermordet und hierhergebracht, vermutlich in der Nacht. Ein Angler hat sie heute Morgen entdeckt.«

Der Sergeant nickte. »Hatte sie ein Handy dabei?«

»Nein«, erwiderte der Gerichtsmediziner.

Drummond blickte sich um, dann ging er in die Hocke und betrachtete die Tote aus zwei Metern Entfernung. Anschließend ging er die Böschung hinauf, immer am Absperrband entlang, und sah sich den Pfad und die Fußabdrücke im Schlamm an, die fast alle mit einer schmutzigen Brühe gefüllt waren.

Der Sergeant deutete auf ein paar seichte Furchen.

»Die stammen von ihren Fersen«, sagte er. »Er packt sie unter den Achselhöhlen und schleift sie bergab. Da, wo die Furchen schmaler werden, hat sie die Schuhe verloren. Der Mörder legt die Tote da unten ab, dann kommt er zurück und holt sich die Schuhe. Aber warum schiebt er die Leiche nicht ins Wasser?«

»Vielleicht hatte er das ja vor, und dann ist ihm irgendwas dazwischengekommen. Ein Auto auf der Hauptstraße zum Beispiel. Aber warum hat er ihre Schuhe mitgenommen? Als Fetisch oder so?«

»Er hat sie nicht mitgenommen«, erwiderte Drummond und zeigte über den Wassergraben hinweg. »Er hat sie weggeworfen. Einer hängt da drüben an einem Ast.«

Johnson runzelte die Stirn, entdeckte den Schuh und sagte: »Wie hast du das denn gemerkt?«

»Ich hab mich umgesehen, Detective«, erwiderte der Sergeant. »Das haben sie euch da unten in Dade doch bestimmt auch beigebracht, oder etwa nicht?«

49

Eine Stunde später waren Drummond und Johnson wieder in Belle Glade. Sie parkten vor dem Big O, einer Kneipe, wo Francie Letourneau – nach Aussage von Deputy Holland – gerne mal gefeiert hatte.

Das Big O war eine schlecht gehende Spelunke. Der Betonfußboden war uneben und rissig. Die blaue Wandfarbe blätterte an vielen Stellen ab. Die Stühle, Barhocker und Tische waren fast alle mit irgendwelchen Schnitzereien übersät. Die einzige Stelle, die zumindest einigermaßen gepflegt wirkte, war die Wand hinter der Theke. Dort hingen Hunderte Fotos von zufriedenen Anglern, die dem Fotografen stolz ihre Forellenbarsche entgegenstreckten. Vier Gäste in Anglerkleidung saßen an der Theke, der Barkeeper stand dahinter.

»Cecil«, sagte der Sergeant.

Der Barkeeper, ein älterer Mann mit einem dicken, runden Bauch, fing an zu lachen. »Drummond. Willst du etwa was trinken?«

»Ich glaub, dir macht es richtig Spaß, mich in Versuchung zu führen.«

»Na klar, verdammt noch mal«, erwiderte Cecil und trat näher, um dem Sergeant die Hand zu schütteln. »Wir haben schließlich alle einen Job, stimmt's?«

»Amen, Bruder«, sagte Drummond. »Cecil Jones, darf ich vorstellen: mein Partner, Detective Richard Johnson. Aus Miami.«

Der Barkeeper gab Johnson die Hand und sagte: »Da haben Sie sich ja verbessert, was?«

Der junge Detective lächelte: »Ich denke schon.«

Jones warf Drummond einen Blick zu. »Und? Wirst du ihm Vernunft beibringen?«

»Ich gebe mir Mühe«, erwiderte der Sergeant.

»Ich hab gehört, dass sie auf der Insel eine Leiche gefunden haben«, fuhr der Barkeeper fort.

»Deswegen bin ich hier«, sagte Drummond. »Francie Letourneau.«

Jones' Miene wurde schlagartig ernst. »Scheiße. Echt jetzt? Scheiße.«

»War sie Stammgast?«

»Sie hat keinen eigenen Deckel gehabt, aber trotzdem… sie war regelmäßig hier.«

»In letzter Zeit auch?«

»Am Sonntag, gegen Mittag«, sagte Jones und warf einen Blick zur Uhr. »Hat sich einen Augenöffner bestellt, eine Bloody Mary mit einem doppelten Schuss Wodka, und dann noch einen, als Mutmacher.«

»Mutmacher?«

»Sie wollte rüber nach Palm«, sagte Jones. »Sich für einen neuen Job bewerben, wo sie viermal so viel verdienen sollte wie in ihrem alten. Ich hab sie gefragt, wozu sie noch einen Job braucht, wenn sie zweimal im Monat in der Lotterie gewinnt.«

»Tatsächlich?«, erwiderte Drummond.

»Fünf Riesen mit einem Rubbellos und sieben im Lotto«, sagte Jones.

»Zwölftausend Dollar sind eine Menge Geld«, sagte Johnson.

»Das stimmt«, pflichtete ihm der Barkeeper bei. »Aber sie hat gesagt, dass sie trotzdem Arbeit braucht. Erst kürzlich sind ihr zwei, drei Auftraggeber weggebrochen. Aber sie kann nichts dafür. Die eine hat sich in der Badewanne einen Elektroschock verpasst.«

»Lass mich raten«, sagte Drummond. »Die zweite wurde ermordet.«

»Ja, genau«, erwiderte Jones. »Die Frau von diesem Schönheitschirurgen aus der Fernsehwerbung. Du weißt schon, der Tittenkönig.«

Zwanzig Minuten später trafen sie hoch motiviert vor dem Haus ein, in dem Francie Letourneaus kleine Wohnung lag. Die mittlerweile tote Haushaltshilfe hatte für zwei mittlerweile ebenfalls tote, reiche Frauen am Ocean Boulevard gearbeitet. Ruth Abrams war eindeutig einem Gewaltverbrechen zum Opfer gefallen und erdrosselt worden. Jetzt fragten sich Drummond und Johnson, ob Lisa Martins Radio tatsächlich nur versehentlich in ihre Badewanne gefallen war. Oder war auch sie Opfer eines Mordanschlags geworden?

Sie baten den Vermieter, die Wohnung aufzuschließen, und traten ein. Johnson musste würgen. In einer Zimmerecke stand eine Art improvisierter Altar, von dem ein ekelhafter Geruch ausging.

Der abgehackte Kopf eines Hahns stand aufrecht in der Mitte einer runden Kuchenform, umgeben von einer fünf Zentimeter hohen Schicht aus geronnenem und vergammeltem Hühnerblut. Die Beine des Vogels waren ebenfalls Teil des Ensembles, und zwar so dass die Krallen auf eine Puppe aus zusammengebundenen Schilfrohren, einem ausgestopften Jutebeutel und Maisblättern zeigten.

Ein langer, spitzer Dorn steckte in den Lenden der Puppe, zwei weitere im Herzen und ein vierter in der Schädeldecke.

»Santería«, knurrte Drummond. »Das hat sie also mitgebracht aus Port-au-Prince.«

»Wer soll wohl die Puppe sein?«, grübelte Johnson.

»Sehen wir mal nach«, sagte Drummond.

Sie suchten fast eine Stunde lang.

In einem braunen DIN-A4-Umschlag auf dem kleinen Schreibtisch fand Johnson Quittungen aus dem vergangenen Monat für ein neues Sofa, einen Fernseher und eine Küchenmaschine. In der obersten Schublade lag die Quittung für das Apple MacBook Pro, das immer noch in der Originalverpackung neben dem Aktenschrank auf dem Fußboden stand. Alle Artikel waren bar bezahlt worden.

Die untere Schublade des Aktenschranks stand ein Stück weit offen. Eine Akte war hastig wieder hineingesteckt worden und ragte ein Stückchen heraus. Johnson nahm sie in die Hand und stellte fest, dass Francie Letourneau am Tag vor ihrem Tod ein nagelneues Handy gekauft und ihren Mobilfunkvertrag deutlich aufgestockt hatte.

Johnson rief die im Vertrag genannte Nummer an, wurde aber sofort an die Mailbox weitergeleitet. Er machte sich eine Notiz als Erinnerung, sich ihre Verbindungsdaten zu besorgen.

Drummond hatte seine Suche im Badezimmer beendet.

»Was gefunden?«, fragte er Johnson.

»Sie hat im vergangenen Monat eine Menge Bargeld ausgegeben«, erwiderte Johnson. »An die viertausend, über den Daumen gepeilt. Ich habe mir ihre Bankkonten angesehen, aber weder achttausend Dollar noch irgendeinen Hinweis auf ein Schließfach gefunden.«

»Tja, unter der Matratze hat sie's auch nicht aufbewahrt«, sagte Drummond. »Ich habe jeden Quadratzentimeter unter die Lupe genommen, die beiden Zimmer, die Küche, alles, aber …«

Johnson sah den Sergeant an. Dieser hatte plötzlich aufgehört zu sprechen und starrte den Altar mit der Puppe an.

»Vielleicht war Ms. Francie ja ausgekochter, als wir glauben«, sagte Drummond und trat vor den Altar. »Vielleicht hat sie das vergammelte Hühnerblut und dieses ganze Voodoo-Zeug absichtlich so arrangiert. Zur Abschreckung.«

Er hob das kastanienbraune Tischtuch hoch, sodass die Beine des zusammenklappbaren Kartentischchens und der Teppich zum Vorschein kamen. Mehr nicht.

»Trotzdem, gute Idee«, sagte Johnson.

Drummond kniete sich hin und streckte die Hand unter das Tischchen. »Du gibst einfach zu schnell auf, Miami.«

Der Sergeant krallte die Finger in den Teppich und riss ein dreißig mal sechzig Zentimeter großes Stück heraus, das mit Klettverschlüssen auf dem Boden befestigt gewesen war. Anschließend holte er ein Klappmesser aus der Hosentasche und stemmte den Fußboden auf.

Drummond griff in die Öffnung und brachte eine schwarze Lederhandtasche zum Vorschein. Vorsichtig zog er sie unter dem Tischchen hervor, legte sie auf den Schreibtisch und machte sie auf.

Der Sergeant pfiff durch die Zähne und sagte kopfschüttelnd: »Francie, Francie, wo hast du dich da bloß reingeritten?«

Johnson warf ebenfalls einen Blick in die Tasche. »Wenn die echt sind, Sarge, dann sind das sehr viel mehr als achttausend Dollar.«

50

Starksville, North Carolina

Sharon Lawrence hielt Naomis erstem Kreuzverhör stand. Sie blieb bei ihrer Darstellung, dass sie von Stefan unter Drogen gesetzt und vergewaltigt worden war, und dass sie sich so sehr vor ihm gefürchtet hatte, dass sie erst dann mit der Sprache herausgerückt war, als er schon wegen des Mordes an Rashawn Turnbull in Untersuchungshaft saß.

»Haben Sie viele Freundinnen, Sharon?«, fragte Naomi sie.

Das Mädchen nickte. »Ja.«

»Beste Freundinnen, für immer und ewig?«

»Ja, klar, ein paar schon.«

»Haben Sie einer von ihnen erzählt, dass Sie an jenem Nachmittag, als Coach Tate Sie angeblich vergewaltigt hat, zu ihm nach Hause gehen wollten?«

»Nein.«

»Hat Sie vielleicht irgendjemand dort gesehen?«

»Ich glaube nicht«, erwiderte Lawrence. »Er hat gesagt, dass ich die Luke auf der Rückseite nehmen und dann durch den Keller ins Haus kommen soll.«

Ich saß hinter Naomi, und während Bree meine Hand hielt, versuchte ich, mich voll und ganz auf die Aussage zu konzentrieren und auf eventuelle Widersprüche zu achten. Aber meine verletzten Rippen bereiteten mir ziemlich heftige Schmerzen, und ich musste immer wieder an den Vorabend denken. Jannie und meine Großmutter waren bereits im Bett gewesen, als Pinkie mich vor unserem Bungalow abgesetzt hatte.

Bree und ich stehen uns wirklich sehr nahe. Sie wusste sofort, dass es nicht nur die gebrochenen Rippen waren, die mir wehtaten. Ich erzählte ihr, was ich von Pinkie erfahren hatte, und sie reagierte genauso erschüttert wie ich.

»Willst du es Nana Mama erzählen?«

Diese Frage hatte mich die halbe Nacht wach gehalten. Und sie ließ mich auch jetzt nicht los, genauso wenig wie die Tatsache, dass Patty Converse nirgendwo zu sehen war. Ich glaube, etlichen Geschworenen war das auch aufgefallen.

Dann sagte Naomi: »Ms. Lawrence, haben Sie an jenem Nachmittag, als Sie bei Coach Tate waren, auch Rashawn Turnbull gesehen?«

Ich vergaß den vergangenen Abend und Stefans Verlobte und konzentrierte mich auf die Gegenwart. Dass das Mordopfer am Ort der angeblichen Vergewaltigung gewesen sein sollte, war mir neu. Ich blickte zu Cece hinüber, die neben einer attraktiven blonden Frau Ende dreißig saß. Zwei Reihen hinter Cece saßen ihre Eltern und eine junge Frau, die ich nicht kannte. Aber sie alle wirkten genauso interessiert wie ich.

Lawrence sagte: »Nein, ich habe Rashawn nicht gesehen. Wieso?«

»Weil Coach Tate ausgesagt hat, dass an diesem Tag nach der Schule außer Rashawn Turnbull niemand bei ihm gewesen sei.«

Die Schülerin blickte Naomi skeptisch an. »Dazu kann ich nichts sagen.«

»Um wie viel Uhr sind Sie dort wieder weggegangen?«

Lawrence zuckte mit den Schultern. »Das weiß ich nicht genau. Vier? Fünf vielleicht? Ich war immer noch ein bisschen benommen.«

»Aber wieder durch den Keller auf die hintere Gasse?«

»Richtig.«

»Seltsam«, sagte Naomi und blickte auf ein paar Blätter, die vor ihr auf dem Tisch lagen. »Ich habe nämlich hier eine eidesstattliche Erklärung von Sydney Fox vorliegen, in der sie erklärt, dass sie gesehen hat, wie Rashawn Turnbull gegen vier Uhr an jenem Nachmittag bei Coach Tate vor der Tür stand. Und sie kann sich noch gut erinnern, dass Rashawn das Haus auch betreten hat.«

Delilah Strong sprang auf. »Einspruch, Euer Ehren. Sydney Fox ist tot und kann nicht mehr befragt werden. Ich beantrage hiermit, dass diese Erklärung nicht zugelassen wird.«

»Es geht hier um die Glaubwürdigkeit der Zeugin, Euer Ehren«, sagte Naomi.

Varney überlegte einen Augenblick, dann sagte er: »Abgelehnt.«

»Euer Ehren!«, rief Strong.

»Abgelehnt, habe ich gesagt. Ms. Cross, formulieren Sie das Ganze bitte als Frage.«

Naomi nickte. »Sind Sie sicher, dass Sie Rashawn an jenem Nachmittag nicht gesehen haben?«

Lawrence runzelte die Stirn, sah sich um, schien ein bestimmtes Gesicht im Zuschauerraum zu suchen, und sagte: »Ich kann mich nicht daran erinnern, aber ich war ja auch benommen. Vielleicht war er doch da.«

»Oder vielleicht waren Sie *nicht* da«, sagte Naomi.

»Das ist nicht wahr! Wieso sollte ich mir denn so was ausdenken?«

»Diese Frage beschäftigt mich schon die ganze Zeit«, sagte Naomi. »Sind Ihre Eltern heute hier, Sharon?«

Lawrence blickte erneut in den Zuschauerraum und sagte: »Meine Mom. Mein Vater lebt nicht mehr hier.«

Die attraktive blonde Frau neben Cece Turnbull reckte den Kopf, um besser sehen zu können.

»Und wie heißt Ihre Mom?«

»Ann Lawrence.«

»Wie lautet ihr Mädchenname?«

»Einspruch«, sagte Strong. »Welchen Sinn soll das haben?«

»Das werde ich gleich zeigen, Euer Ehren.«

Varney nickte, aber ich merkte, dass er seit Betreten des Gerichtssaals sehr blass geworden war.

»Der Mädchenname Ihrer Mutter?«

»King«, sagte sie. »Ann King.«

»Hat sie eine Schwester?«

Lawrence schien sich nicht besonders wohlzufühlen. »Ich verstehe nicht, was …«

»Ja oder nein.«

»Ja, sie hatte eine Schwester. Louise. Sie ist tot.«

»Und mit wem war Louise zum Zeitpunkt ihres Todes verheiratet?«

Die Kiefer des jungen Mädchens schienen sich ein wenig zu verkrampfen. Dann antwortete sie: »Mit Marvin Bell.«

Ich setzte mich ruckartig auf. Bree auch.

»Dann ist Marvin Bell also Ihr Onkel?«, hakte Naomi nach.

»Ja.«

»Hat Ihr Onkel Sie und Ihre Mutter finanziell unterstützt, seitdem Ihr Vater sie verlassen hat?«, machte Naomi weiter.

»Einspruch!«, rief die Vertreterin der Anklage. »Was soll das denn werden? Mr. Bell ist in keinster Weise in diesen Fall verwickelt.«

»Wenn das Gericht die nötige Geduld aufbringt, dann werde ich zeigen, dass es da sehr wohl eine Verbindung gibt«, entgegnete Naomi.

»Strapazieren Sie meine Geduld nicht zu sehr, Frau Rechtsanwältin«, sagte Varney. Die Schweißtropfen auf seinem Gesicht waren deutlich zu sehen, obwohl im Gerichtssaal eine angenehme Kühle herrschte.

»Marvin Bell hat Ihrer Familie also finanzielle Unterstützung zugesichert, ist das richtig?«, fuhr Naomi fort.

Sharon Lawrence hob das Kinn und sagte: »Ja.«

»Ohne diese Unterstützung wäre das Leben ziemlich hart, nicht wahr?«

Ich sah, dass Sharons Mutter sehr angespannt wirkte. Sie hatte sich nach vorn gebeugt und die Hände um die Rückenlehne der vor ihr stehenden Bank gekrallt.

»Ja«, antwortete Sharon Lawrence leise.

»So hart, dass Sie auch eine Vergewaltigung vortäuschen würden, wenn er Sie darum bitten würde?«

»Nein«, sagte sie und kratzte sich mit der linken Hand an der rechten Schulter, schützte dabei unwillkürlich ihr Herz.

»Ihnen ist doch klar, dass Sie unter Eid stehen, oder?«, sagte Naomi. »Und Ihnen ist auch klar, welche Strafe auf Meineid in Zusammenhang mit einem Kapitalverbrechen steht?«

»Nein … ich meine … ja.«

»Einspruch, Euer Ehren«, sagte Strong. »Die Verteidigung setzt die Zeugin unter Druck.«

»Stattgegeben«, sagte Varney und tupfte sich mit einem Taschentuch die Stirn.

Naomi hielt kurz inne, dann sagte sie: »Hat Coach Tate sich bei Ihnen jemals nach Ihrem Onkel erkundigt? Nach Marvin Bell?«

Lawrence machte einen verwirrten Eindruck. »Daran kann ich mich nicht erinnern.«

»Komisch.« Naomi kehrte an den Tisch der Verteidigung

zurück. »Wir haben nämlich mit Lacey Dahl gesprochen. Das ist doch eine gute Freundin von Ihnen, oder?«

»Ja.«

»Ms. Dahl wird aussagen, dass sie genau gehört hat, wie Coach Tate sich bei Ihnen nach Marvin Bell erkundigt hat, und zwar wenige Tage vor der angeblichen Vergewaltigung«, sagte Naomi. »Das war vor dem Umkleideraum in der Schule. Können Sie sich jetzt vielleicht daran erinnern?«

Lawrence rang nervös die Hände. »Ich weiß nicht. Vielleicht.«

»Was genau wollte er denn wissen?«

»Ich weiß es nicht.«

»Hat er Sie gefragt, ob Ihr Onkel in den Drogenhandel in Starksville verstrickt ist?«

»Was?«, erwiderte Lawrence empört. »Nein, das hat nie …«

Doch noch bevor sie den Satz zu Ende bringen konnte, stieß Richter Varney einen lauten Schrei aus, als hätte ihm jemand ein Messer in den Bauch gerammt. Sein schmerzverzerrtes Gesicht lief knallrot an, und sein gesamter Körper verkrampfte sich. Dann stöhnte er wie ein waidwundes Tier und brach auf der Richterbank zusammen.

51

»Drei Tage?«, fragte ich später am Nachmittag, als ich zusammen mit Bree vor dem Leichtathletikstadion der Starksville High School stand. Wir telefonierten mit Naomi und hatten das Handy auf laut gestellt.

»Vielleicht auch fünf«, erwiderte meine Nichte. »Richter Varney hat Nierensteine. Zwei davon sind jetzt draußen. Strong sagt, dass der Prozess frühestens am Freitag weitergehen kann, wahrscheinlich sogar erst Montag.«

»Das ist vermutlich ein Segen«, sagte Bree.

»Wieso denn das?«, wollte Naomi wissen.

Ich sagte: »Bree und ich haben uns die Beweislage gründlich angesehen, aber falls du und Stefan uns nichts verschwiegen habt, dann gibt es, abgesehen von Stefans Mutmaßungen, absolut nichts, was auf eine Verbindung von Marvin Bell zu irgendwelchen Drogengeschäften hindeuten würde.«

»Ein paar Indizien gibt es schon«, erwiderte Naomi.

»Das reicht nicht. Wir brauchen stichhaltige Beweise«, sagte Bree.

»Wenn wir Bell als Drogenbaron entlarven können, der fürchten musste, bloßgestellt zu werden, dann bekommt Sharons Aussage einen sehr viel fragwürdigeren Charakter, weil Bell dann ein starkes Motiv hätte, Stefan die Tat in die Schuhe zu schieben.«

»Bleiben immer noch die DNA-Spuren«, sagte Bree.

»Ich glaube, die kann ich entkräften«, meinte Naomi. »Stefan und Patty haben Kondome benutzt. Ich habe einen Experten, der bereit ist auszusagen, dass es absolut denkbar ist, dass die Spermaspuren, die man bei Rashawn und auf dem Höschen entdeckt hat, von einem Unbekannten aus dem Mülleimer entwendet und bewusst so platziert worden sind, dass der Verdacht auf Stefan fällt.«

»Das beides zusammen, und schon haben wir einen begründeten Zweifel«, sagte ich.

»Aber Bell haben wir dadurch noch lange nicht«, sagte Bree. »Und dass Patty Converse heute nicht im Gerichtssaal war, hat auch nicht geholfen.«

»Ich bin gerade auf dem Weg zu ihr«, sagte Naomi. »Sie geht nicht ans Telefon.«

»Sag uns Bescheid, wenn du was weißt.« Damit legte ich auf.

Wir betraten das Stadion und setzten uns auf die Tribüne. Viele Läuferinnen und Läufer hatten wir das letzte Mal schon gesehen, auch Sharon Lawrence, die mit mehreren Freundinnen an uns vorbeijoggte und Bree und mir einen giftigen Blick zuwarf.

Bree sagte: »Neulich abends hat Cece Turnbull gesagt, dass in den Tagen vor Rashawns Tod irgendetwas passiert sein muss, was ihn sehr aufgewühlt hat.«

»Ich kann mich erinnern, ja.«

»Und wenn er eine Vergewaltigung beobachtet hat? Wäre das aufwühlend genug gewesen?«, sagte sie leise.

Ich blickte sie an und sah, dass sie es ernst meinte.

»Das wäre bestimmt aufwühlend genug gewesen«, erwiderte ich.

War Stefans Version der Ereignisse also nichts weiter als eine Lüge? Hatte Rashawn ihn mit Sharon Lawrence beobachtet? Hatte mein Cousin den Jungen misshandelt, um ihn zum Schweigen zu bringen?

Jannie lief wieder in der Gruppe der älteren Mädchen mit.

Coach Greene ließ sie hüpfen, immer in Zweihundert-Meter-Intervallen. Ich konnte mich nicht erinnern, dass Jannie das schon jemals gemacht hatte, und sah, dass sie Mühe hatte, mit den College-Athletinnen mitzuhalten.

Im Anschluss ging Jannie zu ihrer Tasche, schlüpfte in einen Kapuzenpullover und kam dann mit unzufriedenem Gesicht zu uns an den Zaun.

»Ich kann das nicht«, sagte sie. »Keine Ahnung, wieso ich überhaupt hüpfen soll.«

»Hast du gefragt?«, wollte ich wissen.

Jannie zuckte mit den Schultern. »Soll angeblich die Explosivität verbessern.«

»Na also«, sagte Bree.

»Ich bin explosiv genug, wenn's drauf ankommt«, erwiderte Jannie.

»Aber noch mehr kann bestimmt nicht schaden.« In diesem Moment sah ich, dass Coach Greene quer über die Laufbahn auf uns zukam. Sie hatte Jannies Sporttasche in der Hand und eine ernste Miene aufgesetzt.

»Dr. Cross«, sagte sie, ohne Jannie anzuschauen. »Wir haben ein Problem.«

»Und das wäre?«, sagte ich und stand auf.

Sie streckte mir Jannies geöffnete Tasche entgegen.

Während ich nach unten ging, versuchte Jannie, die Stirn in Falten gelegt, in die Tasche zu sehen. Aber ihre Trainerin ließ das nicht zu. »Ich möchte es zuerst deinem Vater zeigen.«

Dann war ich bei ihr und warf einen Blick hinein. Dort lag in einer Falte von Jannies Jogginghose ein kleines Glasröhrchen mit weißem Pulver.

52

»Das gehört mir nicht!«, protestierte Jannie, sobald sie es gesehen hatte. »Dad, niemals! Das weißt du, oder?«

Ich nickte. »Das hat jemand anderes in ihre Tasche gelegt.«

»Aber wer würde so etwas tun?«, wollte Coach Greene wissen. »Und weshalb?«

Ich warf einen Blick hinüber zu Sharon Lawrence, die Dehnübungen machte, mit ihren Freundinnen plauderte und ganz so wirkte, als würde sie gar nicht mitbekommen, was sich da auf der anderen Seite der Laufbahn gerade abspielte.

»Ich hätte da schon eine Idee, aber das überlasse ich lieber der Polizei«, sagte ich.

»Soll ich die Polizei rufen?«

»Haben Sie es angefasst?«

Greene schüttelte den Kopf.

»Dann, ja, rufen Sie die Polizei. Es lässt sich sicher leicht feststellen, ob das meiner Tochter gehört oder nicht. Entweder sind ihre Fingerabdrücke darauf oder eben nicht.«

Die Trainerin sah Jannie an. »Und? Sind sie es?«

»Niemals«, erwiderte Jannie.

»War die Tasche offen?«, fragte ich sie.

»Ja, die Tasche war offen«, antwortete sie. »Ich hab meinen Pulli rausgeholt und bin dann zu euch gekommen.«

»Eine meiner Läuferinnen von der Duke, Eliza Foster, hat das Röhrchen bemerkt und mich darauf aufmerksam gemacht.«

»Dann wurde es also entweder vor dem Training oder kurz, nachdem Jannie ihren Pullover herausgeholt hat und zu mir an den Zaun gekommen ist, in die Tasche gelegt«, sagte ich.

»Eliza hat nicht den geringsten Grund, so etwas zu machen«, sagte Greene.

»Ich möchte einen unumstößlichen Beweis, dass meine Tochter mit dem allen nicht das Geringste zu tun hat. Jannie ist auch bereit, eine Blutprobe für einen Drogentest abzugeben. Stimmt's?«

Jannie nickte. »Auf jeden Fall, Dad. Alles, was notwendig ist.«

Ich holte meine Brieftasche aus der Tasche, suchte eine Visitenkarte heraus und reichte sie der Trainerin. »Rufen Sie diesen Mann an. Detective Guy Pedelini vom Sheriffbüro. Er wird dafür sorgen, dass die Untersuchung absolut korrekt abläuft.«

Nach kurzem Zögern nickte Greene. Sie entfernte sich mit Jannies Tasche und gab Pedelinis Nummer in ihr Handy ein.

Jannie war den Tränen nahe, als sie sich neben mich und Bree setzte.

»Das wird sich alles aufklären«, sagte ich und nahm sie fest in den Arm.

»Wieso macht jemand so was?«, sagte sie niedergeschlagen.

»Du wirst benutzt, um mir und Bree zu schaden«, sagte ich. »Aber das wird nicht funktionieren.«

Zehn Minuten später war Detective Pedelini vor Ort. Ich ließ ihn zuerst mit Greene sprechen und wartete geduldig, zusammen mit Bree und Jannie. Er streifte sich Handschuhe über und steckte das Röhrchen ein. Dann nickte er mir kurz zu und sprach mit Eliza Foster.

Als er fertig war, kam er zu uns und gab mir im Dämmerlicht die Hand.

»Die Trainerin sagt, Sie möchten, dass wir das untersuchen.«

»Das ist richtig.«

Er blickte Jannie an. »Du auch?«

»Ja«, erwiderte Jannie. »Auf jeden Fall.«

»Haben Sie eine Idee, wer dahinterstecken könnte?«, erkundigte sich Pedelini.

»Ich würde bei Marvin Bells Nichte anfangen«, sagte Bree. »Wenn Sharon Lawrence bereit ist, für ihren Onkel eine Vergewaltigung zu erfinden, dann ist sie auch bereit, jemandem Drogen unterzuschieben.«

Der Detective des Sheriffbüros spitzte die Lippen. »Ich spreche mit ihr. Und Sie bringen Jannie ins Büro. Ich rufe an, damit jemand da ist, der ihr Blut und Fingerabdrücke abnehmen kann.«

Pedelini ging zu den anderen Mädchen, die verärgert waren, weil sie immer noch nicht nach Hause gehen durften.

»Dad?«, sagte Jannie, als wir uns zum Gehen bereit machten. »Kannst du vielleicht fragen, ob ich am Samstag trotzdem das Vierhundert-Meter-Training an der Duke mitmachen kann?«

»Wir treffen uns beim Auto«, sagte ich.

Ich ging zu Coach Greene und fragte sie. Sie zögerte.

»Bis zum Beweis des Gegenteils gilt die Unschuldsvermutung, Coach.«

»Sie haben recht, und es tut mir wirklich leid, Dr. Cross. Ich bin schon etliche Jahre Trainerin, aber so etwas habe ich noch nie erlebt. Jannie ist uns am Samstag und an jedem anderen Tag herzlich willkommen, vorausgesetzt die Testergebnisse erbringen keinen Befund.«

Ich drehte mich um und wollte durch den Tunnel unter der Tribüne gehen.

Da versperrten mir Marvin Bell und sein Adoptivsohn, Finn Davis, den Weg.

»Dafür, dass Sie so einen tollen Ruf als Polizist genießen, hören Sie aber wirklich sehr schlecht zu«, sagte Marvin Bell.

»Ach ja? Was ist mir denn entgangen?«

»Ihre Nichte hat heute vor Gericht meinen Namen fallen lassen«, erwiderte Bell.

»Ihre Nichte hat heute vor Gericht ausgesagt«, entgegnete ich.

»So ein Schwachsinn«, sagte Finn Davis.

»Was meinen Sie damit? Dass sie ausgesagt hat oder dass sie Mr. Bells Nichte ist?«

Bell lächelte säuerlich. »Ich habe Sie ausdrücklich davor gewarnt, meinen Namen vor Gericht zu besudeln.«

»Besudeln?«

»Von mir aus auch verleumden, nennen Sie es, wie Sie wollen«, fuhr Bell fort.

»Besudelung oder Verleumdung wäre es nur, wenn es nicht wahr wäre«, sagte ich.

Davis sagte: »Jetzt hörst du mir mal gut zu, Detective Arschloch. Das arme Mädchen ist von diesem kranken Wichser Stefan Tate vergewaltigt worden. Es hat sie viel Überwindung gekostet, diese Aussage zu machen und ihrem Vergewaltiger gegenüberzutreten.«

»Das bestreite ich nicht«, erwiderte ich.

»Dann hören Sie auf, sie fertigzumachen«, sagte Bell. »Über mich können Sie gerne denken, was immer Sie wollen, aber lassen Sie Sharon da raus. Sie ist bei der ganzen Sache nichts als ein Opfer, und ich werde nicht zulassen, dass sie von irgendjemandem zum Prügelknaben gemacht wird.«

»Und ich werde nicht zulassen, dass jemand aus Rache versucht, meiner Tochter etwas anzuhängen.«

»Was soll das denn heißen, verdammt noch mal?«

»Irgendjemand hat ihr gerade eben ein Röhrchen mit einem weißen Pulver in die Sporttasche gelegt«, sagte ich. »Und das da drüben ist ein Detective des Sheriffbüros. Er hat die Ermittlungen übernommen. Ich gehe davon aus, dass Sharon dahintersteckt.«

»Kompletter Schwachsinn«, sagte Bell.

Ich machte einen Schritt auf die beiden zu, sodass unsere Nasenspitzen sich fast berührten. »Nein, meine Herren, kompletter Schwachsinn ist, dass Sie versucht haben, mich umzubringen und meine Familie unter Druck zu setzen. Und jetzt passen Sie mal gut auf: Hiermit erkläre ich Ihnen beiden offiziell den Krieg.«

53

Auf der Fahrt nach Hause war Bree sehr schweigsam. Wir hatten Jannie zum Sheriffbüro gebracht, wo sie Blut- und Urinproben abgegeben hatte. Ich hatte mir auch jeweils eine Probe erbeten, zur Sicherheit.

Zu Hause packte ich die Proben in eine braune Papiertüte und legte sie in den Kühlschrank. Jannie erzählte Nana Mama, was vorgefallen war. Ali lag auf dem Sofa und sah sich eine neue Folge dieser Sendung mit Jim Shockey an.

»Wo ist er denn jetzt schon wieder?«, fragte ich Ali. Shockey hatte seinen Cowboyhut gegen ein Kopftuch ausgetauscht und watete durch einen sumpfigen Dschungel.

»Äh … im Kongo?«

»Dieser Jim Shockey kommt jedenfalls rum«, sagte ich. »Wo steckt eigentlich Bree?«

»Ich bin hier draußen«, rief sie von der Veranda aus.

Ich ging nach draußen. Sie saß in einem Schaukelstuhl und starrte durch das Fliegengitter nach draußen. Sie machte einen ausgesprochen unzufriedenen Eindruck.

»Stimmt was nicht?«, fragte ich sie.

»Könnte man so sagen«, erwiderte sie leise.

»Was ist denn los?«

»Musstest du das Bell und Davis unbedingt so vor den Latz knallen? Dass du ihnen den Krieg erklärst?«

»Es kam jedenfalls von Herzen.«

»Das ist mir klar, Alex. Aber jetzt haben sie dich noch mehr im Visier als zuvor.«

»Gut«, sagte ich. »Wir locken sie aus der Deckung und dann ziehen wir ihnen den Stecker.«

Sie sah mich wütend an. »Warum musst du dich eigentlich immer selbst in Gefahr bringen?«

Ich zog das Kinn ein Stückchen zurück. »Bree, du müsstest doch eigentlich am allerbesten wissen, dass das zu meinem ...«

»... Job gehört?«, fiel sie mir ins Wort. »Das nehme ich dir nicht ab. Ich bringe mich nie absichtlich in Gefahr, im Gegensatz zu dir. Du machst das ständig. Hast du mal auch nur eine Sekunde darüber nachgedacht, dass das eine verdammt egoistische Angewohnheit ist?«

»Egoistisch?« Ich war verwirrt.

»Jawohl, egoistisch. Du hast schließlich eine Familie, die dich braucht. Du hast eine Frau, die dich braucht. Und trotzdem setzt du bei der kleinsten Kleinigkeit ohne nachzudenken unser Glück und unsere Gesundheit aufs Spiel.«

Ich war sprachlos. Noch nie hatte Bree so mit mir geredet. Meine verstorbene erste Frau und Alis Mutter, die schon. Aber Bree? Nein.

Ich ließ den Kopf hängen. »Was hätte ich denn sonst machen sollen?«

»Die Situation entschärfen«, erwiderte sie. »Sie in dem Glauben wiegen, dass du keine Bedrohung bist, und zwar so lange, bis du eindeutige, belastbare Beweise in den Händen hast. Aber dafür ist es jetzt zu spät. Du hast dich selbst noch mehr in Gefahr gebracht, Alex ...«

»Bree!« Ich hob beide Hände. »Ich hab's begriffen, und es tut mir leid. Aber zu meiner Verteidigung: Ich habe mich hinreißen lassen, weil sie Jannie da mit reingezogen haben. Es wird nicht wieder vorkommen.«

»Das freut mich zu hören«, sagte sie, stand auf und ging nach drinnen. »Aber dir ist doch klar, dass du jetzt trotzdem in permanenter Gefahr schwebst.«

Ich blieb einen Augenblick lang stehen und spürte eine Last auf den Schultern, die vor zehn Minuten noch nicht da gewesen war. Sie hatte recht. Ich war einfach drauf losgestürmt, obwohl es klüger gewesen wäre, erst einmal abzuwarten.

In der Küche aßen Jannie und Nana Mama gerade die letzten Bissen ihrer gebackenen Schweinerippchen.

Meine Großmutter blickte mich forschend an. »Na, sitzt du in der Tinte?«

»Ich versuche gerade, wieder rauszukommen«, erwiderte ich, schöpfte mir eine große Kelle Reis auf den Teller und nahm mir ein Rippchen. Es war so zart, dass sich das Fleisch ganz von selbst vom Knochen löste, und duftete unglaublich.

»Vielen Dank, Nana«, sagte Jannie und schluckte den letzten Bissen hinunter. »Das war lecker.«

»Ganz einfach«, winkte sie ab. »Orangensaft und Barbecuesoße. Und dann vier Stunden lang bei hundertzwanzig Grad garen.«

»Trotzdem lecker«, sagte ich nach dem ersten Bissen.

Ich aß und beobachtete Jannie genau. Zeigte sie irgendwelche Anzeichen von Nervosität nach den Ereignissen der letzten Stunden? Ich konnte keine entdecken. Ruhig und gelassen verließ sie die Küche.

»Jannie hat es mir erzählt«, sagte Nana Mama.

»Wir haben alles Notwendige in die Wege geleitet«, erwiderte ich.

»Was war eigentlich heute früh mit dir los?«

Einerseits hätte ich ihr sehr gerne erzählt, was ich von meinem Cousin erfahren hatte, nämlich dass ihr Sohn den Sturz von der Brücke in das reißende Wasser der Schlucht überlebt und zwei Jahre lang das Leben eines Gejagten geführt hatte, bevor er sich das Leben genommen hatte. Aber ich sagte nur: »Es war ein anstrengender Abend.«

»Mm-hmm«, machte meine Großmutter wenig überzeugt und überließ mich meinem Abendessen. Es war wirklich außergewöhnlich gut, selbst an Nana Mamas hohem Standard gemessen.

Nachdem ich meinen Teller abgespült hatte, wollte ich ins Schlafzimmer gehen, aber die Tür war zu. Ich klopfte an, und Bree sagte: »Es ist offen.«

Ich trat ein und machte die Tür wieder zu. Bree saß auf dem Bett und starrte auf ihren Laptop.

Mit leiser Stimme sagte ich: »Es tut mir leid.«

Sie hob den Blick und schenkte mir ein schiefes Lächeln. »Ich weiß.«

»Das Abendessen ist fertig. Es gibt fantastische Rippchen.«

»Gleich.«

»Ich kann Nana Mama nicht sagen, was Pinkie mir erzählt hat«, sagte ich leise.

»Wieso nicht?«, wollte sie wissen.

»Ich will nicht …« Dann unterbrach ich mich und rieb mir die Schläfen. »Ich schätze, ich will sie erst dann damit belasten, wenn ich hundertprozentig beweisen kann, dass es stimmt.«

»Dein Onkel Cliff kann die Geschichte ja leider nicht mehr stützen«, meinte Bree.

»Ich weiß«, erwiderte ich, und dann hatte ich eine Idee, wie ich zwei Probleme auf einen Schlag lösen konnte. »Gleich morgen früh fahre ich nach Raleigh und nehme den ersten Flug nach Palm Beach.«

»Aha«, sagte Bree verwirrt. »Und warum?«

»Das ist der Flughafen, der am dichtesten bei dem Ort

liegt, wo mein Vater sich das Leben genommen hat«, erklärte ich ihr. »Und ich bin für ein, zwei Tage weg aus Starksville und damit auch aus der Schussbahn.«

»Aber was ist mit Stefan? Trotz allem, was ich vorhin gesagt habe, ist es immer noch denkbar, dass ihm das alles untergeschoben worden ist. Vielleicht ja von Bell.«

»Oder von Finn Davis«, sagte ich. »Darum musst du auch sehr vorsichtig sein, während ich weg bin. Halt dich aus allem raus und versuch gleichzeitig, aus den öffentlich zugänglichen Quellen so viel wie möglich über die beiden in Erfahrung zu bringen.«

Bree überlegte, dann nickte sie. »Das müsste gehen.«

54

Palm Beach, Florida

Die brausenden Flammen, angefacht von einem heißen Wind, ließen eine schwarze Rauchwolke in den Spätvormittagshimmel steigen. Weiße Reiher kreisten im Rauch und ließen sich die Insekten schmecken, die in Schwärmen vor dem Feuer flüchteten.

Ich war auf der Florida Route 441 unterwegs nach Westen zum Lake Okeechobee. Auf beiden Seiten der Straße wurde Zuckerrohr geerntet und verbrannt. Wegen des dichten Rauchs musste ich auf Schrittgeschwindigkeit abbremsen.

Irgendwann aber lagen das Feuer und damit auch die Rauchwolken hinter mir, und dann sah ich auch schon das Schild, das mich in Belle Glade willkommen hieß. Hier hatte mein Vater Selbstmord begangen. Noch nie hatte ich einen unseligeren Ort als diesen gesehen. Natürlich hatte ich schon von Belle Glade gehört, so wie jeder, der bei der Polizei oder einer anderen Strafverfolgungsbehörde tätig ist. Die Mordrate in diesem Bezirk war früher einmal genauso hoch gewesen wie in Großstädten wie Washington oder Chicago. Und nachdem ich fünf Minuten in Belle Glade zugebracht hatte, wusste ich zumindest teilweise auch, warum.

Aber ich war nicht hierhergekommen, um soziale Missstände zu analysieren und zu beheben. Darum ignorierte ich die leer stehenden Gebäude und die vielen durchlöcherten Schaufensterscheiben und ließ mich von Google Maps zu den verschiedenen Kirchen im Ort führen. Ich wollte wissen, wie es dazu gekommen war, dass mein Vater sich hinter einer davon umgebracht hatte.

Es gab eine Menge Kirchen in Belle Glade. Bei den ersten beiden – einer baptistischen und einer adventistischen – bekam ich keine weiterführenden Informationen. Bei der katholischen St. Christopher's Church unterhielt ich mich mit einem Priester, der gerade dabei war, die Pfarrhaustür zu streichen. Pater Richard Lane war Mitte fünfzig und noch neu in Belle Glade.

»Vor dreiunddreißig Jahren?« Er blickte mich mit zusammengekniffenen Augen an. »Wie wollen Sie denn da noch jemanden finden, wenn Sie nur den Namen haben?«

»Ich glaube an Wunder, Pater«, sagte ich.

»Nun, ich kann ja mal nachschauen, ob hier eine Bestattungsmesse für Mr. Brown gelesen wurde, aber wenn die alten Bücher auch so schlampig geführt wurden wie die neueren, dann kann ich Ihnen nicht viel Hoffnung machen, Detective Cross.«

Ich gab dem Priester meine Visitenkarte und bat ihn, mich anzurufen, falls er fündig wurde.

Im Verlauf der nächsten zwei Stunden klopfte ich an jede Kirchentür in der Stadt. Überall wurde mir geöffnet, aber niemand konnte sich an einen Paul Brown erinnern, der hier vor vielen Jahren Selbstmord begangen hatte.

Ein evangelikaler Prediger empfahl mir, es bei den Nachbargemeinden weiter im Norden zu versuchen. Ein anderer gab mir den Rat, die Totenscheinregister der einzelnen Bezirke zu durchforsten. Beides gute Ideen. Nachdem ich mich von dem zweiten Pastor verabschiedet hatte, überlegte ich mir, wie ich am besten weitermachen sollte.

Es war unerträglich heiß und feucht, und ich hatte nur noch einen Wunsch: mich in meinen Mietwagen zu setzen und die Klimaanlage einzuschalten. Aber dann sah ich auf der anderen Straßenseite neben einem dieser schäbigen, zweistöckigen Wohnblocks mit Außentreppe einen Transporter mit dem Wappen des Palm Beach County Sheriffs stehen.

Ich schlenderte hinüber, warf einen Blick auf den Wohnblock und sah eine kleine Menschenmenge zum oberen Stockwerk hinaufstarren. Gelbes Absperrband hing vor einer Wohnungstür. Ein junger Kriminaltechniker kam gerade die Treppe herunter und wollte an mir vorbeigehen.

Ich zeigte ihm meine Dienstmarke und stellte mich vor. Dann fragte ich ihn, ob ich mich vielleicht im Sheriffbüro an jemanden wenden könnte, um ein paar Informationen zu bekommen, auf dem kurzen Dienstweg sozusagen, als kollegiale Unterstützung.

»Das weiß ich wirklich nicht«, sagte der Kriminaltechniker. »Fragen Sie doch mal Sergeant Drummond.«

»Und wo finde ich Sergeant Drummond?«

»Das ist der da«, sagte der Kriminaltechniker und zeigte auf die beiden Männer in Zivil, die gerade zur Wohnungstür herauskamen. »Der mit der Narbe im Gesicht.«

Einer der beiden Männer war groß und kräftig, ein Afroamerikaner und schon an die sechzig Jahre alt. Der andere war wohl Mitte dreißig, dunkler Typ, gut aussehend und, nach seinem Körperbau zu urteilen, regelmäßig im Fitnessstudio. Ich ging automatisch davon aus, dass er derjenige mit der Gesichtsnarbe war, auch wenn ich gar nicht genau sagen könnte, warum. Aber dann drehte der ältere Detective sich um und kam die Treppe herunter. Jetzt sah ich die rissige Hautfläche unter seinem rechten Auge, die sich über die ganze Wange zog und sich dann oberhalb des Kieferknochens nach hinten bis zum Ohr erstreckte.

»Sergeant Drummond«, sagte ich und hielt ihm meine Dienstmarke entgegen. »Ich bin Detective Alex Cross von der Metropolitan Police in Washington, D. C., Mordkommission.«

Drummond sah sich meine Dienstmarke mit unbewegter Miene an. »Und?«

Der jüngere Beamte grinste über das ganze Gesicht und streckte mir die Hand entgegen. »Detective Richard S. Johnson. Ich weiß, wer Sie sind, Dr. Cross. Sie waren früher beim FBI, stimmt's? Ich habe einen Ihrer Vorträge in Quantico gesehen, auf DVD. Sergeant? Hast du etwa noch nie was von Alex Cross gehört?«

Drummond gab mir meine Marke zurück und sagte: »Noch nie. Ich hoffe, dass Ihr Ego dadurch keine Delle kriegt.«

»Ist ziemlich unwahrscheinlich, Sergeant«, erwiderte ich und lächelte. »Mein Ego ist ziemlich kugelsicher.«

»Was können wir für Sie tun?«, erkundigte sich Detective Johnson. »Sind Sie etwa einem Serienkiller auf der Spur oder so was?«

»Nein, nein, nichts dergleichen«, sagte ich und erklärte ihnen, dass ich nach einem lange vermissten Verwandten suchte, der vermutlich vor vielen Jahren in Belle Glade verstorben war.

»Wir könnten eine Suche starten, wenn wir wieder im Büro sind«, bot Johnson an.

»Ach, könnten wir das?«, schaltete sich Drummond ein. »Oder sollten wir vielleicht lieber rauskriegen, wer Francie Letourneau und die beiden Schickeria-Ladys aus Palm Beach auf dem Gewissen hat?«

»Ich möchte Sie wirklich nicht bei der Arbeit behindern«, sagte ich. »Zeigen Sie mir nur, wo ich suchen muss, alles andere erledige ich selbst.«

Drummond zuckte die Achseln und sagte: »Kommen Sie

mit ins Büro, dann wollen wir mal sehen, was wir für Sie tun können.«

»Vielleicht wollen Sie ja nebenbei einen Blick auf unseren Fall werfen?«, sagte Johnson.

»Detective«, knurrte Drummond.

»Was denn, Sarge?«, zischte sein Juniorpartner ihn an. »Der Kerl ist ein absoluter Experte. Er bildet FBI-Agenten aus, verdammt noch mal.«

»Früher mal«, sagte ich. »Und ich würde mich freuen, Ihnen zu helfen. Aber wenn Ihr Ego dadurch eine Delle …«

Der Sergeant lächelte tatsächlich. »Ach, was soll's, Dr. Cross. Vielleicht können Sie ja einem alten Hund noch ein paar neue Tricks beibringen.«

55

Ich fuhr ihnen hinterher, bis wir in ihrem Büro in West Palm angekommen waren, einem typischen Bereitschaftsraum voller kleiner Büroabteile, umgeben von etwas größeren Büroabteilen mit Türen und Fenstern. Dort waren die höherrangigen Beamten wie zum Beispiel Drummond untergebracht.

»Johnson, du hilfst ihm bei seiner Suche«, sagte Drummond. »Tut mir leid, dass ich Ihnen nicht die Aufmerksamkeit schenken kann, die Sie anscheinend verdient hätten, Cross, aber die Pflicht ruft. Ich muss ein paar Telefonate führen, und dann suche ich Ihnen mal die Akten raus.«

»Vielen Dank, Sergeant.«

Er verschwand in seinem Büro und machte die Tür hinter sich zu.

Während Johnson uns einen Kaffee holte, saß ich nur da und lauschte den vertrauten Geräuschen eines Bereitschaftsraums – Detectives am Telefon, Detectives ins Gespräch vertieft. Ich war noch keine Woche weg, und schon fehlte mir das.

Johnson kam mit zwei Bechern anständigen Kaffees zurück. »Nicht zu fassen, dass Alex Cross tatsächlich leibhaftig an meinem Schreibtisch sitzt.«

Ich stand auf. »Oh, Entschuldigung.«

»Was? Nein! Bleiben Sie sitzen. Es ist mir eine Ehre. Also, was oder wen genau suchen wir?«

»Einen männlichen Afroamerikaner. Sein Tod liegt ungefähr dreiunddreißig Jahre zurück.«

Johnson wurde sachlich, zog sich einen zweiten Stuhl heran und schnappte sich seinen Laptop. »Name?«

»Paul Brown. Hat sich angeblich hinter einer Kirche in Belle Glade das Leben genommen.«

»Ich sehe mir mal die Sterbeakten des Bezirks an. Mal sehen, ob ich ihn da finde.«

»Ihre digitalen Aufzeichnungen reichen so weit zurück?«

»Und das in ganz Florida«, sagte Johnson, während er tippte. »Aus dem Etat des Bundesstaats bezahlt. Sehr weitsichtig, wenn Sie mich fragen.«

Ich mochte diesen jungen Detective. Er war aufmerksam und voller Tatendrang. Was ich von Drummond halten sollte, wusste ich noch nicht so genau, abgesehen von seinem trockenen Humor.

»Wo hat Drummond denn diese Narbe her?«, fragte ich Johnson.

Dieser hob den Kopf. »Aus dem ersten Golfkrieg. Da ist eine Ölquelle, die er bewacht hat, explodiert. Zwei seiner Männer sind dabei draufgegangen. Ein Splitter hat ihm die ganze Backe aufgeklappt und verbrannt. Der Gesichtsnerv ist dabei irreparabel geschädigt worden. Darum verzieht er fast nie das Gesicht. Sein Gesicht hängt gewissermaßen nur noch an ihm dran, verstehen Sie?«

»Ist er Ihnen sympathisch?«

Johnson lächelte. »Sympathisch? Weiß ich noch nicht. Aber ich bewundere ihn. So wie ich das sehe, ist Drummond große Klasse.«

»Das reicht mir«, erwiderte ich.

»Paul Brown?«

»Richtig.«

»Und vor dreiunddreißig Jahren.« Johnson starrte auf seinen Bildschirm und tippte weiter. »Hängen wir vorn und hinten jeweils noch ein Jahr dran, nur um auf der sicheren Seite zu sein. Gibt es auch ein Geburtsdatum?«

Ich nannte ihm den Geburtstag meines Vaters.

Johnson drückte auf Enter und schüttelte sofort den Kopf. »Kein Treffer.«

»Dann lassen wir den Geburtstag frei«, sagte ich. Mein Vater war vermutlich schlau genug gewesen, alle Hinweise auf seine alte Identität abzustreifen.

Der Detective drückte ein paar Tasten und dann erneut Enter. »Na, bitte. Drei Treffer.«

»Drei?« Ich stand auf, um den Bildschirm besser sehen zu können.

»Kommen Sie auch an die Sterbeurkunden ran?«, fragte ich.

In diesem Augenblick kam Sergeant Drummond aus seinem Büro. Er hatte mehrere dicke schwarze Aktenordner im Arm. »Und? Was gefunden?«

»Genau drei Paul Browns«, erwiderte Johnson. »Wie komme ich eigentlich von den standesamtlichen Daten zu den Sterbeurkunden, Sarge?«

»Miami, wie alt bist du? Dreißig Jahre jünger als ich, oder? Du müsstest doch das Technikgenie im Team sein.«

Der Detective schüttelte den Kopf. »Ich habe keine …«

»Versuch's mal mit draufklicken«, sagte Drummond.

»Oh«, machte Johnson und klickte den ersten Namen an.

Auf dem Bildschirm klappte ein PDF auf. Es war die Sterbeurkunde eines gewissen Paul L. Brown aus Pensacola, zweiundzwanzig Jahre alt. Todesursache: Schädeltrauma.

»Zu jung«, sagte ich. »Probieren wir's mit dem nächsten.«

Johnson klickte. Die nächste Sterbeurkunde gehörte einem Paul Brown aus Fort Lauderdale, neunundsiebzig Jahre alt. Todesursache: Schlaganfall.

»Zu alt«, sagte ich und wartete gespannt, was sich wohl hinter Tor Nummer drei verbergen mochte.

Die dritte Sterbeurkunde passte. Paul Brown aus Pahokee, Florida, zweiunddreißig Jahre alt, mittellos. Todesursache: Selbstmord durch Schrotflinte.

»Das ist er«, sagte ich, während sich eine Faust um mein Herz ballte. »Wo liegt denn Pahokee?«

»Fünfundzwanzig Kilometer nördlich von Belle Glade«, sagte Drummond.

»Das muss er sein.« Mit einem seltsam distanzierten Gefühl sah ich mir die Sterbeurkunde etwas genauer an. »Und das bedeutet, dass die Kirche vermutlich dort ist. Es heißt hier, dass der Leichnam an das Bestattungsinstitut Belcher Brothers zur Beisetzung übergeben worden sei.«

»Beisetzung?«, hakte Johnson nach. »In Florida werden die meisten Mittellosen doch verbrannt.«

»Dieser hier allem Anschein nach nicht«, sagte ich.

Der Sergeant meinte: »Ich kenne die Leute. Also, die Blechers. Die betreiben auch einen Rettungsdienst da oben. Als ich noch im westlichen Bezirk Streife gefahren bin, da waren die immer vor Ort, wenn es Tote gab. Ich rufe mal an.«

»Das wäre sehr nett, Sergeant Drummond.«

Drummond nickte und wies mit einer Kopfbewegung auf die Akten. »Das sind die Mordfälle, die wir gerade bearbeiten. Wenn Sie sich die Zeit nehmen wollen… wir wüssten eine dritte Meinung wirklich zu schätzen.«

Der Sergeant ging wieder in sein Büro, und ich fing an, mich in das Ableben von Lisa Martin und Ruth Abrams, beides Angehörige der gesellschaftlichen Oberschicht von Palm Beach, sowie ihres Hausmädchens Francine Letourneau einzulesen. Zwei Stunden später war ich so gut wie fertig und blätterte gerade den Anhang mit den diversen Festnahmeberichten gegen die Haushaltshilfe durch, da kam Drummond wieder aus seinem Kabuff.

»Es hat ein bisschen gedauert, aber Ramon Belcher hat heute Nachtschicht und hat mir versprochen, dass er dabei seine Akten durchgeht«, sagte der Sergeant.

»Danke«, erwiderte ich.

Johnson brachte mir noch einen Becher Kaffee. Ich winkte dankend ab. »Ich muss jetzt erst mal was essen, sonst kriege ich noch ein Magengeschwür.«

»Haben Sie schon was gefunden?«, erkundigte sich Drummond jetzt.

»Ein paar Dinge sind mir aufgefallen.«

»Worauf haben Sie Appetit?«

»Egal. Fisch?«

Der Sergeant nickte. »Da haben wir genau das Richtige, drunten in Lake Worth. Johnson, kommst du mit? Dann können wir beim Essen über unseren Fall sprechen.«

»Auf jeden Fall. Ich will nur schnell meine Frau anrufen. Sie ist schwanger.«

»Schwanger?«, fragte Drummond verwundert. »Das hast du mir gar nicht erzählt.«

»Ist ja erst im Anfangsstadium, Sarge«, erwiderte Johnson, fischte sein Handy aus der Hosentasche und entfernte sich ein Stück von uns. »Ende dritter Monat. Zwillinge.«

Der Sergeant sah mich mit gerunzelter Stirn an. »Das hätte ich gerne früher gewusst.«

»Spielt das denn eine Rolle?«, wollte ich wissen.

»Natürlich spielt das eine Rolle«, knurrte Drummond. »Weil ich jetzt natürlich alles tun werde, was in meiner Macht steht, damit Detective Johnson sich nicht in die Scheiße reitet und diese Babys womöglich ohne Vater aufwachsen müssen.«

»Sie sind ein Mann mit verborgenen Tugenden, Sergeant«, sagte ich.

Er blickte mich mit seinem schlaffen, vernarbten Gesicht an und sagte: »Das ist keine Tugend, das ist einfach gesunder Menschenverstand. Ich lebe allein mit meiner Frau, und sie verdient auch noch mehr als ich. Aber Johnson muss jetzt für drei andere Menschen sorgen. Also, was meinen Sie? Was soll ich Ihrer Meinung nach das nächste Mal tun, wenn die Kacke am Dampfen ist?«

Trotz seiner rauen Schale fing Sergeant Drummond langsam an, mir ans Herz zu wachsen.

56

Pleasant Lake, North Carolina

Pinkie Parks zeigte durch die Windschutzscheibe auf einen Schotterweg, der von der Hauptstraße abzweigte und dann steil hinab zum Seeufer führte. »Da ist es.«

Bree lenkte den blauen Ford Taurus, den sie an diesem Vormittag gemietet hatte, auf den Seitenstreifen und schob den Schalthebel in die Parkstellung.

»Von hier aus ist nicht viel zu sehen«, sagte Pinkie. »Man muss noch tiefer in den Wald rein.«

Bree schnappte sich ein Fernglas. »Dann also nichts wie los.«

Nachdem Pinkie erfahren hatte, dass Alex nach Florida geflogen war und Bree sich eingehend mit Marvin Bell und Finn Davis beschäftigen wollte, hatte er darauf bestanden, ihr zu helfen. Aber jetzt zog er eine Augenbraue in die Höhe. »Du willst freiwillig in ein Hornissennest treten?«

Sie zog die Stirn kraus. »Im Wald hausen Hornissen?«

»Im Wald hausen Marvin Bell und Finn Davis, und das kommt, so wie ich das sehe, aufs Gleiche raus.«

»Wie du willst«, sagte Bree und machte die Tür auf. »Bis später.«

Pinkie stöhnte, stieg dann aber ebenfalls aus. Es war diesig, heiß und schwül. Sie warteten ab, bis keine Autos mehr zu sehen waren, dann kletterten sie die steile Böschung hinab und schlugen sich in ein Gestrüpp aus dornigen Himbeersträuchern. Pinkie ging voraus und bahnte ihnen einen Weg, bis sie schließlich, umgeben von zirpenden Grillen, zwischen lauter Nadelbäumen standen.

Unter ihnen, mehrere hundert Meter entfernt, konnte Bree das klare Wasser des Pleasant Lake erkennen. Sie hörte Außenborder röhren und Kinder lachen.

Pinkie ging einen Wildpfad entlang, der sich zwischen den Bäumen am Hang über dem Ostufer des Sees hindurchschlängelte. Bree folgte ihm und ging dabei noch einmal alles durch, was sie an diesem Vormittag über Marvin Bell und Finn Davis erfahren hatte.

Nachdem sie und Pinkie den Mietwagen abgeholt hatten, hatten sie das Bürgerbüro des Stark County aufgesucht und sich online bei der Innenbehörde des Bundesstaates North Carolina über die Geschäfte der beiden Männer informiert. Bell und Davis betrieben jeweils getrennt oder gemeinsam insgesamt fünf Unternehmen in und um Starksville: einen Schnapsladen, eine chemische Reinigung, zwei Autowaschanlagen und ein Pfandleihhaus.

Pinkie war sofort aufgefallen, dass in solchen Betrieben eine Menge Bargeld umgesetzt wurde. Gar nicht schlecht, wenn man auch noch in andere, illegale und bargeldintensive Geschäfte verwickelt war.

Allerdings besaß Bree hier keinerlei Zuständigkeiten und hatte auch keinen Zugriff auf Datenbanken, die ihr einen Einblick in die entsprechenden Bankkonten hätten gewähren können.

Darum folgte sie ihrem Gefühl und loggte sich bei ein paar öffentlichen Datenbanken in Nevada und Delaware ein. Sie wusste, dass die Firmen- und Steuergesetze dieser Bundesstaaten für jemanden, der eine Briefkastenfirma gründen wollten, ausgesprochen attraktiv waren. In Nevada war nichts zu finden. Aber dann stellte Bree erfreut fest, dass Marvin Bell und Finn Davis in Delaware als Ansprechpartner für jeweils drei dort registrierte Firmen eingetragen waren. Der Unternehmenszweck dieser sechs Firmen war identisch: »Ankauf und Weiterentwicklung von Immobilien und Grundbesitz«.

Was Bree wiederum auf die Idee brachte, den Immobilienbesitz der beiden in Stark County etwas genauer unter die Lupe zu nehmen. Doch zu ihrem und Pinkies großem Erstaunen schienen weder Bell noch Davis in der Umgebung irgendwelchen Grundbesitz zu haben.

Pinkie sagte, dass das schlicht und einfach nicht stimmen konnte, dass Bell in Stark County alle möglichen Grundstücke gehörten, angefangen bei einem Anwesen am Pleasant Lake. Als sie dann im Grundbuch nachsahen, stellten sie fest, dass das Haus mitsamt Grundstück einer von Marvin Bells Firmen in Delaware gehörte und einen Schätzwert von 3,1 Millionen US-Dollar besaß. Das war für Bree Grund genug, sich das Anwesen aus der Nähe ansehen zu wollen.

Alex hatte sie gebeten, sich rauszuhalten und sich unauffällig zu verhalten, aber Bree hatte ja nicht vor, gleich über den Zaun zu klettern. Sie wollte sich nur einen Überblick über das Grundstück verschaffen, um ein Gefühl dafür zu bekommen, wie dieser Mann lebte.

Pinkie bedeutete Bree, stehen zu bleiben. Sie verharrte neben einer jungen, dicken Kiefer, die nach Harz duftete und ihr die Sicht auf den See versperrte.

Dann blickte er sie über die Schulter hinweg an und flüsterte: »Wenn du jetzt in die Hocke gehst und dich vor mich schiebst, dann müsstest du einen ziemlich guten Überblick bekommen, ohne dass du selbst zu sehen bist. Aber immer schön im Schatten bleiben.«

Bree ließ sich auf alle viere nieder. Pinkie drückte sich zwischen die dicht stehenden Kiefern und ließ sie vorbei. Sie nahm eine sitzende Position ein und schob sich dann mithilfe ihrer Füße seitlich in eine schattige Nische zwischen den Bäumen.

Dreißig Meter weiter unten und hundert Meter dichter am See sah sie die Schotterpiste. Sie endete vor einem Tor. Es war mindestens drei Meter hoch, und der dazugehörige Maschendrahtzaun war komplett mit grünem Vinyl umkleidet. Bree folgte dem Verlauf des Zauns mit dem Fernglas an den Augen und registrierte dabei die Stacheldrahtrolle auf der Spitze. Auch sie besaß einen grünen Plastiküberzug.

Auf den Torpfosten links und rechts waren winzige Kameras montiert, genau wie auf etlichen Zaunpfählen, immer im Abstand von ungefähr vierzig Metern. Irgendwann wurde der Zaun dann von der dichten Vegetation verschluckt. Sie ging davon aus, dass die gesamte Außengrenze des zweieinhalb Hektar großen Grundstücks mit Kameras bestückt war, und wandte sich nun dem eigentlichen Anwesen zu.

Gleich hinter dem Zaun standen große Rhododendronbüsche, zweifellos, um den Blick auf das Haus vom Schotterpfad aus zu versperren. Doch Bree hockte ja hoch über dem Zaun und den Büschen und konnte Marvin Bells Besitz fast aus der Vogelperspektive betrachten. Er umfasste unter anderem eine kleine Lagune zu ihrer Linken sowie eine stumpfe, flache Halbinsel, die in den See hinausragte. Auf einem kleinen, etwas zurückgesetzten Hügel rechts der Lagune stand das Haupthaus, ein tausend Quadratmeter großes Blockhaus mit einem roten Stahldach und farblich abgestimmten Fensterläden.

Den perfekten Abschluss bildete eine Steinterrasse mit Blumenbeeten ein Stück oberhalb der Lagune. Von einer zweiten Terrasse vor dem Haus gingen drei Fußwege ab. Einer führte auf die Halbinsel hinaus, der zweite zu einem Bootshaus links davon und der dritte zu einem Anleger mit sechs Liegebuchten sowie Kranen und Hebevorrichtungen. Dort lagen und hingen zahlreiche Jetskis, Motorboote, Kanus und Segelboote. Außerdem gab es eine in den Anleger integrierte Bar mit einem riesigen Grill, dazu Liegestühle und Sonnenschirme.

An der Spitze der Halbinsel war eine Miniaturversion des Haupthauses zu erkennen. Von dieser Stelle musste der Blick einfach unglaublich sein. Die riesigen Fenster des Haupthauses ermöglichten Bree reichlich Einblick ins Innere, und sie stellte fest, dass dort weder Kosten noch Mühen gescheut worden waren. Und überall waren Kunstwerke zu sehen – Gemälde, Skulpturen und Mobiles.

Genau so sah ein Haus aus, das 3,1 Millionen US-Dollar wert war, keine Frage. Und das machte sie noch misstrauischer. Mit ein paar kleinen Geschäften in Starksville, North Carolina, konnte man sich doch unmöglich ein Haus im Wert von mehr als drei Millionen Dollar leisten. Vielleicht hatte Bell ja erfolgreich mit Aktien spekuliert. Oder eine seiner Immobilienfirmen in Delaware hatte das große Geschäft gemacht.

Aber wenn das so war, wieso war Bell dann hier geblieben? Zugegeben, das Anwesen sah aus wie ein kleines Stück vom Paradies, aber wollten Neureiche nicht in der Regel mit ihrem Geld angeben, und zwar irgendwo, wo es auch jemand sah?

Vielleicht war Marvin Bell ja ein heimatverbundener Mensch, so wie Warren Buffett. Oder es gab einen anderen guten Grund, trotz seines Reichtums hierzubleiben. Vielleicht musste er sich hier um gewisse Geschäfte kümmern.

Doch noch bevor sie all diese Optionen gegeneinander abwägen konnte, nahm Bree eine Bewegung wahr und richtete das Fernglas auf Finn Davis, der gerade eben das Haus verließ. Ansonsten war alles ruhig und friedlich. Nur weiter hinten am Strand waren Kindergeschrei und ein ratternder Außenborder zu hören.

Finn Davis trug eine dunkle Sonnenbrille, eine schmutzige Baseballmütze, ein grünes Arbeitshemd, eine Jeans und schwere Stiefel. Gelassen schlenderte er die kreisförmige Auffahrt entlang zu einer fünftürigen Blockhausgarage. Er drückte auf eine Fernbedienung. Ein Tor schwang nach oben. Dahinter kam ein alter orange-weißer Ford Bronco zum Vorschein.

Wo wollte er denn mit diesem Schrotthaufen hin? Der passte doch überhaupt nicht zu …

Bree rutschte hastig aus der Deckung und sprang auf.

»Wir müssen sofort zurück zum Auto«, flüsterte sie Pinkie zu. »Schnell!«

57

Lake Worth, Florida

Detective Sergeant Drummond stellte seinen Wagen vor dem Kersmon Caribbean Restaurant ab, und wir traten ein. Kaum hatte Althea, die Besitzerin und Köchin, Drummond erblickt, kam sie hinter dem Tresen hervorgeeilt, um ihn zu umarmen. Sie lachte.

»Drummond, hast du endlich deine Frau verlassen, damit ich dich haben kann?«, sagte sie mit einem jamaikanischen Akzent.

»Würde ich niemals machen, das weißt du doch«, erwiderte der Sergeant. »Sie ist was ganz Besonderes.«

»Stimmt«, sagte Althea. »Wollte nur wissen, ob du den Verstand verloren hast, seit wir uns das letzte Mal gesehen haben.«

Drummond machte uns miteinander bekannt, und sie führte uns an einen Tisch ihres kleinen Restaurants.

»Was trinkt ihr?«, erkundigte sie sich dann. »Red Stripe?«

Johnson schaute Drummond an, der sagte: »Du bist nicht im Dienst. Also mach, was du willst.«

»Red Stripe«, sagte Johnson.

»Ich auch«, sagte ich.

Drummond ergänzte: »Wir brauchen keine Speisekarte, Althea. Bring uns einfach, was du für richtig hältst. Am besten was mit Fisch.«

Offensichtlich zufrieden ließ sie uns alleine.

»Sie werden nie wieder woanders jamaikanisch essen wollen«, sagte Drummond. »Das ist mein Ernst. Die Hälfte der Gäste hier stammt aus der Karibik.«

»Dann darf ich das auf keinen Fall meiner Frau erzählen. Sie liebt Jamaika. Ich übrigens auch«, erwiderte ich.

»Ach ja?«, meinte Drummond. »Geht mir ganz ähnlich.«

Ich blickte Johnson an, um ihn in das Gespräch einzubinden. »Und Sie werden also bald Vater. Wie geht es Ihnen damit? Sind Sie bereit?«

»Ich weiß es nicht.«

»Wie war das denn bei Ihnen?«, schaltete Drummond sich ein. »Waren Sie bereit?«

»Nein«, antwortete ich. »Ich wusste nur, dass ich nicht so werden wollte wie *mein* Vater.«

»Und? Hat es geklappt?«

»Ganz gut.« Ich wandte mich wieder an Johnson. »Keine Sorge. Man wächst da mit der Zeit hinein, Tag für Tag ein bisschen mehr.«

Das Bier wurde serviert und dazu kleine Schalen mit etwas, was Althea »Fischtee« nannte, und ein Körbchen mit frischem Zucchinibrot. Es schmeckte köstlich. Ich durfte Bree auf keinen Fall etwas davon erzählen.

»Und? Ist Ihnen etwas aufgefallen, Dr. Cross?«, erkundigte sich Johnson jetzt. »Haben wir etwas übersehen?«

»Bitte, nennen Sie mich Alex«, sagte ich. »Und ich glaube nicht, dass Sie etwas übersehen haben. Trotzdem gibt es ein paar Dinge, die ich noch nicht richtig verstanden habe, und ein paar andere, die Sie vielleicht in Betracht ziehen könnten.«

»Aha …«, sagte Drummond.

»Nur, um sicherzugehen, dass wir von denselben Grundvoraussetzungen ausgehen«, setzte ich an. »Wir haben also zwei tote Frauen, Lisa Martin und Ruth Abrams, beide wohlhabend und Teil der gesellschaftlichen Oberschicht von Palm Beach. Die beiden Todesfälle liegen eine Woche auseinander und sollten wie Selbstmord aussehen.«

»Das ist korrekt«, sagte Johnson.

»Waren die Frauen befreundet?«

»Es hat den Anschein«, sagte der Sergeant.

»Außerdem haben sie dieselbe Haushaltshilfe beschäftigt, Francine Letourneau. Sie hat die beiden Frauen bestohlen und wurde dann selbst ermordet.«

»Richtig«, sagte Johnson. »Wir haben den Ehemännern der Ermordeten Fotos der gestohlenen Schmuckstücke aus Francies Wohnung vorgelegt, und sie haben etliche davon wiedererkannt.«

»Francie hat dem Barkeeper in Belle Glade erzählt, dass …«

Althea brachte ein Tablett an unseren Tisch. Frittierte Kochbananen. Reis und schwarze Bohnen. Geschmorter Ochsenschwanz. Ein ganzer Zackenbarsch, gedünstet und gewürzt. Und Bree? Würde niemals davon erfahren.

Wir legten los. Der Ochsenschwanz war einfach unglaublich, genau wie der Barsch. Und das zweite und dritte Red Stripe auch. Ich hatte gar nicht mehr gewusst, wie schnell dieses Zeug die Kehle hinunterrieselt.

Als wir uns ein zweites Mal die Teller vollluden sagte ich: »Francie hat dem Barkeeper in Belle Glade erzählt, dass sie zu einem Bewerbungsgespräch nach Palm Beach wollte, und dann ist sie am selben Tag gestorben.«

»Stimmt«, erwiderte Drummond. »Nur dass wir nicht einmal wissen, ob sie überhaupt in Palm angekommen ist. Sie ist einfach verschwunden.«

»Keine Telefonate?«

»Ihr Handy ist nicht auffindbar, aber immerhin haben wir ihre Nummer«, sagte Johnson. »Ich habe gestern die Herausgabe der Verbindungsdaten für die letzten drei Monate beantragt. Die bekommen wir vermutlich morgen im Lauf des Tages.«

»Noch mehr Ideen?«, erkundigte sich Drummond.

»Ja. Ich glaube, Sie sollten sich auf die verbindenden Elemente zwischen den Opfern konzentrieren und daraus weitere Schlüsse ziehen.«

Johnson machte ein verwirrtes Gesicht, darum fuhr ich fort: »Betrachten Sie jedes einzelne Verbindungsglied ganz isoliert. Also, nehmen wir zum Beispiel Francie als gemeinsamen Nenner in der – wie soll ich sagen? – Schickeria-Gleichung. Dann könnte Francie die beiden ermordet haben, um sie zu bestehlen, nur um anschließend von einer dritten Unbekannten umgebracht zu werden, die den Schmuck für sich haben wollte.«

»Das leuchtet mir ein«, sagte Drummond und schöpfte sich eine dritte Kelle Ochsenschwanz auf den Teller.

»Und das zweite Verbindungsglied – die zweite Gleichung? – wäre dann was?«, wollte Johnson wissen.

»Die Freundschaft zwischen den beiden Ermordeten«, sagte ich. »Vielleicht hat Francie noch für eine dritte Dame der Gesellschaft gearbeitet, wollte sie gerade ausrauben, wurde erwischt, umgebracht und entsorgt.«

Johnson schüttelte den Kopf. »Nach den Papieren in ihrer Wohnung zu urteilen hatte Francie alle ihre Putzjobs verloren.«

»Und zwar bevor sie im Lotto gewonnen hat?«

»Richtig.«

»Dann gab es diesen Lottogewinn vielleicht gar nicht«, sagte ich. »Vielleicht ist der gestohlene Schmuck ja die Erklärung für das viele Geld in ihrer Wohnung. Und vielleicht wollte sie an diesem Tag gar nicht zu einem Bewerbungsgespräch nach Palm Beach. Vielleicht wollte sie ja einen Raub und einen Mord begehen.«

58

Sergeant Drummond ließ sich meine Worte durch den Kopf gehen und sagte dann: »Wir rufen die Lottogesellschaft an.«

»Und ich würde auch ein paar frühere Auftraggeber anrufen«, sagte ich. »Vielleicht ist ja noch mehr Leuten Schmuck abhandengekommen. Ich meine, auf Ihren Fotos waren doch auch Stücke, die weder Mr. Abrams noch Mr. Martin identifizieren konnten, oder?«

»Stimmt«, sagte Johnson zwischen zwei Bissen.

Jetzt klingelte Drummonds Handy. Er holte es aus der Tasche, warf einen Blick auf das Display und sagte: »Tut mir leid, aber da muss ich rangehen.«

Er stand auf und ließ mich mit Johnson zurück. Der sagte jetzt: »Es gibt aber noch eine andere Möglichkeit.«

»Schießen Sie los.«

»Vielleicht war Francie die Juwelendiebin, aber nicht die Mörderin«, spann der junge Detective den Faden weiter. »Vielleicht wollte sie jemanden ausrauben und hat den Mörder überrascht.«

»Sie meinen, weil der gerade dabei war, die nächste Schickeria-Lady umzubringen?«

»Warum nicht?«

»Hat irgendjemand aus diesen Kreisen einen Überfall gemeldet?«

»Nicht dass ich wüsste«, erwiderte Johnson.

Da trat Althea an unseren Tisch. »Noch ein Dessert?«

»Ich bin pappsatt«, sagte ich.

Sie blickte mich stirnrunzelnd an: »Ist zu einhundert Prozent selbst gemacht.«

Ich hob beide Hände. »Dann schaffe ich eben noch ein bisschen Platz.«

»Süßkartoffelcreme«, sagte sie und lächelte. »Kaffee? Tee?«

»Ich nehme einen Kaffee«, sagte ich.

»Für mich auch, Althea«, schloss Drummond sich an und setzte sich wieder auf seinen Platz.

»Ich muss los«, sagte Johnson. »Können wir die Rechnung haben?«

»Lass gut sein«, meinte Drummond. »Das übernehme ich.«

»Aber ich würde mich gerne beteiligen«, sagte ich.

»Als Ehrengast? Sicher nicht…« Der Sergeant schnaubte.

Johnson erhob sich. »Noch einmal: Es war mir eine große Freude, Sie kennenzulernen, Alex.«

»Die Freude war ganz meinerseits.« Ich stand auf und schüttelte ihm die Hand.

»Bis morgen früh dann, Sarge.«

»In alter Frische«, knurrte Drummond.

Dann wurden der Kaffee und das Dessert serviert. Ich hatte nicht gewusst, dass Süßkartoffelcreme so dekadent sein kann, aber sie war es.

Der Sergeant nippte an seinem Kaffee. »Bis jetzt haben wir ja praktisch nur über unseren Fall gesprochen. Was treibt Sie eigentlich zurzeit um?«

Ich zögerte erst, doch dann erzählte ich ihm von meinem Cousin Stefan und Starksville und von den merkwürdigen Wendungen, die der Fall in den wenigen Tagen, seit wir dort waren, genommen hatte. Drummond hörte sich alles konzentriert und schweigend an, nippte dabei an seinem Kaffee und löffelte seine Creme.

Ich redete weit über eine halbe Stunde, und da ich ein

paar Bier getrunken hatte, erzählte ich ihm wahrscheinlich mehr, als es angemessen gewesen wäre. Aber Drummond war ein guter Zuhörer, darum kam es mir kein bisschen merkwürdig vor.

»Und da stehen wir im Moment«, sagte ich.

Nach einer kurzen Stille sagte der Sergeant: »Sie glauben also, dass dieser Marvin Bell den Jungen auf dem Gewissen hat. Aber ich habe nichts gehört, was darauf schließen lässt, dass er tatsächlich in die ganze Sache verwickelt ist.«

»Weil es keinen Anhaltspunkt dafür gibt«, erwiderte ich. »Der Kerl ist wie ein glitschiger Fisch, das sagen alle in Starksville.«

Drummond schob den Unterkiefer nach links und nickte gedankenverloren. Dann sagte er: »Ich kenne genug solcher Typen. Der Trick ist, dass man sie so lange in Ruhe lassen muss, bis sie überheblich werden, dann …«

Erneut klingelte sein Handy. Er betrachtete das Display, schüttelte den Kopf und sagte: »Noch mal Entschuldigung.«

Der Sergeant stand auf und ging ein paar Schritte zur Seite, während ich meinen Kaffee austrank. So langsam musste ich mir eine Übernachtungsmöglichkeit suchen. Althea brachte die Rechnung, die angesichts der Qualität des Essens unglaublich günstig war.

»Ich übernehme das Trinkgeld«, sagte ich, als Drummond an den Tisch zurückkehrte.

Der Sergeant lächelte. »Wenn ich Ihnen erzähle, mit wem ich vorhin und gerade eben telefoniert habe, dann werden Sie wahrscheinlich die ganze Rechnung übernehmen wollen.«

»Wieso denn das?«

»Der erste Anruf kam vom Bestattungsinstitut Belcher. Die haben damals Ihren Paul Brown einbalsamiert und ihn dann in einem Armensarg zu einer Kirche in Pahokee gebracht, die gar nicht mehr existiert. Die Gemeinde hat sich vor fünfzehn Jahren aufgelöst.«

Ich runzelte die Stirn. »Und der zweite?«

»War von der Pastorin, die die Gemeinde damals geleitet hat«, sagte Drummond. »Die Belchers haben sie angerufen, und sie kann sich anscheinend an Paul Brown erinnern. Sie ist bereit, sich mit Ihnen zu treffen, draußen in Pahokee, morgen Abend um sechs.«

Ich grinste und schnappte mir die Rechnung.

59

Starksville, North Carolina

Bree schaltete die Scheinwerfer aus und ließ den Taurus auf dem Marktplatz an den Straßenrand rollen. Schräg gegenüber befand sich Bell Beverages, der Schnapsladen von Marvin Bell. Direkt davor stand der Bronco. Finn Davis hatte den Laden betreten, und Bree fing langsam an, an ihrem Instinkt zu zweifeln.

Als sie gesehen hatte, wie Finn Davis in Arbeitskleidung aus Marvin Bells Haus gekommen und in den verbeulten Geländewagen gestiegen war, war sie davon ausgegangen, dass er sich bewusst verkleidet oder zumindest einigermaßen unkenntlich gemacht hatte. Zwei Minuten, bevor Finn das Grundstück verlassen hatte, war sie zusammen mit Pinkie bei ihrem Mietwagen gewesen.

Soweit Bree wusste, hatte Finn Davis sie noch nie gesehen. Also hatte sie sich einfach ein Handy ans Ohr geklemmt und so getan, als würde sie telefonieren, während Pinkie sich in den Fußraum gekauert hatte. Dann hatten sie gewartet, bis Davis in Richtung Stadt an ihnen vorbeigefahren war. Kaum war er hinter der nächsten Ecke verschwunden, hatte Bree gewendet, und seither folgte sie ihm in gebührendem Abstand.

»Sieht ganz so aus, als würde er einfach seine ganz normale Tour machen. Wahrscheinlich sammelt er die Tageseinnahmen ein. Daher auch die Arbeitskleidung«, sagte Pinkie. »Er will möglichst wenig auffallen.«

Es sprach wirklich alles dafür. Vor dem Schnapsladen hatte Finn schon beim Pfandleiher, der Reinigung und den beiden

Autowaschanlagen einen Zwischenstopp eingelegt. Vielleicht ließ ihr Instinkt sie ja dieses Mal tatsächlich im Stich.

Bree warf einen Blick auf ihre Armbanduhr. Halb neun. Schon vor einer Stunde hatte sie Alex eine SMS geschrieben, weil sie wissen wollte, wie sein Tag gelaufen war, aber bis jetzt hatte er sich noch nicht gemeldet. Und so langsam machte sich auch der Hunger bemerkbar. Nana Mama hatte gesagt, dass sie mit dem Abendessen warten wolle, bis …

»Was meinst du? Ob Alex da unten findet, wonach er sucht?«, unterbrach Pinkie ihre Gedanken.

Bree blickte den riesenhaften Kerl an. Er wirkte aufrichtig besorgt.

»Das hoffe ich. Aber um ehrlich zu sein, Pinkie, ich glaube, er weiß gar nicht genau, wonach er eigentlich sucht. Nach einem endgültigen Schlussstrich, vermutlich.«

»Ist das überhaupt möglich?«, erwiderte Pinkie. »Ich meine, ich habe meinen Dad nie wirklich kennengelernt. Er ist gestorben, als ich noch sehr jung war. Trotzdem denke ich immer wieder an ihn, und ich habe nicht das Gefühl, als ob da irgendwas endgültig abgeschlossen wäre.«

Jetzt trat Sydney Fox' Exmann wieder aus dem Schnapsladen auf die Straße. Bree startete den Taurus und ließ Davis erst einmal losfahren. Es herrschte nur wenig Verkehr, und sie folgte ihm mit großem Abstand in südlicher Richtung aus der Stadt hinaus. Drei Kilometer hinter der Stadtgrenze bog der Bronco nach rechts auf einen Feldweg ab, der sich in den Wald hinaufschlängelte.

»Der Weg führt zum Stark Lake«, sagte Pinkie. »Aber da sind so gut wie keine Autos mehr unterwegs. Wir würden auffallen.«

»Aber da oben sind schon noch andere Leute?«, fragte Bree nach.

»Na klar, Urlauber und so. Und einen Campingplatz gibt es da auch.«

»Sind da auch Farbige?«

»Ja, auch.«

»Dann riskieren wir's einfach«, sagte Bree. Sie wartete, bis Finns Heckleuchten zwischen den Bäumen verschwunden waren, dann bog sie ebenfalls ab.

Üppige Wälder umgaben den Stark Lake, und am Ufer standen etliche wirklich schöne Häuser. Sie waren zwar nicht annähernd mit Marvin Bells Anwesen zu vergleichen, aber trotzdem hübsch und gepflegt. Bree fuhr langsam, als sei sie fremd und müsste sich erst orientieren, und blickte auf der Suche nach dem Bronco in jede Hauseinfahrt.

Dann führte die Straße in einer engen Haarnadelkurve nach rechts um eine Bucht herum.

»Stopp«, sagte Pinkie. »Fahr rückwärts und dreh wieder um, so als hättest du dich verfahren.«

»Hast du ihn gesehen?« Bree hielt an.

»Da drüben, auf der anderen Seite der Bucht. Er ist gerade abgebogen und hat vor einem Haus angehalten«, sagte Pinkie, während Bree den Rückwärtsgang einlegte, wendete und wieder zurückfuhr. Hinter der nächsten Kurve sagte Pinkie: »Da vorn kannst du den Wagen abstellen, und dann machen wir die Scheinwerfer aus.«

Bree fuhr rückwärts in die Einfahrt einer unbeleuchteten Hütte. Sie stiegen aus und liefen zu einem kleinen Gehölz bei der Haarnadelkurve. Von dort hatten sie einen guten Blick über die schmale, keine vierzig Meter breite Bucht hinweg auf das Haus und den Bronco. Keine Bewegung. Kein Geräusch.

Es war ein sehr schönes Haus, neuer und moderner als die meisten anderen, die Bree bis jetzt zu sehen bekommen hatte. Nicht so schön wie Marvin Bells Anwesen, aber auf jeden Fall etwas, worauf die meisten Menschen mehr als stolz sein konnten.

Jetzt betrat ein neun, vielleicht auch zehn Jahre altes Mädchen die zum Wasser gewandte Seite der Veranda, gefolgt von Finn Davis. Und dann tauchte noch ein zweiter Mann auf. Bree konnte ihn nicht genau sehen und hob das Fernglas vor die Augen. In diesem Augenblick gab der Mann Finn Davis die Hand.

»Verdammter Mist«, flüsterte Bree.

»Was denn?«, wollte Pinkie wissen.

»Warte.« Bree starrte durch das Fernglas, weil sie absolut sichergehen wollte, dass ihr die Verandabeleuchtung keinen Streich spielte.

Aber es war kein Streich. Da stand tatsächlich Detective Guy Pedelini, lächelte und nahm einen Briefumschlag von Finn Davis entgegen. Lässig steckte er ihn in seine Hosentasche, dann legte er den Arm um die Schultern des Mädchens. Das musste eine seiner Töchter sein. Jetzt ging Davis zum Bronco.

Bree ließ Detective Pedelini nicht aus den Augen und sah, wie sein Lächeln erlosch, kaum dass Finn Davis in seinen Wagen gestiegen war. Dann gingen der Detective und seine Tochter wieder zurück ins Haus.

»Mein Gott«, sagte Bree und machte sich im Laufschritt zurück auf den Weg zum Auto.

»Was ist denn los?«, fragte Pinkie, der schnaufend neben ihr lief.

»Diese teure Hütte gehört Guy Pedelini, dem einzigen Menschen in Starksville, den Alex und ich für grundehrlich gehalten haben. Und jetzt sieht es so aus, als würde er von Finn Davis und damit wohl auch von Marvin Bell geschmiert werden. Außerdem ist er derjenige, der Rashawn Turnbull gefunden hat und der die Sache mit den Drogen untersucht, die Marvin Bells Nichte in Jannies Sporttasche geschmuggelt hat.«

»Verdammt. Manche Dinge hier in Starksville ändern sich einfach nie.« Pinkie atmete schwer, während Scheinwerfer sich in die Dunkelheit rund um die Bucht bohrten. »Man kann eben nur der Familie trauen.«

Davis' Scheinwerfer kamen näher. Bree und Pinkie versteckten sich hinter einer dicken Kiefer rund fünfzehn Meter von ihrem Mietwagen entfernt. Finn Davis fuhr vorbei.

Sie rannten zu dem Taurus und sprangen hinein. Bree ließ den Motor an und folgte Davis mit ausgeschalteten Scheinwerfern.

Sie sahen den Bronco erst wieder, als er fast schon die Hauptstraße erreicht hatte. Seine Heckleuchten schwenkten herum und bewegten sich wieder in Richtung Stadt. Bree schaltete die Scheinwerfer ein und gab Gas. Auf der Hauptstraße herrschte mehr Verkehr, und sie hielt sich drei Fahrzeuge hinter dem Bronco. Unterwegs kamen sie an der Fabrik vorbei, in der Alex' Mutter Bett- und Kissenbezüge zusammengenäht hatte, und schließlich an dem leer stehenden Piggly Wiggly.

Unmittelbar vor dem Bahnübergang bog Finn Davis scharf links ab, dann war er nicht mehr zu sehen.

»Wo führt der Weg denn hin?«, fragte sie Pinkie.

»Der ist, glaube ich, nur für Gleisarbeiten gedacht.«

Bahngleise. Hatte Stefan Tate nicht von seltsamen Vorgängen an den Bahngleisen gesprochen, für die er keine schlüssige Erklärung gefunden hatte?

Bree traf eine spontane Entscheidung, fuhr auf den Parkplatz des Piggly Wiggly und sprang aus dem Auto. Dann rannte sie den Bürgersteig entlang zu den Gleisen. Die Ampel fing an zu blinken. Glocken bimmelten. Die Schranken senkten sich, und sie konnte das Rumpeln eines näher kommenden Zuges hören.

Als der Lokomotivführer die Hupe dröhnen ließ, blickte Bree sich um. Ein verlassenes Gebäude zu ihrer Linken. Daneben ein unbebautes Grundstück, das durch eine Baumreihe von den Gleisen getrennt wurde. Sie rannte quer über das Grundstück zwischen die Bäume und fand sich auf einer kleinen Anhöhe etwas oberhalb der Gleise wieder. Sie schob ein paar Efeuranken beiseite.

Im Scheinwerferlicht der Lokomotive und des Bronco konnte sie Finn Davis erkennen, der hundert Meter entfernt auf dem Wartungsstreifen stand, keine drei Meter neben den Gleisen. Bree beobachtete ihn mit dem Fernglas. Die näher kommende Lokomotive schien ihn nicht im Geringsten zu stören, vielmehr hielt er den Blick auf die lange Schlange der Waggons gerichtet, die sich nach der letzten Kurve langsam ins Sichtfeld schoben.

Bree nahm die Güterwaggons in den Blick und entdeckte auf einem zwei Männer. Vier Waggons weiter hinten saßen noch einmal zwei und dann sechs Waggons weiter hinten noch einmal. Sie fuhren an Davis vorbei und hoben die Hände zu einer Art Salut, den sie wegen der schwierigen Lichtverhältnisse nicht eindeutig erkennen konnte.

Aber Marvin Bells Adoptivsohn war klar und deutlich zu sehen. Er hob die rechte Hand und erwiderte den Gruß der Männer mit drei gestreckten Fingern.

60

West Palm Beach, Florida

Eine Stunde später war ich schlagartig hellwach. Ich hatte in meinem Bett im Hampton Inn gelegen, aber jetzt setzte ich mich auf und sagte in mein Handy: »Diese Typen, die wir an unserem ersten Tag in Starksville auf den Eisenbahnwaggons gesehen haben, die haben genau das gleiche Zeichen gemacht.«

»Ganz genau«, erwiderte Bree in North Carolina.

Ich schüttelte die Spinnweben ab, die meinen Geist gefesselt hielten. »Wie viele waren es?«

»Sechs insgesamt.«

»Haben sie auf bestimmten Waggons gesessen, oder gab es da keine erkennbare Ordnung?«

»Alle auf Güterwaggons, gelegentlich auch mal auf einem Tankwagen.«

»Was hat Davis gemacht, nachdem der Zug durchgefahren war?«

»Er hat sich in seinen Bronco gesetzt und ist nach Norden gefahren, wahrscheinlich zurück an den Pleasant Lake«, antwortete Bree. »Ich habe die Beschattung abgebrochen.«

»Ich komme immer noch nicht über Guy Pedelini hinweg. Eigentlich war ich mir ganz sicher, dass er einer von den Guten ist.«

»War ich auch«, sagte Bree. »Aber so langsam glaube ich auch, dass Pinkies Standpunkt der einzig wahre ist.«

»Und der wäre?«

»In Starksville kannst du nur der Familie trauen, sonst niemandem.«

»Zynisch, aber so, wie es aussieht, wahrscheinlich nicht das schlechteste Motto.«

»Aber jetzt mal zu dir. Wie ist es gelaufen da unten in Florida? Hast du etwas erreicht?«

»Sehr viel sogar.« Und dann berichtete ich ihr von meinem Tag.

»Wow, das ging ja schnell«, sagte Bree, als ich fertig war. »Und was ist das für eine Pastorin, mit der du dich morgen treffen willst?«

»Sie heißt Reverend Maya. Anscheinend hat sie Paul Brown gekannt. Die Leute vom Bestattungsinstitut haben sich an sie erinnert.«

»Das ist doch gut. Dann kannst du also mit einem Menschen sprechen, der deinen Vater gekannt hat.«

»Ich nehme es an«, erwiderte ich. »Und dann kann ich einen Schlussstrich unter das alles ziehen. Ich komme zurück zu dir, nehme dich in den Arm, und dann lösen wir gemeinsam das Rätsel des dreifingrigen Saluts.«

»Morgen Abend?«

»Vermutlich eher übermorgen früh.« Anschließend herrschte eine kurze Stille, dann sagte ich: »Alles in Ordnung?«

»Ich überlege nur, was ich als Nächstes machen soll. Hast du eine Idee?«

»Du könntest versuchen, Stefan zu besuchen. Vielleicht kann er dir ja sagen, wie er darauf gekommen ist, dass da in der Nähe der Bahngleise etwas nicht stimmt. Ich glaube, das hat er gar nicht erwähnt.«

»Deswegen habe ich schon mit Naomi gesprochen«, sagte Bree. »Sie geht morgen früh zu ihm. Was hast du morgen den ganzen Tag vor, bevor du dich mit dieser Pastorin triffst?«

»Ich habe Drummond und Johnson angeboten, ihnen behilflich zu sein. Das ist schließlich das Mindeste, wenn man bedenkt, wie sehr sie mir geholfen haben.«

»Du fehlst mir, Alex«, sagte sie leise.

»Du fehlst mir auch. Und danke.«

»Wofür?«

»Dass du für die Familie deinen Kopf riskierst.«

»Ich bin die Frau von Alex Cross«, erwiderte sie neckisch. »Was bleibt mir anderes übrig?«

»Sehr witzig«, sagte ich und grinste. »Ich liebe dich, Bree.«

»Ich liebe dich auch, Alex«, sagte sie. »Und jetzt schlaf gut.«

»Du auch.« Dann legte ich auf.

Mittlerweile war es fast 23.00 Uhr, und ich war seit 5.00 Uhr auf den Beinen. Eigentlich hätte ich das Licht ausmachen und mich wieder schlafen legen müssen. Aber ich kam mir vor, als hätte ich einen Espresso getrunken, unruhig, wollte irgendetwas tun. Schließlich fiel mein Blick auf die drei Aktenordner mit den Ermittlungsunterlagen im Fall der ermordeten Society-Ladys und deren Haushaltshilfe.

Hatte ich beim ersten Durchgang etwas überlesen?

Wahrscheinlich war es besser, nach der Antwort auf diese Frage zu suchen, als in die Dunkelheit zu starren und mich zu fragen, was diese Reverend Maya mir wohl über meinen Vater erzählen würde. Also schlug ich den ersten Ordner auf und fing noch einmal an zu lesen.

Irgendwann nach Mitternacht wurde die Erschöpfung dann übermächtig, und ich glitt in eine Traumwelt, in der alle möglichen Bilder aus Starksville und Palm Beach einen bunten Mischmasch bildeten: Sydney Fox tot auf ihrer Türschwelle liegend; brennendes Zuckerrohr, das Rauch und Insekten in den Himmel schleuderte; Rashawn Turnbulls

Leichnam auf den Polizeifotos; und dann ein Mann mit Mantel und dunkler Kapuze, der mit dem Rücken zu mir auf einer Straße in Belle Glade stand.

Er hob seine behandschuhte Hand und reckte drei Finger in die Höhe.

61

Starksville, North Carolina

Ach, liebste, süße Lizzie, dachte ihr Großvater, während er das Ruder in das stille Wasser tauchte. Sein kostbares kleines Mädchen trug immer noch ihr weißes Nachthemd und den Bademantel. Sie hatte sich auf den Boden des Ruderboots gekniet, noch vor den Sitz im Bug, hatte die Arme auf den Bootsrand gelegt und betrachtete mit schlaftrunkenen Augen die Seerosen, die in der aufgehenden Sonne glitzerten.

Er zog die Ruder sanft durchs Wasser und ließ das flache Ruderboot gekonnt um die Seerosen kreisen. Lizzie hielt sich an den Seitenwänden des Boots fest und kicherte, bevor sie ein lautes »Yippie!!« hören ließ.

»Ich hab dir doch gesagt, dass das Spaß macht«, sagte er.

»Und man kann sie wirklich so einfangen, Großvater? Die Elfen?«, wollte Lizzie wissen, während sie die blonden Löckchen beiseitestreifte, die ihr über die unschuldigen, ach so blauen Augen gerutscht waren.

Der alte Mann wurde erneut von einer großen Liebe zu diesem Kind ergriffen und sagte: »Ich habe von höchster Stelle erfahren, dass das eine sehr gute Methode ist. Man muss auf einen warmen Tag warten, wenn die Elfenprinzessinnen sich auf den Seerosenblättern sonnen. Dann umkreist man sie, bringt sie durcheinander, und dann kann man sie sich schnappen.«

Lizzie riss die Augen weit auf. »Aber wieso?«

»Weil eine Elfenprinzessin dir drei Wünsche gewähren muss, wenn du sie gefangen hast.«

»Drei?«, sagte das Mädchen staunend und starrte auf das

Wasser mit den vorbeischwebenden Seerosenblättern. »Wie heißt sie denn? Wie soll ich zu ihr sagen?«

»Zur Prinzessin?« Er überlegte hastig. »Guinevere.«

»Prinzessin Guinevere«, wiederholte sie. Das gefiel ihr. Sie hob den Kopf und sah ihn lächelnd an, doch dann machten sich Angst und Verwirrung auf ihrer Miene breit.

»Wer ist das, Großvater?«, wollte sie wissen.

Erst jetzt wurde ihm klar, dass sie an ihm vorbei zum Ufer geblickt hatte. Er drehte sich um und sah drei Männer vom Haus auf der Anhöhe über den Rasen zum Wasser herunterkommen.

»Was sind das für Männer?«, fragte sie aufgeregt.

»Das sind Freunde, Lizzie«, erwiderte er und lenkte das Boot in Richtung Anleger. »Alte Freunde. Kein Grund zur Sorge.«

»Aber was wird dann aus Prinzessin Guinevere?«, beklagte sie sich.

»Die ist morgen auch noch da«, erwiderte er.

Er fuhr zum Anleger und warf dem Polizeichef von Starksville, Randy Sherman, eine Leine zu. Dann übergab er seine Enkelin in die Hände des County Sheriffs Nathan Bean und betrat nach ihr den Anleger.

»Lizzie, lauf doch schon mal zum Haus und geh frühstücken«, sagte er.

Lizzie gab ihrem Großvater ein Küsschen und rannte barfuß über den Rasen, nicht ohne ein paar kleine Hüpfer einzustreuen, die ihn erneut verzauberten.

»Ich liebe dieses kleine Mädchen«, sagte er und musterte dann den dritten Mann auf dem Anleger. »Was machen die Nierensteine, Herr Richter?«

»Nichts als Schmerzen«, erwiderte Erasmus Varney mit verkniffener Miene. »Aber ich werd's überleben.«

»Freut mich zu hören«, sagte er. »Denn genau deshalb habe ich euch heute Morgen hierhergebeten. Es geht ums Überleben.«

Chief Sherman und Sheriff Bean betrachteten den alten Mann aufmerksam. Varney versuchte es auch, aber es hatte stark den Anschein, als würde der Richter den Kampf gegen die Schmerzen demnächst verlieren.

»Ich gehe davon aus, dass ihr mit dem Leben, das ihr jetzt führt, im Großen und Ganzen zufrieden seid, oder?«, sagte Lizzies Großvater.

Die drei Männer nickten.

»Und es ist euch wichtig, dass unser Leben auch weiterhin so angenehm bleibt?«

Sie nickten noch einmal. Es wirkte sehr entschlossen.

»Das ist gut zu wissen.« Mit einem Mal verschwand jede Leichtigkeit aus seiner Stimme. »Denn ich befürchte so langsam, dass unser angenehmes Leben ernsthaft in Gefahr ist.«

»Wodurch?«, wollte Richter Varney wissen.

»Durch diesen Alex Cross und seine Familie. Alle miteinander. Seine Frau. Seine Nichte, die Rechtsanwältin. Und auch durch seine Tanten und Onkel und Cousins.«

»Was erwartest du von uns?«, fragte Chief Sherman.

»Ich habe über eine dritte Partei veranlasst, einen Schlüsseldienst hinzuzuziehen, der unmöglich zu einem von uns zurückverfolgt werden kann«, sagte er. »Aber die Schlüsselmacherin benötigt bei ihrer Durchreise durch Starksville absolute Handlungsfreiheit.«

»Sie?«, fragte Sheriff Bean.

»Genau.«

»War sie schon einmal hier in der Stadt?«, wollte Chief Sherman wissen.

»Ein Mal.«

»Wie lauten die exakten Reisedaten?« Das war wieder Sheriff Bean.

»Sie kommt heute noch an. Gibt es da irgendwelche Probleme?«

Richter Varney sagte: »Bei jemandem wie Cross muss sehr behutsam vorgegangen werden. Er genießt einen hervorragenden Ruf und hat Freunde in den höchsten Kreisen.«

»Dessen sind wir uns voll und ganz bewusst, Erasmus«, sagte Lizzies Großvater. »Deshalb haben wir diese Schlüsselmacherin engagiert. Sie ist sehr geschickt darin, manche Türen zu öffnen und andere zu schließen. Der Tod der Familie Cross wird wie eine schicksalhafte Verkettung unglücklicher Umstände aussehen.«

VIERTER TEIL

EINE GOLDENE KÜSTE

62

Palm Beach, Florida

»Was für ein tragischer Tod, Maggie«, gurrte Coco. »Aber mittlerweile ist das in unseren gesellschaftlichen Sphären ja durchaus akzeptabel, nicht wahr? Oder zumindest nicht mehr so geächtet wie es früher einmal war.«

Jeffrey Mize trug eine weiße Leinenhose von Stéphanie Coudert, ein blassbraunes Leibchen und Ballettschuhe, aber keine Perücke. Er saß am Fußende des Betts, voll und ganz in sein Alter Ego Coco versunken. Aufmerksam betrachtete er die Tote, die wie ein Embryo zusammengekrümmt dalag, die Laken perfekt unter das Kinn geschoben, ganz so, als hätte das arme Ding sich einen möglichst bequemen Platz zum Sterben gesucht.

Die leere Flasche Edel-Tequila auf dem Nachttischchen machte das Selbstmordszenario noch glaubhafter, genau wie die leeren Tablettenröhrchen, die einst all die Schmerztabletten, Angsthemmer und Schlafmittel enthalten hatten, welche die arme Verblichene so regelmäßig missbraucht hatte.

Mehr als ein Cocktail war gar nicht nötig, dachte Coco zufrieden und stand auf. Maggie hatte nicht einmal geahnt, was über sie gekommen war. Nicht wie Lisa Martin, die sich mit weit aufgerissenen Augen und großem Geschrei in Frankensteins Braut verwandelt hatte, als das Radio ins Badewasser geplumpst war. Und schon gar nicht wie Ruth Abrams, die sich mit einer erstaunlichen Kraft gegen die Schlinge gewehrt hatte.

Vor Maggies Spiegel hielt Coco kurz inne und bewunderte die neuen Kleider, das Make-up, seinen gesamten, neuen Look, bevor er sich der roten Schachtel zuwandte. Er klappte sie auf und holte die Perücke heraus. Leicht und locker fielen ihm die kupferblonden Haare bis auf die Schultern.

Nur noch ein paar kleine Veränderungen, und schon hatte er genau den Effekt erzielt, den er im Sinn gehabt hatte: Faye Dunaway in *Thomas Crowne ist nicht zu fassen*, aber den legeren Look, nicht die schiere glamouröse Eleganz, die sie in der Schachszene mit Steve McQueen verströmte.

Mit diesen Worten zumindest hatte Mutter die Perücke immer beschrieben. Leger, aber faszinierend, sportlich und stark. Eine Frau, die einem McQueen die Stirn bieten konnte.

Coco lachte, weil sie den Film gesehen und Mutter den Nagel auf den Kopf getroffen hatte. Nachdem er noch eine Schildpattbrille aufgesetzt hatte, um den Dunaway-Effekt zu vervollkommnen, spitzte er die Lippen zu einem Schmollmund und betrachtete sich im Spiegel. Er fühlte sich unternehmungslustig, kess und sehr sexy. Schließlich wandte Coco sich vom Spiegel ab, griff nach der Segeltuchtasche und schlenderte durch das Schlafzimmer in die Bibliothek. Vor dem Ölgemälde blieb er stehen.

Es zeigte Maggie, wie sie barfuß im Sonnenuntergang auf einer Sanddüne saß. Sie trug Jeans und Kragenbluse und blickte im Dreiviertelprofil hinaus aufs Meer, während der Wind ihr die Haare zerzauste. Ihr Gesichtsausdruck ließ ahnen, dass sie sich ihrer schwindenden Schönheit durchaus bewusst war. *So wirst du immer sein*, dachte er. *An einer goldenen Küste sitzend, während deine Gedanken um den Verlust kreisen.*

Coco wandte sich ab und ließ Maggie hinter sich. Aber in der Erinnerung an dieses Gemälde würde sie immer bei ihm sein. Hinter der Küche, in einem kleinen Raum neben der Garage, befand sich die Alarmanlage. Erfreut stellte er fest, dass sie immer noch ausgeschaltet war.

Was hatte Maggie gesagt? Irgendetwas von einem Neustart innerhalb von fünfzehn Minuten?

Viel mehr, als ich brauche, dachte Coco und drückte auf die Taste, die das System wieder hochfahren ließ. Dann beschleunigte er seine Schritte, betrat die Garage und öffnete das Tor hinter seinem geliebten Aston Martin.

Coco stieg ein, legte einen blauen Schal locker über seine Perücke – genau wie Faye damals in der berühmten Strandbuggy-Szene in *Thomas Crowne ist nicht zu fassen,* mit McQueen am Steuer. Er legte den Rückwärtsgang ein und ließ den Aston in die Morgendämmerung hinausgleiten.

Das Einfahrtstor schwang auf. Coco lenkte den Aston mit aufgeklapptem Verdeck auf den South Ocean Boulevard und fuhr nach Norden. Ein salziger Geschmack lag in der Luft. Der Wind ließ den Schal immer wieder durch den Rand seines Gesichtsfelds flattern. Der erwachende Tag. Das wärmende Licht.

Es war wie in einem Film, in dem Coco der Star war, als Verkörperung von Faye Dunaway. Villa um Villa zog an ihm vorbei, alle ins Licht der aufgehenden Sonne getaucht. Träumerisch dachte er: *Eines Tages werdet ihr alle mir gehören. Das hat Mutter immer gesagt. Du musst es nur träumen, Coco, dann kann die ganze Welt dein sein.*

In der Stadt nahm er ein Frühstück zu sich und reizte die Coco-Rolle bis zum Äußersten aus, labte sich an der Aufmerksamkeit, genoss den Glanz, der ihn genauso in Bann schlug wie sein Publikum. Wahrer Glamour war immer so, hatte Mutter gesagt. Schönheit war eine verbindende Erfahrung.

Als er dann wieder in seinem Aston Martin saß, war er für einen Moment unentschlossen, wusste nicht, wohin er sich als Nächstes wenden sollte. Doch dann ließ er sich, wie eine Brieftaube, von seinem Instinkt leiten. Er fuhr eine Weile umher, stellte den Wagen ab und stand dann vor der Tür von Mize Fine Arts.

Er hatte eine ganze Nacht in seiner Coco-Trance zugebracht. Erst unmittelbar vor der Galerie wusste Mize wieder, wo und wer er war. Mit einem Mal fühlte er sich sehr schwach und brauchte mehrere Versuche, bis er die Ladentür aufgeschlossen hatte.

Anschließend legte er den Riegel vor und schaltete die Alarmanlage aus. Auf dem Weg in das im hinteren Teil der Galerie gelegene Büro wurde ihm so schwindelig, dass er sich auf einen Stapel aus wunderschönen Orientteppichen setzen musste, die in einer kleinen Nische lagen. Wann hatte er das letzte Mal geschlafen? Vor einem Tag? Vor anderthalb Tagen? Hatte Coco ihm etwa die ganze Zeit gestohlen?

Mize legte sich hin, drehte sich langsam auf die Seite und war augenblicklich weggedämmert.

Er hatte keine Ahnung, wie lange er dort gelegen hatte, als ihn ein lautes Klopfen weckte. Benommen blickte Mize sich um, dann fiel sein Blick auf einen Spiegel an der Wand. Der Dunaway-Look war noch nahezu perfekt.

Es klopfte noch lauter.

Mit dröhnendem Schädel stand er auf, trat um eine Ecke und näherte sich der Eingangstür. Dort stand ein muskulöser Kerl mit weißem Hemd und Krawatte. Er spähte zum Fenster herein und drückte eine Polizeidienstmarke gegen die Scheibe.

63

Detective Richard S. Johnson vom Sheriffbüro des Palm Beach County sah, wie eine Frau sich der Tür von Mize Fine Arts näherte, und trat einen Schritt zurück.

Der Riegel klackte, die Tür schwang auf, und vor ihm stand eine atemberaubend schöne Frau mit makellosem Haar, das kupfern, erdbeerfarben und blond schimmerte.

Sie lächelte ihn an und sagte mit einem leichten Südstaatenakzent: »Kann ich Ihnen behilflich sein?«

Detective Johnson war in seinem Leben noch nie einem Kampf aus dem Weg gegangen. Er hatte in Afghanistan insgesamt sechs Gefechte bestritten und immer seinen Mann gestanden. Aber in der Nähe solcher Klassefrauen hatte er sich noch nie besonders wohlgefühlt.

»Ich, äh, also … ich bin Detective Johnson vom … äh … Sheriffbüro. Palm Beach County.«

»Ja?« Sie schien genau zu spüren, welche Wirkung sie auf ihn hatte, und ließ ihre Hand wie ein Filmstar, ganz langsam, über den Türrahmen gleiten.

»Ich bin auf der Suche nach Jeffrey Mize«, sagte Johnson.

»Er ist nicht da. Normalerweise lässt er sich erst in ungefähr einer Stunde hier sehen.«

»Oh«, machte Johnson. »Ich war schon bei ihm zu Hause, aber da war er auch nicht.«

»Er frühstückt immer auswärts. Kann ich ihm vielleicht etwas ausrichten, Detective?«

»Ich möchte ihm nur ein paar Routinefragen im Zusammenhang mit einem Fall stellen, den ich gerade bearbeite. Und Sie sind?«

»Coco«, sagte sie. »Ich berate Mr. Mize und erstelle Gutachten für ihn.«

»Könnte ich vielleicht reinkommen und im Laden auf ihn warten, Coco?«

Coco stieß einen unbehaglichen Seufzer aus. »Detective, ich bin keine Angestellte. Ich arbeite auf freiberuflicher Basis für Mr. Mize und bin deshalb so früh hier, weil ich für meine Arbeit absolute Ruhe brauche. Können Sie mir die eine Stunde lassen? Da unten gibt es ein nettes Café.«

»Dann sehen wir uns in einer Stunde«, sagte Johnson.

»Da bin ich leider schon wieder weg«, gurrte Coco. »Aber danke, Detective.«

»Keine Ursache, Coco.« Während er den Bürgersteig entlangging, hatte er irgendwie das Gefühl, als hätte die Frau ihn ein bisschen hypnotisiert.

Kopfschüttelnd steuerte Johnson das Café an. Er war in einer schwierigen Gegend von Miami aufgewachsen. Dann war er zu den Marines gegangen und hatte zwei Afghanistan-Einsätze hinter sich gebracht, aber in Gegenwart eines bestimmten Frauentyps war er trotzdem immer noch wie gelähmt. Er musste an die erste Begegnung mit seiner Frau, Angela, denken. Damals hatte er keinen einzigen geraden Satz zustande gebracht.

Sein Handy klingelte. Detective Sergeant Drummond.

»Was Neues?«, wollte Drummond wissen.

»Mize ist erst in einer Stunde zu sprechen«, sagte Johnson. »Und bei dir?«

»Ich habe mit Marie Purcells Personalchefin gesprochen«, sagte der Sergeant. »Sie hat Francie vor vier Monaten gefeuert. Es bestand der Verdacht, dass sie ein paar seltene Münzen gestohlen hatte.«

»Hat sie eine Anzeige gemacht?«

»Nein«, sagte Drummond. »Leute wie die Purcells wenden sich nur ungern an die Polizei. Die haben ihre eigenen Sicherheitskräfte, die so etwas still und leise erledigen.«

»Gibt's da oben viele von der Sorte?«, wollte Johnson wissen und reihte sich in die Schlange vor einem gemütlich wirkenden Café ein.

»Würde ich schon sagen.«

»Hast du was von Cross gehört?«

»Ich hol ihn gleich ab«, sagte Drummond.

Johnson war ein bisschen sauer. Er hatte gehofft, auch noch ein bisschen Zeit mit Alex Cross verbringen zu können. Es gab da die eine oder andere kniffelige Frage, die er ihm zu gerne noch gestellt hätte.

»Wer ist der Nächste auf deiner Liste?«, wollte der Sergeant wissen.

Johnson holte ein Blatt Papier aus seiner Tasche, ging die Namen der Reihe nach durch und sagte: »Crawford.«

»Gut, dann übernehme ich Schultz.«

Johnson war einverstanden und legte auf. Dann bestellte er sich einen Espresso und einen Becher mit einer kräftigen Kenia-Röstung und kippte beides in ein mit Eiswürfeln gefülltes Glas. Anschließend las er die *Palm Beach Post* von vorn bis hinten durch und rief bei den Crawfords und in diversen anderen Villen an, die auf seiner Liste standen. Aber überall wurde er lediglich gebeten, eine Nachricht zu hinterlassen.

Fünfzehn Minuten früher als vereinbart stand Johnson wieder vor der Galerie und klopfte an. Ein Mann öffnete ihm. Er war groß mit hängenden Schultern und hatte eine Glatze, trug weiße Slipper, eine ausgebeulte schwarze Hose, ein weites schwarzes Hemd und weiße Baumwollhandschuhe.

»Detective Johnson?«, sagte er mit tiefer Stimme. »Coco hat schon erwähnt, dass Sie vorbeikommen würden. Bitte, treten Sie ein. Tut mir leid, dass ich vorhin nicht da war, und bitte entschuldigen Sie auch die Handschuhe, aber ich habe mit einem schlimmen Hautausschlag zu kämpfen. Eine allergische Reaktion auf einen Lackentferner, mit dem ich neulich experimentiert habe.«

Johnson betrat den Laden, blickte sich gründlich um und sagte: »Viele schöne Sachen haben Sie hier. Was genau ist eigentlich Ihre Tätigkeit, Sir?«

»Ich kaufe und verkaufe schöne Dinge«, erwiderte Mize. »Kunst, Schmuck, Teppiche und Möbel. Was kann ich für Sie tun?«

»Ich habe ein paar Fragen in Bezug auf Francine Letourneau.«

Mize runzelte die Stirn, und Johnson fiel auf, dass er keine Augenbrauen hatte. Überhaupt keine Körperbehaarung. Wie nannte man diese Krankheit gleich noch mal?

»Was ist denn mit Francie?«, wollte Mize wissen.

»Sie ist tot«, sagte Johnson.

Mize richtete sich auf, schlug eine weiß behandschuhte Hand vor den Mund und sagte: »Tot?«

»Ermordet«, fuhr Johnson fort. »Man hat ihren Leichnam in der Nähe von Belle Glade aufgefunden.«

»Mein Gott, das ist ja schrecklich«, sagte Mize. »Ich habe sie immer gerngehabt. Na ja, zumindest bis ich gezwungen war, sie zu entlassen.«

»Weshalb?«

»Sie war immer unpünktlich und hat schlampig gearbeitet. Und auch wenn ich's nicht beweisen kann, aber ich glaube, sie hat mich auch bestohlen.«

»Sie glauben?«

Mize wies mit einer Handbewegung auf seinen Laden. »Das alles im Blick zu behalten, ist eher Kunst als Wissenschaft. Ich kann mich beim besten Willen nicht an jedes meiner Schmuckstücke erinnern.«

»Dann glauben Sie also, dass Sie Ihnen Schmuck gestohlen hat?«, hakte Johnson nach.

»Ja«, sagte Mize. »Etliche Stücke, die meiner Mutter gehört haben, waren von einem Tag auf den anderen spurlos verschwunden.«

»Wieso haben Sie Francine überhaupt eingestellt?«

»Sie ist mir von einer Agentur vermittelt worden«, erwiderte er mit gerümpfter Nase. »Angeblich hatte sie nur beste Referenzen.«

»Wann haben Sie sie das letzte Mal gesehen?«

»Gesehen? Ich weiß nicht, vor fünf Monaten vielleicht? Aber erst vor ein paar Tagen hat sie mir zu Hause auf den Anrufbeantworter gesprochen. So eine Frechheit. Unglaublich!«

»Und was hat sie gesagt?«

»Dass ihr das Missverständnis sehr leidtut und dass sie ihren Job gerne wiederhätte.«

»Haben Sie sie zurückgerufen?«

»Ganz bestimmt nicht! Und die Nachricht habe ich sofort gelöscht.«

»Wann war das genau?«

»Am Samstag? Sonntag?«

»Wo waren Sie am Sonntag?«

Mize überlegte. »Ich war den ganzen Nachmittag über hier, zum Arbeiten. Dann ein frühes Abendessen mit Coco und ihrer Schwester – es gab Sushi. Gegen acht war ich zu Hause und habe mir auf Netflix ein paar alte Filme angesehen. *Thomas Crowne ist nicht zu fassen*, kennen Sie den?«

»Nein.«

»Sollten Sie sich unbedingt besorgen. Ein sehr guter Film. Das Original, nicht das Remake. Jedenfalls hatte ich einen Riesenspaß mit Faye Dunaway und Steve McQueen, und danach bin ich ins Bett gegangen, so gegen zehn. Ich gehe gerne früh schlafen und stehe dann früh wieder auf. Und Sie?«

»Auch«, erwiderte Johnson. »Kennen Sie Ruth Abrams oder Lisa Martin?«

»Ich habe aus der Zeitung erfahren, was den beiden widerfahren ist, und habe mir immer wieder den Kopf darüber zerbrochen. Ich bin mir sicher, dass ich die beiden mal bei einem Empfang oder so gesehen habe. Schrecklich, das alles.«

»Francine Letourneau hat bei beiden Frauen im Haushalt gearbeitet.«

»Tatsächlich? Glauben Sie, dass sie irgendetwas mit dem Tod der beiden zu tun hatte? Und dann… selbst ermordet worden ist?«

»Das ist nicht ausgeschlossen«, sagte Johnson und spürte, wie sein Handy vibrierte.

Schon wieder Drummond.

»Komm so schnell wie möglich zu den Crawfords«, knurrte der Sergeant. »Die Dame des Hauses ist tot.«

64

Detective Johnson stieg gerade aus seinem Wagen, als Sergeant Drummond sich neben ihn schob und sein Auto auf dem Ocean Boulevard zwischen zwei Streifenwagen mit eingeschaltetem Blinklicht abstellte.

Auf dem Parkplatz des Hampton Inn in West Palm, wo Drummond mich abgeholt hatte, hatte eine mörderische Hitze geherrscht, aber hier, so dicht am Strand und am Wasser, wehte eine wunderbare Brise. Kein Wunder, dass die Superreichen seit – ja wie lange schon? – seit über einem Jahrhundert im Sommer hierher flüchteten. Hatte der Sergeant nicht gestern Abend erst davon gesprochen?

Noch bevor ich mich vergewissern konnte, dass die drei Bier meine Erinnerung nicht komplett durcheinandergewürfelt hatten, berichtete Johnson Drummond von seinem Besuch in der Galerie Mize Fine Arts. Gleichzeitig näherten sie sich dem Crawfordschen Anwesen, einer atemberaubenden weißen Villa im mediterranen Stil mit roten Dachziegeln. Auch der umgebende Park war wunderschön und erinnerte mich, nicht zuletzt durch den Wasserfall, an einen Zen-Garten.

Das Haus selbst war – wie soll ich sagen? Ich hatte so etwas noch nie betreten. Aber ich habe ja auch nicht viel Gelegenheit, mich in irgendwelchen Villen in Palm Beach herumzutreiben. Jedenfalls hätte jedes einzelne Zimmer einen eigenen Artikel in *Architectural Digest* verdient gehabt.

Die Küche war vom Allerfeinsten, voll mit schwedischen und finnischen Geräten, die funkelten und blitzten, als seien sie erst gestern geliefert worden. Dazu kamen exquisite italienische Fliesen. Die Bibliothek sah aus, als hätte man sie aus einem südfranzösischen Kloster entwendet, und das Schlafzimmer, in dem Maggie Crawford lag, war strahlend hell wie ein Tag in Florida.

Ich ließ den Blick durch das Zimmer schweifen, registrierte die Tabletten, die edle Tequila-Flasche und das Glas auf dem Nachttischchen neben der ungepflegten Frau, die dort eingekuschelt unter der Decke lag. Sie musste früher einmal eine echte Schönheit gewesen sein, und sie sah fast aus, als würde sie schlafen. Abgesehen von ihrer blau verfärbten Haut.

»Wir fassen am besten nichts an«, sagte Drummond. »Zuerst soll die Kriminaltechnik mal ihre Arbeit machen.«

Das sah ich ganz genauso. Es gab keine Anzeichen für einen Kampf. Wir mussten die Laborergebnisse abwarten. Erst dann ließ sich etwas über die genauen Umstände ihres Todes sagen.

Ein Deputy stand in der Tür und sagte: »Die persönliche Assistentin der Verstorbenen wartet unten. Sie hat die Tote gefunden und uns verständigt.«

Wir fanden Candace Layne in der wundervollen Bibliothek. Sie sah furchtbar aus.

»Genau so was haben wir alle befürchtet«, sagte Layne. »Darum hat John sie auch verlassen. Er konnte ihre Selbstzerstörung einfach nicht mehr länger mit ansehen.«

»Drogen und Alkohol?«, fragte ich sie.

Layne nickte traurig. »Tief im Inneren, trotz ihres Reichtums, ihrer Schönheit, ihrer glücklichen Lebensumstände, war sie eine zutiefst verunsicherte, verängstigte Person.«

»Wann haben Sie sie zuletzt gesehen?«, wollte Johnson wissen.

»Gestern Nachmittag, so gegen halb sechs«, sagte sie.

»Und waren Sie die Letzte, die sie lebend angetroffen hat?«

»Ich denke schon«, sagte Layne. »Sie hatte am Abend nichts vor. Sie wollte nur lesen und sich einen Film anschauen.«

Drummond erkundigte sich, ob sie die drei anderen toten Frauen gekannt hatte, die beiden Schickeria-Ladys und Francie Letourneau. Als Layne daraufhin den Sergeant fragte, ob er glaube, dass Maggie Crawford ermordet worden sei, erwiderte er, dass er lediglich keine Möglichkeit vorschnell ausschließen wolle. Layne berichtete, dass sie Letourneau gefeuert habe, nachdem Maggie sie bei einem Silberdiebstahl erwischt hatte. Mit den persönlichen Assistentinnen von Ruth Abrams und Lisa Martin hatte sie zwar E-Mail-Kontakt gehabt, sie aber nie persönlich kennengelernt.

»Hat Mrs. Crawford sich auch in diesen Kreisen bewegt?«, wollte Drummond als Nächstes wissen.

»Sie haben die gleichen Wohltätigkeitsveranstaltungen und Ähnliches besucht, ja«, bestätigte Layne.

Obwohl wir keinen wirklichen Hinweis auf eine Ermordung von Maggie Crawford hatten, glaubte ich, dass es zwischen diesen vier Toten einen Zusammenhang gab. Drei Damen der gehobenen Gesellschaft, die alle irgendwann dieselbe haitianische Haushaltshilfe beschäftigt hatten. Und jetzt waren diese drei Schickeria-Ladys tot, genau wie die Haushälterin. Das war kein Zufall. Hier musste es eine Verbindung geben.

»Wie lange arbeiten Sie schon für Mrs. Crawford?«, wollte ich wissen.

»Nächsten Monat wären es fünf Jahre gewesen«, erwiderte Layne niedergeschlagen.

»Könnten Sie uns sagen, ob von ihren Sachen etwas fehlt?«, erkundigte sich Johnson. »Schmuck zum Beispiel? Oder Kleider?«

Layne nickte. »Ich denke schon. Soll ich mal nachsehen?«

»Erst wenn die Kriminaltechnik fertig ist«, sagte Drummond. »Wie war sie denn?«

»Maggie?« Layne überlegte kurz. »Meistens war sie die Liebenswürdigkeit in Person, unglaublich witzig und großzügig. Es war eine echte Freude, für sie zu arbeiten. Aber manchmal, wenn ihre Stimmung gekippt ist, dann war sie eine richtige Tyrannin, ein kleines, reiches, verwöhntes Gör, das irgendetwas haben wollte, und zwar sofort. Auch im nüchternen Zustand war da oft so eine … ich weiß auch nicht … eine Melancholie, eine Sehnsucht spürbar. Da, auf dem Gemälde da drüben, kann man das ziemlich gut sehen.«

Layne zeigte auf ein Ölgemälde von Maggie Crawford. Darauf trug sie eine Jeans und eine pinkfarbene Bluse und saß barfuß am Sand, umgeben von Dünengräsern. Sie blickte im Dreiviertelprofil hinaus aufs Meer. Ich stellte mich davor, sah mir das Bild etwas genauer an und erkannte, was die persönliche Assistentin gemeint hatte.

»Das ist ein Riesending bei den Superreichen, stimmt's?«, sagte Johnson, der hinter mir stand. »Also, dass die sich alle malen lassen, meine ich.«

»Ich weiß nicht. Kann sein«, erwiderte Layne.

»Ruth Abrams und Lisa Martin haben auch so ein Porträt von sich machen lassen«, sagte Drummond und nahm das Gemälde etwas genauer unter die Lupe. »Coco.«

»Was?«, meldete Johnson sich zu Wort.

»Da in der Ecke«, erwiderte der Sergeant. »Die Signatur. Das steht *Coco*.«

»Ich habe keine Ahnung, wer das sein könnte«, sagte Layne.

»Aber ich vielleicht«, verkündete Johnson. »Ich habe vorhin eine Coco kennengelernt.«

65

Starksville, North Carolina

An diesem Nachmittag gegen 16.00 Uhr spazierte Bree an den Bahngleisen entlang, wo Finn Davis sechs junge Männer, die auf verschiedenen Waggons eines Güterzugs Richtung Norden gesessen hatten, mit einem dreifingrigen Salut gegrüßt hatte.

»Wonach suchen wir eigentlich?«, wollte Naomi wissen.

»Ich weiß es nicht«, erwiderte Bree. »Und dein Mandant leider auch nicht.«

Sie waren auf einer langen, kreisförmigen Route vom Gefängnis bis hierher zu Fuß gegangen. Im Gefängnis hatten sie Gelegenheit gehabt, ungefähr dreißig Minuten lang mit Stefan Tate zu sprechen. Bree hatte ihn nach seinem Verdacht in Bezug auf die Bahngleise gefragt, und er hatte berichtet, dass er ein Gespräch zwischen zwei Kiffern an der Schule belauscht hatte. Darin war es um Drogen und die Gleise gegangen. Er hatte daraufhin beschlossen, einen der beiden zu verfolgen.

»Lester Michaels, ein Zwölftklässler. Einer von denen, die eigentlich nur noch zugedröhnt waren. Ich habe beobachtet, wie er auf einen Güterzug aufgesprungen ist. Danach hat er zwei Tage lang die Schule geschwänzt. Als ich ihn zur Rede gestellt habe, hat er behauptet, er sei krank gewesen, aber ich habe mit seiner Mutter gesprochen. Sie hatte keine Ahnung, wo er gesteckt hat, und war kurz davor gewesen, eine Vermisstenmeldung aufzugeben.«

»Hast du jemals andere Personen auf einem der Züge beobachtet?«, hatte Bree ihn gefragt.

»Nein«, hatte Stefan geantwortet. »Ich habe mich ein paar Abende lang neben die Gleise gehockt und gewartet, aber auf dieser Strecke sind ja ununterbrochen Züge unterwegs, sieben Tage die Woche, Tag und Nacht.«

»Dann habe ich wohl einfach Glück gehabt«, sagte Bree. »Ich habe, seit wir hier sind, schon zweimal Leute auf einem Güterwaggon gesehen, und beide Male haben sie jemanden neben den Gleisen mit drei getreckten Fingern gegrüßt. Weißt du darüber etwas?«

Stefan überlegte kurz, dann nickte er. »An der Schule ist mir so ein Zeichen auch schon mal aufgefallen, bei ein paar Jugendlichen, glaube ich.«

»Die Namen?«, wollte Naomi wissen.

»Weiß ich nicht«, sagte Stefan. »Ich glaube, die waren aus Pattys Klasse. Wo steckt sie eigentlich? Sie besucht mich nicht mehr und reagiert auch nicht auf meine Anrufe.«

Bree blieb stumm.

Naomi meinte: »Sie steht bestimmt gewaltig unter Druck.«

»Oder sie will mich verlassen«, sagte Stefan niedergeschlagen.

Bree und Naomi hatten versucht, ihn vom Gegenteil zu überzeugen. Doch nachdem sie sich von Stefan verabschiedet hatten, hatten sie bei Patty Converse vorbeigeschaut und gesehen, dass ihr Auto nicht da war. Wenigstens war die Wohnung nicht leer geräumt, wie sie mit einem Blick durch das Fenster feststellen konnten. Dann hatte Naomi mehrfach versucht, Patty telefonisch zu erreichen, war aber jedes Mal nur an die Mailbox geraten.

Und jetzt waren sie also bei den Gleisen angelangt.

Aus Süden kam ihnen ein Zug entgegengerumpelt. Bree und Naomi hielten so viel Abstand wie möglich, um auf die Dächer der Waggons sehen zu können. Aber nirgends saß ein Mitfahrer, nicht einmal auf dem letzten. Ein paar Minuten später rollte ein Zug aus der Gegenrichtung vorbei. Auch er war unbesetzt.

»Das kommt mir ein bisschen so vor wie die Suche nach der Stecknadel im Heuhaufen«, sagte Naomi. »Ich meine, wir können ja nicht ständig hier rumsitzen und Züge beobachten.«

Bree überlegte, blickte sich um und betrachtete dann wieder die dicht stehenden Bäume zwischen den Gleisen und dem Piggly-Wiggly-Parkplatz. Dabei fiel ihr etwas ein, was sie an einem der letzten Tage mitbekommen hatte, in einer der Sendungen im Outdoor Channel, die Ali sich ständig ansah.

»Gibt es hier irgendwo einen Laden für Jäger- und Anglerbedarf?«, fragte sie Naomi.

»Ich kenne ein Geschäft für ausrangierte Armeebestände und glaube, die haben auch solche Sachen.«

Bald saßen sie wieder im Auto und waren auf dem Weg in den Westteil der Stadt, zu P & J Surplus. Das Erste, was sie nach dem Eintreten sahen, waren mehrere große Konföderiertenflaggen an der Wand.

Bree achtete nicht darauf und ging auf die einzige Verkäuferin zu, ein schwergewichtiges weißes Teenagermädchen namens Sandrine. Sie beäugte Bree misstrauisch und Naomi interessiert.

»Ich hab Sie in der Zeitung gesehen. Und im Fernsehen«, sagte Sandrine zu Naomi. »Sie verteidigen diesen Kinderschänder, stimmt's?«

»Ich bin Mr. Tates Rechtsanwältin«, erwiderte Naomi.

»Verfolgen Sie den Prozess?«, fragte Bree sie.

Sie zuckte mit den Schultern. »Mein Papa sagt, ich soll das nicht machen.«

»Und wieso?«

»Sind doch bloß Nigger, die andere Nigger abmurksen, sagt er. Nichts für ungut, sind ja nicht meine Worte.«

Ganz beiläufig hatte Sandrine diese Worte ausgesprochen. Bree schluckte ihre Reaktion hinunter und fragte sich, wie viele Menschen in Starksville und Umgebung wohl so oder so ähnlich dachten.

Auch Naomi behielt die Fassung. »Wir würden gerne etwas kaufen.«

»Ach ja?« Sandrine wurde hellhörig. »Was denn genau?«

Bree sagte es ihr, und das Mädchen kam lächelnd hinter seinem kleinen Tresen hervorgewatschelt. »Wir haben alles, hier bei P & J. Erst kürzlich haben wir sechs davon reinbekommen. Wie viele möchten Sie denn haben?«

Bree überlegte und sagte dann: »Zwei müssten für den Anfang reichen.«

66

West Palm Beach, Florida

Schon wieder brannte Zuckerrohr, schon wieder hingen dichte Rauchwolken am Himmel. Ich war unterwegs nach Belle Glade und wäre am liebsten gleichzeitig dort in Palm Beach und in Starksville gewesen.

Es war 17.20 Uhr. Ich hatte den ganzen Tag mit Drummond und Johnson verbracht, die nur zwei Telefonate mit dem Personal in den jeweiligen Villen gebraucht hatten, um festzustellen, dass sowohl Lisa Martin als auch Ruth Abrams von Coco porträtiert worden waren. Aber niemand wusste, wer Coco war, und schon gar nicht, wo sie wohnte.

Maggie Crawfords getrennt lebender Ehemann war zum Fischen in Alaska. Der Tittenkönig hatte den ganzen Tag lang operiert und war nicht erreichbar gewesen. Dasselbe galt für Elliot Martin, Milliardär und Witwer von Lisa Martin, der geschäftlich in Schanghai zu tun hatte.

Sie hatten bei den Sekretärinnen oder persönlichen Assistentinnen der Männer entsprechende Nachrichten hinterlassen und um Rückruf gebeten. Auf dem Weg zu Mize Fine Arts in der Worth Avenue hatte Johnson im Internet nach einer Coco in Palm Beach und Umgebung gesucht. Ohne Erfolg.

Dann hatten wir bei Mize Fine Arts vor verschlossener Tür gestanden, und das während der Haupteinkaufszeit. Auch auf unser Klopfen hatte niemand reagiert.

»Ich würde am liebsten reingehen und mich ein bisschen umsehen«, sagte Johnson, als wir uns schon zum Gehen gewandt hatten.

»Das glaube ich dir sofort«, sagte Drummond. »Aber ich bezweifle, dass eine Signatur auf drei Gemälden als Grund für einen Durchsuchungsbeschluss durchgehen würde. Und außerdem sieht mir das da nach einer ziemlich guten Alarmanlage aus. Wie würdest du das erklären, wenn sie dich da drin schnappen würden?«

Ich blickte Drummond an, und er zwinkerte mir zu.

Dann fuhren wir zu Mize nach Hause. Früher einmal musste es ein prachtvolles Gebäude gewesen sein, zwar nicht so riesig wie die Paläste am Ocean Boulevard, aber trotzdem ein beeindruckendes Bauwerk. Der Vorgarten war hübsch und gepflegt, aber das Haus selbst hätte gut einen neuen Anstrich vertragen können. Aus der Nähe stellten wir dann fest, dass die Haustür frisch lackiert werden musste. Und auch die kleinen Schäden an den Stuckarbeiten zu beiden Seiten des Eingangs waren nicht zu übersehen.

Drummond drückte auf die Klingel. Keine Reaktion. Er klingelte noch einmal.

Ich ging seitlich um das Haus herum und stand im Schatten zwischen dem Haus und der Bambushecke, welche die Grenze zum Nachbargrundstück markierte. Der Weg bestand aus rissigem Beton und war von Unkraut überwuchert, aber noch schlimmer sah es hinter dem Haus aus. Der Garten schien seit Monaten vernachlässigt worden zu sein. Ein Fallrohr war auf halbem Weg zwischen Dachrinne und Boden gebrochen, und der untere Teil baumelte lose in der Halterung.

»Falls er da ist, dann macht er nicht auf«, sagte Drummond, als ich wieder vor der Haustür ankam.

»Ich würde mir mal seine Steuererklärungen vornehmen«, sagte ich.

»Wieso denn das?«

»Er lässt seinen Besitz verkommen, und das deutet darauf hin, dass er finanzielle Schwierigkeiten hat.«

Auf dem Weg zurück zum Auto forderte Drummond per Telefon alle verfügbaren Informationen über Jeffrey Mize an.

»Wir müssen das Haus beobachten«, sagte Johnson.

»Die Kunstgalerie auch«, sagte ich. »Früher oder später werden Mize oder Coco sich ja blicken lassen.«

Da Johnson der Einzige war, der Coco schon leibhaftig gesehen hatte, sollte er die Galerie übernehmen. Drummond und ich wollten das Haus im Blick behalten, so lange bis ich losmusste, um zu erfahren, was aus meinem Vater geworden war.

»Ich hoffe, Sie finden, wonach Sie suchen«, sagte der Sergeant zum Abschied.

Eine Stunde später ließ ich Belle Glade in nördlicher Richtung hinter mir und geriet in einen riesigen Mückenschwarm. Ganz egal, wie oft ich Wischwasser auf die Windschutzscheibe spritzte, sie war und blieb verschmiert. Nahe der Stadtgrenze von Pahokee hielt ich an, um zu tanken und die Scheibe gründlich zu reinigen. Dann fuhr ich in die Stadt, wo mir auffiel, dass auf großen Plakaten für das Footballteam der Highschool Werbung gemacht wurde.

Drummond hatte erwähnt, dass die Teams aus Pahokee und Belle Glade immer zu den besten Mannschaften des Bundesstaats gehörten. Zusammen hatten sie schon fast sechzig NFL-Profis hervorgebracht. Ziemlich beeindruckend, angesichts des wirtschaftlichen Niedergangs der Region. Hier in Pahokee gab es noch mehr geschlossene Geschäfte als in Belle Glade.

Aber das Cozy Corner Café in der Lake Street hatte geöffnet. Ich stellte meinen Wagen direkt davor ab. So dicht am Lake Okeechobee war die Luftfeuchtigkeit fast nicht zu ertragen. Es waren nur zehn Schritte von meinem Mietwagen bis zur Cafétür, aber danach war ich völlig durchnässt – wobei, vielleicht hatte das auch mit meiner plötzlichen Nervosität zu tun. Was mochte meinem Vater vor all diesen Jahren widerfahren sein?

Im Café saßen insgesamt sechs Gäste, aber nur eine Frau. Sie war allein, lächelte mich an und winkte mir zu, eine hübsche, mollige, ältere Latina mit einem strahlenden Lächeln. Sie stand auf, strich ihren langen schwarzen, von einigen grauen Strähnen durchzogenen Pferdeschwanz zurück und zog ihr hübsches lilafarbenes Batikkleid zurecht. An einer Kette um ihren Hals hing ein kleines, einfaches Holzkreuz.

»Dr. Cross?«, sagte sie und ergriff zur Begrüßung meine beiden Hände. Dann sah sie mich durch das Drahtgestell ihrer Brille freundlich an. »Ich bin Reverend Alicia Maya. Sie möchten also etwas über Paul Brown erfahren?«

67

Im Verlauf der nächsten Stunde erzählte Reverend Maya mir bei Eiskaffee und einem Stück Ananastorte, was sie über Paul Brown wusste. Sie hatte ihn kennengelernt, kurz nachdem sie ihre erste Stelle als Pastorin in der kleinen Unitariergemeinde in Pahokee angetreten hatte.

»Ich war damals fünfundzwanzig, hatte mein taufrisches Theologie-Examen in der Tasche und war fest davon überzeugt, dass ich die Welt verändern konnte«, sagte sie. »Auch wenn es heute nur noch schwer vorstellbar ist, aber damals war Pahokee ein aufstrebender, blühender Ort. Hier gab es keine Arbeitslosen, im Gegenteil. Von überall sind die Menschen hierhergekommen, um Arbeit zu suchen. Und Paul Brown war einer von ihnen.«

Eines Abends war Brown bei einem ihrer Abendgottesdienste aufgetaucht. Er hatte schwach gewirkt und stark gehinkt.

»Nach dem Gottesdienst ist er noch länger geblieben«, sagte sie. »Er meinte, dass er nicht wüsste, wohin, und dass er liebend gerne die Kirche sauber halten würde, wenn ich ihn dafür dort schlafen ließe. Ich habe natürlich erst einmal gezögert, aber ich konnte sehen, dass er Qualen litt, die nicht nur körperlicher Natur waren. Darum habe ich ja gesagt. Letztendlich hat er dann acht Monate lang in der Kirche gelebt. Tagsüber hat er als Erntehelfer auf den Feldern gearbeitet und abends die Kirche geputzt.«

Ich hob die Hände. »Bevor Sie noch mehr erzählen, darf ich Ihnen ein paar Fragen stellen?«

»Bitte.«

»Haben Sie nach Browns Tod einen gewissen Clifford Tate in Starksville, North Carolina, angerufen?«

Die Pastorin legte den Kopf schief, wandte den Blick zur Seite und sagte dann: »Ja. Ich glaube, ich habe den Namen und die Telefonnummer in einem kleinen Büchlein bei Mr. Browns anderen Sachen gefunden.«

Mit einem Mal bekam der Verlust etwas seltsam Endgültiges. Reverend Maya musste es mir angesehen haben, denn sie sagte: »Sergeant Drummond meinte, dass er ein Angehöriger von Ihnen war?«

»Ich glaube, er war mein Vater«, sagte ich.

Sie blinzelte mehrfach und holte tief Luft. »Oh. Das wusste ich nicht.«

Reverend Maya fuhr fort, dass Brown ein gepeinigter Mann gewesen sei, der sich redlich um Buße für seine Sünden bemüht hatte. Allerdings war er immer ausgewichen, wenn sie ihn gefragt hatte, um welche Sünden es denn konkret gegangen war. Er hatte nur wenig mit ihr gesprochen, aber sie hatte ihn oft auf Knien betend angetroffen.

»Ich habe ihn jedes Mal gefragt, wofür er betet«, sagte die Pastorin. »Und seine Antwort war immer: ›Vergebung‹.«

»Er hat Ihnen nie erzählt, was passiert ist? Was er getan hat?«

Reverend Maya wirkte hin- und hergerissen. Mir war klar, dass das mit dem Gebot der Vertraulichkeit zwischen Seelsorgerin und Gemeindemitglied zusammenhing, auch wenn das Gemeindemitglied bereits tot war. Also erzählte ich ihr von Jason Cross.

Sie hörte gebannt zu, während ich ihr den Abstieg meiner Eltern in die Hölle schilderte. Ich erzählte ihr, wie meine Mutter gestorben war, und von meinen Erinnerungsfetzen an jenen Abend, von dem ich dreieinhalb Jahrzehnte lang geglaubt hatte, er sei der letzte im Leben meines Vaters gewesen.

»Einen Teil davon hat Mr. Brown mir gebeichtet, auch wenn er nie irgendwelche Namen genannt hat. Er hat gesagt, dass er seine Frau getötet hat, um sie von ihrem Leiden zu erlösen.«

»Ich glaube, dass das stimmt. Hat er je von uns gesprochen, von seinen Kindern? Oder von seiner Mutter?«

Sie nickte. »Das hat er. Er hat mir erzählt, dass seine Kinder irgendwo weiter nördlich bei seiner Mutter lebten und dass sie ohne ihn sehr viel besser dran seien.«

Eines Abends, so berichtete sie weiter, nachdem er schon etliche Monate in der Kirche gewohnt hatte, hatte sie nach ihm gesucht. Aber in seinem kleinen Zimmerchen hatte sie ihn nicht gefunden. Dann hatte sie einen Schuss gehört und ihn anschließend tot hinter der Kirche gefunden. Er hatte sich mit einer Schrotflinte ins Gesicht geschossen.

»Kann ich mir die Stelle ansehen?«

Sie schüttelte den Kopf. »Die Kirche war von Termiten zerfressen und baufällig. Sie ist ungefähr fünf Jahre, nachdem ich eine Gemeinde in West Palm übernommen habe, abgerissen worden. Aber ich kann Ihnen gerne sein Grab zeigen, wenn Sie möchten.«

»Sein Grab? Unbedingt.«

68

»Wir nehmen meinen Wagen«, sagte Reverend Maya. »Macht mehr Spaß.«

Zu meiner großen Verblüffung führte sie mich zu einem älteren weiß glänzenden, zweitürigen Cabrio, einem Mazda MX-5.

»Fahren alle Unitarier-Pastoren einen Sportwagen?«, fragte ich sie.

Sie lachte. »Ich schon. Das ist mein einziges Laster.«

Die Pastorin hatte ihr Laster gut im Griff. Sie scheuchte den MX-5 wie eine routinierte Rallyefahrerin über die Landstraßen jenseits der verfallenden Gassen von Pahokee. Aber ich bekam keine Gelegenheit, sie zu fragen, ob sie tatsächlich Rallyefahrerin war, weil sie mich ununterbrochen mit Fragen über mein Leben und meine Familie bombardierte.

Am Ende unserer viertelstündigen Fahrt wusste ich, dass sie als Fragestellerin ganz ähnliche Qualifikationen besaß wie am Steuer eines Autos.

»Sie haben ja ein ganz außergewöhnliches Leben geführt, egal wie man es betrachtet«, sagte sie, während sie einen Gang herunterschaltete und den Wagen durch das schmale Tor eines kleinen Friedhofs in einer ländlichen Gegend lenkte. »Ich glaube, dass Paul… also, Ihr Vater, sehr stolz auf Sie gewesen wäre.«

Ich lächelte, musste schlucken und sagte: »Danke.«

Kaum hatte sie angehalten, wurden wir von Stechmücken umschwirrt. Sie holte zwei ThermaCell-Insektenschützer aus dem Handschuhfach. Ein Gerät machte sie an ihrer Handtasche fest, das andere gab sie mir, und ich befestigte es am Gürtel. Und sie funktionierten tatsächlich.

Wir gingen durch den Friedhof und bogen schließlich links ab, näherten uns einem Maschendrahtzaun. Dahinter wucherte dichte Vegetation. Am Ende der Reihe war eine einfache rötliche Granitplatte zu sehen, ungefähr so groß wie zwei nebeneinander stehende Backsteine.

PAUL BROWN
ERGEBENER DIENER SEINES HERRN, JESUS CHRISTUS

Ich las diese Worte und das darunter stehende Todesdatum und merkte, wie meine Schultern ein wenig einsackten. Ich dachte all die Jahre zurück. Wo war ich gewesen, was hatte ich gemacht, als mein Vater sich umgebracht hatte?

Ich war wie alt gewesen? Zwölf? Dreizehn? Habe ich damals überhaupt an ihn gedacht?

Höchstwahrscheinlich nicht, und dieses Eingeständnis löste einen ungeahnten Orkan von Gefühlen aus, die sich seit der Ankunft vor dem Grab meines Vaters in mir aufgestaut hatten. Mein Kopf zuckte langsam vor und zurück. Ich rang um Atem.

Er hatte meine Mutter getötet und war der Strafverfolgung entkommen, nur um dann von Schuldgefühlen und Trauer aufgefressen zu werden. In diesem Moment brach der Damm in mir, und ich wehrte mich nicht mehr gegen die Tragödie, dass ich meinen Vater ein zweites Mal verloren hatte. Ich schlug den Arm vors Gesicht und brach weinend zusammen.

Reverend Maya streichelte mir sanft den Rücken.

»Das ist schlimm«, sagte sie. »Sehr, sehr schlimm.«

Es dauerte fast eine Minute, bis ich mich wieder halbwegs gefangen hatte. Ich schniefte und sagte, ohne sie anzusehen: »Tut mir leid.«

»Das muss es nicht«, erwiderte sie mit besänftigender Stimme.

»Ich fühle mich schrecklich wegen alldem.«

»Ich denke, das ist ganz normal. Was macht Ihnen denn am meisten zu schaffen?«

Ich überlegte und merkte, wie ich wütend wurde. »Ich hatte keinen Vater. Das ist das, was mich am meisten verletzt. Jeder Junge hat einen Vater verdient.«

»Das stimmt, und es tut mir sehr leid.« Tiefes Mitgefühl war auf ihrer Miene abzulesen.

»Ihnen braucht es doch nicht leidzutun«, stieß ich heiser hervor. »Schließlich hat mein Vater die Entscheidung ganz alleine getroffen. Und er war bestimmt überzeugt davon, dass es das Richtige war.«

»Trotzdem ist es schlimm.«

Ich nickte. »In der Nacht, als er gestorben ist, da war es, als würde eine Tür für immer ins Schloss fallen. Aber in den vergangenen Tagen, da war diese Tür mit einem Mal wieder offen, nur für einen kurzen Moment, sodass ich einen Blick in einen geheimen Gang werfen konnte. Aber der hat auch wieder nur zu einer verschlossenen Tür geführt. Und die wird für alle Zeiten geschlossen bleiben.«

Reverend Maya schien meinen Schmerz am eigenen Leib zu empfinden. Sie schwieg eine ganze Zeit lang, dann sagte sie: »Brauchen Sie noch etwas Zeit alleine?«

Ich starrte auf den Grabstein hinab und fühlte mich vollkommen ausgelaugt. Dann sagte ich zum Geist meines Vaters: »Ich liebe dich, Dad. Ich vergebe dir, Dad.«

Reverend Maya legte mir noch einmal die Hand auf den Rücken, und dann ließ ich den Grabstein hinter mir. Auf der Rückfahrt nach Pahokee sprachen wir kein Wort.

»Ich hoffe, ich habe Ihnen geholfen, mit alledem abzuschließen, Dr. Cross«, sagte sie, nachdem ich mich aus dem MX-5 geschält hatte.

»Ich wollte die ganze Geschichte meines Vaters erfahren, und das habe ich nun. Jetzt muss ich lernen, damit zu leben, genau wie meine Großmutter.«

Reverend Maya betrachtete mich noch eine Weile, dann sagte sie: »Ich muss jetzt nach Hause und meinem Mann das Abendessen machen. Er müsste demnächst nach Hause kommen. Aber Ihnen und Ihrer Familie wünsche ich von ganzem Herzen Gottes reichen Segen.«

»Vielen Dank, Reverend«, erwiderte ich. Dazu lächelte ich sanft und nickte. »Das wünsche ich Ihnen und Ihrem Mann auch. Und fahren Sie vorsichtig.«

»Immer«, erwiderte sie. Dann startete sie den MX-5 und raste der Abenddämmerung entgegen.

69

Als ich gegen 20.30 Uhr über die Brücke fuhr, fing es an zu regnen. Ich überlegte, wann ich Bree anrufen sollte. Einerseits hätte ich am liebsten sofort zum Handy gegriffen, aber solange ich in der Öffentlichkeit war und am Steuer saß, wollte ich meinen Gefühlen nicht schon wieder freien Lauf lassen. Also würde ich warten, bis ich in meinem Zimmer im Hampton Inn saß und mich bei Sergeant Drummond gemeldet hatte.

Aber weder Drummond noch Johnson waren telefonisch erreichbar, und als ich dann bei Mize Fine Arts vorbeifuhr, stellte ich fest, dass die Galerie nicht mehr beschattet wurde. Also fuhr ich weiter zu Mizes Privathaus. Mir war klar, dass ich, wenn ich aufgewühlt und angespannt war, oft so reagierte, mich in einen ungelösten Fall, in irgendwelche spannenden Ermittlungen stürzte, einfach um dem Rest meines Lebens zu entkommen.

Eigentlich hätte ich etwas essen und zurück in mein Hotel fahren müssen, vielleicht versuchen, einen früheren Rückflug nach North Carolina zu ergattern. Stattdessen landete ich vor Mizes Haus und stellte erleichtert fest, dass Drummonds Wagen noch genau an derselben Stelle stand wie heute Nachmittag.

Ich bog um die nächste Ecke, stellte meinen Mietwagen so ab, dass er nicht zu sehen war, und schlenderte so lässig, wie es einem männlichen Afroamerikaner in Palm Beach nur möglich war, den Bürgersteig entlang. Johnson sah mich im rechten Außenspiegel näherkommen und entriegelte die Türen.

Ich schob mich auf die Rückbank.

»Waren Sie erfolgreich?«, wollte Drummond wissen und sah mich im Rückspiegel an.

»Das hat mir sehr geholfen. *Sie* hat mir sehr geholfen.«

»Dann hat es sich also gelohnt.«

»Ja, vielen Dank, Sergeant.«

»Das war das Mindeste.«

»Die Galerie haben Sie aufgegeben?«

Drummond deutete nach vorn durch die Windschutzscheibe. »Seit ungefähr einer Stunde brennt das Licht da. Keine Ahnung, ob das zu einem Sicherheitssystem gehört oder ob Mize wirklich da drin ist.«

»Wie lange wollen Sie noch hierbleiben?«

»Weiß nicht. So lange, bis ich …«

»Sarge«, fiel ihm jetzt Johnson ins Wort. »Das Garagentor geht auf. Welchen Wagen wird er nehmen? Den Lexus oder …?«

Das Heck eines dunkelgrünen Cabrios schob sich aus der Garage nach draußen. Das Verdeck war aufgeklappt – der Wagen musste an die vierzig Jahre alt sein. So etwas hatte Sean Connery wahrscheinlich gefahren, damals, in seiner Zeit als James Bond.

»Ein Aston-Martin-DB5-Cabrio«, sagte Johnson anerkennend. »Sehr selten, sehr schnell und handlich. Ein Roadster.«

»Wir hängen uns dran.« Drummond ließ den Motor an.

Der Sportwagen fuhr los. Am Steuer saß eine groß gewachsene Gestalt. Er fuhr schnell, aber noch im zulässigen Rahmen Richtung Norden, dort, wo auch die Worth Avenue mit Mizes Galerie lag.

»Willst du ihn rauswinken?«, erkundigte sich Johnson.

»Ich möchte wissen, wo er um diese Uhrzeit noch hinwill, nachdem er auf unsere Anrufe und unser Klingeln nicht reagiert hat«, sagte der Sergeant.

»Vielleicht ja zu Coco«, überlegte Johnson.

»Du glaubst, dass die da gemeinsam drinhängen?«, fragte Drummond nach.

»Warum nicht? Coco könnte zum Beispiel die lohnenden Objekte für Mize ausfindig machen. Oder umgekehrt.«

Drummond sah mich mit gerunzelter Stirn im Rückspiegel an. »Eine weibliche Serienmörderin? Ist das nicht ziemlich ungewöhnlich?«

»Wir haben es hier zwar mit mehreren Morden zu tun, aber nicht unbedingt mit einem Serienkiller. Schließlich hat der Täter oder die Täterin sich jedes Mal bemüht, die Tat als Selbstmord zu tarnen. Die meisten Serienkiller wollen sich jedoch mit ihren Taten brüsten, weil ihnen das große Befriedigung verschafft. Das heißt, dass eine Frau als Täterin oder Komplizin durchaus denkbar wäre.«

»Motiv?«

»Geld.«

Der Aston Martin blieb jetzt zwei Autos und fast einen ganzen Häuserblock vor uns an einem Stoppschild stehen. Nach links wäre es zur Galerie gegangen, aber der Wagen bog nach rechts ab, in Richtung Atlantik.

Drummond hielt großen Abstand, weil er auf keinen Fall entdeckt werden wollte, während Johnson und ich mit gereckten Hälsen beobachteten, wie der Roadster nach links auf den Ocean Boulevard abbog. In diesem Moment setzte ein heftiger Regenschauer ein. Es dauerte keine Minute, bis wir auch den Ocean Boulevard erreicht hatten, aber von Mize war nichts mehr zu sehen.

Doch dann sah Johnson, dass hinter einem Tor in einer Mauer, die eine zweistöckige, mediterran anmutende Stadtvilla umschloss, Bremslichter aufleuchteten. Das Haus war wegen der hohen Wand aus wild wuchernden Pflanzen und riesigen Palmen von der Straße aus kaum zu erkennen. Wir umkreisten den Häuserblock einmal, um sicherzugehen, dass Mize nicht doch weitergefahren war, dann kehrten wir wieder zurück. Wir waren uns sicher, dass Mize von jemandem, der hier wohnte oder beschäftigt war, eingelassen worden war. Laut Grundbucheintrag, den Johnson sich auf sein iPad geladen hatte, gehörte das Grundstück Edwin und Pauline Striker.

»Könnte Pauline unsere Coco sein?«, fragte ich Johnson.

Der schüttelte den Kopf. »Die beiden Eigentümer sind Ende sechzig. Aber vielleicht ist Coco ja ihre Tochter oder so.«

Drummond parkte so, dass wir das Tor im Blick hatten, und trommelte mit den Fingern auf das Lenkrad. Seine Miene war zwar so gut wie ausdruckslos, aber mittlerweile konnte ich seine anderen nonverbalen Reaktionen ganz gut einschätzen. Er war frustriert, und ich wusste auch, wieso.

Die Beziehungen, die nach unseren bisherigen Erkenntnissen zwischen den Opfern, Mize und Coco bestanden, waren – vorsichtig formuliert – nicht besonders belastbar und zum Teil nicht einmal bewiesen. Zum Beispiel wussten wir nicht, ob die Coco, die die Porträts gemalt hatte, wirklich dieselbe war, die für Mize arbeitete. Und die einzige Verbindung zwischen Mize und all dem bestand darin, dass er ein ehemaliger Arbeitgeber von Francine Letourneau war und kurz vor deren Tod einen Anruf von ihr erhalten hatte.

Das reichte natürlich bei Weitem nicht, um ein Eindringen bei Mize und schon gar nicht bei den Strikers zu rechtfertigen. Die Strikers waren womöglich gute alte Freunde des Kunsthändlers, und er wollte sie einfach nur besuchen.

Aber was, wenn …

Drummond sagte. »Ich frage mich gerade, ob Mize womöglich mit Pauline Striker alleine ist.«

»Oder mit Coco und Pauline Striker.«

»Rufen Sie an«, sagte ich. »Tun Sie so, als seien Sie gerade dabei, alle möglichen Leute zu befragen, die Francine Letourneau oder eine Porträtmalerin namens Coco beschäftigt haben. Vielleicht locken wir ihn damit aus der Deckung.«

Johnson suchte die Festnetznummer heraus und wählte. Es klingelte, dann sprang der Anrufbeantworter an. Er nannte seinen Namen und bat um Rückruf auf seinem Handy. Es gehe um eine Frage zu einem aktuellen Fall.

Ich konnte mir nicht vorstellen, dass sie tatsächlich zurückrufen würden. Gähnend warf ich einen Blick auf meine Armbanduhr. Es war schon kurz vor zehn.

Dann klingelte Johnsons Handy.

»Die Strikers«, sagte er und schaltete den Lautsprecher ein.

70

In einem Flur neben dem großen Schlafzimmer im ersten Stock wurde Jeffrey Mize zu Coco. Er sammelte sich und sagte mit verstellter Stimme: »Hier ist Pauline Striker. Ich möchte mit Detective Johnson sprechen.«

»Am Apparat«, erwiderte Johnson. »Danke, dass Sie sich so schnell gemeldet haben.«

»Worum geht es denn?«, erkundigte sich Coco.

»Ich stelle momentan einige Ermittlungen in einem aktuellen Fall an und bin auf der Suche nach Personen, die im Verlauf der vergangenen vier, fünf Jahre eine gewisse Francine Letourneau als Haushaltshilfe beschäftigt haben.«

»Diese Frage muss ich mit Nein beantworten«, antwortete Coco. »Wir haben das große Glück, seit zehn Jahren ohne Personalwechsel auszukommen. Unsere Mädchen gehören alle beide quasi zur Familie. Aber zu den Verhältnissen in anderen Haushalten kann ich nichts sagen.«

»Gut«, erwiderte Johnson.

»Ist das alles? Wir haben nämlich Gäste.«

»Bitte entschuldigen Sie die Störung. Nur noch eine letzte Frage.«

»Bitte.«

»Haben Sie irgendwann einmal ein Porträtgemälde von sich anfertigen lassen? Von einer Künstlerin, die sich Coco nennt?«

Für einen kurzen Augenblick lüftete sich der Nebel namens Coco, und Mize spürte, wie die Panik von ihm Besitz ergriff. Doch diese Phase dauerte nur einen winzigen Augenblick, dann hatte Coco alles wieder im Griff. »In unserer Familie gibt es nur Porträtfotos. Was hat das denn zu bedeuten? Ich habe Gäste.«

»Ich verfolge lediglich ein paar Spuren, Madam«, sagte Johnson. »Und, noch einmal: Es tut mir leid, dass ich Sie gestört habe.«

Es klickte, und die Leitung war tot.

Coco legte den Hörer wieder auf die Gabel. Ihm war, als hätte er eine unmittelbare Gefahr gerade noch abgewendet. Doch dann blieb er mehrere Sekunden lang stehen und konnte sich des Gefühls nicht erwehren, dass die Polizei immer näher rückte.

Der Mize-Schaltkreis in seinem Gehirn erwachte zum Leben: *Johnson kennt Coco und mich. Johnson hat heute Nachmittag bei mir geklingelt. Morgen früh wird er wieder in die Galerie kommen. Lauf weg. Nimm alles mit und lauf.*

Aber in diesen Tagen saß Coco am längeren Hebel. Er wischte den Gedanken an eine Flucht ebenso lässig beiseite, wie er den Zustand seines Hauses beiseitewischte und alles vertuschte, was seiner äußeren Erscheinung in der Welt da draußen irgendwie schaden konnte.

Erscheinung. Das war das Einzige, was zählte. Dieser Abend. Dieser Augenblick.

Noch ein letztes Mal?

Nur mit einem schwarzen La-Perla-Höschen und einem wunderhübschen schwarz-roten Chantal-Thomas-Korsett bekleidet tänzelte Coco zurück ins Schlafzimmer, wo Pauline Striker nackt, geknebelt und gefesselt auf einem Stuhl saß. Aus ihrem Gesicht sprach die pure Todesangst.

»Was meinst du?«, fragte Coco und ließ seine Finger seitlich an seinem Korsett entlangwandern. »Macht schlank. Und sinnlich. Ach, Pauline, in meinen kühnsten Träumen hätte ich mir nicht vorzustellen gewagt, dass du und

Edwin … dass ihr auf Strapse steht. Aber ich nehme an, was hinter geschlossenen Türen geschieht, geschieht einfach und fertig. Aber dann, eines Tages, stehe ich hier als dein perverses Ich und du … du sitzt da.«

Coco war fasziniert von Paulines Angst und rührte sich eine Zeit lang nicht von der Stelle. Dann griff er nach einem Paar feinster schwarzer Seidenstrümpfe, frisch aus Paris, und setzte sich auf den Stuhl vor dem Schminktisch. Er rollte sich die Strümpfe über die Zehen, die Waden hinauf bis zu den Oberschenkeln. Oh, wie er dieses Gefühl liebte. Das wurde einfach nie langweilig.

»Hast du nicht auch manchmal das Gefühl, als würden in deinem Kopf zwei Personen leben?«, fragte Coco Pauline und deutete auf das Korsett. »Dass ich das da in deiner Schublade gefunden habe, zeigt mir, dass es tatsächlich so ist. Falls du dich also fragen solltest, was wir hier machen, dann lautet die Antwort: Wir erforschen unsere Persönlichkeiten, leben unsere Fantasien aus, verstehst du?«

Pauline Striker ließ Coco keinen Moment aus den Augen.

Als Coco an ihr vorbeiging, strich er ihr mit den Fingernägeln der linken Hand über die Wange und sagte leise: »Heute Abend lebt also jemand anderes in deinem Kopf, Pauline. Sie heißt Miranda. Sie ist ein wildes kleines Mädchen, und ich liebe sie.«

Pauline zog die Stirn kraus, während Coco hinter ihrem Stuhl herumging und sie dann ansah.

»Miranda ist ein wildes kleines Mädchen, und ich liebe sie«, wiederholte er und spürte, wie er hart wurde. »Aber gleichzeitig ist sie meine Mutter, und ich hasse sie.«

Coco schlug Pauline so kräftig ins Gesicht, dass der Handabdruck deutlich zu sehen war.

Über Paulines Weinen und ihre Schmerzenslaute hinweg sagte Coco kalt: »Keine falsche Rücksichtnahme mehr, Mummy. Keine vorgetäuschten Selbstmorde mehr, nur damit Jeffrey nichts passiert. Darin liegt einfach keine Erfüllung mehr.«

71

»Wenn ich's dir sage, Sarge, an manchen Stellen hat ihre Stimme sich genauso angehört wie die von Coco«, sagte Johnson. »Genau die gleiche Sprachmelodie.«

»Melodie?« Drummond klang einigermaßen skeptisch.

»Ja, genau, die Betonungen und so weiter. Meine Frau ist Logopädin. Sie achtet auf solche Sachen, und darum achte ich auch drauf. Hast du gehört, dass ihre Stimme immer wieder leicht gebrochen ist? Sodass sie erst alt und danach dann irgendwie wieder jünger geklungen hat?«

Ich hatte Cocos Stimme noch nie gehört, darum konnte ich das nicht beurteilen, aber die Art und Weise, wie sie Johnsons Fragen beantwortet hatte, war mir durchaus ein bisschen seltsam vorgekommen.

»Aber nur, weil du findest, dass sich eine Frau am Handy wie eine andere angehört hat, können wir da nicht einfach reingehen«, sagte Drummond.

»Aber ich vielleicht«, sagte ich.

»Was?« Der Sergeant drehte sich zu mir um und sah mich an.

»Sie sind im Dienst«, fuhr ich fort. »Sie sind an das Gesetz gebunden, im Gegensatz zu mir. Ich bin hier nichts weiter als ein einfacher Bürger, der auf Grundlage bestimmter Informationen befürchtet, dass da drin eine Frau in Gefahr sein könnte. Um diesem Verdacht nachzugehen, betrete ich das Grundstück. Spähe in ein paar Fenster. Und falls Edwin, Pauline, Mize und andere da drin eine Party feiern, verschwinde ich wieder. Aber falls mein Verdacht sich erhärtet und ich Gefahr im Verzug wittere, rufe ich Sie an.«

»Womöglich bekommen Sie eine Kugel verpasst«, sagte Drummond.

»Falls es so weit kommt, erfahren Sie's als Erster.« Mit diesen Worten stieg ich aus.

»Und wie wollen Sie reinkommen?«, erkundigte sich Johnson.

»Auf dem direkten Weg«, entgegnete ich und klappte die Tür zu.

Es regnete heftig, und ich rannte quer über den Boulevard, der um diese Uhrzeit nur noch spärlich befahren war. Auf der westlichen Fahrspur war überhaupt niemand unterwegs. Ich beschleunigte vor dem Tor noch einmal und sprang ab, wie ein Basketballer, der sich einen Rebound schnappen will.

Tatsächlich erreichte ich mit beiden Händen den oberen Rand des Tores und hielt mich fest. Dann zog und stieß und hangelte ich mich nach oben, bis ich den Bauch und schließlich ein Bein über die Kante brachte. Ich schwang auch das zweite Bein hinüber, drehte mich um, hielt mich fest und ließ mich nach unten gleiten. Dann ließ ich los und huschte nach der Landung so schnell wie möglich in den Schatten.

Die Einfahrt war mit Mosaiksteinen gepflastert und durch den Regen ziemlich glitschig. Auf dem Weg durch den dichten Pflanzenwald, der das Haus von der Straße her fast unsichtbar machte, trat ich in zahlreiche Pfützen. Die Lampen im Vorgarten beschienen einen Rasen, der aussah wie ein Putting-Green auf einem exklusiven Golfplatz, und das ganze Haus wurde von blühenden Blumenbeeten umschlossen.

An jeder Ecke brannte Licht, und auch an dem bogenförmigen Rankgitter, das den Haupteingang umspannte, hingen kleine Lämpchen. Aber im Inneren des Hauses, im gesamten Erdgeschoss, war es stockdunkel – es sei denn, die Strikers benutzten lichtdichte Vorhänge.

Im ersten Stock hingegen konnte ich hinter mindestens drei Fenstern Licht erkennen. Der prasselnde Regen erstickte jedes andere Geräusch. War das jetzt auch wieder so eine impulsive Handlung, eine dieser Alles-oder-nichts-Aktionen, die Bree kritisiert hatte?

Andererseits habe ich die Erfahrung gemacht, dass mein Alles-oder-nichts sich in der Mehrzahl der Fälle auszahlt. Ich rannte über den Rasen, gelangte auf den Gartenpfad und stand dann unter dem Rankgitter vor der Tür. Ich versuchte zu lauschen. Waren von drinnen irgendwelche Geräusche zu hören? Vermutlich war meine kleine Kundschaftermission gleich wieder zu Ende, aber ich legte trotzdem die Hand an den Türgriff. Man kann ja nie wissen.

Der Griff ließ sich drehen, und die Tür öffnete sich. Man kann nie wissen.

Ich war hin- und hergerissen, denn das, was ich vorhatte, war eindeutig ein Einbruch, auch wenn die Tür nicht abgeschlossen war. Ich zögerte kurz. Dann entschloss ich mich, einzutreten und zu lauschen. Und wenn ich dann nichts Beunruhigendes hörte, würde ich wieder verschwinden, ganz bestimmt.

Ich betrat also ein dunkles, klimatisiertes Foyer, zog die Haustür behutsam ins Schloss und lauschte angestrengt. Das ferne Brummen eines Kühlkompressors. Eine tickende Uhr in der Nähe. Ein leises Tropfen … das war ich. Auf dem Boden des Eingangsflurs bildeten sich schon kleine Pfützen.

Dann hörte ich eine gedämpfte Frauenstimme irgendwo im Haus, oberhalb. Ich verstand keine einzelnen Worte, aber der eigentümliche Rhythmus ihrer Sätze war deutlich erkennbar. War es das, was Johnson gemeint hatte?

Ein klatschendes Geräusch. Ein Schrei. Ein Wimmern.

Ich konzentrierte mich auf die Geräusche, wusste nicht, was ich tun sollte. Was, wenn Mize oder Coco die Besitzerin des Hauses gerade quälten? Aber was, wenn die Strikers, Mize und Coco Spaß an irgendwelchen Fesselspielchen hatten und das alles sich im gegenseitigen Einvernehmen abspielte?

Der Polizist in mir wollte nichts wie weg. Aber als ich noch einen Schlag und noch einen Schrei hörte, ließ der Abenteurer in mir sich nicht länger aufhalten. Ich steuerte die Wendeltreppe an, die hinauf in den ersten Stock führte.

Leise und so schnell ich es wagte, stieg ich nach oben. Dort angekommen hörte ich erneut die Frauenstimme, deutlicher zwar, aber immer noch unverständlich. Ich streifte die Schuhe ab, zog die Ruger aus meinem Schienbeinholster und schlich den Flur entlang. Am hinteren Ende sah ich einen Lichtschlitz unter einer Tür. Zum Glück knarrte jetzt kein Dielenbrett oder …

»Was hast du denn erwartet, Miranda?«, hörte ich eine bösartige Frauenstimme sagen. »Wenn du einen kleinen Jungen ständig in Seide und Spitzenkleidchen steckst, dann kommt eben so was dabei raus.«

Klatsch. Ein Stöhnen.

Vor Schmerz? Oder vor Lust?

»Immerhin hast du mir einen Sinn für Stil und Eleganz beigebracht, das muss ich dir lassen«, fuhr die Frau mit dem eigentümlichen Sprachrhythmus fort. »Aber dir selbst hast du nichts versagt.« Nach einer kurzen Pause brüllte sie: »Gar nichts!«

Klatsch.

»Alles, was du wolltest, Mutter, und immer sofort!«

Klatsch. Klatsch. Klatsch.

Jeder Schlag klang lauter und wütender als der vorangegangene. Falls das hier etwas mit Sex zu tun hatte, dann war ich hundertprozentig in ein Sadomaso-Rollenspiel geraten. Was immer es sein mochte, ganz egal, ob Einbruch oder nicht, ich würde nachsehen, wer diese Schläge austeilte und wer sie einsteckte.

»Wie wird es dieses Mal ausgehen, Miranda? Sollen wir uns an das Bewährte halten? Das Wahre? Das Erotische? Du weißt genau, was ein bisschen Atemnot bei deinem Orgasmus bewirkt.«

Das ließ mich auf der Stelle erstarren. Jetzt wusste ich schon wieder nicht, was ich machen sollte. Falls ich in eine einvernehmliche Sexszene hineinplatzte, dann musste ich mit empfindlichen Konsequenzen rechnen.

Die Frau sagte: »Sobald es vorbei ist, stecke ich dir ein Spielzeug rein, damit deine Fantasie vollkommen ist.«

Das Wimmern wurde stärker, wurde zu einem Heulen, zusätzlich verstärkt durch… Todesangst, oder? Ja. Ganz eindeutig. Jetzt war mir alles andere egal.

Mit erhobener Waffe stieß ich die Tür auf. Eine ältere Frau saß nackt, gefesselt und geknebelt auf einem Stuhl. Etwas, was aussah wie eine breite Schärpe oder eine goldene Schnur, fraß sich in ihren Hals. Hinter ihr auf dem Bett stand eine sehr blasse, sehr hübsche, kahlköpfige Frau und zog mit aller Kraft an der Schnur. Sie war stark geschminkt und trug ein Outfit, das jedem Fernfahrer die Schamröte ins Gesicht getrieben hätte.

Ich erschrak und wollte schon den Rückzug antreten, als ich einen Blick aus den hervorquellenden Augen der älteren Frau auffing und ihr wildes Nicken sah.

»Loslassen!«, brüllte ich und richtete den Lauf meiner Pistole auf die kahlköpfige Frau. »Sofort loslassen oder ich schieße!«

72

Die Frau mit der Glatze zuckte zusammen, trat einen Schritt zurück, ließ die Schnur los und starrte mich an. Dann hob sie langsam ihre zitternden Hände und sagte mit heiserer Stimme: »Was soll denn das?«

Ich griff nach einem Bademantel, warf ihn über die ältere Frau – vermutlich Pauline Striker – und trat hinter ihren Stuhl, während ich die Waffe ununterbrochen auf die andere Frau gerichtet hielt.

»Auf die Knie, Coco, und dann auf den Bauch. Hände hinter den Kopf«, sagte ich.

Kaum war ihr klar geworden, dass ich ihren Namen kannte, erschien sie mir noch ängstlicher. Sie ließ sich langsam auf die Knie nieder, während ich mich mit Mrs. Strikers Knebel abmühte. Sie spuckte ihn aus, hustete und schrie: »Er…«

»Sind Sie von der Polizei?« Coco kniete jetzt auf einem Bein.

»Fast«, erwiderte ich und zog mein Handy aus der Tasche. »Ich habe nur eine Frage, Mrs. Striker. Ist das, was sich hier abspielt, eine einvernehmliche Handlung? Oder ist Ihr Leben in Gefahr?«

Noch bevor die ältere Frau meine Frage beantworten konnte, sagte Coco mit einer tiefen, männlichen Stimme, die mich so verblüffte, dass ich zusammenzuckte: »Natürlich war das einvernehmlich. Pauline, sag's ihm. Unser kleines Intermezzo darf schließlich auf keinen Fall in der *Palm Beach Post* breitgetreten werden. Nicht jetzt, wo Edwins neues Projekt kurz vor dem Abschluss steht. Sonst wüssten ja alle Bescheid!«

Ich starrte ihn einen Augenblick lang mit offenem Mund an, dann wurde mir klar, dass es sich um Jeffrey Mize handeln musste. Aber obwohl die Person, die da vor mir kniete, kahlköpfig war, hatte ich große Mühe mit der Vorstellung, dass diese *Sie* ein *Er* sein sollte. Abgesehen von den fehlenden Haaren hätte Mize ohne Weiteres ein nicht mehr ganz junges Supermodel sein können.

»Mrs. Striker«, sagte ich und fühlte mich jetzt sehr unsicher. »Bitte beantworten Sie meine Frage.«

Die ältere Frau wirkte schon ein bisschen ruhiger als zuvor. Sie sah erst mich an und dann Mize, der sie jetzt auf allen vieren anstarrte.

»Sag's ihm, Pauline«, forderte Mize sie auf. »Wer immer das sein mag.«

Mrs. Striker blickte mich an und stieß heiser hervor: »Wer sind Sie?«

»Ein guter Samariter«, erwiderte ich. »Ich bin hier, um Ihnen zu helfen und die Polizei zu rufen, falls Sie es wünschen.«

»Moment mal«, sagte Mize. »Sie sind gar kein Bulle?«

»Wie sind Sie ins Haus gekommen?« Jetzt klang Mrs. Striker verärgert.

»Das ist nicht entscheidend. Entscheidend ist, ob das Ganze hier einvernehmlich abgelaufen ist oder nicht.« Ich spürte, wie die Situation mir immer mehr aus den Händen glitt.

»Es war einvernehmlich«, erwiderte sie mit Nachdruck. »Ganz im Gegensatz zu der Tatsache, dass Sie in mein Haus eingedrungen sind und mich und meinen Gast mit einer Pistole bedrohen. Wer sind Sie und was wollen Sie hier?«

»Wer ich bin, spielt keine Rolle«, sagte ich und überlegte bereits, wie ich am elegantesten und ohne meine Identität preiszugeben den Rückzug antreten konnte. »Viel wichtiger ist, dass Mr. Mize mit drei Morden in Verbindung gebracht wird. Die drei Opfer waren alle weiblich und gehörten zur High Society von Palm Beach.«

»Das ist nicht wahr«, wehrte sich Mize in scharfem Tonfall.

»Er hat Ölporträts von ihnen angefertigt. Lisa Martin. Ruth Abrams. Maggie Crawford. Gibt es auch von Ihnen hier irgendwo ein Porträtgemälde, Pauline? Sollen Sie womöglich die Nummer vier werden?«

Mrs. Striker wirkte einen Augenblick lang verunsichert, dann sagte sie: »Davon weiß ich überhaupt nichts.«

»Sehen Sie?« Mize lächelte und richtete sich auf.

Jetzt blieben mir nur noch zwei Möglichkeiten. Ich konnte mich entweder aus dem Staub machen oder ins Risiko gehen. Ich entschied mich für die riskante Variante.

»Dann entschuldige ich mich hiermit und mache mich vom Acker«, sagte ich und ließ die Waffe sinken. »Aber es wäre mir lieber, wenn ich Ihnen vorher noch die Fesseln lösen könnte.«

»Das ist nicht nötig«, sagte Mize.

»Ich bestehe darauf«, sagte ich.

Dann nahm ich den Blick von Mize, zog mein Handy unauffällig aus der Hosentasche, ging in die Hocke und legte das Handy auf den Teppich hinter den Stuhl mit der ledernen Lehne am Fußende des Betts. Mit der linken Hand fing ich an, die Knoten zu lösen. Mein rechter Daumen suchte und fand den Sicherungshebel der Ruger, und ich legte ihn um, bevor ich die Waffe in die linke Hand nahm.

Dann stieß ich einen ungeduldigen Seufzer aus, legte die Pistole auf das Bett und machte mich mit beiden Händen an den Knoten zu schaffen. Nachdem ich zwei gelöst hatte, ging ich um den Stuhl herum auf die Vorderseite. In diesem Augenblick warf Mize sich nach vorn, schnappte sich die Ruger und zielte damit auf mich.

»Ich habe keine Ahnung, wer du bist, aber es wird mir einen Heidenspaß machen, dich zu töten«, sagte Mize mit Cocos Stimme. »Und du, Pauline? Keine Bewegung. Wir sind noch nicht fertig miteinander.«

»Nein, Jeffrey, ich …«

Mize ließ die Waffe im Bogen herumschwingen und traf Mrs. Striker mit dem Kolben an der Schläfe. Sie stöhnte. Blut sickerte aus einer Platzwunde.

»Warum haben Sie das getan?«, wollte ich von Mize wissen.

»Damit sie nicht stört, während wir beide unseren Spaß miteinander haben«, sagte er und stieg vom Bett herab, die Waffe einen Meter von meinem Brustbein entfernt. »Wer bist du?«

Meine Gedanken überschlugen sich, zählten in rasender Folge alles auf, was ich über Mize und die Morde wusste und was ich auf der Treppe gehört hatte.

»Warum wollen Sie mich umbringen?«, fragte ich ihn. »Ich passe doch gar nicht in Ihr Beuteschema. Der Mutterkomplex. Hatten Sie überhaupt jemals einen Vater?«

»Klappe halten«, erwiderte Mize.

»Es ist nicht weiter schwierig zu verstehen, dass Sie ihre Mutter hassen und ihren Hass an diesen Frauen auslassen«, sagte ich. »Miranda, Ihre Mutter, hat Sie von Anfang an gedemütigt und sie immer wie ein Mädchen angezogen, bis Sie … bis Sie wie alt genau waren?«

Mize starrte mich wortlos an.

»Vermutlich war das eines der wenigen Dinge, mit denen Sie ihre Anerkennung bekommen konnten«, machte ich weiter. »Damenmode und Stil, das war etwas, was Sie gemeinsam hatten. Vielleicht war Mode die einzige Möglichkeit, wie Sie Miranda von all ihren Männern ablenken konnten.«

»Sie wissen überhaupt nichts über sie«, keifte Mize mich an.

»Ich weiß, dass sie sehr viel Geld ausgegeben hat. Vermutlich haben Sie kaum genug geerbt, um das Haus zu halten. Obwohl, vielleicht hat es auch für eine Weile gereicht – das Vermögen, die Porträtmalerei und Ihr Geschäft. Aber in letzter Zeit muss sich etwas verändert haben. Ist das Geld knapp geworden? Keine Aufträge mehr für neue Porträts? Umsatzeinbußen im Geschäft? Und dann ist es Ihnen einfach über den Kopf gewachsen, nicht wahr, Jeffrey?«

Mize schien jetzt praktisch durch mich hindurchzusehen.

»Und darum sind Sie zu den Frauen gegangen, die Sie kannten, zu den Frauen, die Sie gemalt haben, die Sie an Ihre Mutter erinnert haben, und Sie haben beschlossen, ein bisschen Druck abzulassen.«

»Klappe halten, hab ich gesagt«, rief Mize und schüttelte drohend die Waffe.

»Und vielleicht haben Sie Ihren Opfern ja Geld, Schmuck und Kleider gestohlen, als kleinen Ausgleich. Nur bei Francine Letourneau war es anders. Ihre Haushaltshilfe haben Sie umgebracht, weil die *Sie* bestohlen hat, nicht wahr? Obwohl, nein… weil sie hinter Ihre verborgene Existenz, ihr Doppelleben als Coco gekommen ist und…«

»Genug!«, kreischte Coco. Er trat einen Schritt näher und richtete die Pistole auf mein Gesicht, keine dreißig Zentimeter entfernt. »Mutter hat immer gesagt, dass man Ungeziefer so schnell wie möglich ausrotten muss.«

73

Ich blickte den Lauf der Ruger entlang und sah, wie Mizes schlanke, weibliche Finger den Abzug drückten.

»Keine Bewegung, Coco!«, brüllte Detective Johnson. »Waffe fallen lassen, oder ich schieße!«

»Keine Sorge, Detective«, sagte ich. »Sie ist nicht geladen.«

Mizes makellose Porzellanhaut spannte sich über seinen wunderschönen Wangenknochen, ungläubiges Staunen wich einer rasenden Wut. Er drückte ab. Nichts geschah. Er probierte es noch einmal. Wieder nichts.

Er holte mit der Waffe in der Hand aus, als wollte er mich damit schlagen. Doch ich kam ihm zuvor und gab ihm eine schallende Ohrfeige, sodass er benommen zu Boden sackte. Johnson legte ihm bereits Handschellen an, als Sergeant Drummond schnaufend und um Atem ringend in der Tür stand.

»War's schwierig, über das Tor zu kommen?«, fragte ich ihn.

»Sie machen sich keine Vorstellung«, erwiderte Drummond keuchend. »Ich bin einfach zu alt für diesen Scheiß.«

»Haben Sie alles mitgehört?«, erkundigte ich mich, während ich an Mrs. Striker vorbeiging, die immer noch blutete und reichlich verwirrt dreinblickte. Ich ging in die Knie und griff nach meinem Handy und dem Magazin meiner Ruger. Beides hatte hinter ihrem Stuhl auf dem Teppich gelegen.

»Laut und deutlich«, sagte der Sergeant und winkte mir mit seinem Handy zu. »Da war eine Menge Gefahr im Verzug.«

»Sie haben mich provoziert«, sagte Mize. »Das war eine Falle. Ich will einen Anwalt sprechen. Das ist Diskriminierung.«

»Und weswegen werden Sie diskriminiert?«, blaffte Johnson ihn an, während er ihm beim Aufstehen behilflich war.

»Weil ich Frauenkleidung trage«, sagte er. »Und weil meine sexuellen Vorlieben ein bisschen außerhalb der Norm liegen. Stimmt's, Pauline?«

Mrs. Striker hob ihren blutenden Kopf und starrte ihn an. »Wir waren gut befreundet, seit er mich porträtiert hat, aber gerade eben wollte er mich umbringen. Er ist in meine Dessous geschlüpft und hat gesagt, dass ich heute Abend seine Mutter bin. Und dann hat er versucht, mich umzubringen. Ich bin bereit, vor Gericht auszusagen, und Edwins neues Projekt ist mir scheißegal.«

»Sollen wir Ihnen einen Krankenwagen rufen?«, fragte ich lächelnd.

»Bitte, ja. Und könnten Sie mir etwas zum Anziehen geben? Ich möchte nicht so gesehen werden.«

»Sagen Sie mir, was Sie haben möchten«, erwiderte ich, während Johnson Mize nach draußen zerrte.

Sie bat mich um die Kleidungsstücke, die Mize ihr ausgezogen hatte, und drückte alles zusammen mit dem Bademantel an sich, während sie mit unsicheren Schritten ins Badezimmer ging. Bevor sie die Tür ganz ins Schloss zog, warf sie noch einmal einen Blick nach draußen.

»Wer sind Sie denn nun?«, fragte sie mich.

Drummond erwiderte: »Das ist Alex Cross, wissen Sie das nicht?«

Sie schüttelte den Kopf und machte die Tür zu.

»Das war ja was«, sagte der Sergeant und kratzte sich das schlaffe Kinn.

»Zwischen uns alles klar?«, fragte ich ihn.

»Oh, Sie und ich, da gibt es überhaupt keine Probleme«, erwiderte Drummond. »Zwischen mir und meinem Boss und der Staatsanwaltschaft sieht es vermutlich anders aus.«

»Ach, ich weiß nicht«, meinte ich. »Vielleicht wird durch mein unbefugtes Eindringen ins Haus das eine oder andere Beweismittel vor Gericht nicht zugelassen. Aber was soll's? Sie kennen jetzt den Mörder. Sie müssen Ihre Argumentation eben auf die Indizien stützen, die Sie außerhalb dieses Hauses finden. Und ich bin bereit auszusagen, sofern ich zugelassen werde.«

Drummond überlegte kurz, dann nickte er. »Ich nehme an, das Wichtigste war, dass wir Mrs. Striker das Leben gerettet haben. Und dass jetzt auf den Straßen von Palm Springs ein irrer Transvestit weniger rumläuft.«

»Zumindest in den Schlafzimmern von Palm Beach.«

Irgendetwas schien den Sergeant zu beschäftigen, dann sagte er: »Laufen Ihre Fälle eigentlich immer so ab?«

»Ehrlich gesagt, es ist jedes Mal wieder anders.«

»Wenn Sie Ihre Aussage gemacht haben, fliegen Sie dann wieder zurück nach North Carolina?«

»Irgendwann morgen, hoffe ich.«

»Und dann schnappen Sie sich diesen Melvin Bell?«

»Marvin Bell. Er ist einer der Verdächtigen, aber im Moment kann ich niemanden ausschließen.«

»Für mich klingt das ganz so, als wäre er Ihr Mann.«

Heulende Sirenen kamen näher.

»Mein Gefühl sieht das auch so, aber wir müssen abwarten«, sagte ich.

Drummond reichte mir die Hand und sagte: »Es war mir ein Vergnügen, Ihre Bekanntschaft zu machen. Und vielen Dank für Ihre Hilfe.«

Ich schlug ein. »Das Vergnügen war ganz meinerseits, Sergeant. Ich hoffe, dass wir uns eines Tages wiedersehen.«

Er lächelte sein schiefes Lächeln. »Das wäre schön.«

Die Badezimmertür ging auf, und Mrs. Striker trat heraus. Sie trug ein wunderschönes Nachthemd und einen neuen Bademantel. Dazu hielt sie sich einen Waschlappen an den Kopf.

»Können Sie mir nach unten helfen?«, fragte sie mit schwacher Stimme. »Ich möchte die Besucher nicht im Badezimmer empfangen.«

»Selbstverständlich«, sagte ich, trat zu ihr und bot ihr meinen Arm an.

Sie hängte sich ein. Drummond machte uns Platz, und wir gingen langsam hinaus in den Flur. Am hinteren Ende, jenseits der Wendeltreppe, hing ein Ölporträt.

Das musste ich Mize lassen. Als Coco hatte er Pauline Striker auf dem Höhepunkt ihrer Schönheit und Ausstrahlung eingefangen.

74

Starksville, North Carolina

Nana Mama saß in der komplett renovierten Küche des Hauses, in dem ich aufgewachsen war, und starrte mich ausdruckslos an. Dann sagte sie leise: »Dein Vater hat noch zwei Jahre lang weitergelebt?«

Ich nickte und erzählte ihr auch den Rest, einschließlich des Selbstmords und einer Beschreibung des kleinen Steins auf dem Grab ihres Sohnes.

Meine Großmutter hielt sich die zitternde Faust vor den Mund. Mit der anderen Hand nahm sie ihre Brille ab und wischte sich die Tränen vom Gesicht.

»Und warum hat er sich umgebracht?«, wollte sie wissen.

»Schuldgefühle? Trauer? Die Einsamkeit?«, sagte ich. »Ich glaube, wir werden es nie erfahren.«

»Dann muss er es gewesen sein.«

»Wer denn?«

»Der Anrufer«, erwiderte Nana Mama. »In den ersten ein, zwei Jahren, nachdem ich euch zu mir genommen hatte, immer um Ostern und Weihnachten oder, wenn ich's mir recht überlege, an einem eurer Geburtstage, hat das Telefon geklingelt, ohne dass der Anrufer sich gemeldet hat. Zuerst habe ich immer gedacht, es ist einfach falsch verbunden, aber im Hintergrund habe ich immer etwas gehört, einen Fernseher oder Musik. Und dann war die Leitung plötzlich tot.«

»Wann hat das aufgehört?«

»Vielleicht zwei Jahre danach …«

Der zeitliche Rahmen passte, aber noch bevor ich etwas

sagen konnte, klopfte Jannie an den Türrahmen der Küchentür. »Wir müssen los. Ich möchte mich gerne selber noch ein bisschen aufwärmen, bevor es anfängt.«

Ich warf einen Blick auf meine Armbanduhr. Wir mussten wirklich los.

»Kommst du damit klar?«, fragte ich Nana Mama beim Aufstehen.

Nach kurzem Zögern sagte sie: »Ich denke schon. Jedenfalls besser als vorher.«

»Er hat die Strafe für seine Sünden bekommen, und dann ist er gestorben.«

»Ausgleichende Gerechtigkeit«, sagte meine Großmutter. »Fahren wir?«

»Wird es dir nicht zu viel?«

»Auf keinen Fall«, erwiderte sie und kam auf die Füße. Sie legte mir eine Hand auf den Arm. »Danke, Alex.«

»Wofür?«

»Dafür, dass du Klarheit in die ganze Sache gebracht hast.«

»Ich wünschte, es wäre für ihn irgendwie anders ausgegangen.«

»Ich auch. Das werde ich mir immer wünschen.«

Mit Nana Mama am Arm betrat ich die Veranda, wo Jannie, Bree, Ali und Pinkie schon auf uns warteten. Dann gingen wir zu unserem Auto und dem Pick-up meines Cousins. Ali und Jannie wollten gerne mit Pinkie fahren, und zu meiner großen Überraschung auch meine winzige Großmutter, die auf dem Beifahrersitz des mächtigen Pick-up-Trucks sehr niedlich und sehr lächerlich zugleich aussah.

»Ich bin noch nie mit so was gefahren«, rief sie mir zum Fenster heraus zu, und dann winkte sie so begeistert, dass Bree und ich uns das Grinsen nicht verkneifen konnten.

»Sie ist wirklich einzigartig«, sagte Bree, während sie sich in den Explorer setzte.

»Kannst du dir vorstellen, wie es wäre, wenn wir zwei von der Sorte hätten?«, erwiderte ich und ließ den Motor an.

»Ich glaube, für zwei wäre auf dieser Welt nicht genügend Platz.« Bree kicherte, beugte sich zu mir und gab mir einen Kuss. »Jedenfalls bin ich sehr froh, dass du wieder da bist.«

»Ich auch. Und, übrigens, die Wiedersehensfeierlichkeiten gestern Nacht fand ich auch sehr schön.«

Sie lachte zufrieden. »Mmmm, das war gut, stimmt's?«

Wir hielten uns an den Händen und folgten Pinkie quer durch die Stadt. Bei den Bahngleisen sagte Bree: »Was meinst du? Haben wir Zeit für einen kleinen Zwischenstopp?«

»Im Prinzip schon, aber ich kenne den Weg nicht. Können wir das vielleicht auf dem Rückweg erledigen?«

Bree blickte sehnsüchtig zu der Baumreihe jenseits der Gleise hinüber. »Es ist schon komisch, dass man alle paar Stunden nachsehen will. Wie im Spielcasino.«

»Das kann ich gut verstehen«, sagte ich, und dann fuhren wir weiter.

Die Straße wurde jetzt steiler und kurviger, während sie in einer ganzen Reihe weit geschwungener S-Kurven von der Hochebene nach unten führte. Ich merkte, dass die Lenkung des Explorers mehr Spiel hatte als zuvor. Und die Bremsen sprachen auch nicht mehr so kräftig an.

»Wenn wir in Raleigh sind, erinnere mich daran, dass ich den Flüssigkeitsstand kontrolliere«, sagte ich.

»Haben wir nicht vor der Reise alles noch mal überprüfen lassen?«, erwiderte Bree.

»Ja, aber irgendetwas fühlt sich nicht ganz ...«

Ein leises Klirren ertönte.

»Das klingt aber gar nicht gut«, sagte Bree. »Fahr lieber an den Straßenrand und sieh mal nach.«

Wir waren auf einem Abschnitt mit zehn, vielleicht auch zwölf Prozent Gefälle. Die niedrigen Leitplanken wurden jetzt von einer Böschung und hohen Bäumen abgelöst. Weiter vorn befand sich ein Aussichtspunkt. Ich blinkte und drückte auf die Bremse. Nichts. Ich pumpte mehrfach. Der Wagen wurde kaum langsamer, dann klirrte es erneut und ein Zittern lief durch die Karosserie.

Und dann schien das Fahrzeug sich von allen Fesseln zu befreien und stürzte ungebremst und immer schneller und schneller werdend ins Tal.

75

Wir rasten die Straße hinunter. Vor uns tauchte eine scharfe Linkskurve auf, und dahinter der blassblaue Himmel, sonst nichts.

»Alex!«, kreischte Bree, während ich mich ans Lenkrad klammerte und vergebens auf die Bremse trat.

Ich versuchte, den Schalthebel zurückzuziehen und herunterzuschalten, aber er ließ sich nicht bewegen.

»Mein Gott, Alex, wir …«

Mit dem linken Fuß trat ich auf den Hebel der Feststellbremse, allerdings nicht mit aller Gewalt, aus Angst, wir könnten sonst ins Schleudern geraten. Die blockierenden Reifen kreischten laut und hinterließen rauchende schwarze Gummispuren auf der Fahrbahn.

Der Explorer schleuderte wild hin und her, aber ich konnte ihn zumindest einigermaßen in der Spur halten. Kurz vor einer scharfen Linkskurve ließ der Schalthebel sich endlich bewegen, sodass der Motor unsere Fahrt jetzt zusätzlich verlangsamte.

Ich riss das Lenkrad herum. Der rechte hintere Kotflügel knallte gegen die Leitplanke, die Stoßstange wurde abgerissen und landete hinter uns auf der Gegenfahrbahn.

Die restliche Fahrt wurde vom Gestank der überhitzten Bremsen, dem Heulen des überdrehenden Motors und dem Schweiß auf unserer Stirn begleitet. Im flacheren Gelände angekommen schob ich den Schalthebel in die Leerlaufstellung und machte den Motor aus. Wir kamen auf dem Seitenstreifen zum Stehen, ich schaltete die Warnblinkanlage ein und ließ mich an die Kopfstütze sinken.

»Am besten rufst du Pinkie an«, sagte ich. »Dann müssen sie eben ein bisschen zusammenrücken.«

»Willst du nicht nachsehen, was da eigentlich los war?«

»Ich bin ja auch kein Experte. Wir müssen den Wagen abschleppen und gründlich untersuchen lassen.«

»Du musst den Unfall melden«, sagte Bree, kramte ihr Handy aus der Handtasche und wählte Pinkies Nummer.

»Dann könnte ich aber nicht Jannie sehen«, erwiderte ich. »Ich lege einen Zettel mit Namen und Telefonnummer hinter die Windschutzscheibe.«

»Das nennt man unerlaubtes Entfernen vom Unfallo…«

»Mir egal«, fiel ich ihr ins Wort. »Ruf an, damit Pinkie nicht so weit zurückfahren muss.«

Als sie bei uns waren, spielten wir die ganze Situation absichtlich herunter, sagten nur, dass wohl irgendetwas mit den Bremsen nicht in Ordnung war, dass uns aber nichts passiert sei. Anschließend rief ich einen Abschleppdienst an, der sich bereit erklärte, den Wagen in eine Werkstatt in Winston-Salem zu bringen, ließ mich gegen die Lehne sinken, legte Bree den Arm um die Schultern und machte die Augen zu.

Ich fiel in einen seltsam unruhigen Schlaf, was nach einer Stresserfahrung nichts Ungewöhnliches ist. Jedenfalls konnte ich mich an keine einzige Minute der anderthalb Stunden langen Fahrt bis zur Duke University erinnern.

Wir mussten erst eine Weile suchen, bis wir die Laufbahn gefunden hatten. Aber trotz alledem waren wir noch so rechtzeitig da, dass Jannie ihre ersten Joggingrunden bereits hinter sich hatte, bevor die anderen eintrafen. Gegen elf Uhr war die Trainingsgruppe dann vollständig. Coach Greene begrüßte mich mit einem freundlichen Lächeln.

»Schön, dass Sie es rechtzeitig geschafft haben«, sagte sie und gab mir und Bree die Hand.

»Jannie ist vor lauter Aufregung schon vor Sonnenaufgang aufgestanden«, erwiderte ich.

»Das hier wollten wir uns auf gar keinen Fall entgehen lassen«, ergänzte Bree.

Das Lächeln auf dem Gesicht der Trainerin erlosch. »Nur zur Information. Wie sieht es mit den Blut- und Urintests aus?«

»Bis jetzt habe ich noch nichts gehört«, sagte ich. »Aber noch einmal, die Unschuldsvermutung …«

»Selbstverständlich«, sagte sie und drückte mir, begleitet von einigen entschuldigenden Worten, wieder einmal eine Haftungsverzichterklärung in die Hand. »Heute wird es spannend.«

»Wieso denn das?«, wollte Nana Mama wissen.

Die Trainerin zeigte auf drei junge Frauen auf der Laufbahn, die sich gerade mit explosiven Sprüngen und weiten Sätzen warm machten. »Alice und Trisha studieren hier an der Duke, Dawn drüben an der Chapel Hill. Alle drei haben es in der letzten Saison in die All-American-Auswahl geschafft.«

»Weiß Jannie darüber Bescheid?«, erkundigte sich Bree.

»Ich hoffe nicht, ehrlich gesagt«, meinte Coach Greene und trabte davon.

»Was ist eine All-American-Auswahl?«, wollte Ali wissen.

»Das sind die Besten im ganzen Land«, erklärte ich ihm.

»Und Jannie ist dabei?«

»Natürlich nicht«, schaltete sich Nana Mama ein. »Deine Schwester ist ja erst fünfzehn. Aber es wird eine gute Erfahrung für sie sein.«

So wie die beiden vorangegangenen Male, als ich das Training beobachtet hatte, ließ Coach Greene die Mädchen jetzt verschiedene Übungen machen, die besonders die schnell zuckenden Muskelfasern warm und geschmeidig machen sollten. Anschließend teilte sie sie in Fünfergruppen auf und ließ sie bei vierzig Prozent gemeinsam traben. Immer diejenige, die an den Schluss zurückfiel, musste bis ganz an die Spitze der Gruppe sprinten.

Die Übung ging über zweimal vierhundert Meter. Jannie schien die Sprintaufgabe mühelos zu bewältigen und setzte sich mit langen, geschmeidigen Sätzen an die Spitze. Nach einer fünfminütigen Trinkpause und ein paar Dehnübungen tauschte Greene die Gruppen und steckte meine Tochter zu den drei Mädchen aus der All-American-Auswahl – alle Anfang zwanzig – und einer weiteren Läuferin, die auch mindestens vier Jahre älter war als Jannie.

Sie alle beobachteten meine Tochter aus den Augenwinkeln, aber Jannie schien sich von dem großen Alters- und Erfahrungsunterschied in keiner Weise beeindrucken zu lassen. Das war mir seit Anfang des Jahres schon bei vielen Gelegenheiten aufgefallen.

»Laufen sie jetzt ein Rennen?«, wollte Ali wissen, der neben mir auf der Tribüne stand.

»Das ist nur Training«, meinte Bree.

»Nicht für Jannie«, sagte ich.

»Meine Damen, jetzt geben wir mal fünfundsiebzig Prozent«, sagte Greene, sobald die Läuferinnen sich Schulter an Schulter aufgestellt hatten. »Drei, zwei, eins, los.«

Die älteren Mädchen beschleunigten mit kurzen, abgehackten Schritten, die jedoch bald in längere Sätze und einen flüssigeren Rhythmus übergingen. Jannie schien das Tempo mühelos mitzugehen, hing aber auf der Gegengeraden einen knappen Meter hinter der Neunzehnjährigen und zwei Meter hinter dem All-American-Trio zurück.

Sie hielt diesen Abstand bis zum Ausgang der zweiten

Kurve, beschleunigte auf der Zielgeraden noch ein wenig und trudelte fast gleichauf mit der Neunzehnjährigen ins Ziel. Zu den schwer atmenden älteren Mädchen fehlten ihr etwa vier Schritte. Zwei von ihnen sahen Jannie an und nickten ihr zu.

Meine Tochter erwiderte das Nicken, aber nicht das Lächeln.

Die zweite Runde, bei fünfundachtzig Prozent, ging ziemlich ähnlich aus. Dann forderte Greene neunzig Prozent.

Ich sah, wie Jannie ihre Schultern kreisen ließ, und wusste, dass sie jetzt Ernst machen würde. Insgesamt verteilten sich keine fünfzehn Zuschauer auf der Tribüne, aber ich war so nervös, dass ich trotzdem aufstehen musste.

Zum ersten Mal startete auch Jannie mit diesen kurzen, abgehackten Schritten und hielt sich in der ersten Kurve dicht hinter den Auswahlläuferinnen. Auf der Gegengerade zogen die älteren Mädchen das Tempo an. Jannie hielt ihre Position, während die Neunzehnjährige langsam zurückfiel.

Dann, am Eingang zur zweiten Kurve, griff Jannie an. Sie zog an den drei anderen vorbei und lag am Ausgang der Kurve in Führung.

Selbst ohne Fernglas war das ungläubige Staunen auf den Gesichtern der älteren Mädchen deutlich zu erkennen, gefolgt von der Entschlossenheit und dem Biss, durch die sie es in ihrer Sportart so weit nach oben gebracht hatten. Sie gaben Gas, und zwei von ihnen schafften es, Jannie vor der Ziellinie abzufangen. Aber meine Tochter lag nur einen Schritt hinter ihnen und immer noch einen Schritt vor einer der besten Nachwuchsläuferinnen des ganzen Landes.

76

»Das war ein Rennen«, sagte Ali.

»Jannie hat ein Rennen draus gemacht.« Pinkie lächelte »Oh mein Gott, sie ist wirklich gut.«

»Dr. Cross?«, sagte ein Mann und kam über die Tribüne auf uns zu. Er trug eine neutrale graue Jogginghose und einen blauen Kapuzenpullover, war Mitte fünfzig, schlank, rothaarig und wirkte ausgesprochen selbstbewusst. »Ich heiße Ted McDonald. Um ganz offen zu sein, eigentlich bin ich wegen einer anderen Läuferin hier, aber ich würde sehr gerne mit Ihnen über Jannie sprechen.«

»Worum geht es denn?« Nana Mama beäugte den Neuankömmling misstrauisch.

McDonald blickte auf die Laufbahn, wo Coach Greene und eine andere, ältere Frau in Joggingkleidung gerade mit den Mädchen sprachen. »Ich bin Lauftrainer und in einem gewissen Rahmen auch als Scout tätig. Ich möchte Ihnen und Jannie gerne etwas sagen, aber das verschieben wir am besten auf später. Zuerst sollen Coach Greene und Coach Fall die Gelegenheit haben, mit Ihnen zu sprechen. Wären Sie damit einverstanden?«

»Heute noch, bevor wir wieder nach Hause fahren?«

»Ich kenne ein sehr gutes Restaurant, wo Jannie genau die vollwertige Mahlzeit bekommt, die sie nach so einem Training braucht«, meinte McDonald. »Ich lade Sie ein.«

Ich warf Bree und Nana Mama einen Blick zu, zuckte mit den Schultern und sagte: »Na, klar. Warum nicht?«

»Sehr gut. Wir treffen uns auf dem Parkplatz. Ich finde Sie dann schon«, erwiderte er lächelnd und reichte mir eine

Visitenkarte. Darauf stand: *Ted McDonald, Extreme Performance Systems. Austin, Toronto, Palo Alto.*

McDonald gab mir die Hand, setzte sich wieder auf einen Tribünenplatz und zog sich die Kapuze über den Kopf. Ich wusste nicht, was ich von allem halten sollte, also wollte ich ihn und sein Unternehmen googeln. Aber noch bevor ich seinen Namen in mein Smartphone eingegeben hatte, kamen Coach Greene und die ältere Frau in Joggingsachen zu uns. Das war die Cheftrainerin der Duke University, Andrea Fall.

Nachdem wir uns alle begrüßt und vorgestellt hatten, sagte Coach Fall: »Nach dem Einladungsrennen und nach Coach Greenes Beschreibung von Jannies Zweihundert-Meter-Läufen war ich noch skeptisch, aber das hat sich mittlerweile erledigt. Wie sehen denn ihre Schulnoten aus?«

»Herausragend«, erwiderte Nana Mama. »Sie ist eine Kämpfernatur.«

»Das macht alles sehr viel einfacher«, sagte Coach Fall. »Ich biete Ihrer Tochter hiermit ein umfassendes Vollstipendium an der Duke University an, sobald sie den Highschool-Abschluss in der Tasche hat.«

»Was?« Ich starrte sie entgeistert an.

»Offiziell kann Jannie auf dieses Angebot erst im Februar ihres Abschlussjahrs reagieren, aber ich wollte es so schnell wie möglich auf den Tisch legen. Ich gehe davon aus, dass es nicht das letzte sein wird«, sagte Coach Fall.

»Ist sie tatsächlich so gut?«, fragte Bree verwundert.

»Ich bin seit dreißig Jahren als Trainerin im Geschäft, aber die Sportlerinnen mit Jannies Potenzial, die mir in dieser ganzen Zeit begegnet sind, kann ich an einer Hand abzählen«, erwiderte sie. »Vorausgesetzt, sie erleidet keine schwere Verletzung, kann sie alles erreichen.«

»Das ist einfach … unfassbar«, sagte ich.

»Das kann ich nachempfinden«, sagte Coach Fall. »Wenn Sie oder Jannie irgendwelche Fragen zum Training haben oder Ihnen sonst etwas auf der Seele liegt, bitte zögern Sie nicht, mich anzurufen. Die Frage, was sie beruflich machen will oder für welches College sie sich entscheidet, spielt jedenfalls auf lange Sicht keine Rolle. Okay?«

»Okay«, sagte ich und schlug ein.

»Passen Sie gut auf sie auf«, sagte Coach Fall. »Sie ist ein Vollblut.«

»Bin ich auch ein Vollblut? Was ist das eigentlich?«, wollte Ali anschließend wissen.

»Ein Vollblut ist ein Rennpferd«, erklärte Nana Mama.

»Jannie ist ein Pferd?«

»Sie kann laufen wie ein Pferd«, sagte Bree und drückte meine Hand.

Ich erwiderte ihren Händedruck, voller Stolz aber auch voller Anspannung. Dass ich Entscheidungen treffen sollte, die für Jannies Zukunft richtungweisend waren, überforderte mich.

»Willst du es Jannie sagen?«, sprach Nana Mama mich an. »Das mit dem Angebot?«

»Das muss ich«, erwiderte ich. »Aber erst, wenn es ein bisschen ruhiger geworden ist.«

Als Jannie dann lächelnd zu uns trat, sagte Ali: »Du hast ein Angebot.«

»Was?«

»Ich sag's dir später«, sagte ich und nahm sie in den Arm. »Wir sind sehr stolz auf dich.«

Sie strahlte. »Wer kann nur auf so etwas kommen?«

»Gott«, antwortete Nana Mama. »Du hast eine Gabe erhalten, die nur er verleihen kann.«

Wir gingen auf den Parkplatz und trafen dort auf Ted

McDonald. Er gab Jannie die Hand, sagte ihr das Gleiche, was er mir auch schon gesagt hatte, und brachte uns in ein Café in der Nähe, in dem Bio-Sandwiches und Ähnliches angeboten wurden.

Als wir bestellt hatten, wollte er wissen, wer von uns die Entscheidung darüber traf, wo Jannie in Zukunft trainieren sollte. Ich sagte, dass ich noch nicht einmal angefangen hatte, mir darüber Gedanken zu machen.

McDonald sagte: »Dann bin ich sehr froh, dass ich zufälligerweise heute hier war.«

Er gab uns einen Überblick über seine beeindruckende Karriere, die unter anderem einen Doktortitel in Sportphysiologie von der McGill University sowie den Cheftrainerposten der kanadischen und der französischen Läuferauswahl beinhaltete. Momentan war er als unabhängiger Trainingsberater für verschiedene Athleten an US-Universitäten tätig, unter anderem an der Rice University, der University of Texas in Austin, der Texas Agricultural and Mechanical in College Station, der UCLA, der USC und der Georgetown University in Washington, D. C.

»Außerdem bin ich als Scout für …«, fuhr er fort, doch dann kam unser Essen.

McDonald hatte für Jannie Gemüse, gebratenes Hühnchen und hart gekochte Eier bestellt. Dazu gab es einen Smoothie aus brasilianischen Acai-Beeren, den sie großartig fand. Ich probierte einen Schluck und bestellte mir auch einen.

Während des Essens bombardierte McDonald Jannie mit Fragen. Wie viele Klimmzüge schaffte sie, ohne zu pausieren? Wie viele Liegestütze? Wie weit konnte sie aus dem Stand springen? Und wie hoch? Biegsamkeit? Ausdauer? Ihre Meilenzeit? Ihre bisher schnellste offizielle Vierhundert-Meter-Zeit?

Manche Fragen konnte Jannie nicht exakt beantworten, aber viele andere sofort.

Die Fragen gingen weiter. Hatte sie schon mal Weitsprung gemacht? Hochsprung? Stabhochsprung? Hürdenlauf?

Jannie schüttelte den Kopf.

»Spielt keine Rolle«, sagte er. »Was erlebst du, wenn du läufst? Ich meine, welche inneren Empfindungen hast du dabei?«

Jannie überlegte und sagte dann: »Ich ziehe mich dann in meine eigene Welt zurück, und alles andere wird irgendwie langsamer.«

»Bist du nervös vor einem Rennen?«

»Eigentlich nicht, nein.«

»Auch heute nicht?«

»Nein. Wieso?«

»Die Mädchen aus deinem letzten Lauf waren All-Americans.«

»Echt?« Jannie war ehrlich verblüfft.

»Echt.«

Sie grinste. »Ich glaube, ich hätte sie schlagen können.«

»Jede Wette«, erwiderte er. Dann griff er nach einer Serviette, holte einen Kugelschreiber aus der Tasche und kritzelte etwas darauf.

Anschließend schob er die Serviette über den Tisch, damit Jannie und ich lesen konnten, was er geschrieben hatte.

F7K
2018 – USM
2020 – OST5
2021 – WMT3
2022 – WM
2024 – OSG

»Was bedeutet das?«, erkundigte ich mich.

Er sagte es mir, und mit einem Schlag hatte ich das Gefühl, als hätte sich unser gesamtes Leben verändert.

77

Etwas später an diesem Nachmittag hatte ich immer noch nicht verkraftet, was Ted McDonald beim Mittagessen auf diese Serviette gekritzelt hatte.

War das denn möglich? Sollte man mit so einer Zielvorgabe überhaupt anfangen?

»Er hat gesagt, dass wir ihm nicht sofort antworten müssen«, sagte Bree. Sie saß am Steuer des Mietwagens, den wir uns in Winston-Salem besorgt hatten.

»Ich weiß«, erwiderte ich, »aber das ist alles ziemlich überwältigend.«

»Meinst du nicht, dass sie es versuchen sollte?«

»Sie ist ja erst fünfzehn. Fangen die in dem Alter schon an, so zu denken?«

»Andere Jugendliche in anderen Sportarten schon«, erwiderte sie, als wir das Schild passierten, das uns in Starksville willkommen hieß.

Erneut starrte ich die Serviette an und versuchte, deren Bedeutung zu erfassen.

Frauen Siebenkampf
2018 – US-Meistertitel
2020 – Olympische Spiele Top Fünf
2021 – Weltmeisterschaft Top Drei
2022 – Weltmeisterin
2024 – Olympische Goldmedaille

War das denn wirklich möglich? McDonald war davon überzeugt. Er behauptete, dass Jannie auch jeden dieser Titel als reine Läuferin gewinnen könne, aber er hatte bei ihr ein solch großes athletisches Potenzial entdeckt, dass sie aus seiner Sicht für die Königsdisziplin, den äußerst anspruchsvollen und vielseitigen Siebenkampf, noch besser geeignet war.

»Im Siebenkampf wird die beste Leichtathletin der Welt gekürt«, sagte McDonald. »Willst du das, Jannie? Die Eine sein, die alles kann? Superwoman?«

Man konnte im Gesicht meiner Tochter deutlich erkennen, dass sie sofort Feuer gefangen hatte.

»Was ist der Preis dafür?«, wollte sie wissen.

»Dein Herz, deine Seele und jahrelange harte Arbeit«, lautete seine Antwort. »Bist du dazu bereit?«

Sie blickte mich an und dann wieder ihn, und dann nickte sie. Eine Gänsehaut lief mir über den Rücken.

McDonald sagte, dass er Jannie im Fall einer Zusage regelmäßig in Washington besuchen und sie in die verschiedenen Disziplinen des Siebenkampfs einführen wollte. Sie würde so lange weiter an Laufwettbewerben teilnehmen, bis er mit ihrer Entwicklung zufrieden war. Falls wir nach einem Jahr immer noch alle mit im Boot waren, würde er ihr ein Stipendium an einer Privatschule in Austin verschaffen, wo sie regelmäßiger mit ihm zusammenarbeiten konnte.

»Es ist eine ausgezeichnete Schule, und sie wird dort stark gefördert werden, sodass sie keine Probleme haben wird, jedes College zu besuchen, das sie möchte.«

Bree sagte: »Und was wird uns das kosten?«

»Keinen Cent«, erwiderte der Trainer.

»Was?« Ich konnte es kaum glauben. »Wie soll das denn gehen?«

McDonald erklärte, dass mehrere Sportschuh- und Sportbekleidungshersteller ihm einen Etat zur Verfügung stellten, um Leichtathletiktalente zu entdecken und zu fördern.

Falls Jannie sich tatsächlich zu der Athletin entwickelte, die er bereits jetzt in ihr sah, dann würde sie Förderungsgelder bekommen, die ihr auf lange Sicht ein angenehmes Leben ermöglichten.

Eine kostenlose Ausbildung. Eine Karriere als Profisportlerin. Olympische …

»Die anderen fahren jetzt nach Hause, Alex«, unterbrach Bree meine Gedanken.

Nana Mama, Ali und Jannie saßen wieder in Pinkies Pickup, der gerade die Bahngleise überquerte. Pinkie streckte seine riesige Pranke mit den vier Fingern zum Seitenfenster heraus und winkte uns zu.

Ich winkte zurück. Bree blinkte und fuhr auf den alten Piggly-Wiggly-Parkplatz. Ich faltete die Serviette zusammen und steckte sie in meine Brusttasche.

»Was meinst du? Könnte sie das schaffen?«, fragte Bree, als wir uns der Baumreihe auf dem kleinen Felsvorsprung oberhalb der Bahngleise näherten.

»So langsam glaube ich, dass sie so ist wie du«, erwiderte ich. »Einfach zu allem fähig.«

Sie boxte mir lächelnd in die Rippen und sagte: »Seit wann bist du denn so ein Schmeichler?«

»Seit ich dich kennengelernt habe.«

»Gute Antwort.«

»Ab und zu habe ich einen lichten Moment.«

Bei den Bäumen angekommen, führte Bree mich zu einer hohen Buche, von der man einen guten Blick auf die Gleise hatte. Jemand hatte Stahltritte in den Baumstamm geschraubt. Sie sagte, dass solche Dinger von Jägern benützt wurden, und dass sie sie in einem Army-Store hier im Ort gekauft hatte.

Dann kletterte sie rund drei Meter nach oben zu einer weiteren Neuerwerbung. Die Bushnell-Nachtsicht-Wildkamera nahm alles auf, was sich vor ihrem Objektiv bewegte. Jäger konnten damit feststellen, an welchen Stellen sich Wildpfade befanden. Auf dem Outdoor Channel lief ungefähr alle acht Minuten ein Werbespot für diese Dinger.

»Jim Shockey benützt die auch«, sagte Bree. »Also dachte ich: Warum nicht? Wir fotografieren einfach jeden Zug, der durch Starksville fährt.«

Bree hatte zwei Kameras montiert, diese hier und eine knapp dreihundert Meter weiter südlich. Sie hatte die Speicherkarten nach vierundzwanzig Stunden überprüft und festgestellt, dass am späten Donnerstagnachmittag – also etwa um die Zeit, als wir eine Woche zuvor in Starksville eingetroffen waren – ein paar Mitfahrer auf einem Zug Richtung Norden gesessen hatten. Jetzt tauschte sie bei beiden Kameras die Speicherkarten aus, und wir sahen uns die Aufnahmen der letzten Stunden auf ihrem Computer im Auto an. Das dauerte zwar eine ganze Zeit, aber wir entdeckten noch mehr Mitfahrer auf einem Zug gestern Abend, gegen 22.00 Uhr, also etwa zur gleichen Zeit wie am Mittwochabend, als Bree Finn Davis bei seinem Drei-Finger-Salut beobachtet hatte.

Davis war auf keiner der Aufnahmen zu sehen, aber so allmählich schälte sich ein Muster heraus. Jeden zweiten Abend gegen 22.00 Uhr war ein Zug mit blinden Passagieren besetzt, und dann wieder einer am darauf folgenden Nachmittag gegen 17.00 Uhr.

Jetzt war es halb fünf. Innerhalb der nächsten Stunde müsste es eigentlich wieder so weit sein. Trotz der großen Hitze beschlossen wir, noch einmal zu den Bäumen zurückzukehren. Wir wollten wissen, ob unsere Theorie bestätigt wurde. Während wir also schwitzten und warteten, umsurrten und umschwirrten uns Insektenschwärme, und ich hatte das widerwärtige Gefühl, als würden mir ganze Zeckenfamilien die Beine emporkriechen.

Mein Handy klingelte. Naomi.

»Stefan ist schon wieder zusammengeschlagen worden«, sagte sie. »Von ein paar Mitgefangenen.«

Ich seufzte. »Das kommt in jedem Gefängnis vor. So was machen die mit Kinderschändern.«

»Nur, dass Stefan keiner ist, Onkel Alex«, sagte Naomi mit großem Nachdruck.

»Richtig. Wo ist er jetzt?«

»Im Starksville Memorial Hospital, unter Bewachung.«

Die Glocke am Bahnübergang hundert Meter zu unserer Rechten fing an zu bimmeln.

»Ich versuche, noch bei ihm vorbeizuschauen und …« Jetzt schob sich ein Zug aus Süden langsam in mein Blickfeld. Ungefähr auf dem zwanzigsten Waggon saß ein Mitfahrer. »Ich muss los, Naomi.«

»Nur ein Passagier«, sagte Bree, während ich das Handy in die Tasche steckte.

»Besser als keiner«, entgegnete ich.

»Was hast du jetzt vor?« fragte sie mich, während die Lokomotive mit weniger als fünfundzwanzig Stundenkilometern an uns vorbeiächzte.

»Hol das Auto und fahr neben mir her Richtung Norden«, sagte ich. »Ich ruf dich an.«

»Wo willst du denn hin?«

»Auf den Zug da«, antwortete ich, während der einsame blinde Passagier – ein junger Weißer mit Baseballmütze, Sonnenbrille und einem langen schwarzen T-Shirt – an uns vorbeirollte. Er hockte mit baumelnden Beinen auf der Vorderkante des Güterwaggons und blickte stur geradeaus.

Als ich mich umdrehte, war Bree schon nicht mehr zu sehen.

Ich wartete ab, bis ungefähr fünfzehn Waggons an mir vorbeigerumpelt waren, dann huschte ich aus dem Schatten der Bäume und rannte los.

78

Ich lief im spitzen Winkel auf den Zug zu und berechnete meinen Anlauf so, dass ich genau neben der Stahlleiter eines Güterwaggons ankam. Ich beschleunigte noch ein letztes Mal, streckte die Hand aus und bekam eine der Sprossen auf Kopfhöhe zu fassen. Bevor mich der Schwung von den Beinen reißen konnte, stieß ich mich ab und landete mit den Füßen auf der untersten Sprosse.

Dort hing ich zunächst einmal und atmete sechs, sieben Mal kräftig durch. Dann machte mir das Bimmeln der Glocke bewusst, dass ich gleich von allen Autos auf meiner Seite des Bahnübergangs gesehen werden konnte. Also krabbelte ich nach oben.

Hupen dröhnten, während ich am Übergang vorbeirollte. Ich sah mich nicht um und kletterte auch erst dann weiter nach oben, als wir die Stadt hinter uns gelassen hatten und der Zug langsam Fahrt aufnahm.

Vorsichtig spähte ich über die Kante zu dem anderen Mitfahrer, stellte fest, dass er immer noch nach vorn sah, und krabbelte dann auf das Dach. Flach auf dem Bauch lag ich da und hielt mich an einem Flansch fest, bis ich wieder so weit zu Atem und zu Kräften gekommen war, dass ich aufstehen konnte. Bei James Bond sieht das immer ganz einfach aus, aber auf einem langsam fahrenden Zug zu stehen ist ziemlich schwierig. Auf einem ruckelnden, schwankenden, stetig schneller werdenden Zug vorwärtszugehen, erfordert ein nahezu übermenschliches Gleichgewichtsgefühl, das ich leider nicht besitze. An aufrechtes Stehen war nicht einmal zu denken, und so beschloss ich, mich in einer breitbeinigen Froschhocke fortzubewegen, sehr vorsichtig, sehr unsicher.

Vor dem Sprung auf den nächsten Waggon wurde mir übel, aber ich schaffte es und arbeitete mich weiter, starrte auf das Dach vor mir, dann auf den Passagier, dann auf die dahinter liegende Bahnstrecke, immer begleitet von der irrationalen Furcht, dass ich vielleicht einen Tunnel übersehen und vom Zug gefegt werden könnte.

Es dauerte alles in allem fünfzehn Minuten, um achtzehn Waggons nach vorn zu kommen. Beim Sprung auf den neunzehnten Waggon, den letzten hinter dem Waggon mit dem blinden Passagier, kam ich mir schon vor wie ein Ninjakrieger.

Aber ich musste wohl irgendein Geräusch gemacht haben, oder aber er hatte das Gefühl, dass es an der Zeit war, sich umzudrehen. Jedenfalls starrte er mir, als ich landete, direkt ins Gesicht.

Er schwang den rechten Arm herum, sodass ich die Pistole mit dem Schalldämpfer deutlich sehen konnte. Kurz bevor er abdrückte, warf ich mich flach auf den Bauch. Die Kugel prallte gut fünfzig Zentimeter zu meiner Rechten vom Stahldach des Waggons ab.

Die Schaukelei hatte mir das Leben gerettet. Oder aber er war ein miserabler Schütze. Oder eine Kombination aus beidem. Jedenfalls krümmte ich mich zusammen und hatte meine kleine Neun-Millimeter-Ruger gerade in der Hand, als er zum zweiten Mal abdrückte.

Die Kugel prallte gegen einen Flansch, gerade einmal fünfzehn Zentimeter neben meinem Kopf. Jetzt schoss ich auch, und obwohl ich ihn ebenfalls verfehlte, erhielt die Situation durch meinen Schuss eine völlig neue Dynamik. Er leistete keinen Widerstand mehr, sondern machte sich aus dem

Staub. Als ich mich mühsam aufrappelte, war er schon auf dem nächsten Waggon gelandet.

Er sprang gerade auf einen ovalen Tankwagen, als ich auf dem Waggon direkt dahinter landete. Doch als ich den Blick hob, war der blinde Passagier verschwunden, bis ich merkte, dass er bei der Landung auf dem Tankwagen ausgerutscht und auf das Gesicht geprallt war.

Er war eindeutig benommen und rappelte sich nur mühsam wieder auf, sodass ich den Abstand erheblich verringern konnte. Als er schließlich wieder auf den Beinen war, sah ich, dass er die schallgedämpfte Pistole nicht mehr in der Hand hatte. Hatte er sie fallen lassen?

»Stehen bleiben!«, brüllte ich ihn an. »Ich will nur mit Ihnen reden.«

Aber er ging trotzdem weiter.

»Stehen bleiben oder ich schieße!«

Er wurde nicht einmal langsamer.

Ich zielte nach links und jagte eine Kugel dicht an seinem Ohr vorbei. Er zuckte zusammen und drehte sich mit erhobenen Händen zu mir um.

Schon besser, dachte ich. *So kommen wir der Sache näher.*

Ich sah, dass wir auf eine Brücke zufuhren. Vorsichtig sprang ich auf den Tankwaggon und kam dem Mitfahrer dadurch noch einmal drei Meter näher. Als wir keine sechs Meter mehr voneinander entfernt waren, ging er in die Knie und hielt sich an einem Einstellrad oben auf dem Tanker fest.

»Ich will nur mit Ihnen reden«, wiederholte ich.

»Worüber denn, Mann?« Er versuchte, den knallharten Gangster zu spielen, aber die Angst war ihm deutlich anzusehen.

Ich hob die Hand zu dem dreifingrigen Salut und sagte: »Darüber. Und über Finn Davis. Und Marvin Bell. Und darüber, was Sie auf diesem Zug hier zu suchen haben.«

Er sah mich an, als wären mir gerade Fühler gewachsen. »Niemals, Mann.«

»Wir wissen, dass Sie irgendetwas bewachen sollen. Aber was?«

Er wandte den Blick ab und schüttelte erneut den Kopf. »Niemals. Keine Chance.«

»Wir können Sie beschützen.«

»Nein, könnt ihr nicht«, erwiderte er. »Niemand kann irgendjemanden vor Großvater und der Firma schützen.«

»Großvater und die Firma?«, fragte ich, während der Zug auf die Brücke fuhr, die über eine tiefe, enge und dicht bewaldete Schlucht führte. »Wer ist Großvater? Und welche Firma?«

Er sah mich geschlagen an und sagte: »Ich bin tot.«

Dann ließ er das Rad los, stieß sich ab und flog vom Tankwagen, von der Brücke, schlug kreischend mit den Armen und fiel den Baumwipfeln entgegen, bis er in sie eintauchte und nicht mehr zu sehen war.

79

Ich konnte es kaum glauben. Ich sah mich nach allen Seiten um, spähte in die Schlucht und in den Wald hinab, der diesen jungen Mann einfach im Ganzen verschluckt hatte. Die einzigen Lebewesen waren ein paar Krähen, die träge über dem Blätterdach kreisten. Und nach der nächsten Kurve war das alles aus meinem Blickfeld verschwunden.

Der Tunnel tauchte so plötzlich vor mir auf, dass ich mich blitzschnell auf den Tankwaggon werfen und festhalten musste, bis wir auf der anderen Seite mitten im tiefsten Wald wieder auftauchten. Ich wollte Bree anrufen, hatte aber kein Netz. Es würde mit Sicherheit eine ganze Weile dauern, bis ich wieder eine Gelegenheit bekam abzusteigen.

Als der Zug schließlich langsamer wurde und anhielt, konnte man bereits die Nacht ahnen. Der Mond stand am Himmel. Wir waren aus der Höhe immer tiefer ins Tal hinabgefahren. Im trüben Schein des Mondes konnte ich die endlosen Felder zu beiden Seiten der Gleise erkennen. Ich hielt nach einer Straße, einem Bahnübergang Ausschau. Warum hatten wir eigentlich angehalten? Gerade als ich absteigen wollte …

»Los, Mann, wir haben was zu erledigen«, rief mir eine Männerstimme von der Böschung her zu.

Ich zuckte zusammen, dann wurde mir klar, dass er mit mir geredet hatte.

»Was haben wir zu erledigen?«

»Scheiße, Mann, verarschen kann ich mich alleine.« Seine Stimme klang nervös, und jetzt waren auch die Umrisse seiner Gestalt zu erkennen. »Gib mir die Bestellung. Ich hab das Geld dabei.«

»Tut mir leid, ich bin neu«, improvisierte ich. »Wie groß war die Bestellung gleich noch mal?«

»Steht doch auf deinem Zettel, Mann«, erwiderte der andere verärgert. »Mach einfach die Luke auf und hol's raus, damit wir's endlich hinter uns haben.«

Ich blickte mich um. Das Rad, an dem der blinde Passagier sich festgehalten hatte ... das war ein Lukenverschluss.

Ich kniete mich davor, packte das Rad mit beiden Händen und versuchte, es gegen den Uhrzeigersinn zu öffnen. Es rührte sich gar nichts. Beim Versuch in die Gegenrichtung ebenso wenig. Dann fiel mir ein, dass die Luke vielleicht von einer Sprungfeder gesichert wurde. Ich stemmte mich mit dem ganzen Gewicht darauf, spürte, wie ein Widerstand nachgab und drehte. Das Rad ließ sich im Uhrzeigersinn bewegen.

Als ich etwas hörte, das klang wie ein sich öffnender Verschluss, hob ich den Lukendeckel an. Mit einem Mal hing ein angenehmer Vanilleduft in der Luft. Ich holte die Mini-Maglite, die ich immer in der Tasche habe, heraus und knipste sie an. Unterhalb der Lukenöffnung hing eine Art Aluminiumkorb, rund einen Meter tief und mit sechzig Zentimetern Durchmesser. Der Strahl der Taschenlampe leuchtete durch die breiten Lücken des Korbs hindurch. Dahinter lagen Dutzende in gelbes Papier eingewickelte Päckchen, alle ungefähr im Format eines großen Seifenstücks. Manche waren zu Bündeln verschnürt worden, andere lagen einzeln da.

»Nun mach schon, Mann«, sagte der Kerl. »Der Zug kann jeden Moment ...«

Die Räder kreischten. Der Tankwaggon ruckte. Ich wäre

beinahe abgestürzt, hätte um ein Haar den Lukendeckel, den Korb und alles, was darunter lag, losgelassen.

»Hey!«, schrie der Kerl. »Hey, Scheiße, Mann!«

»Kann nichts dafür!«, rief ich ihm zu. »Der Mechanismus klemmt! Ich trag dich für die Lieferung morgen Abend ein. Du kriegst Rabatt.«

Kurze Pause. »Wie viel?«

»Zehn Prozent«, rief ich ihm zu, während wir weiterfuhren.

»Abgemacht«, erwiderte er. »Das kommt hin.«

Ich wartete, bis er mich nicht mehr sehen konnte, dann setzte ich mich so hin, dass ich mit den gespreizten Beinen den Lukendeckel am Zufallen hindern konnte. Ich sah mir den Korb mithilfe der Taschenlampe genau an, schob ihn hin und her und entdeckte schließlich eine Klappe. Ich machte sie auf und holte drei der gelben Päckchen heraus. Jedes wog ungefähr ein Pfund.

Mein Handy klingelte. Das war Bree.

»Wo steckst du denn?«, fragte sie mit besorgter Stimme. »Ich habe schon mehrfach versucht, dich anzurufen.«

»Wir sind von der Hochebene bis ins Tal gefahren, durch mehrere Tunnel. Ich habe keine Ahnung, wo wir sind.«

»Hast du mit dem blinden Passagier gesprochen?«

Ich erzählte ihr, was passiert war.

»Mein Gott, er ist abgesprungen?«

»Nicht zu glauben, oder? Als wäre der Tod immer noch besser, als mit mir zu sprechen und Großvaters Zorn ausgesetzt zu sein.«

»Und du glaubst, dass Marvin Bell dieser Großvater ist?«

»Ich nehme es an«, sagte ich. »Genial, wenn man sich's recht überlegt. Die Züge zu nutzen.«

»Das stimmt. Willst du noch länger mitfahren, um rauszukriegen, wo er hinfährt?«

»Nein. Ich baue den Korb wieder ein, mache die Luke zu und steige beim nächsten Stopp ab. Soll Bell oder wer immer hinter dieser Sache steckt doch glauben, dass sein Mann mit einem Teil der Ware abgehauen ist.«

»Klingt schlüssig«, sagte Bree.

»Ich melde mich bald wieder und gebe dir meinen Standort durch.«

Ein ganzes Stück weiter vorn konnte ich Straßenlampen sehen. Als der Zug das zweite Mal stehen blieb, hatte ich den Korb wieder an Ort und Stelle gesetzt und die Luke verschlossen. Zu meiner Rechten, aus einem Gebüsch dicht an den Gleisen, hörte ich einen scharfen Pfiff.

Anstatt darauf zu reagieren, kletterte ich an der Leiter auf der gegenüberliegenden Seite des Tankwaggons hinunter und huschte davon. Das Pfeifen wurde lauter und drängender.

80

Das kleine süße Mädchen mit den müden Augen hatte ein Stück Schaffell in der Hand, ungefähr so groß wie ein kleines Handtuch. Lizzie rieb es über ihre porzellanweiße Wange und nuckelte dabei am Daumen, während sie quer durch das Zimmer zu ihrem Großvater ging.

Viel zu viele schreckliche Dinge gingen ihm durch den Kopf und verstopften seine Gehirnwindungen, aber als er sie so vor sich sah, diese Zartheit, diese Unschuld, da löste sich alles in Luft auf. Er nahm Lizzie auf den Arm und sagte: »Zeit fürs Bett, kleine Dame?«

Sie nickte und kuschelte sich in seinen Arm. Einfach perfekt. Sie wog so gut wie nichts, war keine Last, niemals war sie eine Last. Lizzies Großvater trug sie aus seinem Büro den Flur entlang bis in ihr Zimmer.

Dann legte er sie in ihr Bettchen und deckte sie zu. Ihre Augenlider flatterten bereits, und sie schlief schon halb, aber trotzdem sagte sie: »Erzähl mir noch eine Geschichte. Was wird aus der Elfenprinzessin? Aus Guinevere?«

Der Großvater zögerte, dann sagte er: »Eines Tages ist ein Drache in Prinzessin Guineveres Reich eingedrungen.«

Lizzie war sofort wieder wacher. »Hat er ihr was getan?«

»Er hat es versucht. Aber Guineveres Großvater, der Elfenkönig, hat seine besten Krieger ausgesandt, um den Drachen zu töten. Guineveres älterer Bruder hat es als Erster versucht, aber er hat es nicht geschafft. Danach war eine mutige Kriegerin an der Reihe.«

Jetzt war Lizzie voll und ganz bei der Sache. »Hat sie auch Pfeil und Bogen gehabt?«

Er nickte. »Sie hat auf den Drachen geschossen, als er an ihr vorbeigeflogen ist, aber sie hat ihn verfehlt, nur um einen einzigen Zentimeter.«

In seinem Rücken ertönte ein leises Klopfen. Meeks stand da, mit todernster Miene.

»Da ist Besuch für Sie unten«, sagte Meeks.

Er begriff und nickte. »Ich bin in einer Minute da.«

»Nein, Großvater«, bettelte Lizzie. »Was ist denn mit dem Drachen?«

»Das verrate ich dir morgen Abend.«

»Ooooch«, stöhnte sie. »Das halt ich nicht aus. Kann sie nicht noch mal auf den Drachen schießen. Die Kriegerin? Wie heißt sie eigentlich?«

Er überlegte und sagte: »Schlüsselchen. Und, ja, Schlüsselchen bekommt noch einen zweiten Versuch, aber das erzähle ich dir erst morgen.«

Lizzie gähnte. »Schlüsselchen erwischt den Drachen bestimmt. Sie rettet Prinzessin Guinevere. Das weiß ich einfach.«

Dann fielen ihr die Augen zu, und er beugte sich über sie und gab ihr einen Kuss auf die Wange. Dann machte er das Licht aus, ließ aber die Tür zum Flur ein kleines Stückchen offen, genau so, wie sie es mochte. Er ging den Flur entlang und dachte an die vielen Veränderungen, die gerade im Gang waren, und die zahllosen Herausforderungen, die damit zusammenhingen.

Im Erdgeschoss führte sein Weg ihn an Ölgemälden und Skulpturen vorbei, bis er schließlich eine Bibliothek betrat.

Dort stand Finn Davis, dem offensichtlich alles andere als wohl in seiner Haut war.

»Was gibt's denn?«, wollte Lizzies Großvater wissen.

»Wir haben einen Kurier verloren«, sagte Davis. »Er hat alle Lieferungen platzen lassen.«

»Die Ware?«

»Drei Pfund fehlen, der Rest ist da.«

»Also abgehauen.«

»Sollen wir ihn verfolgen?«, wollte Davis wissen. »Und ihn erledigen?«

»Natürlich, aber im Moment haben wir uns um wichtigere Probleme zu kümmern.«

»Die Familie Cross?«

Lizzies Großvater nickte. »Sie haben die Schlüsselmacherin überlebt. Sie wird es noch einmal versuchen. Aber bis es so weit ist, solltest du selbst noch mal einen Anlauf nehmen, um den großen grässlichen Drachen zu erlegen.«

81

Es war Montagmorgen um halb neun. Pinkie brachte mich und Bree zum Gericht, wo Stefans Prozess fortgesetzt werden sollte. Nana Mama wollte mit Tante Hattie und Tante Connie nachkommen. Jannie kümmerte sich um Ali.

Ich war gereizt. Bree und Pinkie sahen sehr erschöpft aus. Wir hatten in den letzten sechsunddreißig Stunden ununterbrochen an diesem Fall gearbeitet und kaum geschlafen. Und die Geheimnisse von Starksville waren immer noch genauso undurchsichtig und vielgestaltig wie zuvor.

Wir hatten eines der gelben Päckchen ausgepackt und dabei etwas zum Vorschein gebracht, was aussah wie lose Klumpen aus zerbrochenem topasblauem Glas, eingeschweißt in eine dicke Plastikfolie. Geschmack und Geruch waren neutral gewesen, also hatte ich meine Beziehungen zum kriminaltechnischen FBI-Labor in Quantico spielen lassen. Die Proben waren bereits dort, und heute Nachmittag würden wir das Ergebnis bekommen.

Wir hatten immer noch keine Ahnung, wem der Tankwaggon gehörte. Die Wildkamera hatte eine schöne Aufnahme von der ganzen rechten Seite gemacht, sodass man die fünfzehnstellige Zahlen-Buchstaben-Kombination, schwarz auf weißem Grund, gut erkennen konnte. Als wir uns die früheren Bilder mit mitfahrenden Passagieren ansahen, fiel uns auf, dass die meisten auf einem Güterwaggon hinter so einem Tankwaggon saßen, die jeweils ähnliche Codierungen besaßen. Pinkie hatte den ganzen Sonntagnachmittag lang versucht, irgendetwas über diese Codenummer herauszufinden, war aber erfolglos geblieben.

Bree und ich hatten uns am Sonntagabend auf den Bäumen oberhalb der Bahngleise in Starksville versteckt und waren bis lange nach 23.00 Uhr geblieben, ohne dass wir einen Mitfahrer zu Gesicht bekommen hätten.

Kurz gesagt, wir hatten kein Glück bei unserem Versuch, Marvin Bell oder Finn Davis oder sonst jemanden mit diesem sogenannten Großvater oder der Firma in Verbindung zu bringen. Wir bekamen sogar schon erste Zweifel, ob die Mitreisenden und der Drogenring überhaupt etwas mit Starksville zu tun hatten. Vielleicht wurde das alles ja irgendwo anders organisiert und die Ware kam hier einfach nur durch.

»Vielleicht haben sie ja die Lieferungen erst mal eingestellt, nachdem sie einen Kurier verloren haben«, sinnierte Pinkie und bog nach links ab auf den Marktplatz.

»Könnte schon sein«, pflichtete ich ihm bei.

»Ich glaube, es gibt eine Möglichkeit, wie wir rauskriegen können, ob die blinden Passagiere tatsächlich in Starksville zusteigen oder nicht«, sagte Bree.

»Und die wäre?«, wollte ich wissen.

»Noch mehr Kameras. Die stellen wir an den Übergängen im Norden und im Süden der Stadt auf. Falls die Mitfahrer von woanders kommen, dann müssen sie schon draufsitzen.«

Pinkie nickte und fuhr auf den Parkplatz des Gerichtsgebäudes. »Und falls nicht, dann wissen wir, dass sie von hier sind.«

»Hier gibt es doch keinen Betrieb, der Vanille verarbeitet, oder?«, erkundigte ich mich.

»Nicht dass ich wüsste«, sagte Pinkie und lenkte den Wagen in eine Parklücke.

Im Foyer des Gerichtsgebäudes strömten Journalisten,

Zuschauer und Zeugen in Scharen in den Saal, in dem die Verhandlung stattfinden sollte. Thema Nummer eins war der tödliche Herzinfarkt, den Sheriff Nathan Bean in einem Frühstückscafé ganz in der Nähe erlitten hatte. Das war vor nicht einmal einer Stunde gewesen. Sheriff Bean hatte zwar schon früher mit Herzproblemen zu kämpfen gehabt, aber dennoch … das war für alle offensichtlich ein großer Schock.

Im Gerichtssaal hörte ich, wie ein Journalist den Polizeichef Randy Sherman fragte, ob es schon einen Kandidaten für die Nachfolge gab.

»Der Sheriff wird ja direkt gewählt«, erwiderte Chief Sherman, »aber ich könnte mir denken, dass mit Guy Pedelini auf jeden Fall zu rechnen sein wird.«

Ich musste an Brees Schilderung denken, wie Finn Davis vor ein paar Tagen auf Pedelinis Veranda gestanden hatte, und zum ersten Mal erschien es mir tatsächlich denkbar, dass da ein Marionettenspieler hinter den Kulissen von Starksville die Fäden zog. Großvater? Selbst ohne konkrete Beweise konnte ich mir Marvin Bell gut in dieser Rolle vorstellen, wie er sich immer im Schatten hielt, nach außen hin anständig und gesetzestreu wirkte und Finn Davis die Drecksarbeit erledigen ließ. Wir gingen davon aus, dass Pedelini von Bell und Davis bestochen wurde. Wie sonst hätte ein einfacher Detective sich so ein schönes Haus am See leisten können?

Eine Seitentür öffnete sich, und ein Deputy führte Stefan in den Gerichtssaal. Ich zuckte zusammen und hörte einen spitzen Schrei. Er stammte aus dem Mund meiner Tante Hattie. Das linke Auge meines Cousins war komplett zugeschwollen, und sein Mund war mit Drähten verschlossen.

Naomi eilte zu ihm und half ihm, sichtbar erbost, sich zu setzen.

»Geschieht ihm recht«, hörte ich eine flüsternde Frauenstimme und warf einen Blick auf die andere Seite des Gangs. Dort saß Ann Lawrence und redete auf eine nüchterne Cece Turnbull ein. Rashawns Mutter gab zwar keine Antwort, aber Ceces Eltern, die zwei Reihen dahinter saßen, nickten zustimmend.

Der Bezirksstaatsanwältin Delilah Strong jedoch schien der Zustand meines Cousins sehr zu Herzen zu gehen, genau wie ihrem Assistenten Matthew Brady, der jetzt zu Naomi trat und ihr etwas zuraunte.

Sie winkte verärgert ab. Patty Converse trat ein und setzte sich auf einen Platz in der Reihe hinter uns. Es war das erste Mal seit fünf Tagen, dass wir sie zu Gesicht bekamen. Sie blickte aber niemanden an, sondern starrte stur geradeaus, während der Protokollführer und der Justizbeamte ihre Plätze einnahmen.

Der Gerichtsdiener rief: »Bitte erheben Sie sich. Die Verhandlung ist hiermit eröffnet. Den Vorsitz führt Richter Erasmus P. Varney.«

82

Richter Varney war erkennbar schwächer und blasser als bei unserer letzten Begegnung. Da hatte er mit Nierensteinen, puterrotem Gesicht und von Schmerzen geschüttelt auf der Rolltrage gelegen, mit der die Sanitäter ihn zum Gerichtssaal hinausbefördert hatten. Trotzdem nahm er mit gebieterischer Ausstrahlung auf seiner Bank Platz, griff nach dem Hammer und rief den Saal zur Ordnung.

»Ich möchte mich für meine Erkrankung entschuldigen«, sagte er. »Ukrainisches Blut mütterlicherseits. Und ich möchte zum Ausdruck bringen, welch tragischen Verlust Sheriff Beans unverhofftes Ableben am heutigen Vormittag für uns alle bedeutet. Er war ein Ehrenmann von großer Aufrichtigkeit.«

Varneys Augen waren während dieser einleitenden Bemerkungen starr geradeaus gerichtet, als würde er nicht zum ganzen Gerichtssaal sprechen, sondern zu einer ganz bestimmten Person im Zuschauerraum. Zu wem, konnte ich nicht erkennen. Aber vielleicht war das auch nur Einbildung.

Varney griff nach einem Blatt Papier auf seiner Richterbank, las es durch und sagte: »Ms. Cross, das Gericht wurde darüber informiert, dass Ihr Kreuzverhör mit der Zeugin Sharon Lawrence heute leider nicht möglich ist, da die Zeugin im Krankenhaus liegt. Ist das richtig?«

Ann Lawrence, ihre Mutter, stand auf und sagte: »Ja, Euer Ehren. Sie hat vierzig Grad Fieber und bekommt Infusionen.«

»Dann gehe ich davon aus, dass Sie jetzt gern an ihrer Seite wären«, sagte Varney.

»Ja, Herr Richter, vielen Dank«, sagte sie.

Die Mutter des Mädchens, das meinen Cousin der Vergewaltigung beschuldigte und versucht hatte, Jannie Drogen unterzuschieben, warf uns einen flüchtigen Blick zu und verließ den Saal.

»Sie hat was zu verbergen«, flüsterte Bree mir ins Ohr.

»Und wie«, sagte ich und wollte gerade aufstehen und ihr folgen, um ihr mehr als nur ein paar sehr konkrete Fragen zu stellen.

Doch dann sagte Richter Varney: »Frau Rechtsanwältin, sobald Ms. Lawrence wieder genesen ist, erhalten Sie Gelegenheit, Ihr Kreuzverhör fortzusetzen. Ich würde in der Zwischenzeit aber gerne vorankommen. Haben Sie noch irgendwelche Fragen oder Bedenken?«

»Bedenken, Euer Ehren«, erwiderte Naomi. »Bei allem gebotenen Respekt vor dem Andenken von Sheriff Bean, aber seine Dienststelle hat beim Schutz meines Mandanten katastrophal versagt. Die Deputys des Sheriffbüros haben zugelassen, dass mein Mandant von anderen Gefängnisinsassen so lange getreten und geprügelt wurde, bis …«

»Einspruch!«, rief die Staatsanwältin. »Es gibt nicht den geringsten Beweis für die Behauptung, dass ein Deputy die Auseinandersetzung ›zugelassen‹ hat.«

»Herr Richter, Mr. Tate ist heute mit unzähligen Prellungen und Schwellungen, einem gebrochenen Kiefer und höchstwahrscheinlich einer Gehirnerschütterung hier erschienen«, schoss Naomi zurück. »Das Allermindeste wäre, dass er von einem fähigen Neurologen untersucht wird, bevor wir diesen Prozess überhaupt fortsetzen.«

Strong sagte: »Mr. Tate wurde von den Ärzten im Gefängnis untersucht, und sie sind zu dem Ergebnis gekommen, dass keine Anzeichen für eine Gehirnerschütterung vorliegen.

»Mr. Tate«, sagte Richter Varney. »Verstehen Sie, was hier vor sich geht? Wissen Sie, wo Sie sind? Was Sie hier sollen?«

Stefan nickte. Seine Worte waren durch die Drähte kaum zu verstehen. »Ja, Herr Richter.«

Naomi wirkte ein wenig verärgert.

Der Richter sagte: »Also gut, die Verhandlung wird fortgesetzt, und ich ordne hiermit eine Verdoppelung der Wachen für Mr. Tate durch das Sheriffbüro an, rund um die Uhr. Sind Sie jetzt zufrieden, Frau Rechtsanwältin?«

Naomi zögerte kurz, dann gab sie nach: »Ja, Herr Richter.«

Aus Sicht der Verteidigung war das schon der Höhepunkt des ganzen Tages. Die Bezirksstaatsanwältin rief mehrere kriminaltechnische Experten in den Zeugenstand, die sämtliche belastenden Indizien in vollem Umfang bestätigten: Stefans Sperma auf Rashawns Körper, Stefans Sperma in Sharon Lawrences Höschen, Rashawns Blut und Körpergewebe an der zusammenklappbaren Bügelsäge aus dem Keller meines Cousins.

Während dieser letzten Aussage wurde Patty Converse leichenblass, besonders als ein Fingerabdruckexperte bestätigte, dass die einzigen deutlich erkennbaren Abdrücke auf der Säge von Stefan stammten.

Naomi versuchte, die Sache mit Stefans DNA im Höschen des Mädchens zumindest ein wenig zu entkräften, und wollte wissen, ob es denkbar sei, dass das Sperma in den Tagen zwischen der angeblichen Vergewaltigung und Rashawns Tod von einer anderen Person in das Höschen geschmiert worden war. Der Experte meinte darauf, das sei zwar denkbar, aber unwahrscheinlich, da Lawrence die Geistesgegenwart besessen hatte, das Höschen in einen Plastikbeutel zu stecken.

»Es sei denn, Ms. Lawrence hätte das Sperma selbst dort platziert«, sagte Naomi.

Der Experte erwiderte: »Das ist richtig, aber dafür gibt es keinerlei Hinweise.«

Während der Mittagspause rief die Autowerkstatt an, bei der wir unseren Wagen abgegeben hatten. Anscheinend sah es so aus, als hätte ein großer Stein eine ohnehin lockere Bremsleitung aus der Verankerung gerissen, sodass die Bremsflüssigkeit ausgelaufen war.

»Sind Sie viel auf unbefestigten Straßen gefahren?«, erkundigte sich der Mann.

»Gelegentlich schon, aber ich kann mich nicht erinnern, dass ein Stein an den Unterboden geknallt wäre«, lautete meine Antwort. »Könnte es sich vielleicht auch um Sabotage handeln?«

»Dass jemand wollte, dass Ihre Bremsen versagen?«

»Ganz genau.«

»Da gibt es sicherlich einfachere Methoden, als mit einem Stein gegen die Bremsleitung zu schlagen.«

»Es sei denn, man will es wie einen Unfall aussehen lassen«, sagte ich.

»Kann schon sein.«

Ich bat den Mann, den Schaden zu fotografieren, und wir einigten uns auf einen Preis für die Reparatur. Morgen Vormittag sollte der Wagen fertig sein.

Nach der Mittagspause wurde die Lage für Stefan und Naomi noch prekärer. Detective Carmichael trat in den Zeugenstand und präsentierte den Geschworenen die Indizien, die in dem alten Kalksandsteinbruch gefunden worden waren, darunter auch Stefans blutverschmierten Schulausweis.

Naomi versuchte, Carmichael das Zugeständnis abzuringen, dass der Ausweis auch von einer anderen Person dort hingelegt worden sein konnte, doch der Detective schluckte den Köder nicht. Er sagte: »Ihr Mandant war so randvoll mit Schnaps und Drogen und so verstrickt in seine sadistischen Triebe, dass er gar nicht mehr klar denken konnte.«

Detective Frost äußerte sich zu den Fotos, die am Tatort aufgenommen worden waren. Ich hatte alle schon zuvor gesehen, aber in dieser starken Vergrößerung wirkte auch die Brutalität dessen, was Rashawn angetan worden war, um ein Vielfaches größer. Viele Menschen im Zuschauerraum hielten hörbar den Atem an, darunter auch einige auf der Geschworenenbank.

»Du Monster!«, kreischte Cece Turnbull, sprang auf und zeigte mit dem Finger auf Stefan. »Du hast ihn abgeschlachtet! Du hast ihn abgeschlachtet wie ein Stück Vieh, als wäre er überhaupt kein menschliches Wesen!«

Richter Varney versuchte, mit ein paar Hammerschlägen Ordnung zu schaffen, dann wies er die Gerichtsdiener an, Rashawns Mutter aus dem Gerichtssaal zu schaffen.

Cece wehrte sich nach Kräften und brüllte und spuckte in Stefans Richtung, bis die Gerichtsdiener sie schließlich nach draußen schleifen konnten. Ceces Mutter weinte, während ihr Vater seine Frau fest im Arm hielt und meinen Cousin hasserfüllt anstarrte.

Nach der Verhandlung trat Naomi vor die versammelte Presseschar und versuchte, für die Öffentlichkeit ein einigermaßen positives Bild des Tages zu zeichnen.

Als sie fertig war, kam sie auf den Parkplatz zu Bree, Pinkie und mir. Meine Tanten und Nana Mama waren schon in der Mittagspause nach Hause gegangen.

»Der Richter hat die Geschworenen zwar angewiesen, dass sie Ceces Ausbruch wieder vergessen sollen, aber das geht natürlich nicht.«

»Wie soll man so etwas wieder vergessen?«, sagte Bree. »Sogar ich habe angefangen zu zittern.«

Naomi wandte sich ab und wischte sich ein paar Tränen aus den Augen. »Ich auch. Ich weiß, dass das unprofessionell ist, aber langsam beginne ich mich zu fragen, ob die Vorwürfe nicht vielleicht doch stimmen. Ob Stefan das alles nicht vielleicht doch getan hat.«

»Ich auch«, sagte Patty Converse, die jetzt ebenfalls zu uns trat. »Ich frage mich, wie mir das alles entgehen konnte.«

»Ich überlege, ob ich noch einmal mit der Staatsanwaltschaft spreche. Vielleicht kann ich noch etwas erreichen, wenn Stefan ein Geständnis ablegt«, fuhr Naomi fort. »Ich kenne Matt Brady. Er wird mich fair behandeln.«

»Warte doch noch ein bisschen, bevor du das Handtuch wirfst«, sagte ich.

»Wir können nicht widerlegen, dass Stefan am Tatort war«, entgegnete Naomi. »Sie haben schließlich überall seine DNA gefunden.«

Noch bevor ich ihr eine Antwort geben konnte, klingelte mein Handy, und ich ging ein paar Schritte zur Seite. Es war Coach Greene.

»Sie können sich gar nicht vorstellen, wie unangenehm mir das ist, Dr. Cross, aber ich habe soeben einen Anruf von Detective Pedelini aus dem Sheriffbüro bekommen. Es geht um die Untersuchungsergebnisse Ihrer Tochter. In ihrem Blut und ihrem Urin wurden Spuren von Kokain und Metamphetamin festgestellt. Ich sehe darum keine Möglichkeit mehr, Jannie bei uns trainieren zu lassen. Und die Duke zieht ihr Angebot für ein Stipendium zurück.«

83

»Das ist totaler Schwachsinn, Coach«, sagte ich und hatte größte Mühe, meine Wut im Zaum zu halten. »Da hat irgendjemand die Proben manipuliert. Höchstwahrscheinlich Detective Pedelini.«

»Tja«, erwiderte sie skeptisch. »Ich weiß wirklich nicht, wie Sie …«

»Wie ich das beweisen will? Ich habe am selben Tag noch einen zweiten Satz Proben nehmen lassen, als Vorsichtsmaßnahme. Die liegen immer noch in unserem Kühlschrank. Ich schicke diese Proben jetzt an ein unabhängiges Labor. Ist die Duke bereit, die Untersuchungsergebnisse des FBI zu akzeptieren?«

Es wurde still am anderen Ende der Leitung. Dann sagte Coach Greene: »Wenn das FBI feststellt, dass Jannie sauber ist, dann ist sie sauber.«

»Danke, Coach«, entgegnete ich kurz angebunden. »Ich melde mich.«

Ich unterbrach die Verbindung und hätte mein Handy am liebsten durch die Windschutzscheibe unseres Mietwagens geschleudert. Aber dann riss ich mich am Riemen und erzählte Bree und den anderen von den Untersuchungsergebnissen.

»Jannie hätte doch niemals so einen Lauf hinlegen können, wenn sie auf Koks und Speed gewesen wäre«, sagte Bree.

»Eben«, pflichtete Pinkie ihr bei. »Sehen die das denn nicht?«

»Offensichtlich nicht. Wir müssen also das Gegenteil beweisen«, sagte ich und berichtete den anderen auch, dass

Greene sich bereit erklärt hatte, dem FBI das letzte Wort zu überlassen.

»Dann ist doch alles gut«, sagte Pinkie.

Er hatte recht, und ich beruhigte mich langsam wieder. Und dann kam mir im Zusammenhang mit dem Nachweis von Drogen im Blut und Urin ein anderer Gedanke: »Naomi, ist das Sperma, das an Rashawns Körper und in der Unterwäsche von Sharon Lawrence gefunden wurde, eigentlich auf Drogen untersucht worden?«

Sie überlegte und sagte dann: »Nicht dass ich wüsste.«

»Hast du Zugang zu den Proben?«

»Wir haben einen Teil davon bekommen und können sie auf alles testen lassen, was wir für richtig halten«, antwortete sie. »Die Röhrchen liegen im Büro.«

»Kannst du die vielleicht holen und zu uns nach Hause bringen?«, bat ich sie und wandte mich an Bree. »Und du holst Jannies Proben aus dem Kühlschrank und packst sie mit den Sachen zusammen, die Naomi dir gibt. Dann bringt Pinkie dich zum Flughafen nach Winston-Salem.«

»Okay…«

»Kauf dir ein Rückflugticket zum National Airport in Washington. Ich rufe meine Freunde in Quantico an. Nach der Landung wartet jemand auf dich. Du fährst nach Hause, siehst im Haus nach dem Rechten und fliegst morgen früh wieder hierher zurück.«

»Glaubst du, dass du Stefan damit helfen kannst?«, wollte Pinkie wissen.

»Das hängt von den Ergebnissen ab.«

»Und was hast du vor, während ich nicht da bin?«, erkundigte sich Bree.

»Ich statte Detective Pedelini einen Besuch ab, und Marvin Bell vielleicht auch.«

84

Als ich in Pedelinis Büro eintraf, hatte der Detective bereits Feierabend gemacht.

Ich fuhr zum See und richtete mich nach Brees Beschreibung. Es war nicht schwer, das Haus zu finden, wo sie beobachtet hatte, wie Finn Davis Pedelini einen Packen Geldscheine zugesteckt hatte. Es war ein sehr schönes Grundstück und ein großes Haus, sehr gepflegt, mit einer Schaukel auf dem Rasen und einem Anleger. Es war nach Osten ausgerichtet, sodass vor allem die Sonnenaufgänge hier absolut spektakulär sein mussten.

Ich stellte meinen Wagen hinter Pedelinis ab, ging zum Haus und betrat die Veranda. Im Inneren lief ein Fernseher, und ein Baseballansager verkündete einen Spielstand. Ich hörte kichernde Kinderstimmen und nahm Brathähnchenduft wahr. Dann klopfte ich an die Fliegengittertür.

»Daddy!«, rief ein kleines Mädchen. »Da ist jemand an der Tür.«

Ich hörte ihn undeutlich antworten. »Ich kann gerade nicht. Sieh mal nach, wer es ist.«

Eine Sekunde später machte ein hübsches, etwa zehnjähriges Mädchen mir die Tür auf und sagte: »Hallo.«

»Ebenfalls Hallo«, erwiderte ich. »Wie heißt du denn?«

»Tessa Pedelini.«

»Tessa Pedelini, kannst du deinem Vater ausrichten, dass Alex Cross ihn gerne sprechen würde?«

Sie nickte und hüpfte davon.

Nach einer kurzen Pause hörte ich Pedelini sagen: »Also, dann musst du ihr helfen. Schön langsam, ja?«

»Ja«, lautete Tessas Antwort.

Der Detective kam zur Fliegengittertür, zögerte und kam dann nach draußen auf die Veranda. Er reichte mir die Hand, aber ich ergriff sie nicht.

»Ich war genauso verblüfft wie sie wahrscheinlich auch, als ich die Untersuchungsergebnisse gesehen habe«, sagte er und steckte die Hände in die Hosentaschen. »Aber sie sind absolut wasserdicht.«

Ich empfand nichts als erbarmungslose Kälte. »Wissen Sie was? Ich habe Sie falsch eingeschätzt.«

»Wie meinen Sie das?«, wollte er mit gerunzelter Stirn wissen.

»Ich habe im Lauf meiner Karriere schon mehr als einen unredlichen Polizisten kennengelernt, aber bei Ihnen hätte ich das nicht für möglich gehalten«, sagte ich. »Bei Ihnen war ich mir sicher, dass Sie zu den Guten gehören. Und meiner Frau ging es ganz genauso.«

»Aber ich *bin* einer von den Guten«, sagte Pedelini und blickte mir in die Augen. »Der Beste hier in der Gegend.«

»Was ja nicht allzu viel zu bedeuten hat, nicht wahr?«

Er kniff die Augen zusammen. »Wenn wir uns unterwegs irgendwo begegnen, im Rahmen meiner Arbeit, da können Sie so was sagen, so oft Sie wollen. Aber hier, auf meiner eigenen Veranda, lasse ich mir das nicht gefallen. Also bitte gehen Sie, bevor einer von uns beiden etwas Unüberlegtes tut.«

Er sah mich erwartungsvoll an.

Ich gab aber nicht nach. »Meine Frau hat beobachtet, wie Sie kürzlich von Finn Davis einen ganzen Stapel Schmiergeld bekommen haben. Genau hier, wo wir jetzt stehen. Und Ihre Tochter war dabei und hat es mit angesehen.«

Er geriet ins Wanken und wich einen Schritt zurück. »So war's doch gar nicht.«

»Was war so nicht?«, schoss ich zurück. »Schmiergeld ist Schmiergeld.«

Pedelini spannte sämtliche Muskeln an, als wollte er sich gleich auf mich stürzen. Er stellte sich auf Zehenspitzen, ballte die Hände zu Fäusten, ließ wieder locker und ballte sie dann erneut. Schließlich sagte er mit gepresster Stimme: »Sie haben ja keine Ahnung, unter welchem Druck ich stehe.«

Jetzt fiel es mir auch auf. Was ich für die Anspannung unmittelbar vor einer Attacke gehalten hatte, war eigentlich die Auswirkung einer gewaltigen Bürde, die auf seinen Schultern lastete.

»Warum sagen Sie's mir nicht?«, fragte ich ihn.

»Warum sollte ich?«

»Ich bin nicht nur Polizist, sondern auch Psychologe«, erwiderte ich. »Ich mache Ihnen ein doppeltes Angebot.«

Es war fast ein Lächeln, was sich da auf Pedelinis Gesicht stahl. Er blickte sich um, als suchte er nach einem Ausweg, einer Fluchtroute.

»Vielleicht habe ich mich ja doch nicht getäuscht«, sagte ich, weil ich wollte, dass er sich öffnete. »Vielleicht war meine ursprüngliche Einschätzung ja richtig. Vielleicht sind Sie wirklich ein guter Mensch, und ich kann es nur nicht sehen.«

»Genau so ist es auch, verdammt noch mal.«

»Dann öffnen Sie mir die Augen.«

Er rang mit sich und sagte dann: »Kommen Sie mit.«

Der Detective drehte sich um und betrat das Haus. Ich ging ihm hinterher, und wir kamen durch einen schmalen Flur in eine kleine Küche im Landhausstil, wo auf einem Mini-Fernseher ein Baseballspiel lief. Ein vielleicht acht, neun Jahre altes Mädchen saß an einem runden Tisch, knabberte Salzstangen und starrte wie hypnotisiert auf den Fernseher.

»Die Braves führen mit zwei«, sagte sie.

»Also gibt es doch einen Gott, Lassie«, erwiderte Pedelini.

»Wann gibt's Essen?«, wollte Lassie noch wissen.

Er warf einen Blick auf die Zeitschaltuhr am Ofen. »In zweiunddreißig Minuten.«

Pedelini verließ die Küche. Seine Tochter würdigte mich keines Blickes, und ich folgte ihm in ein Wohnzimmer mit einem großen Panoramafenster. Dahinter bot sich ein herrlicher Blick auf den See.

»Wunderschön«, sagte ich.

»Wenn Sie glauben, dass ich das Haus mit schmutzigem Geld gekauft habe, dann liegen Sie falsch«, sagte Pedelini. »Meine verstorbene Frau hat es von ihrem Vater geerbt.«

Er ging durch eine Tür.

Ich folgte ihm und stand mit einem Mal in einem Krankenhauszimmer.

85

Zwei Edelstahlregale voll mit medizinischen Geräten. Ein aufwendig ausgestatteter Rollstuhl stand leer in einer Ecke. Monitore flackerten an den Wänden über und neben dem Krankenhausbett mit seinen hohen Schutzgittern.

»Cat?«, sagte Pedelini zu dem Mädchen, das im Bett saß und unter großer Anstrengung versuchte, den Mund für den gefüllten Löffel zu öffnen, den Tessa ihr hinhielt. »Das hier ist Dr. Cross. Er möchte dich gerne kennenlernen.«

Die jüngste Tochter des Detective nahm den Löffel, klappte den Mund zu und sah mich an. Mit schwer verständlicher Stimme sagte sie: »Noch einer?«

Sie hieß Catarina Pedelini und erinnerte mich an ein kleines Rotkehlchen, das ich einmal gesehen hatte, als ich meine Mutter in die Stofffabrik begleitet hatte. Das neugeborene Vögelchen fast ohne Federn war aus dem Nest gefallen und lag dürr und gebrochen auf der Straße. Cat Pedelini hatte einen eingefallenen Brustkorb, eine stark verkrümmte Wirbelsäule und verkrüppelte Hände und Arme, die Richtung Oberkörper gebogen waren, sodass sie den Eindruck erweckten, als würde sie etwas besonders Wertvolles im Arm halten. Ihr Gesicht war entstellt und anziehend zugleich.

»Ich bin kein Arzt«, sagte ich zu ihr. »Ich habe etwas mit deinem Vater zu besprechen, aber ich freue mich sehr, deine Bekanntschaft zu machen.«

»Dad braucht einen Doktor?«, sagte sie und blickte ihren Vater an.

»Es geht um die Arbeit, Süße«, erwiderte Pedelini und

streichelte ihr sanft über die flaumigen silberblonden Haare. »Du machst das prima.«

»Kann ich nach dem Essen *Criminal Minds* schauen?«, fragte sie.

Tessa sah mich an und sagte: »Das ist Cats Lieblingssendung.«

»Wenn du den Teller ganz leer gegessen hast, dann kannst du eine Folge sehen. Aber danach musst du dich bettfertig machen«, sagte Pedelini.

Sie ließ ein erfreutes Gurgeln hören und sagte: »Aber ich hab doch eine Schale.«

»Dann eben die Schale.« Er küsste sie liebevoll auf den Scheitel. »Ich bin bald wieder zurück.«

Der Detective ging an mir vorbei in den Flur und in die Küche. Ich folgte ihm. Seine mittlere Tochter sagte: »Die Braves liegen mit einem vorne, Dad. Wann gibt es Essen?«

»Also gibt es doch einen Gott«, sagte Pedelini im Vorbeigehen. »Vierundzwanzig Minuten. Iss noch eine Salzstange.«

»Ich hab schon fast die ganze Tüte aufgegessen.«

»Noch so eine Tragik des Lebens.«

Dann trat er durch den Flur und das Fliegengitter wieder auf die Veranda hinaus.

»Erzählen Sie mir etwas über Cat«, sagte ich.

Pedelini zuckte mit den Schultern. »Sie hatte von Anfang an einen genetischen Defekt, sagen die Ärzte. Aber im Verlauf der Geburt, bei der meine Ellen ums Leben gekommen ist, hat sie sich noch zusätzlich verletzt. Die offizielle Diagnose lautet Zerebralparese oder frühkindliche Hirnstörung.«

»Sie macht einen aufgeweckten Eindruck«, sagte ich.

»Ja. Sie ist ein tapferes Mädchen. Eine Kämpfernatur.«

Der Detective des Sheriffbüros hatte Tränen in den Augen. Jetzt wischte er sie ab.

»Ist sie der Grund, weshalb Sie das Geld von Finn Davis genommen haben?«, erkundigte ich mich.

»Haben Sie auch nur den Hauch einer Vorstellung davon, was es gekostet hat, sie so weit zu bringen?«

»Nicht einmal ansatzweise«, sagte ich.

»Jede Zelle, jede Faser meiner Existenz. Das habe ich meiner Frau auf dem Sterbebett versprochen, nachdem sie Cat gesehen hatte. Ich habe ihr versprochen, dass ich für unser Baby Himmel und Hölle in Bewegung setzen würde. Und das habe ich getan.«

Ich hatte mich also nicht getäuscht. Guy Pedelini war ein Mann mit einem gütigen Wesen und Skrupeln. Das konnte ich in diesem Augenblick fast körperlich spüren.

»Aber eine so intensive Betreuung kostet eine ganze Stange Geld«, sagte ich und legte den Finger in die Wunde.

»Eine gewaltige Stange«, stimmte er mir zu. Dann scharrte er mit den Fußspitzen und senkte den Blick.

»Mehr als die Versicherung bezahlt.«

»Das auch«, sagte er und schniefte.

»Und Marvin Bells Geld deckt die Differenz ab?«

Er hielt inne, als sei er von sich selbst angewidert, und sagte: »Fast.«

»Und was will er dafür von Ihnen?«

Der Detective holte tief Luft, trat an das Geländer und blickte über den See hinaus, wo der Dreiviertelmond sich im Wasser spiegelte.

»Dass Sie ab und zu wegsehen?«, bohrte ich weiter und kam ihm hinterher. »Wenn Güterzüge durch Starksville fahren, die Drogen zu den vielen Dealern entlang der Strecke bringen und auf deren Waggons Männer sitzen, die sich mit einem dreifingrigen Salut grüßen? Ist es das, was Sie machen, um Lassie, Tessa und Cat zu unterstützen?«

Pedelini hatte mir den Rücken zugewandt. Seine Schultern bebten. Jetzt fing er an, sich zu mir umzudrehen. Wir waren keine fünfzig Zentimeter voneinander entfernt. Der Detective des Sheriffbüros hatte sich nach rechts gedreht, sodass sein Gesicht jetzt der engen Bucht mit der Uferstraße zugewandt war. In diesem Augenblick fiel der Schuss. Ich sah das Mündungsfeuer einen Sekundenbruchteil bevor ich den Knall hörte.

Pedelini wirbelte herum, sackte auf das Geländer und rutschte auf die Veranda, wo er regungslos liegen blieb.

Blut tropfte aus einer Wunde an seinem Kopf.

86

Ich warf mich auf den Detective, um ihn vor einem möglichen zweiten Schuss zu schützen, der jedoch nicht fiel. Alles, was ich hörte, waren die Schreie der Pedelini-Töchter.

»Ruf die 911 an!«, rief ich Tessa zu, die gerade zur Fliegengittertür herausgestürzt war.

Ich wartete nicht, bis ich gesehen hatte, ob sie meine Anweisung befolgte, sondern wandte mich sofort wieder ihrem Vater zu. Er hatte die Augen völlig verdreht, sodass nur noch das Weiße zu sehen war, aber er atmete. Und sein Puls war kräftig.

Ich wollte ihn nicht bewegen, drehte aber ganz leicht seinen Kopf, um einen Blick auf die Wunde werfen zu können. Die Kugel hatte eine tiefe Kerbe in seiner Kopfhaut und der Schädeldecke hinterlassen. Sie sah aus wie mit einem Holzmeißel gezogen. Aber soweit ich feststellen konnte, war sie nirgendwo in den Schädel eingedrungen.

Da hörte ich einen Motor starten und Reifen quietschen. Ich richtete mich auf, spähte über die Bucht hinweg und sah dort die Heckleuchten eines Autos, das auf der Uferstraße davonraste. Der Wagen geriet ins Schlingern, sodass ein älteres Paar, das an der Straße entlangging, sich hastig in Sicherheit bringen musste.

Dann verlor der Fahrer ganz die Kontrolle über sein Fahrzeug und stieß unter ohrenbetäubendem Lärm gegen ein Hindernis. Die Bremslichter zuckten nicht einmal.

Ich fing an zu rennen. Das war der Kerl, der geschossen hatte.

»Halt!«, kreischte Tessa mir nach.

»Deinem Dad ist nichts Schlimmes passiert!«, rief ich ihr zu, sprang von der Veranda und hetzte zu meinem Mietwagen.

Ich legte den Rückwärtsgang ein, ließ einen Schotterregen auf die Straße prasseln und rammte dann den Schalthebel nach vorn. In der Haarnadelkurve am hinteren Ende der Bucht hätte ich beinahe die Kontrolle über das Fahrzeug verloren, und als ich mich der Biegung vor der Stelle näherte, an der der Schütze gesessen haben musste, verlangsamte ich die Fahrt. Im Licht meiner Scheinwerfer stand das ältere Paar völlig erschüttert am Straßenrand. Doch weit und breit war kein Auto zu sehen.

Ich hielt ruckartig neben ihnen an. Sie wirkten ziemlich verängstigt.

»Ich bin Polizeibeamter«, sagte ich. »Wo ist er hingefahren?«

Die Hand des Mannes zitterte. »Da entlang. Ein weißer Impala. Hätte uns fast über den Haufen gefahren.«

Ein weißer Impala. Ich fuhr langsam wieder an, um keine Steine aufzuwirbeln, die die beiden älteren Leutchen womöglich treffen konnten. Da fiel mir ein Baumstumpf am Straßenrand auf, zerfetzt, geknickt und mit kleinen Metallteilen gespickt. Vermutlich war er frontal darauf geprallt, und das bedeutete, dass er sich womöglich den Kühler oder die Motorhaube beschädigt hatte.

Jedenfalls konnte ich mir nicht vorstellen, dass der Wagen auf der kurvenreichen Bergstrecke vom See hinunter Richtung Stadt noch die volle Leistung bringen konnte. In dem Moment, als ich von der Uferstraße auf die Hauptstraße kam, gab ich Gas.

Auf halbem Weg ins Tal sah ich Bremslichter vor mir aufleuchten, dann verschwanden sie wieder hinter einer Kurve.

Bei der nächsten Biegung hatte ich schon ein ganzes Stück aufgeholt, sodass meine Scheinwerfer das Heck des Impala voll erfassten. Nach den Silhouetten im Heckfenster zu urteilen, saßen nur zwei Personen im Wagen.

Der Beifahrer drehte sich zu mir um und hob eine Pistole. Ich rammte das Gaspedal bis aufs Bodenblech und traf die hintere Stoßstange, bevor der Mann schießen konnte. Durch dem Aufprall schleuderte der Impala quer über die Straße. Meine Scheinwerfer erfassten den Fahrer, der sich mit aller Kraft ans Lenkrad klammerte.

Es war Finn Davis. Er bekam das Auto wieder in den Griff und machte während der nächsten Kurve ein wenig Boden gut. Als ich die Biegung hinter mir hatte, hing ein Mann zum Beifahrerfenster heraus. In der linken Hand hielt er eine Schrotflinte und zielte genau auf mich.

87

Er drückte in dem Moment ab, als ich in die Eisen ging.

Eine Kaliber-12-Schrotladung ließ die rechte Seite meiner Windschutzscheibe bersten. Als ich sah, dass der Schütze mühsam versuchte, seine Pumpgun durchzuladen, gab ich Vollgas. Er war offensichtlich kein Linkshänder.

Ich wechselte auf die andere Spur, damit er mich nicht so leicht ins Visier nehmen konnte, holte auf und riss das Steuer herum, um den Impala ein zweites Mal zu rammen. Ich traf ihn schräg von hinten. Das Heck des Impala schlingerte nach rechts. Der Kerl mit der Schrotflinte wurde aus dem Fenster geschleudert, flog durch die Luft und verschwand in der Dunkelheit.

Jetzt hatte ich Finn Davis wieder im Scheinwerferkegel. Er krallte sich immer noch am Lenkrad fest.

Ich ließ ihm keine zweite Chance, gab noch einmal Vollgas und rammte den Impala ein drittes Mal. Dieses Mal traf ich ihn fast breitseits. Mein Wagen drohte, ins Schleudern zu kommen, und ich musste bremsen. Aber Finns Impala rutschte Richtung Straßenrand.

Und dann kippte er über die Böschung.

Ich blieb mit quietschenden Reifen stehen, hörte Sirenen näher kommen, riss meine Pistole und die Taschenlampe heraus und rannte zurück. Der Impala hatte sich mindestens zweimal überschlagen und lag jetzt geknickt und ziemlich schief am Stamm einer alten Kiefer. Ein Scheinwerferlicht drang immer noch tief in den Wald hinein.

Ich leuchtete mit meiner Taschenlampe in die Senke, suchte nach der Fahrertür, aber Davis war verschwunden.

Dann ließ ich den Strahl der Taschenlampe an der Dachkante des Wagens entlanggleiten. Da war er! Blutüberströmt lehnte er sich zum Beifahrerfenster heraus und zielte mit einem Jagdgewehr auf mich.

Wir drückten praktisch gleichzeitig ab, aus gut fünfzehn Metern Entfernung. Ich aus der Hüfte und er mit einer stabilen Position. Sein Zielfernrohr musste verstellt sein, denn er verfehlte mich, ebenso wie er Pedelini verfehlt hatte, nur um wenige Zentimeter.

Ich knipste die Taschenlampe aus, warf mich flach auf den Seitenstreifen und lauschte. Ich hörte den Kühler des Impala zischen und die jaulenden Sirenen, die durch die Berge näher kamen, aber kein Klicken eines Munitionsschlittens. Ich zählte bis zwanzig, blieb auf dem Bauch liegen, streckte die Hand an den Rand der Böschung und knipste die Taschenlampe in schneller Folge an und aus.

Nichts.

Dann schaltete ich sie wieder ein, schob mich behutsam näher und spähte über die Kante nach unten. Finn Davis saß mit dem Rücken am Baum, die leeren Augen weit aufgerissen, den Blick bereits verschleiert. In der Wunde mitten in seiner Kehle glitzerte ein Blutstropfen.

88

Acht Stunden später saß ich in einem Verhörzimmer. »Nehmen Sie mich jetzt fest?«, erkundigte ich mich.

»Wir versuchen nur, das alles zu einem sinnvollen Ganzen zusammenzusetzen«, erwiderte Detective Frost und strich sich über den Bauch.

Erschöpft sagte ich: »Ich habe Detective Pedelini aufgesucht, um mit ihm über die Ergebnisse einiger Laboruntersuchungen zu sprechen. Wir haben auf seiner Veranda gestanden und uns unterhalten. Dann hat jemand auf ihn geschossen. Ich habe gesehen, dass er getroffen und sogar bewusstlos war, aber auch, dass die Kugel keinen größeren Schaden angerichtet hat. Also habe ich die Verfolgung des Attentäters aufgenommen. Am See waren zwei Spaziergänger, ein älteres Paar, die Davis auf seiner Flucht um ein Haar überfahren hätte. Ich habe versucht, ihn zu verfolgen. Sein Komplize hat auf mich geschossen. Ich habe mich lediglich verteidigt. Dabei ist Davis' Wagen von der Straße abgekommen. Er wollte mich erschießen, und dann habe ich in Notwehr ihn erschossen.«

»Wieso sollte Finn Davis Pedelini erschießen wollen?«, fragte mich Carmichael.

Ich war hundemüde und hatte das Gefühl, als könnte ich den beiden Männern, die mich verhörten, nicht über den Weg trauen. Darum gab ich keine der Theorien preis, die mir durch den Kopf gingen.

»Dazu kann ich Ihnen auch nichts sagen«, erwiderte ich daher nur. »Aber vielleicht ja sein Adoptivvater?«

»Wir haben schon versucht, Marvin zu erreichen, auf dem

Festnetz und auf dem Handy«, sagte Carmichael. »Aber er geht nicht ran.«

»Dann fahren Sie doch zu seinem Haus am Pleasant Lake.«

»Ein Streifenwagen war bereits dort, vor einer Stunde. Der Mann hat geklingelt, und als niemand aufgemacht hat, hat er das Haus betreten. Er hat Anzeichen für einen Kampf vorgefunden. Kommt Ihnen das vielleicht bekannt vor?«

»Nicht im Geringsten«, erwiderte ich. »Aber eigentlich liegt doch der Verdacht nahe, dass Bell Finn Davis angewiesen hat, Pedelini zu töten und sich jetzt auf der Flucht befindet. Das Durcheinander in seinem Haus soll Sie nur ablenken. Aber das ist ja auch egal. Tatsache ist und bleibt, dass Finn auf Pedelini und auf mich geschossen hat. Überprüfen Sie sein Gewehr. Ich garantiere Ihnen, dass es dieselbe Waffe ist, mit der auch Sydney Fox erschossen wurde.«

»Sie glauben, dass Finn Sydney umgebracht hat?«, stieß Frost hervor.

»Ja.«

»Aber wieso?«

»Aus Rachsucht. Aus Boshaftigkeit. Vielleicht auch noch mehr.«

Stille legte sich über den Raum. Carmichael nahm einen Schluck aus einer Dose Cola light. Frost nippte an seinem Kaffee und sagte skeptisch: »Und Sie selbst waren also nichts weiter als ein unbeteiligter Außenstehender.«

»Bei dem Mordversuch an Detective Pedelini auf jeden Fall. Wie geht es ihm eigentlich?«

»Man hat ihn in ein künstliches Koma versetzt«, erwiderte Carmichael. »Hat eine leichte Gehirnschwellung.«

»Kümmert sich jemand um seine Töchter?«

»Die sind versorgt«, sagte Frost.

Ich ließ mich beruhigt an die Stuhllehne sinken. »Dann sage ich kein Wort mehr, bis er aufgewacht ist. Sprechen Sie mit ihm. Er wird meine Aussage bestätigen.«

Die Tür ging auf, und Naomi trat ein. »Kein Wort mehr, Alex.«

»Schon passiert«, erwiderte ich.

»Was werfen Sie ihm vor?«, zischte meine Nichte die beiden Beamten an.

»Im Moment gar nichts«, entgegnete Frost.

»Dann wäre es nett, wenn Sie ihn gehen lassen würden«, sagte sie. »Dr. Cross ist für meine Verteidigung unersetzlich. Er wird die Stadt nicht verlassen. Falls Sie ihn brauchen, dann finden Sie ihn jederzeit in Richter Varneys Gerichtssaal.«

Zehn Minuten später verließen wir die Polizeiwache durch die Hintertür, um den Fernsehkameras auf der Vorderseite zu entgehen, und gingen in der Morgendämmerung durch eine schmale Gasse zum Gerichtsgebäude. Einerseits wollte ich nur noch nach Hause und schlafen. Aber stattdessen rief ich Nana Mama an, um ihr zu sagen, dass mir nichts passiert war und dass wir uns nachher im Gerichtssaal sehen würden. Danach schrieb ich Bree eine SMS, dass sie mich möglichst bald zurückrufen sollte, und schließlich setzten wir uns zusammen mit Pinkie zum Frühstücken in ein Café.

Ich trank drei Tassen Kaffee, aß drei Spiegeleier mit Speck und Bratkartoffeln und erzählte Pinkie und Naomi, was ich im Lauf der vergangenen Nacht erlebt hatte.

»Warum sollte Finn Davis Pedelini umbringen wollen?«, fragte Naomi.

»Vielleicht hat Davis Pedelini so ähnlich gesehen wie ich: als einen grundsätzlich guten Menschen, der lediglich durch die Umstände korrupt geworden ist«, erwiderte ich. »So jemand hält unter Druck nicht lange stand, bevor er zusammenbricht, alles gesteht und andere mit hineinzieht.«

»Also erst der Sheriff, dann Pedelini?«, sinnierte Pinkie. »Meinst du, dass da jemand Ordnung schaffen will?«

»Wenn man die defekte Bremsleitung an unserem Auto noch dazunimmt, dann sieht wirklich alles danach aus.«

»Da steht jemand mächtig unter Druck«, sagte Naomi.

»Jemand?« Pinkie schnaubte. »Wie wär's mit Marvin Bell?«

»Bell ist verschwunden«, sagte ich.

»Und das bedeutet, dass wir immer näher kommen, stimmt's?«, sagte Pinkie.

»Aber wem oder was kommen wir näher? Das Ganze kommt mir immer noch vor wie ein Puzzle, bei dem nicht alle Teile …«

Mein Handy klingelte. Die Nummer kam mir irgendwie bekannt vor, aber ich konnte sie nicht genau einordnen.

»Cross«, meldete ich mich.

»Drummond.«

Ich musste grinsen. »Wie geht es Ihnen, Sergeant?«

»Bestens«, sagte er. »Mize gibt alles zu und macht auf unzurechnungsfähig.«

»Da könnte er recht haben.«

»Kann ich nicht beurteilen«, erwiderte Drummond. »Und bei Ihnen? Haben Sie diesen Bell schon geschnappt?«

»Fast. Aber er ist spurlos verschwunden.«

»Abgehauen.«

»Sieht ganz danach aus.«

»Und der Prozess gegen Ihren Neffen?«

»Gegen meinen Cousin. Also, um ehrlich zu sein, wenn wir nicht bald sehr überzeugende Entlastungsbeweise liefern können, wird er wohl zum Tod verurteilt werden.«

Drummond gab zunächst keine Antwort, dann sagte er: »Man kann nie wissen, wann der Wind sich dreht.«

»Das stimmt«, sagte ich. Dann klickte es in der Leitung. Ich warf einen Blick auf das Display und sah, dass Bree versuchte, mich zu erreichen.

Ich bat den Sergeant um Verständnis, dass ich einen anderen Anruf entgegennehmen musste, und versprach, ihn auf dem Laufenden zu halten. Dann drückte ich ihn weg.

»Hey«, sagte ich. »Wo bist du?«

»Auf dem National Airport, kurz vor dem Abflug nach Winston-Salem«, sagte Bree. »Gerade hat das FBI-Labor mir ein paar vorläufige Ergebnisse zugeschickt.«

»Und …?«

89

Es war Dienstagvormittag, Punkt 9.00 Uhr, als Richter Varney den Saal zur Ordnung rief. Noch bevor sich die Vertreterinnen der Verteidigung oder der Anklage zu Wort melden konnten, deutete der Richter mit dem Hammer in den Zuschauerraum und sagte: »Cece Turnbull? Sie hier?«

Cece erhob sich mit geröteten, feuchten Augen und nickte.

»Wollen Sie mir noch mehr Ärger machen?«, herrschte er sie an.

»Nein, Sir, Herr Richter«, erwiderte sie mit zitteriger Stimme. »Ich … ich … Entschuldigung. Es ist nur …«

»Ist mir egal«, unterbrach sie der Richter. »Solange Sie still sind, können Sie bleiben. Aber beim ersten Pieps schließe ich Sie für den Rest der Verhandlung aus. Haben wir uns verstanden?«

Cece nickte und setzte sich. Ann Lawrence beugte sich vor und tätschelte ihr tröstend die Schulter. Sharon Lawrence saß gleich neben ihrer Mutter. Sie war blass, wirkte schwach und starrte auf ihr Handy. Hinter den Lawrences hatten Ceces Eltern Platz genommen. Mrs. Caine starrte mit gesenktem Kopf nach unten, während ihr Mann in seinem Anzug kerzengerade dasaß. Er hatte die Arme vor der Brust verschränkt und ließ Richter Varney keine Sekunde lang aus den Augen.

Gleichzeitig bombardierte der Polizeichef Randy Sherman mich und Nana Mama sowie Pinkie, Tante Connie und Tante Hattie, die direkt hinter uns saßen, mit finsteren Blicken.

Der Gerichtsdiener führte meinen Cousin in den Saal. Die Schwellung in Stefan Tates Gesicht war zwar zurückgegangen, aber die zahlreichen Prellungen hatten sich mittlerweile leuchtend violett verfärbt.

Jetzt kam auch Patty Converse zur Tür herein und setzte sich neben Pinkie. Ich lächelte ihr zu, aber sie nickte nur, ohne meinen Blick zu erwidern.

»Wo waren wir stehen geblieben?«, wandte Richter Varney sich an den Protokollführer.

»Bei Detective Frost«, erwiderte dieser. »Ms. Strong war mit ihrer Befragung noch nicht fertig.«

Der ältere Detective, der genauso müde aussah, wie ich mich fühlte, betrat den Zeugenstand.

Varney sagte: »Ich möchte Sie daran erinnern, dass Sie unter Eid stehen.«

»Danke, Herr Richter«, sagte Frost.

Die Bezirksstaatsanwältin überließ die Befragung des Detective ihrem Assistenten Matthew Brady, und dieser konzentrierte sich in der Folge auf diverse Gegenstände, die in der Nähe des Tatorts gefunden worden waren. Darunter war auch eine zerbrochene Wodkaflasche mit Stefans Fingerabdrücken, die keine drei Meter von der Leiche entfernt gelegen hatte.

Während unseres ersten Gesprächs im Gefängnis hatte mein Cousin gesagt, dass er sich durchaus vorstellen könne, dass das seine Flasche sei. Allerdings müsse sie ihm aus der Wohnung gestohlen worden sein. Keine besonders überzeugende Erklärung.

Die Beweislast gegen Stefan wirkte absolut erdrückend. Das sah man auch vielen Gesichtern auf der Geschworenenbank an. Stefans Sperma war am Tatort gefunden worden. Seine Fingerabdrücke auch. Er hatte diesen Jungen umgebracht, und dafür sollte er in der Hölle schmoren.

»Detective«, sagte Matthew Brady. »Sie haben den Angeklagten nach der Entdeckung von Rashawns Leichnam aufgesucht.«

»Das ist richtig«, erwiderte Frost. »Es war Vormittag, und wir haben Mr. Tate zu Hause angetroffen.«

»Wie würden Sie seinen Zustand beschreiben?«, wollte Brady wissen.

»Verkatert und mit einer deutlich wahrnehmbaren Alkoholfahne.«

»Was haben Sie zu ihm gesagt?«

»Dass Rashawn tot aufgefunden worden ist«, sagte Frost. »Und dass wir am Tatort auch seinen blutverschmierten Ausweis entdeckt haben.«

»Wie hat er darauf reagiert?«

»Er ist in die Knie gegangen und hat angefangen zu schluchzen.«

Frost berichtete weiter, dass sie meinen Cousin anschließend zum Verhör mit auf die Wache genommen und die Wohnung versiegelt hätten, damit die Kriminaltechnik alle Spuren sichern konnte. Vor der Befragung hatten sie Stefan Blut abgenommen und einen Alkoholpegel von 0,65 Promille festgestellt. Damit galt er in North Carolina zwar nicht offiziell als betrunken, aber es war ein deutlicher Hinweis darauf, dass er am Abend zuvor sehr viel mehr intus gehabt haben musste.

Brady ließ den Detective ausführlich das Verhör schildern, in dessen Verlauf Stefan immer wieder seine Unschuld beteuert hatte. Ja, er hatte am Abend vorher getrunken. Er und seine Verlobte hatten sich gestritten. Er war aus dem Haus gestürmt, hatte einen langen Spaziergang unternommen und sich eine Flasche Schnaps besorgt. Letztendlich war er irgendwo neben den Bahngleisen besinnungslos geworden.

Ich drehte mich zu Patty Converse um. Sie starrte zu Boden.

»Hat Mr. Tate auch gesagt, weshalb er bei den Bahngleisen war?«, fragte Brady weiter.

»Er hat gesagt, dass es keinen besonderen Grund dafür gab, aber dann ist er hysterisch geworden«, erwiderte Frost.

»Haben Sie ihm geglaubt?«

»Die Hysterie? Das Entsetzen über seine Tat? Ja. Dass er irgendwo neben den Bahngleisen einfach eingeschlafen ist? Nein. Und ich glaube es bis heute nicht. Wir haben nämlich nirgendwo auch nur den kleinsten Hinweis darauf finden können, dass er tatsächlich dort gewesen ist.«

Frost fuhr fort, dass sie Stefan in eine Zelle gesteckt hatten, wo er aufgrund akuter Selbstmordgefahr unter ständiger Beobachtung gewesen war. Dann hätten er und Carmichael das Doppelhaus durchsucht, das Stefan mit Sydney Fox und Patty Converse bewohnte. Er, Frost, habe die mit Rashawns Blut und Gewebe verunreinigte Bügelsäge in einem Regal in dem gemeinsam genutzten Keller entdeckt, außerdem auch eine Ausrüstung zur Truthahnjagd und ein Röhrchen mit Metamphetaminen.

»Lagen die Säge und das Meth offen im Regal?«, wollte Brady wissen.

»Nein, sie waren versteckt. In einem Rucksack.«

»Eigenartig, dass er die Mordwaffe nicht weggeworfen hat.«

»Mr. Tate muss extrem betrunken gewesen sein, und die Brutalität, mit der er Rashawn misshandelt und ermordet hat, legt nahe, dass er nicht bei Sinnen war«, erläuterte Frost. »Wahrscheinlich konnte er auch danach noch nicht wieder klar denken und hat die Säge einfach wieder da hingelegt, wo er sie geholt hatte.«

»Einspruch«, sagte Naomi. »Das ist reine Spekulation.«

»Stattgegeben.«

Brady fragte: »Waren Mr. Tates Fingerabdrücke auf der Säge?«

»Fünf Stück.«

»Andere Abdrücke?«

»Nein.«

Bradys setzte die Befragung noch eine Stunde lang fort. Gegen halb elf sagte der Assistent der Bezirksstaatsanwaltschaft schließlich: »Keine weiteren Fragen.«

Richter Varney sagte: »Ms. Cross, Sie können jetzt entweder Detective Frost ins Kreuzverhör nehmen oder die Befragung von Sharon Lawrence abschließen.«

Sharon Lawrences Mutter stupste das Bein ihrer Tochter mit dem Zeigefinger an. Sharon zuckte zusammen und nahm empört den Blick vom Display ihres Smartphones.

Naomi warf mir einen Blick zu.

Ich nickte.

»Die Verteidigung möchte mit Detective Frost beginnen«, sagte sie.

90

Während Naomi vom Tisch der Verteidigung nach vorn trat, sah sie mich noch einmal an. Ich lächelte ihr ermutigend zu.

»Hat sie was?«, flüsterte Nana Mama neben mir.

»Vielleicht«, sagte ich und drückte ihr die Hand.

»Detective Frost«, setzte Naomi an. »Um wie viel Uhr waren Sie am Morgen nach der Entdeckung des Leichnams vor dem Haus meines Mandanten?«

»Um neun? Viertel nach neun?«

»Wie war Mr. Tate gekleidet?«

»Graue Jogginghose, blauer Kapuzenpullover.«

»Seine Haare waren nass?«

»Stimmt«, sagte Frost. »Mr. Tate hat gesagt, dass er gerade aus der Dusche gekommen sei.«

»Haben Sie den Abfluss der Dusche untersuchen lassen?«

»Ja.«

»Und wurden dort Spuren von Rashawn Turnbulls Blut gefunden?«

»Nein.«

»Wurden überhaupt Blutspuren in diesem Abfluss entdeckt?«

»Ja. Von Mr. Tate.«

»Hat Mr. Tate Ihnen berichtet, dass er regelmäßig unter Nasenbluten leidet, vor allem, wenn er mit heißem Wasser in Berührung kommt?«

Frost rutschte auf seinem Sitz hin und her. »Ja, das hat er gesagt.«

Naomi ging zu ihrem Tisch zurück und griff nach einem Blatt Papier. »Die Verteidigung legt hiermit ihr Beweisstück A vor: Krankenakten, die bis in Mr. Tates Kindheit zurückreichen. Sie belegen, dass er immer wieder Probleme mit seiner blutenden Nase hatte.«

Richter Varney nahm die Akten entgegen und nickte.

Falls die Tatsache, dass mein Cousin unter Nasenbluten litt, die Argumentation der Staatsanwaltschaft in irgendeiner Weise gefährdete, dann ließen weder Delilah Strong, noch Matt Brady oder Detective Frost sich etwas anmerken.

»Sie haben also Mr. Tates Blut im Abfluss gefunden?«, fragte Naomi.

»Richtig.«

»Aber nicht das von Rashawn Turnbull?«

»Die Frage wurde bereits beantwortet, Frau Rechtsanwältin«, sagte Richter Varney.

»Finden Sie das nicht seltsam?«, fragte meine Nichte Frost. »Ich meine, die Anklage vertritt doch die Theorie, dass mein Mandant sich volltrunken und von Drogen umnebelt in einen Zustand irrsinniger Raserei gebracht hat, und dass er in diesem Zustand Rashawn Turnbull vergewaltigt und getötet hat, indem er ihm mit einer Bügelsäge die Kehle durchtrennt hat. Wir haben ja alle die Fotos von dem blutüberströmten Tatort gesehen. Also warum war im Abfluss kein Blut des Opfers? Falls die Theorie der Anklage zutreffend ist, dann müsste dessen Blut doch überall auf den Kleidern und am Körper meines Mandanten zu finden gewesen sein.«

»Wir glauben, dass Mr. Tate sich irgendwo anders gewaschen und die Kleidung gewechselt hat.«

»Aber es gibt keine Beweise, die diese These stützen.«

Frost blieb stumm.

»Haben Sie blutbefleckte Kleidungsstücke meines Mandanten gefunden?«

»Nein.«

»Haben Sie das Blut des Opfers, abgesehen von der Bügelsäge im Keller, noch irgendwo sonst in Stefan Tates Haus gefunden?«

Frost rutschte unruhig auf seinem Sitz hin und her. »Nein.«

»Haben Sie, abgesehen von dem Röhrchen mit Metamphetaminen, irgendwo sonst in diesem Haus illegale Drogen gefunden?«

»Nein.«

»In Mr. Tates Klassenraum in der Schule vielleicht?«

»Nein.

»In seinem Auto?«

»Nein.«

»Und trotzdem wollen Sie uns glauben machen, dass Mr. Tate nicht nur regelmäßig Meth konsumiert, sondern auch mit Drogen gehandelt und dadurch womöglich den Tod zweier Schüler an seiner Schule mit verursacht hat, die durch eine Überdosis ums Leben gekommen sind?«

»Mr. Tate ist in der Vergangenheit bereits durch Alkohol- und Drogenmissbrauch aufgefallen«, erwiderte Frost. »Deshalb ist er auch gefeu…«

»Einspruch, euer Ehren«, sagte Naomi.

»Stattgegeben«, sagte Varney. »Die Geschworenen streichen die letzte Bemerkung aus ihrem Gedächtnis.«

Aber was gesagt war, war gesagt. Man konnte so etwas nicht einfach wieder vergessen. Stefan hatte eine Drogenvergangenheit. Das war alles, was in den Köpfen der Geschworenen zurückbleiben würde. Naomi wirkte niedergeschlagen, aber sie machte unverdrossen weiter.

»Haben Sie am Morgen der Festnahme Metamphetamin im Blut meines Mandanten festgestellt?«

»Spuren davon«, sagte Detective Frost.

»Spuren? Ich dachte, er hätte sich in der Nacht zuvor durch Alkohol und Drogen in einen wahnhaften Rauschzustand versetzt?«

»Große Mengen Blutalkohol können den Meth-Nachweis unter bestimmten Bedingungen erschweren.«

»Tatsächlich?«, erwiderte Naomi. »Das wusste ich bis jetzt noch nicht. Aber Sie sind ja, wie gesagt, auch kein Experte.«

»Einspruch«, sagte die Bezirksstaatsanwältin.

»Stattgegeben.« Richter Varney nahm seinen Hammer. »Wir unterbrechen die Verhandlung und setzen sie nach der Mittagspause um 13.00 Uhr fort.«

91

Wir gingen ins Bench, das Restaurant ganz in der Nähe des Gerichts, und Pinkie entschied sich für dieselbe Nische wie beim letzten Mal. Ich nahm ihm gegenüber Platz, während Nana Mama und meine Tanten den Tisch nebenan besetzten. Ich hätte gerne auch Patty Converse dabeigehabt, aber sie hatte den Saal schon verlassen, bevor Richter Varney die vormittägliche Verhandlungsrunde beendet hatte.

»Ich habe das Gefühl, als würde es für Stefan heute besser laufen«, sagte Pinkie.

»Ich auch«, sagte ich. »Zum ersten Mal hatte ich den Eindruck, als würden zumindest ein paar Geschworene wenigstens darüber nachdenken, ob die Beweislage wirklich so eindeutig ist, wie sie auf den ersten Blick scheint.«

Mein Handy summte und signalisierte mir eine neue E-Mail. Gleichzeitig trat die Kellnerin an unseren Tisch. Ich bestellte eine Frikadelle mit Käse auf Toast, dazu Salat statt Pommes frites und noch eine Tasse Kaffee. Mittlerweile war ich so lange auf den Beinen, dass mir ein bisschen schwindelig war.

»Wenn Stefan es getan hätte, dann wäre er über und über mit Rashawns Blut bedeckt gewesen«, sagte Pinkie.

»Es sei denn, Frost hat recht und Stefan hat sich irgendwo anders sauber gemacht und seine Kleider verbrannt«, wandte ich ein.

»Und warum hat er dann die Säge nicht auch weggeworfen?«

»Ich weiß. Das ist unlogisch. Aber ein Mord und seine Nachwirkungen sind nicht immer mit Logik zu erklären.

Manchmal tun die Menschen Dinge, die sie eigentlich niemals tun würden.«

»Ich finde, damit fällst du Naomi und all ihren Bemühungen in den Rücken.«

»Überhaupt nicht«, erwiderte ich und war froh, dass die Kellnerin mir meinen Kaffee brachte. »Ich bin fest davon überzeugt, dass sie eine ganz hervorragende Verteidigung auf die Beine stellen wird.«

»Aber …?«

»Aber ich habe schon genügend vergleichbare Fälle miterlebt und weiß, dass die Verteidigung in einem Fall, wo erdrückende Beweise gegen einen vermeintlichen Kindsmörder vorliegen, mehr bringen muss, als ein paar Ungereimtheiten in der Argumentation der Anklage zu entlarven.«

»Was denn, zum Beispiel?«, fragte Pinkie.

»Zum Beispiel den wahren Mörder«, sagte ich. »Wenn wir das schaffen, dann kommt Stefan frei. Wenn nicht, selbst mithilfe der neuesten Laborergebnisse, müssen wir mit einer Verurteilung rechnen.«

»Ich schwöre beim Grab meines Vaters, dass Finn und Marvin da ihre Finger mit im Spiel haben«, sagte Pinkie.

Ich warf einen Blick zu der Sitznische hinüber, wo ich vor einer Woche mit Bell gesprochen hatte. »Tja, aber solange wir das nicht beweisen können, nützt dein Schwur überhaupt nichts.«

»Finn wollte Pedelini erschießen. Und unmittelbar vor dem Schuss hat Pedelini doch praktisch zugegeben, dass er Schmiergeld genommen und im Gegenzug ab und zu ein Auge zugedrückt hat.«

»Kann sein.«

»*Kann sein*? Was soll das denn schon wieder heißen?«

»Mich würde interessieren, was bei einer genauen Untersuchung von Davis' Gewehr herauskommen würde, aber es wäre durchaus denkbar, dass er gar nicht Pedelini treffen wollte, sondern mich. Wir haben dicht beieinandergestanden, und der Schütze war ziemlich weit entfernt auf der anderen Seite der Bucht.«

Die Kellnerin brachte unsere Bestellung, und wir fingen an zu essen. Leider hatte ich Kopfschmerzen und musste mich regelrecht zu ein paar Bissen zwingen.

Im Anschluss teilte Nana Mama mir zu meiner großen Verblüffung mit, dass sie auch bei der Nachmittagssitzung dabei sein wolle. In den vergangenen Monaten hatte sie eigentlich nie auf ihr Mittagsschläfchen verzichtet.

»Ich habe das Gefühl, als würde heute Nachmittag etwas Entscheidendes passieren«, sagte sie, während sie sich bei mir einhängte und wir gemeinsam zum Gerichtsgebäude gingen. »Und das will ich nicht verpassen.«

»Hast du jetzt das Zweite Gesicht?«, fragte ich sie belustigt.

»Ich bin kein Swami und hellsehen kann ich auch nicht«, fauchte sie zurück. »Aber manchmal habe ich ein bestimmtes Gefühl, und in diesem Fall ist es eben so.«

»Ist ja gut. Dieses Gefühl, dass etwas Entscheidendes passieren wird … ist es gut für Stefan oder schlecht?«

Meine Großmutter sah mich verwirrt an. »Das weiß ich doch nicht.«

Als wir vor dem Gerichtsgebäude standen, summte mein Handy noch einmal. Dieses Mal war es eine SMS. Ich schickte Nana Mama vor, damit sie mir einen Platz neben Pinkie und meinen Tanten freihalten konnte, und zog mein Handy aus der Tasche. Die Nachricht stammte von Bree.

Bin gelandet. Im Taxi unterwegs zur Werkstatt, Auto abholen. Muss noch was erledigen, bin in zwei Stunden da. Wie läuft's?

Ich schrieb zurück: *Besser. Naomi hat Frost im Kreuzverhör und macht Boden gut. Pass auf dich auf und bis bald. Hab dich lieb.*

Einen Augenblick später: *Hab dich auch lieb.*

Ich wollte das Handy gerade wieder einstecken, da fiel mir die E-Mail ein, die ich während des Mittagessens bekommen hatte. Sie war von einem meiner Bekannten in Quantico – ein Bericht über die chemische Verbindung aus dem Korb des Tankwaggons.

92

Hastig betrat ich den schnell voller werdenden Gerichtssaal, trat an die Schranke und winkte Naomi zu mir. »Hast du den Analysebericht über das Meth dabei, das sie in Stefans Keller gefunden haben?«

Sie überlegte kurz, nickte, wühlte in mehreren Aktenkisten herum und brachte ihn schließlich zum Vorschein.

»Was hast du denn vor?«, wollte sie wissen.

»Weiß ich noch nicht. Im Moment ist es nur ein Gefühl.«

»Aber du sagst mir Bescheid, wenn es mehr wird?«

»Dann erfährst du es als Erste.«

Ich setzte mich neben Nana Mama, gab ihr einen Kuss auf die Wange und begann, den Bericht durchzulesen. Er besagte, dass die Substanz in dem Röhrchen aus Stefans Keller ein außerordentlich reines Designer-Metamphetamin war. Dann folgte eine ausführliche Beschreibung der chemischen Struktur, die ich nicht einmal ansatzweise verstand. Aber auf der zweiten Seite gab es eine grafische Darstellung ebendieser Struktur.

Als Nächstes holte ich mir den Bericht meiner FBI-Freunde auf das Display und verglich die beiden Grafiken. Sie stimmten überein. Ich las die Notiz durch, die an die Analyse des FBI angehängt war. Sie besagte, dass die Substanz »eine Designerdroge, geschaffen von einem begnadeten Chemiker« sei.

Verschiedene Vermutungen und Hypothesen, die mir schon seit Längerem durch den Kopf gingen, wurden damit konkret. Irgendjemand, der Großvater genannt wurde – wahrscheinlich Marvin Bell –, hatte eine Vertriebsorganisation für Designer-Meth aufgebaut und nutzte dafür den Güterverkehr der Eisenbahn.

Etwas von diesem speziellen Meth war in Stefans Keller aufgetaucht. Entweder hatte mein Cousin selbst das Zeug dort versteckt und führte uns alle an der Nase herum, oder jemand aus der Organisation hatte es ihm untergeschoben.

Ich stand auf und gab Naomi eine kurze Zusammenfassung meiner Erkenntnisse.

Dann rief der Gerichtsdiener: »Bitte erheben Sie sich!«

Richter Varney trat ein und sagte: »Fahren Sie fort, Ms. Cross.«

Meine Nichte trat vor den Zeugenstand und sagte: »Lassen Sie mich kurz zusammenfassen, wo wir stehen, Detective Frost. Die Anklage ist der Überzeugung, dass Mr. Tate in der fraglichen Nacht, umnebelt von einer Unmenge Alkohol und anderer Drogen, in hemmungslose Raserei verfallen ist und Rashawn Turnbull vergewaltigt und ermordet hat.«

»Daran habe ich nicht den geringsten Zweifel«, erwiderte Frost.

Naomi ließ es ihm durchgehen. »Was war Mr. Tates Motiv? Warum hat er seine Wut an diesem Jungen ausgelassen? Einem Jungen, der ihn allem Anschein nach sehr verehrt hat.«

»Sie glauben gar nicht, wie viele Nächte ich wach gelegen und über genau diese Frage nachgedacht habe«, antwortete Frost und wandte sich dabei direkt den Geschworenen zu. »Irgendwie ist das, was Rashawn angetan worden ist, vollkommen unbegreiflich. Diese Verkommenheit, dieser grenzenlose Hass. Aber Tate war ja schon vorher rückfällig geworden, und zwar massiv. Er hat ein minderjähriges Mädchen zum Drogenkonsum verführt und vergewaltigt. Sydney Fox hat gesehen, wie Rashawn zu Tate nach Hause gekommen ist, und zwar genau am selben Tag, als Tate Sharon Lawrence missbraucht hat. Wenn das so war, dann könnte ich mir vorstellen, dass Rashawn die Vergewaltigung mit angesehen hat. Vielleicht hat er damit gedroht, dass er zur Polizei geht, sodass Tate komplett die Beherrschung verloren hat.«

In der sich anschließenden Stille warfen vier oder fünf Geschworene Stefan Blicke zu, als würde er bereits in der Todeszelle sitzen. Die anderen beobachteten meine Nichte und schienen sich zu fragen, weshalb sie Frosts Spekulationen nicht Einhalt geboten hatte.

Naomi stellte sich vor die Geschworenenbank, bis sie die Aufmerksamkeit der gesamten Jury hatte. Dann sagte sie: »Detective, wie erklären Sie sich die Tatsache, dass Sydney Fox Rashawn beim Betreten des Hauses gesehen hat, während Sharon Lawrence das Opfer an jenem Tag angeblich gar nicht zu Gesicht bekommen hat?«

Ich blickte hinüber zu Sharon Lawrence und sah, wie sie den Blick von ihrem Smartphone nahm.

Frost sagte: »Weil Tate ihr K.-o.-Tropfen verabreicht hat, um sie gefügig zu machen.«

»Als Sharon Lawrence die angebliche Vergewaltigung angezeigt hat, haben Sie da vielleicht Rückstände dieser K.-o.-Tropfen in ihrem Blut gefunden?«

Frost erwiderte: »Sie hat sich erst eine Woche, nachdem es passiert war, bei uns gemeldet.«

Naomi ging zu ihrem Tisch und griff nach einer Akte. »Die Verteidigung möchte dem Gericht hiermit die Aussagen mehrerer vereidigter Fachleute auf diesem Gebiet zur Kenntnis bringen. Sie stimmen alle darin überein, dass K.-o.-Tropfen bis zu vierzehn Tage lang im Blut nachweisbar sein können.«

Varney kniff die Augen zusammen, nahm die Dokumente entgegen, überflog sie und gab sie dann an den Justizbeamten weiter. Er fuhr sich mit der Hand über seine Perücke und wirkte irgendwie angespannt. War etwa der nächste Nierenstein im Anmarsch?

Naomi sagte: »Das heißt doch, dass dieser Teil von Sharon Lawrences Geschichte unwahr ist, oder, Detective Frost? Sie hat gar keine Betäubungsmittel verabreicht bekommen, stimmt's?«

»Sie haben gesagt, dass diese Drogen bis zu vierzehn Tage lang im Blut nachweisbar sein *können*«, entgegnete Frost. »Und *bis zu* bedeutet, dass die Droge in manchen Fällen auch sehr viel schneller abgebaut wird.«

Naomi hielt kurz inne, um, so schien es, den nächsten Gang einzulegen.

»Das Sperma in ihrer Unterwäsche. Es war identisch mit dem meines Mandanten?«

»Bei der DNA gibt es keine zwei Meinungen«, sagte Frost.

»Ein DNA-Test liefert ein eindeutiges Ergebnis«, pflichtete Naomi ihm bei. »Als Ms. Lawrence zu Ihnen gekommen ist und von ihrer Vergewaltigung berichtet hat, da haben Sie eine Untersuchung veranlasst. Dabei wurde die DNA meines Mandanten in ihrem Höschen gefunden.«

»Richtig«, bestätigte Frost.

»Und wurde auch Ms. Lawrences DNA in diesem Höschen gefunden?«

»Ja.«

Sharon Lawrence starrte auf einen Punkt an der Decke über Richter Varney. Ihre Mutter hielt ihre Hand fest.

»Sie finden also männliches Sperma und weibliche Körperflüssigkeiten und veranlassen einen DNA-Test. Was haben Sie außerdem noch untersuchen lassen?«

Der Detective runzelte die Stirn. »Ich kann Ihnen nicht ganz folgen.«

»Haben Sie Ihr Labor gebeten, das Sperma und Ms. Lawrences Körperflüssigkeiten noch anderen Tests zu unterziehen? Einem Drogentest, zum Beispiel?«

Frost blinzelte, blieb aber stumm.

»Detective?«

»Äh, nein, ich glaube nicht, nein.«

»Wir haben in den Akten nachgesehen, und Sie haben tatsächlich nichts dergleichen veranlasst«, sagte Naomi. »Also haben wir das FBI gebeten, an diesen Proben weitere Untersuchungen durchzuführen.«

93

Naomi hielt ein Blatt Papier in die Höhe und sagte: »Die Verteidigung möchte hiermit Beweismittel…«

»Einspruch!« Delilah Strong sprang auf. »Die Anklagevertretung war über diese Untersuchungen nicht informiert.«

»Weil wir sie erst gestern Abend veranlasst haben und die Ergebnisse erst seit wenigen Stunden vorliegen.«

»Das ist ausgeschlossen. Das FBI-Labor ist so überlastet, dass es gar nicht…«

»Quantico hat diese Tests vorgezogen, als Gefälligkeit für meinen Onkel.«

Die Bezirksstaatsanwältin sah Richter Varney an.

Der Richter drehte den Kopf in beide Richtungen, um seinen Nacken ein wenig zu lockern, blickte mich und die anderen auf den billigen Plätzen an und sagte: »Das Gericht lässt die Ergebnisse des FBI zu.«

Naomi strahlte. Sie reichte dem Justizbeamten, der Anklagevertretung und Detective Frost je einen Satz Kopien. Die Geschworenen waren neugierig geworden und rutschten auf ihren Stühlen hin und her. Was mochte das FBI festgestellt haben? Ich versuchte, nicht zu lächeln, aber ich war sehr stolz auf meine Nichte. Der ganze Gerichtssaal hing an ihren Lippen.

»Auf den Seiten eins und zwei finden Sie alle notwendigen Stempel, Unterschriften und so weiter. Bitte schlagen Sie jetzt die Seite drei auf. Dort sehen Sie, dass wir Ms. Lawrences Körperflüssigkeiten vom Zeitpunkt der angeblichen Vergewaltigung eingeschickt haben, um sie auf illegale Betäubungsmittel untersuchen zu lassen, wie sie üblicherweise verwendet werden, um eine andere Person apathisch und willenlos zu machen, beispielsweise Rohypnol.«

Jetzt trat sie zu dem Zeugen. »Können Sie uns das Testergebnis bitte vorlesen, Detective?«

Frost sagte: »Keine Drogen- und Alkoholrückstände.«

»Keine Drogen- oder Alkoholrückstände in Ms. Lawrences Probe«, sagte Naomi.

Sharon Lawrence sah aus, als müsste sie sich jeden Augenblick übergeben. Sie sagte etwas zu ihrer Mutter, die daraufhin den Kopf schüttelte und ihre Hand festhielt.

Strong und Brady hatten sich in der Zwischenzeit über die Blätter gebeugt, genau wie der Richter und der Detective im Zeugenstand. Die Geschworenen waren wie versteinert. Polizeichef Sherman beugte sich über die Schranke und versuchte vergeblich, die Aufmerksamkeit der Staatsanwälte zu bekommen.

Naomi fuhr fort: »Detective Frost, auf Seite vier finden Sie das Testergebnis für das Sperma meines Mandanten zum Zeitpunkt der angeblichen Vergewaltigung. Wie lautet es?«

Frost brachte erst keinen Ton heraus, räusperte sich und sagte dann: »Negativ hinsichtlich Drogen und Alkohol.«

»Zum Zeitpunkt der angeblichen Vergewaltigung?«

»Richtig.«

»Keine Drogen, kein Alkohol«, sagte sie jetzt zu den Geschworenen. »Was allerdings in fundamentalem Widerspruch zu dem steht, was Ms. Lawrence unter Eid ausgesagt hat. Sie hat ausgesagt, dass sie und Mr. Tate reichlich Alkohol und Drogen konsumiert und alles das in vollen Zügen genossen haben, bis Mr. Tate ihr K.-o.-Tropfen verabreicht und sie anschließend missbraucht hat. Würden Sie sagen, dass das eine angemessene Zusammenfassung von Sharon Lawrences Geschichte war, Detective?«

»Ja«, erwiderte Frost.

»Glauben Sie immer noch, dass mein Mandant Ms. Lawrence wie geschildert vergewaltigt hat?«

»Einspruch!«, sagte Strong.

Sharon Lawrence weinte stumme Tränen. Ihre Mutter sah aus, als würde sie im nächsten Augenblick aus der Haut fahren.

Naomi sagte: »Euer Ehren, ich habe einen Detective mit zweieinhalb Jahrzehnten Berufserfahrung gebeten, die Fakten, so wie sie sich ihm jetzt darstellen, zu bewerten und seine Meinung zu äußern.«

Varney zögerte, dann sagte er: »Abgewiesen, Ms. Strong. Formulieren Sie Ihre Frage um, Ms. Cross.«

»Lässt sich Ms. Lawrences Version der Geschichte mit diesen Testergebnissen vereinbaren?«

»Nein. Aber es könnte ja sein, dass sie diesen Teil ihrer Geschichte ein bisschen ausgeschmückt hat«, erwiderte Frost.

»Oder aber sie hat die ganze Geschichte ausgeschmückt, was bedeuten würde, dass sie wegen Meineids und wegen Indizienfälschung belangt werden kann, zusammen mit ihrer Mutter«, sagte Naomi. »Dann wandern alle beide ins Gefängnis.«

»Nein!«, schrie Ann Lawrence und sprang auf. »Sie … wir …«

Varney schwang den Hammer und sagte: »Setzen Sie sich, Ms. Lawrence.«

Sharons Mutter gehorchte und sank zitternd auf ihren Platz neben ihrer Tochter, die den Blick starr auf den Fußboden gerichtet hatte.

Naomi sagte: »Die Verteidigung ruft Sharon Lawrence in den Zeugenstand.«

»Sind Sie mit Detective Frost fertig?«, erkundigte sich Richter Varney.

»Für den Moment ja, euer Ehren«, sagte Naomi. »Aber es wäre mir recht, wenn er sich zur Verfügung halten würde.«

Varney wies Frost an, das Gebäude nicht zu verlassen, und beobachtete anschließend gemeinsam mit allen anderen im Saal, wie er an Sharon Lawrence vorbeiging, die jetzt blass und sehr nervös den Zeugenstand ansteuerte.

Ann Lawrence hockte wie ein Häufchen Elend mit leuchtend rotem Kopf auf ihrem Platz. Ceces Eltern starrten sie an wie ein düsteres Geheimnis.

»Ms. Lawrence«, sagte Naomi. »Haben Sie gehört, was Detective Frost gerade eben gesagt hat?«

»Ja.«

»Auch die Ergebnisse des Drogentests?«

Sharon Lawrence nickte schwach.

»Hat Coach Stefan Tate Sie unter Drogen gesetzt und vergewaltigt?«

Eine ganze Zeit lang brachte das Mädchen keinen Ton heraus. Ihre Lippen zitterten, und sie blickte erst ihre Mutter und dann Stefan Tate an.

»Nein«, flüsterte sie schließlich, während die Tränen ihr übers Gesicht rannen. »Das war alles gelogen.«

FÜNFTER TEIL

GERECHTIGKEIT

94

Tumultartige Szenen spielten sich im Gerichtssaal ab. Mein Cousin schlug die Hände vors Gesicht, und seine Schultern bebten. Richter Varney schwang verwirrt den Hammer und rief den Saal zur Ordnung. Stefan hob den Kopf und blickte erst seine Mutter und dann Patty Converse an. Zum ersten Mal seit Tagen sah ich so etwas wie einen Hoffnungsschimmer auf Pattys Gesicht.

»Ms. Lawrence«, sagte der Richter. »Ist Ihnen klar, dass Sie soeben einen Meineid gestanden haben?«

Sie nickte und schluchzte: »Muss ich jetzt ins Gefängnis?«

Varney blieb stumm. Eine Sekunde verstrich, dann noch eine.

Naomi sagte: »Nicht, wenn Sie dem Gericht jetzt die Wahrheit sagen.«

Der Richter warf Naomi einen verärgerten Blick zu, richtete den Blick für einen Moment in den Zuschauerraum und sagte: »Ja, die Wahrheit kann bestimmt nicht schaden.«

Naomi reichte Sharon Lawrence ein Papiertaschentuch. Dann wartete sie, bis das Mädchen seine Fassung wiedergewonnen hatte. »Warum haben Sie gelogen?«, fragte sie sie schließlich.

Mit nach vorn gebeugten Schultern erwiderte Sharon Lawrence: »Es war so, wie Sie gesagt haben. Wir, also meine Mom und ich, wir haben nicht viel Geld. Finn hat gesagt, dass er uns alle Sorgen abnehmen kann. Ich soll nur behaupten, dass Coach Tate mich vergewaltigt hat.«

»Mit Finn ist der verstorbene Finn Davis gemeint, oder?«, hakte Naomi nach.

»Ja.«

»Der Adoptivsohn Ihres Onkels Marvin Bell?«

»Ja.«

»Ich wusste es«, flüsterte Pinkie hinter mir leise.

»Was hat Finn Davis Ihnen und Ihrer Mutter als Gegenleistung für den Vorwurf der Vergewaltigung angeboten?«

Sharon Lawrence sah zu ihrer Mutter hinüber. Ann Lawrence starrte auf ihre Hände hinab wie in zwei tiefe dunkle Löcher.

»Meine Mutter sollte sechstausend Dollar im Monat bekommen, lebenslang«, stieß Sharon Lawrence mühsam hervor. »Verstehen Sie, was das bedeutet? Das wäre ihre Rettung gewesen. Nur darum habe ich das getan.«

Ann Lawrence brach in Tränen aus.

»Und warum wollte Finn Davis, dass Sie Coach Tate der Vergewaltigung beschuldigen?«

»Das weiß ich nicht«, erwiderte das Mädchen. »Er hat gesagt, er will sichergehen, dass Coach Tate für seine Taten auch bestraft wird.«

»Das Sperma in Ihrem Höschen, hat Finn Davis Ihnen das gegeben?«

»Ja«, sagte sie und verzog angewidert das Gesicht. »Aber ich weiß nicht, woher er das hatte.«

»Noch eine letzte Frage«, sagte Naomi daraufhin. »Hat Finn Davis Sie auch gebeten, illegale Drogen in die Sporttasche von Jannie Cross zu legen?«

»Einspruch. Irrelevant«, sagte Strong.

Varney machte schon wieder ein Gesicht, als müsste er sich zwischen Pest und Cholera entscheiden, und sagte schließlich: »Stattgegeben.«

»Ja, hat er«, sagte Sharon dennoch. »Finn. Er hat mir zweitausend im Monat versprochen, wenn ich die Sachen in ihre Tasche schmuggle. Müssen wir ins Gefängnis? Meine Mom und ich?«

Diese letzte Frage war an Richter Varney gerichtet. Er erwiderte: »Das muss an einem anderen Ort und zu einem anderen Zeitpunkt geklärt werden, junge Dame. Aber vorerst bist du entlassen.«

Wenn es überhaupt möglich war, dann wirkte Sharon Lawrence beim Verlassen des Zeugenstands noch kleiner und schwächer als zuvor. Sie sah weder Stefan noch uns andere an, sondern setzte sich neben ihre Mutter, die ihr den Arm um die Schultern legte und ihr zuflüsterte: »Ist schon gut. Alles wird gut.«

»Euer Ehren«, sagte Naomi jetzt. »Da Ms. Lawrence ihre Aussage zurückgezogen hat, und angesichts der überwältigenden Beweislage beantragt die Verteidigung, dass sämtliche Vergewaltigungsvorwürfe gegen meinen Mandanten fallen gelassen werden.«

Varney leckte sich die Lippen und sagte: »Ms. Strong?«

Die Bezirksstaatsanwältin zögerte kurz und sagte dann: »Die Anklage hat keine Einwände.«

»Hiermit beschlossen«, sagte Varney.

Naomi stellte sich neben Stefan und legte ihm eine Hand auf die Schulter. »Die Verteidigung bittet Detective Frost noch einmal in den Zeugenstand.«

Varney blickte auf seine Armbanduhr und nickte.

Daraufhin nahm ein sehr erschüttert wirkender Frost den Platz im Zeugenstand ein.

Naomi griff nach ein paar anderen Blättern und sagte: »Die Verteidigung legt hiermit das nächste Beweisstück vor. Es handelt sich um einen zweiten Untersuchungsbericht des FBI und bezieht sich auf mehrere Indizien, die am Tatort vorgefunden wurden.«

Erneut äußerte Strong keinen Widerspruch, sondern nahm ihr Exemplar stumm entgegen, als fürchtete sie sich vor dem, was gleich zum Vorschein kommen würde.

Frost nahm seine Kopie in die Hand, während Naomi sagte: »Es handelt sich um einen Drogentest an einer Spermaprobe, die von Rashawn Turnbulls Leichnam genommen wurde, richtig, Detective?«

Frost überflog das Dokument. »Ja.«

»Ist das dieselbe Spermaprobe, die durch einen DNA-Test der Staatsanwaltschaft meinem Mandanten zugeordnet wurde?«

»Äh, ja, das ist richtig.«

»Bitte lesen Sie die Seiten vier und fünf.«

Frost blätterte um und las. Es war, als würde man ein Loch in einen Luftballon stechen und zusehen, wie er langsam in sich zusammenfiel.

Naomi sagte: »Detective Frost, könnten Sie uns die Testergebnisse bezüglich des am Körper von Rashawn Turnbull entdeckten Spermas meines Mandanten bitte laut vorlesen?«

Frost kaute auf der Innenseite seiner Unterlippe herum. Dann sagte er mit niedergeschlagener Stimme: »›Drogen und Alkohol: negativ‹.«

»›Drogen und Alkohol: negativ‹«, wiederholte Naomi an die Geschworenen gewandt. »Die Anklage behauptet, dass mein Mandant sich an jenem Abend, als Rashawn Turnbull vergewaltigt und ermordet wurde, bis zur Besinnungslosigkeit betrunken, eine große Menge Drogen konsumiert und sich so in einen Zustand blindwütiger Raserei versetzt hat. Aber das FBI kommt zu dem Ergebnis, dass Stefan Tate zu dem Zeitpunkt, als er dieses Sperma abgegeben hat, stocknüchtern war.«

95

Bree schob sich auf den Platz im Zuschauerraum, den ich für sie reserviert hatte. Mit leuchtenden Augen flüsterte sie mir zu: »Ich hab was. Was Großes.«

»Moment noch«, flüsterte ich zurück. »Naomi versetzt der Anklage gerade den Todesstoß.«

Meine Nichte sagte: »Detective Frost? Sind Sie in Bezug auf diese Testergebnisse auch meiner Meinung?«

»Sieht ganz danach aus«, erwiderte der Detective. Er sah aus, als hätte er ein paar Runden zu viel mit einem Schwergewichtsboxer hinter sich.

»Das ist eigenartig«, machte Naomi weiter und schlenderte zu den Geschworenen hinüber. »Weil die Blutprobe, die Sie meinem Mandanten am Morgen nach dem angeblichen Mord abgenommen haben, einen Alkoholpegel von 0,65 Promille ergeben hat, was darauf hindeutet, dass er am Abend zuvor schwer betrunken gewesen sein muss. Richtig?«

Frost holte tief Luft. »Ja«, stieß er hervor.

»Aber jetzt wissen wir, dass das im Widerspruch zu den Ergebnissen der FBI-Untersuchungen steht.« Naomi legte die Hände auf das Geländer der Geschworenenbank. »Und das bedeutet, dass das Sperma an Rashawns Körper und in Sharon Lawrences Höschen zwar von meinem Mandanten stammt, aber sicher nicht aus der fraglichen Nacht. Was bedeutet, dass irgendjemand – wahrscheinlich Finn Davis – sich irgendwie Zugang zu den Kondomen meines Mandanten verschafft hat, nachdem dieser Geschlechtsverkehr mit seiner Verlobten hatte.«

Ich drehte mich kurz um und sah, wie Patty Converse rot anlief und nickte.

»Einspruch, Euer Ehren!«, rief Strong. »Die Vertreterin der Verteidigung spinnt sich da irgendetwas zurecht.«

»Ich spinne mir gar nichts zurecht!«, widersprach Naomi sofort. »Das alles sind wissenschaftlich belegte Fakten, Ms. Strong. Sehen Sie sich Seite neun des FBI-Berichts an, den dritten Absatz. Dort wird auf eine eindeutig feststellbare, dritte DNA-Quelle in Ms. Lawrences Höschen verwiesen. Erste Tests haben ergeben, dass es sich vermutlich um eine weibliche Person handelt, die nicht mit Ms. Lawrence blutsverwandt ist. Das Vaginalsekret einer anderen Frau also, was wiederum die Vermutung stärkt, dass da jemand ein gebrauchtes Kondom gestohlen hat, um Indizien zu fälschen und meinen Mandanten eines Verbrechens zu beschuldigen, das er ganz eindeutig nicht begangen hat.«

Richter und Staatsanwältin beugten sich gleichzeitig über das Dokument und suchten nach der entsprechenden Stelle.

Naomi gab ihnen zwanzig Sekunden, dann sagte sie: »Das sind unumstößliche Tatsachen, die sich niemand zurechtspinnen kann. Sämtliche Indizien vom Tatort müssen als Täuschungsversuch betrachtet werden: die Wodkaflasche, Mr. Tates Schulausweis, das Meth und das Sperma.«

Strong meldete sich zu Wort: »Euer Ehren, der Wodka, das Meth und der Ausweis sind immer noch solide Indizien.«

»Nein, sind sie nicht«, entgegnete Naomi. »Dass diese drei Gegenstände am Tatort gefunden wurden, ist im besten Fall unlogisch, zumal sie ja von einem durchgeknallten Wahnsinnigen dort hinterlassen worden sein sollen. Das Sperma meines Mandanten wurde jedenfalls ohne jeden Zweifel von einer dritten Person dort platziert. Genau wie der Wodka, das Meth und der Ausweis.«

Meine Nichte wandte sich der Richterbank zu. »Kurz gesagt, Richter Varney, ist die Anklage gegen meinen Mandanten damit hinfällig geworden. Ich beantrage daher die Feststellung der Nichtigkeit dieses Verfahrens und Stefan Tates sofortige Freilassung.«

Der Gerichtssaal tobte.

Stefan ließ sich gegen die Stuhllehne sinken, den Blick zum Himmel erhoben, die Arme eng um die eigene Brust geschlungen. Tante Hattie fing an zu jubeln und zu applaudieren. Pinkie, Nana Mama und ich taten es ihr nach.

Richter Varney hämmerte sichtlich entsetzt auf sein Pult ein und versuchte, Ruhe und Ordnung zu schaffen.

Bree stupste mich am Ellbogen an und hielt mir ihr iPhone entgegen. Unbesetzte Güterwaggons fuhren über einen Bahnübergang im Süden von Starksville. Dann zeigte sie mir ein Bild mit denselben Waggons, dieses Mal allerdings an dem Übergang, der die Hauptstraße der Stadt kreuzte. Und jetzt fuhren zwei Passagiere mit.

»Was…«, setzte ich gerade an.

Doch da rief Delilah Strong: »Euer Ehren, es gibt noch mehr zwingende Beweise, die Mr. Tate mit dieser Tat in Verbindung bringen.«

Naomi entgegnete: »Herr Richter, mittlerweile ist doch vollkommen klar, dass der wahre Mörder von Rashawn Turnbull meinem Mandanten die Tat in die Schuhe schieben wollte.«

»Aber die Verteidigung bleibt jeden Beweis für diese These schuldig«, wandte Strong ein. »Wer soll denn Ihrer Meinung nach für den Tod des Jungen verantwortlich sein?«

»Das kann nun wirklich nicht unsere Sorge sein«, erwiderte Naomi. »Aber wir haben eine Theorie.«

»Alex, das musst du dir ansehen«, sagte Bree und hielt

mir schon wieder ihr iPhone vor die Nase. Ich warf einen Blick auf das Display, wo eine Satellitenaufnahme von einem Fabrikkomplex mit Bahnanschluss zu sehen war. Dann hob ich meinen Zeigefinger und richtete meine Aufmerksamkeit wieder auf Naomi.

Meine Nichte sah mich an, und ich nickte.

Sie sagte: »Euer Ehren, wir können beweisen, dass das Meth, das in Mr. Tates Keller platziert wurde, sich zu einem Drogenring zurückverfolgen lässt. Dieser Drogenring nutzt die Güterzüge, die durch Starksville verkehren, zur Verteilung von Metamphetaminen und anderen Drogen entlang der gesamten Ostküste. Mein Mandant hatte schon länger diesen Verdacht. Wir glauben daher, dass die Drogendealer Rashawn getötet und meinen Mandanten fälschlicherweise belastet haben, um ihn daran zu hindern, der ganzen Sache auf den Grund zu kommen.«

»Das ist doch lächerlich«, warf Strong ein. »Die Verteidigung hat nicht den geringsten Beweis für die Existenz eines solchen Drogenrings vorgelegt. Euer Ehren, Sie können doch nicht …«

Mit einem lauten Knall flog die hintere Tür des Gerichtssaals auf.

Strong, Naomi, Richter Varney, der Gerichtsdiener, der Justizbeamte und die meisten Geschworenen starrten ungläubig und voller Furcht zur Tür.

Ich drehte mich um, weil ich wissen wollte, was da los war, und erlebte den Schock meines Lebens.

Detective Sergeant Peter Drummond aus Palm Beach County drückte die Mündung einer abgesägten Remington-Pumpgun an Marvin Bells Schläfe. Er schien zu allem entschlossen.

96

»Keiner rührt sich von der Stelle, sonst ist der Mann auf der Stelle tot!«, brüllte Detective Sergeant Drummond und zerrte an dem Seil, das er Bell um den Hals und die Handgelenke gewickelt hatte. Bells Hände waren grotesk entstellt und dick geschwollen. Seine Finger zeigten teilweise in Richtungen, die von der Natur so nicht vorgesehen waren.

Die Zuschauer fingen an zu schreien und sich in panischer Angst an die Rückwand zurückzuziehen. Nana Mama neben mir schrie ängstlich auf, und ich hob den Arm, um sie zu schützen. Bree wollte sich nach ihrer Reservepistole bücken, aber ich sagte: »Nicht. Ich kenne den Mann.«

Drummond rief: »Waffe entladen, Gerichtsdiener, und dann auf den Boden damit. Und das gilt auch für Sie da im Zeugenstand.«

Frost und der Gerichtsdiener taten, wie ihnen geheißen wurde.

Drummond ließ den Blick durch den Saal schweifen und sagte: »Chief Sherman, Sie auch, und Detective Carmichael ebenso. Dienstwaffe und Reservepistole auf den Fußboden.«

Sherman und Carmichael waren wie erstarrt, weil der Irre ihre Namen kannte, aber sie gehorchten. Dann führte Drummond Bell in die Mitte des Gerichtssaals. Marvin Bell wirkte eher verwirrt als verängstigt. Er bewegte sich mit schlurfenden Schritten vorwärts, starrte seine Hände an und zitterte vor Schmerzen.

Als die beiden ganz in meiner Nähe waren, stand ich auf und sagte: »Sergeant, was tun Sie denn da?«

Drummond wandte mir sein vernarbtes, ausdrucksloses

Gesicht zu und erwiderte: »Etwas, was ich schon längst hätte tun sollen.«

»Ach, Drummond, bitte. Das kann doch nicht Ihr Ernst sein.«

»Sie verstehen das nicht, Dr. Cross. Ich habe keine andere Wahl.«

Der Sergeant schob und zerrte Bell in die Mitte des Gerichtssaals. Dann sah er Naomi und Strong an. »Bitte, setzen Sie sich.«

Er bedeutete Frost, den Zeugenstand zu verlassen, und sagte: »Dieser Mann möchte eine Aussage machen.«

Nach einigem Zögern entschloss sich der Detective aufzustehen. Drummond sagte: »Setzen Sie sich vor der Geschworenenbank auf den Fußboden.«

Frost gehorchte. Der Sergeant bugsierte Marvin Bell in den Zeugenstand und stellte sich hinter ihn, das Gewehr immer noch an seine Schläfe gedrückt. Das Seil ließ er los, sodass es locker über die Stuhllehne fiel.

»Sergeant, wer immer Sie sind«, fing Richter Varney an, »und ganz egal, was Sie mit Mr. Bell zu klären haben, aber das ist nicht der richtige Weg, um ein …«

»Mit allem gebotenen Respekt, Herr Richter«, fiel Drummond ihm ins Wort, »aber wir befinden uns nicht länger vor einem rechtsstaatlichen Gericht. Hier und jetzt geht es um die Wahrheit, hier und jetzt heiligt der Zweck die Mittel.«

Bree, die neben mir saß, tippte auf ihrem Smartphone herum und hielt es dann in die Höhe. Sie filmte die Szene! Ich drehte mich um. Patty Converse und Pinkie Parks saßen mit weit aufgerissenen Augen hinter mir.

Was sollen wir machen?, fragte Pinkie mit stummen Lippenbewegungen.

»Gar nichts«, flüsterte ich und blickte zu meinen Tanten

hinüber, die sich vorgebeugt hatten und Drummond fasziniert beobachteten.

Der Sergeant blickte sich im Gerichtssaal um, als hätte nur er und niemand sonst hier das Sagen. Dann nahm er die Geschworenen in den Blick. »Wollen Sie vielleicht endlich erfahren, was tatsächlich passiert ist, anstatt sich ständig Quatsch mit Soße anhören zu müssen? Die ganze Wahrheit, damit Sie sich dann ein wirklich unabhängiges Urteil bilden können?«

Trotz ihrer Angst nickten ein paar der Geschworenen sogar.

»Würde ich auch gerne«, flüsterte Nana Mama mir zu. »Und du kennst den Mann, Alex?«

»Ich hab ihn in Florida kennengelernt«, erwiderte ich leise. »Er ist Polizist.«

»Was ist denn mit seinem Gesicht passiert?«

»Der erste Golfkrieg.«

Ich wusste zwar, woher seine Verletzung stammte, aber was war bloß in den wenigen Tagen geschehen, seit ich Drummond das letzte Mal gesehen hatte? Warum in Gottes Namen sollte er so etwas Unüberlegtes tun? Seine Karriere und seinen Ruf ruinieren? Sein ganzes Leben?

Ich hatte Drummond von Marvin Bell berichtet, hatte ihm erzählt, wie frustrierend es war, dass ich ihm keinerlei Verbindung zu dem geheimnisvollen Spinnennetz nachweisen konnte, dem wir in Starksville auf die Spur gekommen waren. Und der Sergeant hatte sich mehrmals gezielt nach Bell erkundigt. Heute Morgen am Telefon auch. Da musste er schon ganz in der Nähe gewesen sein. Und Bell hatte sich gar nicht abgesetzt. Vielmehr hatte der Sergeant ihn irgendwo gefangen gehalten und zu einem Geständnis gezwungen.

Aber warum?

»Lass uns ganz von vorn anfangen, Marvin, vor langer, langer Zeit. Vor über fünfunddreißig Jahren, um genau zu sein«, sagte Drummond. »Du hast damals in Starksville mit Drogen gedealt und eine hübsche Stange Geld damit verdient, stimmt's?«

»Nein«, erwiderte Marvin Bell mit verwirrter Stimme. »Ich…«

Wie aus dem Nichts hielt Drummond plötzlich einen kleinen Kugelhammer in der Hand. Mit einem kräftigen, schnellen und präzisen Schlag traf die gewölbte Spitze des Hammers auf Bells geschwollene linke Hand, sodass er laut aufschrie.

»Nächster Versuch, Marvin«, sagte Drummond und fuchtelte mit dem Hammer am Rand von Bells Gesichtsfeld herum. »Du hast mit Drogen gedealt. Du hast eine Organisation aufgebaut.«

»Ja«, wimmerte Marvin Bell. »Ich habe gedealt. Und ich habe eine Organisation aufgebaut.«

»Hier in Starksville?«

»Ja.«

»Und wie heißt diese Organisation?«

»Die Firma.«

Jetzt wissen wir's, dachte ich. *Bell hat die Firma gegründet. Er ist Großvater.*

Drummond fuhr fort: »Du hast ein skrupelloses Geschäftsmodell entwickelt, Marvin. Hast die Leute mit Gratisproben angefixt, bis sie praktisch deine Sklaven waren. Du hast Menschen ermorden lassen. Und du hast selbst gemordet.«

»Ich hab nie jemanden ermordet«, brüllte Marvin Bell unter Tränen. »Das sage ich dir pausenlos, aber du glaubst mir ja nicht.«

97

»Ich glaube dir nicht«, erwiderte Drummond und wedelte mit dem Hammer. »Aber darauf kommen wir später noch einmal zurück. Gibst du wenigstens zu, dass du mit deinen Drogengeschäften eine Menge Geld verdient hast?«

Marvin Bell ließ den Blick von seinen Händen zu dem Hammer gleiten und nickte düster.

»Und du hast das Geld mithilfe deiner legalen Geschäfte in Starksville gewaschen«, fuhr Drummond fort.

Bell sah aus, als würde er gerade das Ende seiner Welt erleben. »Ja.«

»Aber auch, nachdem du dir diese legalen Geschäfte zugelegt hattest, hast du weiter mit Drogen gehandelt, nicht wahr?«

Bell machte den Mund auf, als wollte er dagegen aufbegehren, aber dann nickte er nur stumm.

»Natürlich«, machte der Sergeant weiter. »Koks und Heroin und Meth zu verticken ist einfach zu lukrativ. Wenn man es schlau anstellt, dann bekommt man das Geld ja praktisch nachgeschmissen. Und eines Tages, beim Anblick der Güterzüge, die Tag und Nacht durch Starksville rollen, hast du gedacht: *Wieso nicht damit? Warum nicht expandieren?* Ist meine Zusammenfassung deines persönlichen Werdegangs bis hierhin korrekt?«

Bell wollte die Hände bewegen, doch dann hielt er den Atem an und nickte nur.

»Also ja«, sagte Drummond. »Du hast ein Händlernetz aufgebaut, das von Montreal bis Miami reicht?«

Erneut nickte Bell und sagte: »Ja.«

»Und mit dem ganzen Geld hast du dir ein Anwesen am Pleasant Lake gekauft, dazu ein wunderschönes Strandhaus auf Hilton Head und eine Eigentumswohnung in Aspen. Du hast Reisen um die ganze Welt unternommen und bist unter die Kunstsammler gegangen. Hab ich recht?«

Bell nickte.

»Und deinen Adoptivsohn, Finn Davis, hast du auch mit hineingezogen.«

Bell schluckte und sagte: »Finn war auch mit dabei.«

»Hat Finn seine Exfrau erschossen?«, bohrte Drummond weiter. »Sydney Fox?«

Hinter mir knarrte die Bank, als Pinkie sich nach vorn beugte.

Marvin Bell sah sich um, als suchte er verzweifelt nach Rettung. Drummond schlug erneut mit seinem Hammer zu und traf Bells rechte Hand. Bell stieß einen Schrei aus, der alle im Saal bis ins Mark erzittern ließ, nur Drummond blieb weiterhin eiskalt, ungerührt.

»Ich warte auf eine Antwort, Marvin«, sagte der Sergeant. »Hat Finn Davis Sydney Fox erschossen?«

Bell stöhnte auf. »Ja…«

»Ich hab's gewusst, verfluchte Scheiße noch mal.« Pinkie schlug mit der Faust in seine geöffnete Hand. »Dieses Riesenarschloch.«

»Und warum hat er das getan?«, wollte Drummond wissen.

»Weil er sie gehasst hat und weil sie verschwinden musste.«

»Warum musste Sydney Fox verschwinden?«

»Sie war seine Exfrau und hatte schon zu viel Verdacht geschöpft«, antwortete Bell. »Und sie hat mit Tate gesprochen, der ständig an den Bahngleisen rumgeschnüffelt hat. Das alles war nicht gut, und darum hat er sie erschossen.«

Drummond machte weiter. »Hat Sydney Fox gewusst, wer dich beliefert?«

Marvin Bell stöhnte, rutschte auf seinem Stuhl hin und her und sagte: »Nein.«

»Dein Händlerring ist so groß geworden, dass du Probleme hattest, genügend Nachschub zu besorgen, speziell bei den Metamphetaminen, richtig?« Drummond warf den Hammer in die Luft und fing ihn wieder auf.

Marvin Bell zuckte zusammen. »Ja.«

»Und darum hast du dir einen Partner gesucht, hier in Starksville. Jemanden, der das Meth herstellen konnte. Einen Partner, der dir praktisch unbegrenzte Mengen liefern konnte, ohne jemals aufzufliegen. Korrekt?«

Ein geheimer Partner?, dachte ich.

»Ich hab's zuerst gewusst«, flüsterte Bree, ließ das iPhone sinken und stieß die Faust in die Luft.

»Was gewusst?«, fragte ich sie.

Doch bevor sie antworten konnte, sagte Drummond: »Ist das korrekt, Marvin?«

»Ja. Ich hatte einen Partner.«

Dicke Schweißtropfen glänzten auf Richter Varneys Stirn, und er machte einen sehr angespannten Eindruck. Ich befürchtete schon, dass er im nächsten Moment wieder von seinen Nierensteinen schachmatt gesetzt werden würde.

Drummond fuhr fort: »Es hat dir und deinem Partner nicht gepasst, dass Stefan Tate sich bei den Gleisen umgesehen hat, stimmt's?«

»Stimmt.«

»Und dann habt ihr beschlossen, dass Stefan Tate verschwinden muss.«

Marvin Bell bewegte die Hände, zuckte zusammen und sagte: »Ich war einverstanden, dass wir etwas gegen Tate unternehmen. Aber ich hatte doch keine Ahnung, was er vorgehabt hat. Was er diesem Jungen alles antun würde.«

»Weißt du genau, dass es dein Partner war, der Rashawn Turnbull umgebracht hat?«

Bell wandte den Blick in den Zuschauerraum und schien direkt zu Cece Turnbull zu sprechen. »Das weiß ich genau. Er hat Rashawn umgebracht und es dann Tate in die Schuhe geschoben. Das hat er mir hinterher selbst gesagt.«

»Was hat dein Partner genau gesagt?«, wollte Drummond wissen. »Wortwörtlich, bitte.«

Bell schluckte. »Er hat gesagt, er hätte zwei Probleme mit einem Schlag aus der Welt geschafft, nämlich Tate und seinen schwarzen Bastard-Enkel.«

98

Zwei Sekunden lang war die Stille im Gerichtssaal so tief und allumfassend, dass man eine Maus in der Wand hätte hören können. Ich war müde, erschöpft. Es dauerte zwei Sekunden, bis mir klar wurde, wer der Mörder war. Dann drehte ich mich um und blickte zu Harold Caine.

Rashawns Großvater. Besitzer einer Kunstdüngerfabrik. Chemiker, ohne Zweifel. Aber Rassist? Großvater?

Der Vorwurf schien Caines Miene unter Strom gesetzt zu haben. Sein ganzer Körper hatte sich verspannt. Seine Lippen kräuselten sich. Und er klammerte sich mit solcher Kraft an die Sitzbank vor ihm, dass ich schon befürchtete, seine Finger würden gleich so aussehen wie Bells.

Seine Frau starrte ihn an wie ein Monster aus einer anderen Welt und rückte von ihm ab.

Caine bemerkte das, wandte ihr den Kopf zu und sagte. »Das ist nicht wahr, Virginia. Er ist …«

»Es ist wohl wahr!«, kreischte Cece Turnbull aus voller Kehle.

Caines Tochter hatte sich umgedreht und starrte jetzt an Ann und Sharon Lawrence vorbei ihren Vater an, der zwei Reihen dahinter saß. »Du hast Rashawn schon immer gehasst. Dich hat es schon immer angekotzt, dass ein Nigger deine blütenweiße Südstaatentochter gefickt hat. Dass er dem Namen Caine einen lebenden, atmenden Schatten beschert hat!«

»Nein, das ist nicht wahr!«

Cece taumelte ihre Sitzreihe entlang, stellte sich neben Ann Lawrence und stürzte sich auf ihren Vater, schlug ihn und zerkratzte ihm das Gesicht.

»Sein ganzes Leben lang hast du meinen Jungen behandelt wie den letzten Dreck!«, kreischte sie. »Und du hast mir meine Lizzie gestohlen. Rashawn hatte genauso viel von deinem ach so kostbaren Blut wie meine Lizzie, aber dann hast du's ihm weggenommen, mit einer Säge!«

Bree sprang auf und trat neben Cece, die schluchzend zusammengebrochen war, während sie immer noch mehr oder weniger kraftlos nach ihrem Vater schlug. Bree zog Cece weg und hielt sie fest, während Caine auf seinem Platz in sich zusammensackte. Er atmete schwer. Blut sickerte aus den Kratzern in seinem Gesicht. Wie ein in die Ecke gedrängtes Tier sah er sich um und erwiderte die starren Blicke der Leute im Gerichtssaal.

»Nichts davon ist wahr«, sagte Caine mit heiserer Flüsterstimme. »Gar nichts.«

»Es ist alles wahr!«, rief Bell aus dem Zeugenstand herüber. »Du krankes Schwein! Du sollst in der Hölle braten für das, was du getan hast!«

Erneut flogen die Türen des Gerichtssaals auf. Zwei Männer und eine Frau in einfachen dunklen Anzügen traten ein. Sie waren bewaffnet und hatten Dienstmarken in der Hand.

Die Frau sagte: »Ich bin Special Agent Carol Wolfe, Leiterin der FBI-Niederlassung in Winston-Salem. Lassen Sie die Waffe fallen, Sergeant Drummond.«

Drummond machte keine Anstalten, die Schrotflinte von Bells Hinterkopf zu nehmen. »Ich bin noch nicht ganz fertig, Agent Wolfe. Mr. Bell möchte gerne noch etwas beichten.«

99

Marvin Bell wirkte ehrlich überrascht. »Ich habe doch schon alles gesagt.«

»Noch nicht alles«, erwiderte Drummond. »Du hast behauptet, dass du noch nie einen Menschen getötet hast.«

»Das ist eine Tatsache.«

»Und du hast nie jemanden erstickt? Eine Frau, vielleicht?«, sagte Drummond. »Vor fünfunddreißig Jahren?«

»Nein.«

»Du warst damals ihr Dealer«, beharrte der Sergeant. »Sie hatte Krebs im Endstadium, aber für das Heroin, mit dem ihr Mann ihre Schmerzen lindern wollte, hast du kein Geld bekommen.«

Bell schüttelte den Kopf.

»Dann hast du dem Mann eine Dosis Heroin verpasst, die fast gereicht hätte, um ihn umzubringen«, fuhr Drummond fort, »und hast sie mit einem Kissen erstickt, während er dir dabei zugesehen hat, so weggetreten, dass er dich nicht daran hindern konnte.«

Drummond keuchte schwer. »Danach hast du ihn gezwungen, für dich zu arbeiten, fast ein ganzes Jahr lang, und als er dir dann schließlich gar nichts mehr genützt hat, da hast du diesen Mann mit einem Seil an deinem Auto festgebunden – einem Seil wie das hier um deinen Hals –, und hast den armen Teufel durch die Stadt geschleift, hast ihn einen Frauenmörder genannt. Du hast die Polizei gerufen, hast behauptet, dass er seine eigene Frau umgebracht hat und ihn den jungen Männern übergeben, die du damals schon in der Tasche gehabt hast. Officer Randy Sherman und Deputy

Nathan Bean. Du hast sie geschmiert, damit sie es so aussehen lassen, als hätte der Festgenommene versucht zu fliehen. Und Erasmus Varney, damals ein junger Assistent der Bezirksstaatsanwaltschaft, war auch mit von der Partie. Sie haben den Mann bis an das Geländer geschubst. Er hat überhaupt nicht kapiert, wieso sie dann zu ihren Streifenwagen zurückgegangen sind, sich umgedreht und ihre Waffen gezogen haben. Dann haben sie auf ihn geschossen und er ist von der Brücke in die Schlucht gestürzt. War es nicht genau so, Marvin?«

Drummond hatte den Kugelhammer fallen lassen und hielt die Flinte, die immer noch auf Bells Kopf gerichtet war, so krampfhaft fest, dass seine Hände zitterten.

»Ja, ja«, jammerte Bell. »Genau so war's.«

Richter Varney schlug mit dem Hammer auf das Pult ein. »Das ist nicht wahr!«

Polizeichef Sherman war bereits aufgesprungen und wollte gerade protestieren, da sagte die FBI-Agentin: »Chief, Sie sind hiermit festgenommen. Sie auch, Richter Varney.«

Ich weiß nicht mehr, wie ich auf die Füße gekommen bin. Ich weiß nur noch, dass ich plötzlich stand und Drummond am anderen Ende des Gerichtssaals anstarrte wie ein Wesen aus einer anderen Welt.

»Wer sind Sie, Sergeant?«, fragte ich. Dann merkte ich, dass Nana Mama neben mir stand. »Woher wissen Sie das alles?«

Tränen flossen über Drummonds ausdrucksloses Gesicht. Er nahm die Waffe von Bells Hinterkopf und sah mich und meine Großmutter an.

»Das alles weiß ich, Alex«, presste er mit tränenerstickter Stimme hervor, »weil ich in einem anderen Leben auf den Namen Jason Cross gehört habe.«

100

Nana Mama gab einen erstickten Laut von sich, griff sich an die Brust und sackte dann gegen meine Schulter. Ihr zarter, fünfundvierzig Kilo schwerer Körper hätte mich beinahe von meinen schwankenden Beinen geholt. Ich musste den Blick von Drummond abwenden, um mein eigenes Gleichgewicht wiederzufinden und sie festzuhalten.

»Ist das wahr?«, flüsterte meine Großmutter an meiner Brust, so als könnte sie Drummonds Anblick nicht ertragen.

»Das ist unmöglich«, sagte Bell und reckte den Hals, um Drummond anzusehen. »Jason Cross hat sich eine Kugel eingefangen und ist in die Schlucht gestürzt. Er ist nie wieder aufgetaucht.«

»Oh doch, das ist er«, schaltete sich Pinkie ein, der ebenfalls aufgestanden war. »Mein Onkel Clifford hat ihn am selben Abend noch unten am Flussufer gefunden und hat ihn gesund gepflegt.«

»Ist Clifford noch in Starksville?«, rief Drummond Pinkie zu. »Ich würde den zweitbesten Freund, den ich je hatte, zu gerne noch mal wiedersehen. Ihn vielleicht mal in die Bourbon Street mitnehmen, wie wir es immer wollten.«

»Oh mein Gott.« Meine Tante Hattie bekam kaum noch Luft.

»Es ist ein Wunder«, sagte Tante Connie, und Tränen liefen ihr über die Wangen.

Ich blickte zu Nana Mama hinunter und sah durch einen Vorhang aus Tränen, wie sie in sich zusammenfiel.

»Er ist es«, flüsterte ich. »Ich weiß nicht wie, aber er ist es.«

Als ich den Kopf wieder hob, hatte Drummond den Zeugenstand mit Bell verlassen, sein Gewehr Detective Frost übergeben und kam jetzt mit tränenüberströmtem Gesicht und weit ausgebreiteten Armen auf uns zu.

»Ihr könnt euch gar nicht vorstellen, wie sehr ich euch beide vermisst habe«, sagte er. »Ihr habt keine Ahnung, wie einsam mein Leben ohne euch war.«

Ich ließ mich in die Arme meines Vaters fallen und er sich in die seiner Mutter, als ob es das Natürlichste und Vertrauteste überhaupt war.

Wir legten die Köpfe aneinander und hatten mit einem Mal nichts mehr mit all den anderen Menschen im Gerichtssaal zu tun, waren wie ein kleines Miniaturuniversum, das nur aus uns dreien bestand. Ich glaube, in diesen ersten Augenblicken der Wiedervereinigung brachte keiner von uns ein einziges verständliches Wort heraus. Aber ich weiß, dass wir uns auf einer völlig anderen Ebene sehr intensiv untereinander austauschten, wie Menschen, die vom Heiligen Geist umhüllt in feurigen Zungen sprechen.

101

Zwei Wochen und zwei Tage nach unserer Ankunft in Starksville, an einem warmen freundlichen Samstagnachmittag, fand in Tante Hatties Garten eine richtige Wiedervereinigungsfeier statt. Alle Menschen, die mir etwas bedeuteten, waren dabei.

Damon war schon am Vortag in Winston-Salem gelandet, um seinen Großvater kennenzulernen, und das war genauso emotional und erfüllend gewesen wie jeder andere Augenblick, seitdem mein Vater wieder in mein Leben getreten war. Naomis Mutter Cilla und mein Bruder Charlie waren schon am Tag davor eingetroffen.

Zuerst hatte Charlie uns nicht geglaubt, als Nana Mama und ich ihm am Telefon die Neuigkeit verkündet hatten. Dann war er wütend geworden und hatte gesagt, dass er gar kein Interesse hatte, sich mit jemandem zu treffen, der uns vor fünfunddreißig Jahren einfach verlassen hatte. Aber Cilla und Naomi hatten darauf bestanden, und kaum hatte Charlie unseren Dad gesehen, da war alles vergeben und vergessen gewesen. Es gab nur einen einzigen Wermutstropfen: dass meine beiden verstorbenen Brüder Blake und Aaron nicht bei uns waren. Wir vergossen alle miteinander etliche Tränen über diesen tragischen Verlust.

Mein bester Freund, John Sampson, und seine Frau Billie waren erst heute Morgen eingetroffen. Sampson und mein Dad verstanden sich auf Anhieb blendend, und immer wenn Drummond nicht neben meinem Onkel Cliff saß, war er garantiert neben John zu finden. Sie lachten und tauschten Geschichten aus ihrem Polizistenalltag aus.

Auch Stefan Tate war gekommen, zusammen mit seiner Verlobten, Patty Converse. Noch nie hatte ich ein verliebteres Paar gesehen als diese beiden. Sogar Special Agent Wolfe war da.

Anscheinend hatte das FBI Starksville schon länger unter Beobachtung gehabt, weil man vermutete, dass es sowohl im Justizapparat als auch bei den Polizeibehörden immer wieder zu Unregelmäßigkeiten gekommen war. Und dann hatte mein Vater Wolfe angerufen und sie gebeten, mit dabei zu sein, wenn die Öffentlichkeit im Gerichtssaal von Erasmus P. Varney ein schockierendes Geständnis zu hören bekam.

Ich stellte mich zu Agent Wolfe. »Was meinen Sie, was wird auf meinen Vater zukommen?«

Wolfe erwiderte: »Nun ja, er kann auf keinen Fall wieder zurück auf seine Stelle beim Sheriffbüro in Palm Beach County, das haben seine Vorgesetzten unmissverständlich deutlich gemacht. Aber ich glaube kaum, dass ihm wegen der Verschleppung Marvin Bells eine Anzeige droht.«

»Nein?« Ich war erstaunt. »Das war aber doch eine ziemlich extreme Aktion.«

»Stimmt«, pflichtete sie mir bei. »Aber der Polizeichef und der Oberste Richter von Stark County sitzen in Haft, und der Sheriff wurde ermordet. Außerdem ist Guy Pedelini mittlerweile wieder bei Bewusstsein und hat mit seinem umfassenden Geständnis alle Genannten stark belastet. Sogar gegen die Bezirksstaatsanwaltschaft wird ermittelt. Man kann also sagen, dass es in Starksville niemanden mehr gibt, der ihrem Vater etwas vorwerfen könnte. Und welche Bundesgesetze in diesem Fall greifen würden? Ich habe keine Ahnung.«

»Dann kann er also als freier Mann ein neues Leben beginnen«, sagte ich.

»Oder als freier Mann ein altes Leben beginnen«, sagte Bree, die jetzt neben mich trat.

»Marvin Bell und Harold Caine müssen sich einer langen Liste von Vorwürfen stellen«, fuhr Agent Wolfe fort. »Wenn sie nicht hingerichtet werden, was ich eigentlich für die angemessene Strafe halten würde, dann sitzen sie zumindest bis an ihr Lebensende im Gefängnis.«

Ich musste an Harold Caine denken, an seine kaltschnäuzige, grausame Gleichgültigkeit. Von Cece hatten wir in der Zwischenzeit noch viel mehr erfahren.

Nach Rashawns Geburt hatten ihre Eltern sie praktisch enterbt. Viele Jahre später war sie von einem weißen Liebhaber schwanger geworden, den sie sich zugelegt hatte, während Rashawns Vater eine Gefängnisstrafe absaß. Das hatten ihre Eltern erfahren, genau wie die Tatsache, dass sie während der Schwangerschaft Drogen konsumiert hatte.

Daraufhin hatten die Caines das korrupte Justizsystem von Starksville gegen Cece in Stellung gebracht und ihr das kleine Baby – Lizzie – schon wenige Minuten nach der Geburt wegnehmen lassen. Das Gericht hatte Lizzies Großeltern das alleinige Sorgerecht zugesprochen und Ceces Einfluss auf das Leben ihrer Tochter sehr stark eingeschränkt.

Harold Caine hatte seinen gemischtrassigen Enkelsohn anscheinend jahrelang als große Schmach empfunden. Gleichzeitig hatte er seine kleine, blütenweiße Enkelin abgöttisch geliebt und in einem unterirdischen Labor unter seiner Kunstdüngerfabrik eine geheime Meth-Küche betrieben.

Das Schrecklichste an alledem waren die aberwitzigen Verletzungen und Verstümmelungen, die Rashawn vor seinem Tod zugefügt worden waren. Sie belegten eindeutig, dass Caine die Ermordung seines Enkels in vollen Zügen genossen hatte. Er hatte Vergnügen daran gehabt, sein eigen

Fleisch und Blut zu töten. Letztendlich war dieser arme unschuldige Junge wegen seiner Hautfarbe gefoltert und abgeschlachtet worden.

Ich hatte im Lauf der Jahre schon viel zu viele solcher und ähnlicher Geschichten gehört – junger Schwarzer aufgrund seiner Rasse ermordet –, aber diese hier war die allerschlimmste. Die grausamste. Die abscheulichste. Die sadistischste. Die unbegreiflichste.

Genau wie Cece Turnbull würde auch ich niemals über Rashawns Tod hinwegkommen.

Caine hatte sich mittlerweile einen Anwalt genommen und sagte kein Wort. Marvin Bell hingegen redete wie ein Wasserfall mit der Staatsanwaltschaft, die Caine des Mordes, der Entführung und der moralischen Verwahrlosung und Gleichgültigkeit in Zusammenhang mit einer rassistisch motivierten Gewalttat beschuldigte. Hoffentlich fällten die Geschworenen ein Urteil, das ihn leiden ließ.

Da sah ich eine Frau im mittleren Alter um die Hausecke biegen. Sie trug eine Domino's-Mütze auf dem Kopf und hielt zwei Pizzakartons in der Hand. Wolfe, Bree und ich waren sofort in höchster Alarmbereitschaft. Varney, Bell und Sherman hatten Caine schwer belastet und unter anderem auch übereinstimmend ausgesagt, dass Caine eine Auftragskillerin – die »Schlüsselmacherin« – auf mich und meine Angehörigen angesetzt hatte. Sie sollte die Attentate wie Unfälle aussehen lassen.

Der Versuch mit der defekten Bremsleitung hatte nicht geklappt, und jetzt, da Caine hinter Gittern saß, konnten wir eigentlich davon ausgehen, dass die Schlüsselmacherin das Weite gesucht hatte. Aber man konnte ja nie wissen.

»Kann ich Ihnen die abnehmen?«, sagte ich zu der Frau.

»Gerne.« Sie lächelte und gab mir die Kartons. »Ich bin

ein bisschen zu spät dran, darum bekommen Sie fünf Dollar Rabatt.«

»Wer hat die denn bestellt?«, wollte Bree wissen.

»Connie Lou.«

»Ach, da bist du ja, Edith«, sagte meine Tante und kam mit dem Geld in der Hand herbeigeeilt.

Sie umarmten einander, und Bree und ich entspannten uns wieder.

Da sah ich Cece Turnbull unseren Garten betreten, und mir wurde warm ums Herz. Sie hatte ein wunderhübsches kleines Mädchen dabei, das ihrer Mutter wie aus dem Gesicht geschnitten war. Außerdem sah sie gepflegt und nüchtern aus und schien sehr glücklich zu sein, weil ihre Tochter an ihrer Seite war.

Bree ging ins Haus, um sich etwas zu trinken zu holen. Ich reihte mich in die Schlange beim Büfett ein. Nachdem ich mir Hasenbraten, Krautsalat, Brokkoli und kleine rote Röstkartoffeln auf den Teller getürmt hatte, sah ich Pinkie und Bree beieinanderstehen und machte mich auf den Weg zu ihnen.

»Du hast aber nicht den ganzen Hasenbraten genommen, Dad, oder?«, hörte ich Jannie sagen. Sie saß auf einem Liegestuhl zwischen Damon und Ali.

»Der ist wirklich wahnsinnig lecker«, sagte Damon. »Ich hoffe, dass ich noch einen Nachschlag abkriege.«

»Ich auch«, sagte Ali. »Aber Pinkie hat gesagt, dass er noch den Barsch grillen will, den ich gestern im See gefangen habe.«

»Das hat er bestimmt nicht vergessen«, sagte ich. »Ich kann ihn aber gerne noch mal daran erinnern.«

»Coach Greene und Coach Fall wollen vielleicht später auch noch vorbeikommen«, sagte Jannie.

»Ich würde mich sehr freuen«, erwiderte ich. »Aber leg dich auf keinen Fall zu früh fest, junge Dame, okay?«

»Ja, aber echt, Jannie«, meinte Damon. »Wenn die Duke jetzt schon bei dir auf der Matte steht, dann bleiben die bestimmt nicht die Einzigen.«

Jannie nickte, dann schlich sich ein Schatten auf ihr Gesicht. »Müssen Sharon und ihre Mom jetzt eigentlich ins Gefängnis?«

»Sie sagen umfassend aus und belasten Marvin Bell dadurch sehr, aber trotzdem – selbst wenn sie die Geschworenen davon überzeugen können, dass Bell sie gezwungen hat, Stefan mit einem Meineid der Vergewaltigung zu beschuldigen, mit seiner DNA falsche Spuren zu legen und die Drogen in deine Tasche zu schmuggeln, sie werden wohl trotzdem mit einer Verurteilung und einer Strafe rechnen müssen.«

»Ich möchte eben nicht, dass … na ja, dass ihr Leben dadurch total zerstört wird«, sagte Jannie.

»Ich auch nicht«, erwiderte ich. »Aber jetzt wünsche ich euch noch viel Spaß.«

»Haben wir immer«, erwiderte Ali.

Ich grinste ihn an. »Du schon, stimmt's?«

»So wie Jim Shockey. Das Leben ist ein Abenteuer.«

Ich hatte das unbestimmte Gefühl, als sei mein Jüngster in puncto Lebensweisheit seinem tatsächlichen Alter weit voraus, und stellte mich zu Pinkie und Bree.

»Gib mir mal was von deinem Hasen ab, dann muss ich mich nicht erst anstellen«, sagte Bree und starrte gierig auf meinen Teller.

»Niemals.«

»Was?« Ihre Stimme klang leicht verschnupft. »Nachdem ich mich mit so viel Fleiß und Genialität für deinen Cousin eingesetzt habe?«

»Also gut«, meinte ich. »Du kannst die Keule da haben.«

Das ließ Bree sich nicht zweimal sagen.

»Und was ist mit mir?«, meldete sich Pinkie zu Wort.

»Du arbeitest auf einer Bohrinsel«, gab ich zurück. »Du bist kräftig genug, um dich selbst anzustellen.«

Mein Cousin lachte und machte sich auf den Weg zum Büfett.

Bree nahm zwei große Bissen von der Hasenkeule und verdrehte beglückt die Augen. »Ich bin nämlich ganz von selbst draufgekommen. Auf die Sache mit Caine. Na ja, bis auf das mit Rashawn.«

»Ich glaub's dir ja.«

Und das tat ich wirklich. Die Satellitenaufnahme, die sie mir im Gerichtssaal gezeigt hatte, das war ein Luftbild von Caines Fabrikkomplex gewesen, der zwischen der Starksville Road und dem fünf Kilometer südlich gelegenen Bahnübergang lag. Bree hatte mithilfe der Wildkameras herausgefunden, dass die blinden Passagiere immer zwischen diesen beiden Bahnübergängen auf den Zug kletterten.

Dann hatte sie sich das Ganze bei Google Earth gründlich angeschaut, hatte das Abzweiggleis zu Caines Fabrik gesehen und sich gedacht: *Was für eine fantastische Tarnung, um im großen Stil Meth zu produzieren.*

»Wenn dein Dad nicht seine Rambo-Nummer abgezogen hätte, dann hätte *ich* Caine festgenagelt«, sagte Bree.

»Das hättest du«, sagte ich. »Und deswegen hast du dir auch ein paar schöne entspannende Tage auf Jamaika verdient.«

Bree zog die Augenbrauen in die Höhe. »Echt?«

»Warum nicht?«

»Nur wir zwei?«

»Warum nicht?«

»Wann?«

»Wann immer du willst.«

»Oh Gott, manchmal liebe ich deine Art zu denken«, sagte sie und gab mir einen Kuss.

»He, ihr beiden, besorgt euch ein Zimmer«, sagte Nana Mama und kicherte, während sie sich in der Nähe auf einen Liegestuhl setzte.

»Gerade haben wir darüber gesprochen«, erwiderte ich.

Sie winkte ab. »Wie sagt Jannie immer? So genau wollte ich's gar nicht wissen…«

»Und, Nana? Bist du froh, dass du nach Starksville zurückgekommen bist?«

»Wenn nicht, dann wäre ich ein sehr undankbarer Mensch«, sagte Nana Mama. »Ich komme mir vor wie im Gleichnis vom verlorenen Sohn, nur, dass ich das alles tatsächlich erlebe. Ganz ehrlich, Bree, wenn ich jetzt sterben müsste, ich hätte nichts dagegen.«

»Also, ich schon«, sagte ich.

»Und ich auch«, sagte mein Vater, trat von hinten an ihren Liegestuhl, beugte sich hinunter und gab ihr einen Kuss auf die Wange.

Normalerweise hält Nana Mama überhaupt nichts von öffentlichen Zuneigungsbekundungen, aber jetzt legte sie ihrem Sohn eine Hand auf die Wange und machte die Augen zu. Für einen kurzen Moment sah ich sie als sehr junge Frau vor mir, mit ihrem Neugeborenen im Arm.

In diesem Augenblick piepste das Handy meines Vaters. Er kramte es aus seiner Tasche und las die SMS. Dann sah er nacheinander mich und meine Großmutter an.

»Ich fürchte, ich habe euch noch nicht alles erzählt«, sagte er. »Wie aus mir Peter Drummond geworden ist und das alles.«

Das stimmte. Was diesen Teil seines Lebens betraf, war er unseren Fragen bisher immer ausgewichen.

»Willst du's uns denn erzählen?«, erkundigte sich Nana Mama.

»Gleich«, sagte er. »Aber zuerst möchte ich euch mit jemandem bekannt machen.«

102

Als mein Vater zurückkam, wurde er von Reverend Alicia Maya begleitet. Die beiden hielten sich an der Hand, und die Pastorin war im letzten Sonnenlicht des Tages eine wundervoll strahlende Erscheinung.

»Alex«, sagte mein Dad. »Mom. Ich möchte euch meine beste Freundin vorstellen, die Frau, deren Liebe mir das Leben gerettet hat. Meine Frau Alicia.«

Zum soundsovielten Mal in den vergangenen zwei Wochen standen mir die Tränen in den Augen.

»Es tut mir furchtbar leid, dass ich dich damals auf dem Friedhof angelogen habe«, sagte Reverend Maya und nahm meine Hand. »Aber dein Dad war der Meinung, dass es besser sei, wenn du ihn auch weiterhin für tot hältst. Allein dass er dich wiedersehen durfte, war für ihn ein Geschenk Gottes, und er wollte gar nicht mehr. Aber nachdem du aus Florida abgereist warst, hat er gemerkt, dass das nicht stimmt. Er hatte das Bedürfnis, dich kennenzulernen, wollte ein Teil deines Lebens werden. Und dazu musste er hierher zurückkehren. Er musste die Auseinandersetzung mit Bell suchen und das Leben, das er sich aufgebaut hatte, wieder zerstören.«

Während die Dämmerung langsam hereinbrach, erzählten die beiden uns die ganze Geschichte, und es gab niemanden auf unserer Party, der nicht gebannt zuhörte.

Reverend Maya hatte meinen Vater genau so kennengelernt, wie sie es mir erzählt hatte. Eines Tages war er schwach, obdachlos und mit hinkendem Gang in ihre Kirche gekommen. Sie hatte ihm erlaubt, dort zu schlafen, hatte ihm seelsorgerischen Beistand gespendet und ihn beim Kampf gegen seine Süchte unterstützt.

»Durch Alicia habe ich zu Gott gefunden. Jetzt bin ich seit vierunddreißig Jahren trocken«, sagte mein Vater. »Ich habe mich immer schuldig gefühlt, weil ich euch Jungs und dich, Mom, verlassen habe, aber wenn ich nach Starksville zurückgegangen wäre, hätte das schreckliche Konsequenzen haben können, für mich und für euch. Und davor hatte ich fürchterliche Angst.«

Reverend Maya fuhr fort: »An einem Abend, nachdem er schon ungefähr ein Jahr in der Kirche gewohnt hatte, hat er mir die ganze Geschichte gebeichtet – dass er gesehen hat, wie Marvin Bell eure Mutter umgebracht hat, seine Festnahme und wie er angeschossen worden war, dass er den Sturz in die Schlucht überlebt hatte und durch die Hilfe Cliffords wieder auf die Beine gekommen war. Ich habe gesagt, dass ich fest daran glaube, dass Gott ihm verzeihen wird.«

»Und dabei hast du dich in ihn verliebt?«, wollte Nana Mama wissen.

»Nein, die Liebe kam erst später, nach dem Krieg, als mir klar wurde, dass ich ihn um ein Haar für immer verloren hätte.«

An dem Tag, als mein Vater Alicia Maya zum ersten Mal begegnet war, hatte er falsche Papiere auf den Namen Paul Brown bei sich gehabt. Und dann war, kurz nachdem er ihr seine wahre Identität offenbart hatte, ein tragisches Wunder geschehen.

Ein Neunzehnjähriger namens Peter Drummond war zu ihr in die Kirche gekommen und hatte um Beistand gebeten, genau wie mein Vater ein Jahr zuvor. Drummond hatte ihr erzählt, dass seine leiblichen Eltern schon lange tot waren und dass er vor einem knappen Jahr bei seiner Pflegefamilie in Kansas City ausgezogen sei. Obdachlos wie er war, hatte er sich beim Marine Corps verpflichtet.

»Aber er hat gesagt, dass das ein Fehler gewesen sei«, fuhr Reverend Maya fort. »Dass er das niemals hätte tun dürfen, weil er gewusst hatte, dass er den Anforderungen des Krieges, vor allem, dass er andere Männer töten musste, niemals standhalten würde.«

Sie hielt inne, und mein Vater legte seiner zweiten Frau eine Hand auf die Schulter. »Du konntest das nicht ahnen.«

»Ich weiß.« Sie seufzte. »Jedenfalls war seine seelische Not sehr viel größer, als ich gedacht habe. Ich habe ihm geraten, zu beten und darauf zu vertrauen, dass Gott ihm den richtigen …« Ihre Stimme versagte, und sie konnte nicht mehr weitersprechen.

Mein Vater fuhr fort: »Drummond ist in den Park hinter der Kirche gegangen und hat sich mit einer Schrotflinte ins Gesicht geschossen.

»Mein Gott«, sagte Pinkie.

»Außer uns hat niemand den Schuss gehört«, sagte Reverend Maya. »Als wir ihn gefunden haben, war ich völlig am Ende.«

»Sie wollte, dass wir die Polizei rufen, aber ich habe mich nicht getraut«, machte mein Vater weiter. »Dann habe ich seine Taschen durchsucht und dabei seinen Ausweis und die Musterungspapiere gefunden. Darin stand, dass er sich in zwei Tagen im Camp Lejeune melden solle.«

»Du hast die Papiere vertauscht?«, fragte Ali.

»Sehr gut, junger Mann«, erwiderte mein Vater. »Alicia wollte zuerst nichts davon wissen, aber ich konnte ihr klarmachen, dass das für mich ein radikaler Neubeginn sein konnte, die Chance, zum ersten Mal im Leben eine wirkliche Herausforderung anzunehmen und mich nützlich zu machen.«

»Und niemand hat diesen Tausch bemerkt?«, wollte Bree wissen.

»Die Passfotos waren nicht besonders gut, und außerdem hatte er sich ins Gesicht geschossen«, meinte Reverend Maya. »Die Polizei in Pahokee hat jedenfalls keine Sekunde daran gezweifelt, dass der Tote Paul Brown war.«

»Und die Marines waren froh, dass sie mich hatten«, ergänzte mein Vater. »Ich bin zum Unteroffizier befördert worden und war im ersten Golfkrieg in Kuwait. Da sollte ich mit ein paar Kameraden die Ölquellen bewachen, die die Irakis bei ihrem Rückzug angezündet hatten. Aber dann ist eine Quelle explodiert, und ich war leider zu nahe dran.«

Reverend Maya nahm den Faden auf und berichtete, dass sie und mein Vater immer im Kontakt gestanden und sich vor der Explosion regelmäßig Briefe geschrieben hatten.

»Dann habe ich ihn im Militärhospital besucht. Und als ich ihn da im Bett habe liegen sehen, da wusste ich einfach, dass ich ihn liebe und dass ich nicht mehr ohne ihn leben möchte.«

»Mir ist es ganz genau so gegangen«, sagte mein Dad. »Ihr könnt euch nicht vorstellen, was ich empfunden habe, als sie zur Tür hereinkam.«

»Und dann bist du Polizist geworden«, sagte ich.

»Ich hatte ja eine kriminelle Vergangenheit«, erwiderte er. »Keine schlechte Voraussetzung, um Kriminelle zu fangen, dachte ich.«

»Und er ist wirklich gut«, ergänzte Reverend Maya. »Aber als er mitbekommen hat, dass du, Alex, auch die Polizeilaufbahn eingeschlagen hast, da ist er fast geplatzt vor Stolz. Er hat deine Karriere ganz genau verfolgt.«

»Und dann seid ihr euch zufälligerweise in Belle Glade,

Florida, über den Weg gelaufen«, stellte Nana Mama erstaunt fest.

»Wie groß ist die Wahrscheinlichkeit, dass so etwas passiert?«, wollte Jannie wissen.

»Astronomisch gering«, sagte Reverend Maya. »Deshalb glaube ich auch, dass es eine göttliche Fügung war.«

»Das glaubst du wirklich?«, sagte Nana Mama.

»Ja«, erwiderte sie.

»Ich auch«, sagte mein Vater.

»Ich auch«, sagte ich.

»Wie soll man sich das sonst auch erklären?«, sagte Nana Mama und lächelte.

Anschließend verfielen wir in eine nachdenkliche Stille, und ich musste daran denken, wie rätselhaft und geheimnisvoll mein Leben bisher verlaufen war und wie wunderbar vollkommen ich mich jetzt gerade fühlte.

»Ich möchte einen Toast ausbringen«, sagte mein Dad. »Also besorgt euch alle was zu trinken.«

Als wir schließlich jeder ein Glas in der Hand hielten und beisammenstanden, funkelten bereits die Glühwürmchen zwischen den Kiefernzweigen.

Mein Dad erhob sein Ginger Ale und sagte: »Auf unsere große Familie und all unsere Freunde, lebendig, tot und jetzt wieder lebendig: Möge Gott die Crosses segnen.«

»Amen«, sagte Nana Mama, und wir wiederholten im Chor: »Amen.«